◎凤歌·著

沧海

Cang Hai

V

重庆出版集团
重庆出版社

目录

CONTENTS

沧海 V

婚变(续)

见他吐血,众人好不惊奇,议论纷纷,就在这时,忽听庄外锣鼓声喧,唢呐高唱,乐声中透着几分喜气。一个庄丁神色慌张,快步奔到堂前,结结巴巴地道:"不好了,不好了。"沈舟虚道:"慌张什么?"

那庄丁道:"庄外又来了一支送亲的队伍,花轿鼓乐,一样不缺,直往山庄里乱闯。问他们做什么,他们,他们说……"忽地瞟了沈秀一眼,欲言又止。沈舟虚不耐道:"说什么?"

那庄丁似哭似笑:"他们说,是给少爷送新娘子来了。"

"胡闹!"沈舟虚脸色陡沉,"新娘子不就在堂上吗?"问答之际,庄前人群骚动,让出一条道路,十来个仆婢、轿夫拥着一个吉服女子,娉娉袅袅向喜堂走来。

沈舟虚眉毛挑起,沈秀却是按捺不住,一个箭步蹿下婚堂,厉声道:"哪儿来的臭贼,胆敢消遣沈某?"话音未落,那新娘嘤咛一声,掀开盖头,媚声道:"沈公子,你好没良心,就不认得奴家了?"

沈秀定神一瞧,心中咯噔一下,雪白额头渗出密密汗珠。敢情这女子是他在南京私宅中偷养的情人,此女原是青楼女子,全无礼数,此时趁机掀起盖头,左顾右盼。

沈秀心念疾转,蓦地将脸一沉,高叫道:"哪来的野婆娘,谁认得你了?"那女子见他一反往日温柔,声色俱厉,顿时心中委屈,双眼一红,滚下泪来:"不是你让人来说今日娶我入门么?怎么,怎么突然又不认了。"沈秀双眼喷火,若非众目睽睽,定要将这女子拽过来,狠狠抽上两个嘴巴,当下低吼道:"少胡说,从哪儿来,回哪儿去,不然叫你好看!"

这时忽听人群里有人阴阳怪气地道:"沈公子好福气,一天娶两个老婆。"另一人闷声道:"你懂什么?这叫做一箭双雕。"先一人笑道:"一箭双雕固然好,就怕公子爷箭法不行,射上十箭八箭,也射不中一雕。"

沈秀大怒,睁圆俊眼,向人群中努力搜寻,谁知那二人说到这里,忽地沉寂,一眼望去尽是人脸,分不出言者是谁。方觉烦躁,忽又听庄外锣鼓喧天,沈秀心觉不妙,忽见一个庄丁又闯进来,锐声叫道:"不好了,又来一队送亲的。"

堂上宾客哗然,无数目光凝注门首,又见七八名仆婢拥着一个吉服新人,冉冉入庄。那女子凤冠珠帘,绰约看见沈秀,悲呼一声,向他扑来。沈秀如避水火,匆忙闪开。女子未能纵身入怀,一把揪住他的衣角,哭哭啼啼道:"公子你好狠心,半年也不来见我,天幸你还有良心,派人接我成亲。要是,要是再过几日见不着你,我,我便死给你看。"

沈秀认出这女子是自己养在苏州的情人,心中一时惊怒难遏,竟不知如何应对。这时那阴阳怪气的声音又响起来:"乖乖,先叫一箭双雕,如今又该叫什么?"那个闷闷的声音道:"还用说吗?当然叫做连中三元。"前者啧啧道:"三元?三鼋?不就是三头王八么?连中三元,岂不是骂这沈公子做了三次王八,不妥不妥,大大不妥。"后者道:"那么你说是甚?"前者道:"应该叫做'三阳开泰'。"

"放屁!"后者冷笑道,"男子,阳也,女子,阴也,沈公子一下娶了三个老婆,怎么能叫三阳开泰,应该叫做三阴开泰才对。"先一人笑道:"三阳开泰,三阴当是开否,对,就叫做'三阴开否'。"

沈秀气炸了肺,只恨被那女子揪住,脱身不得,先来的南京情人见状,亦上前来。二女眼看对方均着吉服,惊怒之余,互生恨妒,撇开沈秀对骂几句,相互厮打起来。

沈秀狼狈脱身,正想逃回堂上,不料庄外锣鼓又响,且伴有叫骂之声,庄丁入内禀告:"这次来了两支送亲队伍,双方抢着进门,互不相让,竟在庄门前打起来了。"

沈秀听得脸都白了,饶是商清影好脾气,此时也忍耐不住,迟疑道:"秀儿,到底,到底怎么了?"沈秀忙道:"妈,你别误会,都是别人害我,这些女子我一个都不认得。"说话间,忽见两名身着吉服的美貌女子一先一后奔入庄内,发乱钗横,盖头红绸早已不见,看到沈秀,齐叫一声"公子",争先抢来,拉住沈秀大呼小叫,各诉委屈。

商清影益发吃惊,问道:"秀儿,你不认得她们,她们为何认得你?"沈秀无言以对,猛然用力一甩,将那两名女子摔倒在地,二女见他如此绝情,均是号啕大哭,边哭边骂。

这时阴阳怪气的声音又道:"这下五个了,该叫什么?"沉闷的声音道:"五福临门如何?"阴阳怪气的声音呵呵笑道:"果真是五福临门,好福气啊好福气。"

沈秀怒极,向人群中厉声道:"哪儿来的狗东西,给你爷爷滚出来?"不料他一发话,人群复又寂然,众人面面相觑,哪儿分辨得出。

沈秀正想再骂,孙贵快步走近,在他身边耳语两句,沈秀脸色煞白,两眼努出,盯着孙贵,意似不信。孙贵叹一口气,默默点头。沈秀忙转身道:"爹,妈,我有点儿小事,出庄一趟。"商清影满腹疑窦,欲言又止。沈舟虚忽地冷哼一声,高叫道:"就在这里,哪儿也不许去。"目光一寒,逼视孙贵,徐徐道:"发生什么事?从实招来。若有半字欺瞒,你也知道我的家法。"

孙贵浑身打个哆嗦,扑通一声跪倒,颤声道:"外面,外面还有五支送亲队伍,都被小的拦住,不让进来。"

沈舟虚冷哼一声,缓缓道:"让她们全都进来。"沈秀失声叫道:"爹爹。"沈舟虚咬着细白牙齿,狞笑道:"破罐子还怕摔么?"沈秀见他神情有异,顿时噤声,退到一旁,惶惑已极,只觉得上天无路,入地无门,恨不得脚下便有一条地缝,一头钻进去也好。

不多时,孙贵引着五个吉服女郎鱼贯而入,其中一女腰腹粗大,已然身怀六甲。沈秀只看得目定口呆,敢情这先后九名女子,无一不是他在东南各地私养的情人,照他的如意算盘,九女各处一方,最好分而治之,近的朝秦暮楚,无日无之,远的数月一会,淫情更浓。沈秀盘桓其中,不减帝王之乐。

此事至为隐秘,即便沈秀的贴心奴仆,尽知九女住所的也没有一人。但不知是谁神通广大,竟在这个紧要关头让九女齐聚此地。沈秀慌乱之下,认也不是,不认也不是,心中难过到了极点。不料人群中那阴阳怪气的声音又叫道:"这下好啦,十人凑齐,沈公子一天娶十,羡煞旁人。"闷声者道："这就叫做十全十美呢。"前者嘻嘻笑道："哪儿有这样的好事,我看该叫十面埋伏,楚霸王拔山扛鼎,也是抵挡不住。"

沈秀敢怒不敢言,忽听沈舟虚冷笑一声,慢慢道："二位何必藏头露尾,不妨出来一见?"人群中寂静时许,忽听头顶上有人噗哧一笑,扬声道："张甲,刘乙,沈天算叫你们呢?"众人大吃一惊,抬眼望去,但见不知何时,头顶屋梁多了一人,头戴斗笠,左腿下垂,右脚搁在梁上,半躺半坐,举着一只红漆葫芦,对口长饮。

忽听两声长笑,人群里走出两人,一高一矮,一起向沈舟虚施礼,高的阴阳怪气道："小的张甲。"矮的闷声道："小的刘乙。"张甲笑道："方才的话都是梁上那位老爷教的,沈天算不要见怪。"

沈舟虚知他二人以甲乙为号,必是假名,又见二人气度渊沉,分明都是武学高手,略一沉默,向那梁上男子笑道："敢问足下尊名?"梁上那人笑道："我姓梁,号上君。"

沈舟虚淡然道："你弄出如此闹剧,莫非与我沈家有仇?"梁上君笑道："仇是有点儿,但我这次来,却是主持公道。"沈舟虚道："何为公道?"梁上君道："这九个女子都是沈公子的相好,同床共枕,亲密无比。既要娶亲,就该一并娶了。如不然,岂非始乱之,终弃之,败坏了你沈天算的好名声。"

沈舟虚道："你说她们都和小儿有染,可有凭证?"梁上君道："要凭证么?这个好办!"当即哈哈一笑,扬声道："你们九个,谁能说出凭证,谁就能和沈公子成亲。"

"有!"九女纷纷抢着道,"公子胸前,刺了一个'渐'字。"

"胡说八道。"沈秀脸色惨变,"梁上君,你唆使她们诬陷本人,天理不容。来人啊,将这些人统统抓起来。"喝叫未绝,陆渐晃身而上,五指张开,嗤的一声将沈秀胸口衣衫扯了下来,只见雪白胸脯上,果然刺着一个鲜红的"渐"字。陆渐咦了一声,面露讶色。众人更是一片哗然,稍有头脸的宾客纷纷起身,拂袖而去。

沈秀羞怒交迸,反掌劈向陆渐,却被陆渐攥住手腕,沉声道："这个'渐'字,谁给你刺的?"沈秀怒道："关你屁事。"陆渐喝道："你说不说?"手上用劲,沈秀立时痛叫道："哎哟,妈,哎哟,妈……"

商清影本来心乱如麻,听见沈秀惨叫,又觉心软,锐声道："放开他,这字,这字是我刺的。"陆渐瞧她一眼,呆了呆,放开沈秀,走到姚晴面前,说道:"阿晴,你看清这厮的面目了吗?随我走吧,呆在这儿,徒自受辱。"说罢不由分说,攘住姚晴皓腕,步履如飞。姚晴身不由主,跌跌撞撞,跟在他身后。二人出门,竟无一人阻拦。

到了庄外僻静处,陆渐方才停下,回头道:"阿晴……"话未说完,素影晃动,左颊重重吃了一记耳光。陆渐愣住,忽见姚晴扯下盖头,恨恨望着自己,秀目红肿,脸上泪痕犹湿。

陆渐怔然道:"阿晴,你,你干么打我?"姚晴咬牙道:"这一下……你欢喜了么?"陆渐道:"我欢喜什么?"姚晴跌足怒道:"你带人捣乱,害我嫁不了人,还出尽了丑。哼,你以为我不嫁沈秀,就会嫁你?"

陆渐黯然苦笑,摇头道:"我不奢望你嫁我。但你嫁的人应该聪明正直,一心一意。沈秀衣冠禽兽,你嫁给了他,哪会有好日子过?"

姚晴冷冷道:"他是三心二意,你就是一心一意?我愿嫁谁就嫁谁,你又不是我爹,管得着么?更何况……只要能得到天部画像,别说嫁给沈秀,就是嫁给猫儿狗儿,我也不在乎!"说着说着,眼眶泛红,又流下泪来。

陆渐只觉呼吸艰难,凄凉之意涌上心头,惨笑道:"难道说,那八幅画像竟比你自己还重要,为了天下无敌,你,你宁愿作践自己?"

"那又怎样?"姚晴伸出袖子,狠狠揩去眼泪,"我就要八图合一,天下无敌。怎么?你害怕我厉害了,不好对付吗?"陆渐道:"哪里会呢?你变厉害了,我欢喜还来不及。"

"口是心非。"姚晴冷笑道,"你们这些臭男子,个个喜新厌旧,好色无厌。就像你这傻子,没本事的时候满嘴甜言蜜语,一旦武功好了,就开始三心二意。哼,将来我练成神功,要做的第一件事,便是将你们这些负心薄幸、自以为是的臭男子统统杀光,一个不留。"说着拂袖便走,陆渐方要追赶,姚晴忽从袖里掣出一把匕首,声色俱厉:"不许上来,再上前一步,我就死给你看。"

陆渐见那匕首抵住白嫩颈窝,不觉又是心惊,又是颓丧,忖道:"她宁可自尽,也不肯见我吗?"想到这里,心中酸楚不胜,叹道:"阿晴,你别胡来,我不动就是。"

姚晴深深看他一眼,忽觉心酸难抑,心知再作停留,势必又要哭将出来,忽地冷哼一声,收起匕首,逝如轻烟,飘然去了。

陆渐呆立当地，目视窈窕倩影消失在道路尽头，猛然间眼眶一热，泪如雨落。

伤感之际，忽听喷喷有声传来，陆渐大吃一惊，抹泪望去，忽见一人头戴斗笠，坐在远处树下喝酒。陆渐认出这人正是在"得一山庄"捉弄沈秀的梁上君，不由怪道："怎么是你？"

梁上君笑道："什么你呀我的，一点儿礼数都没有，你这么一点儿年纪，应该叫我前辈才是。"陆渐道："原来是梁前辈……"说到这里，忽地噎住，两眼睁大，死死瞪着梁上君，目光之利，似乎要将那人斗笠洞穿。

梁上君徐徐起身，笑嘻嘻地道："乖后生，再叫我两声前辈听听。"忽地人影一晃，头上一轻，斗笠已被揭开。陆渐瞪着他倒退两步，满脸不信之色，忽地一声惊呼，上前将他抱住，大叫道："死谷缜，臭谷缜，你不学好，又来唬人。"叫到这里，不觉喜极而泣。

谷缜见他恁地激动，也是眼中酸涩，当下叹一口气："乖后生，我又不是你的阿晴，你抱我这样紧做什么？"陆渐听得这话，又羞又怒，狠狠给他一拳，骂道："你不讲义气，既然没死，怎么也不找我？"谷缜眨了眨眼，笑道："我不是找你来了吗？还给沈秀那小子娶了九个老婆。"陆渐想到方才送亲队伍接二连三的情形，也不由得哈哈大笑，握住谷缜手臂道："这种缺德主意，亏你想得出来。"

谷缜笑笑，双手互击，从远方树后闪出两人，正是张甲、刘乙。谷缜道："这二位都是我的伙计，这次为沈秀娶亲，都是他们一手操办。"又指陆渐道，"这位便是我常说的陆爷，还不来见过。"张、刘二人含笑上前，拱手道："见过陆爷。"

谷缜笑道："他二人都是一方大豪，今日随我来此耍宝，真是大材小用。"张甲笑道："能随谷爷耍宝，应该是小材大用才对。"谷缜笑了笑："此间没你们的事了，去吧。"二人躬身施礼，默默去了。

陆渐满腹好奇，眼见二人去远，急道："谷缜，说一说，你是怎么活过来的？"

"说来话长。"谷缜皱了皱眉，"还是去我住处聊罢。"说着走到路口，一拍手，便有仆人牵来两匹骏马，二人翻身上马，疾驰数里，便见一片柏树，霜皮溜雨，枝干秀拔，密林幽处，隐约可见一所精舍。

谷缜下马入林，将近精舍，便听一个脆生生的声音道："哥哥回来了。"墨绿影子晃动，谷萍儿奔出门外，见是谷缜，蓦地驻足，噘嘴不乐。谷缜笑道："萍儿，你来接我吗？"谷萍儿轻哼一声，道："我不接你，我接哥哥。"

谷缜道："我不是你哥哥吗？"谷萍儿吐出红馥馥的小舌头，做个鬼脸："才不是呢，哥哥那么小，你这么大，才不是呢。"谷缜神色黯然："萍儿，你闭上眼睛。"谷萍儿微一迟疑，闭上双眼，睫毛又长又密，宛如两面小扇轻轻颤动。谷缜默不作声，抚摸她细软秀发，谷萍儿娇躯忽地震了一下，颤声道："哥哥，是你吗……。"

谷缜默默将她搂在怀中，谷萍儿眼里泪水不绝流下，反手抱着谷缜，喃喃道："哥哥，真是你呀，萍儿好怕，妈妈不见了，你也不见了，萍儿好怕。"说着蓦地张开眼睛，盯着谷缜仔细打量，好奇道："真奇怪，你的样子不像哥哥，但你抱着我，感觉就和哥哥一样。"

谷缜笑道："那是什么感觉？"谷萍儿歪头想想，说道："暖暖的，软软的，让人心里舒服。"说着又目不转睛盯着谷缜，蓦地双颊泛红。谷缜道："萍儿，你想什么呢？"谷萍儿道："我想啊，你生得真好看，比爸爸还好看。"说完咯咯一笑，挣开谷缜，一溜烟奔入精舍，在花圃里采了一朵花，在鼻间嗅着，露出欢喜迷醉之色。

谷缜望着她怔怔出神，陆渐走上前来，叹道："她的病还没好？"谷缜黯然点头。陆渐道："那你有何打算？"谷缜道："她为了我心智丧乱，我自要照顾她一生一世。"陆渐点头道："理应如此，令尊呢？"

谷缜冷笑一声，摆手道："不要说他，我不爱听。"陆渐心觉奇怪，又问道："那么施姑娘呢？"谷缜不作声，步入内室，从桌上拈起一封书信，递给陆渐。

陆渐展开一瞧，素笺上笔迹娟秀，写道："我误会于君，心中悔恨，念及所作所为，无颜与你相见，从此远游江湖，忏悔罪恶，若遭横祸，均是自取。君冤已雪，必能再觅良配，来日大婚之日，愚女虽在天涯，也必祷之祝之，为君祈福。"信笺后并未署名，水痕点点，宛若泪滴。

陆渐放下纸笺，叹道："施姑娘几次几乎害你性命，心中过意不去，不好意思见你吧。"谷缜冷笑一声，说道："她欠足了债，就想一走了之？哼，想得天真。她这叫做欠债私逃，哪一天我将她拿住，非让她连本带利，统统偿还不可。"

陆渐道："她走的时候,你为何不拦着她?"谷缜摇头道:"我醒来时,她已走了。连说话的机会也没有。唉,傻鱼儿固执得很,认准一个死理,九头牛也拖不回来。只盼九月九日'论道灭神'之时,她会赶来。"

陆渐道："为什么?"谷缜道:"那时东岛西城放手一决,双方弟子只要尚在人间,都会前来。"

陆渐点了点头,又道:"你还没说,你是怎么活过来的?"谷缜苦笑道:"这还不简单么?谷神通根本就没杀我,将我当场击毙,不过是做戏罢了。"

陆渐恍然大悟,然而好不疑惑,问道:"他为何不杀你?"谷缜道:"这缘由他没说,我也懒得问。但我料想,道理不外两条:其一,他明知我冤枉,但东岛行事,必要证据。既无有力证据证我清白,便亲手行刑,将我击昏假死,以免让我受那'修罗天刑',若不然,他人行刑,我必死无疑。其二,他始终认为我罪有应得,但顾念亲情,饶我性命。但无论什么缘故,这人都是大大的混蛋。"

陆渐怪道:"他好意救你,你为何还要骂他?"谷缜道:"他若知我冤枉,当年为何不肯信我,将我打入九幽绝狱受苦?他若认定我有罪,却不杀我,那就是徇私枉法,不配做这东岛之王。再说他这一掌下去,害得萍儿神智丧乱,只凭这一点,我便不原谅他。"

陆渐沉默一阵,叹道:"我却以为,谷岛王对你终是有情的……"谷缜面露不耐之色,摆手道:"不说这个。陆渐,你是否见过我那位师父?"陆渐奇道:"你怎么知道?"谷缜道:"我去过南京宫城,不见了树下铁盒。"陆渐从怀中取出财神指环和传国玉玺,放在桌上,将先后遭遇说了。谷缜初时大觉有趣,渐渐露出凝重之色,待陆渐说完,才道:"陆渐,你知道那'老笨熊'和'猴儿精'是谁么?"

陆渐茫然摇头:"他们本事很大,想也不是无名之辈。"

"不是无名,而是大大有名。"谷缜双眉紧蹙,"若我所料不差,'老笨熊'当是山部之主,'石将军'崔岳,'猴儿精'却是泽部之主,'陷空叟'沙天河。"

陆渐心头震惊,怔忡道:"无怪我看那'猴儿精'与沙天洄很像,原来他二人本就是兄弟。但这山部之主和泽部之主,为什么要害你师父?"

"这也是我心中的疑惑。"谷缜站起身来,在室内踱来踱去,越走越快,面色涨红,眉间透出浓浓忧色。陆渐看得奇怪,忍不住道:"谷缜,你怎么了?走来走去的,叫我眼都花了。"谷缜陡然驻足,一掌拍在墙柱上,缓缓道:"陆渐,你我只怕犯了一个天大的错误。"

陆渐吃惊:"什么错误?"谷缜道:"我师父,我师父……"说到这里,欲言又止,脸上露出极大懊悔。

无能胜

陆渐正要细问，忽听室外谷萍儿欢叫道："爹爹，爹爹。"谷缜身子一震，箭步抢出门外，陆渐随之赶出，遥见一个宽袍男子伫立花间，谷萍儿拉着那人衣袖，露出痴痴笑意，原来谷神通多年来容貌未变，谷萍儿纵只有六岁记忆，不认得长大的谷缜，却能认出谷神通的样子。谷神通抚着她的头，流露怅然之色。

谷缜面色生寒，大声道："你来作甚么？"谷神通瞥他一眼，淡然道："你在天柱山不告而别，又将萍儿带走，我这做父亲的于情于理，也该来看看。"谷缜冷笑道："我兄妹的事情，不用你管。"谷神通仰首望天，微微苦笑："缜儿，我知道你心里怨恨我的。但你倘若置身这岛王的地位，也会明白我的不得已。"

谷缜冷笑一声，道："三年的苦狱，萍儿的疯病，一个'不得已'就抹得过去么？"谷神通摇头道："抹不过去。"谷缜道："既然知道，就不要再来打扰我们。"

陆渐看他父子二人形同寇仇，颇感痛心，忍不住道："谷缜，他总是你爹，你再恨他，也是他的儿子。"

谷缜冷哼一声，谷神通却目光一转，凝注在陆渐身上，蓦然间，他眼里闪过一丝惊色，皱眉道："陆道友，你近日可曾见过什么人？"

陆渐奇道："岛王这话怎讲？"谷神通目射奇光："莫非你不知道，有人暗算于你，在你体内藏了一个极大的祸胎。"

陆渐不由一愣，他与谷神通交过手，深知此人的"天子望气术"能够洞悉天地人三才之气,玄妙无比,他这么说必有道理,可运气内视,又未觉不妥。谷神通忽地摇头道:"这样子觉察不出的。"一晃身,陡然运掌拍来。

掌力压顶,如山如岳,谷神通竟是全力出手,陆渐大惊,急忙挥拳抵挡。拳掌未交,谷神通招式忽变,化掌为指,点向陆渐胸口,陆渐右臂卸开,左掌劈出。

霎时间,二人兔起鹘落,斗在一处,陆渐只觉谷神通招招夺命,若不全力抵挡,必死无疑。一时为求自保,将大金刚神力催到极致。斗到约莫三十来招,陆渐方欲出拳,忽觉奇经八脉之中,各自涌起一股真气,八股真气,便有八般滋味,轻重麻痒酸痛冷热,而且变动不居,上下无常,寇仇一般互相攻战。陆渐气机受阻,眼望谷神通一掌飞来,自己这一拳却停在半空,送不出去。

就在这时,谷神通忽地缩手,飘然后掠,负手而立,谷缜从旁瞧着,就似方才一阵全是幻影,谷神通站在那儿,一直不曾动过。

陆渐得暇,沉心运气,大金刚神力所至之处,八种真气方才消散,缩回奇经八脉,仿佛从来未有,陆渐真气在奇经八脉运行数周,也没有发现丝毫踪迹。

谷神通摇头道:"陆道友,这祸胎名叫'六虚毒',隐藏奇经八脉之中,平时循环相生,与你自身真气同化,任你如何运劲,也不会发作,但若遇上同等高手,生死相搏,功力催发到极,便会突然发作。那时候,八劲紊乱,自相冲击,终至于真力受阻,大败亏输。"

陆渐脸色微变,心念数转,猛地想起一个人来,失声道:"难道是他……"谷神通接口道:"那人是否高高瘦瘦,面容清癯,左眉之上有一点朱砂小痣。"陆渐听他说的模样与若虚先生一般无二,心中惊奇,连连点头。

谷神通目光星闪,沉声道:"他在哪儿?"陆渐摇了摇头。谷神通低眉沉吟,倏尔苦笑道:"劫数,劫数。"说到这里,抬起头来,望着天际流云,怔怔出神。

陆渐心中不平,寻思:"我救了若虚先生,他怎么还要害我?"这时忽又听谷神通说道:"陆道友,你怎么被那人种下六虚毒的。"陆渐一时不忿,便将助若虚先生脱劫的事情说了,愤然道:"我一心帮他,他为何还对我下此毒手?"

谷神通露出一丝苦笑,叹道:"当年我也料到他或许没死,但囿于誓

言，不能出岛寻他。他那天劫极难解脱，要么终身不能动武，要么便须将心魔一分为二，分由两人承担。这'分魔'之法艰难无比，我也只是耳闻，不曾想当真被他练成。然而即便练成'分魔'，若无适当人选代他承受那一半心魔，仍是不能脱劫。那人神通盖世，所生心魔也是天下无双，虽只一半，寻常高手与之遭遇，势必随他入魔，经脉爆裂而死。唯有'炼神'高手，心志坚圆，百魔降伏，方能助他御劫。鱼和尚死后，'炼神'高手唯有谷某，我和他仇深似海，怎会帮他？只不料你也达到炼神境界，一念之仁，助他逃出生天。看起来，老天爷尚未厌倦争斗，仍是在他一边呢！"

陆渐隐隐猜到几分，只觉心跳越来越快，几乎无法呼吸，忍不住道："谷岛王，你也，你也认得那人？"

"怎么不认得？"谷神通苦笑道，"他是我平生死敌，连我这'谷神不死'的绰号，都是拜他所赐。"

陆渐倏地全无血色，脱口道："西城之主，万归藏！"

谷神通默默颔首，但见陆渐怔忡失神，知他心中懊悔，便笑了笑，温言道："你也无须自责。此人出世，机缘奇巧，足见乃是天意。圣人云：'坚强处下，柔弱处上'，天道自来不爱强大，眷顾弱小，既令万归藏这等强人出世，也必有克制他的法子。万归藏也不是一介勇夫，深谙天道，谋虑深远，因此缘故，才会恩将仇报，在你奇经八脉中种下'六虚毒'，防患于未然。"

陆渐奇道："他防我什么？"谷神通道："万归藏与我炼神之时，均是年近三十。而你年方弱冠，便已登堂入奥，前途岂可限量？假以时日，必是万归藏的劲敌。此人杀伐决断，冷血无情，若非他自顾身份，又感你御劫大恩，只怕脱劫当时，便不容你活命；据我私心猜测，他当时虽不杀你，也要防范将来，故而才将'六虚毒'潜伏在你体内，来日你若与他为敌，交手之际，牵动毒气，必然死在他的手里。"

陆渐呆了呆，寻思："传说万归藏杀人如麻，满手血腥。倘若他此番出世，仍不悔改，却又如何是好？"想到这儿，猛然抬起头来，说道："谷前辈，这'六虚毒'可有解法？"

谷神通看出他的心意，眼中闪过一丝欣慰，颔首道："人算不如天算。倘若你一无所知，'六虚毒'自然祸患无穷。但万归藏决想不到你会遇见我，更想不到谷某的'天子望气术'能够洞悉六虚，看破他的阴谋。道心惟微，无法不破，既有六虚毒气，自也有破解它的法子。"说到这里，谷神通蓦地住口，眉头微皱,陆渐急道:"什么法门,还望前辈相告。"谷神通盯着他,缓缓道:"你真的不怕万归藏?"陆渐道:"倘若他一味杀人,我拼了一死,也要阻拦。"

谷神通摇头道:"阻拦此人,谈何容易。他外表冲和,内心冷酷,与他为敌,既不能逞强好胜,也不能有半点儿妇人之仁。"他瞧陆渐神色迷惑,心中暗叹,续道:"所谓'六虚毒',其实就是万归藏修炼的'周流八劲',这八种真气互相生克,既能伤敌,亦会伤己。万归藏练成'周流六虚功',自有能为驾驭八劲,别的人不知其法,'八劲'入体,自相攻战,求生不得,求死不能。万归藏若要惩戒某人,只需将真气注入那人经脉便是。若要那人多些痛苦,便多给真气,要不然,便将少许真气注入对方经脉,神鬼不觉。因此道理,破解之法也很简单,你只需依照我教你的法子,将奇经中的八道毒气找到,逼成一个气团,再找一个活人,以大金刚神力将气团逼入他小腹'丹田'。毒气离体,'六虚毒'自然解了。"

陆渐吃惊道:"这个法子,岂不是损人利己?"

谷神通道:"你可去大牢里偷出一名罪大恶极的死囚,将真气度入他体内。"

陆渐想了想,迟疑道:"除了这个法子,还有别的法子吗?"谷神通摇头道:"没有。"见陆渐仍是犹豫,不由暗叹:"这孩子太多拘缚,即便武功胜过万归藏,也不是那人的敌手。"想着摇摇头,说道:"取舍由你,我且传你内照逼气之法。"他与万归藏多次交手,深谙"六虚毒"的奥妙,当下口说手比,说出心法。陆渐神通已成,领悟极快,须臾便寻到奇经八脉中的毒气,运劲裹成一团,但觉那真气随聚随散,永无定质,尝试逼出,但每到指端,即又缩回,如此再三,终于明白谷神通所言非虚。但如此损人利己的阴毒法子,陆渐自忖无论如何也无法使用。

陆渐与谷神通对答之时,谷缜始终愁眉不展。陆渐心知他得知师父竟是本岛大仇,一时极难接受,但眼下谷神通在侧,倒也不便劝慰。

谷神通教完陆渐解毒之法,默然一阵,忽道:"缜儿,随我出去走走好么?"谷缜抬起头来,方要拒绝,陆渐已道:"谷缜你只管去,有我看着萍儿,包管无事。"谷缜不料他抢先说出借口,瞪他一眼,暗骂此人多管闲事。眼见谷神通转身便走,心方犹豫,却被陆渐推了一把,说道:"快去,快去。"谷缜张口要骂,但望着陆渐,又觉骂不出口,只好一撇嘴,怒哼一声,随谷神通走出院落。

父子二人均不言语，沿着山路行走，不多时，登上山顶，极目望去，苍翠满眼，峰峦如聚，怀抱一条大江，浩浩荡荡，注入大海。谷缜见此情形，心怀一畅，只觉清风徐来，吹得衣发飞举，遍体生凉，谷神通伫立前方，谷缜蓦然发觉，十余日不见，父亲一贯挺拔的身躯，竟有几分佝偻了。

谷缜心中一酸，"爹爹"二字几乎冲口而出，然而话到嘴边，忽又想到海底绝狱的苦楚，恨意大生，压过心底柔情。

"缜儿。"谷神通叹一口气，"你可知道，三年前自你入狱，为父便戒酒了。"

谷缜冷冷道："自古圣贤皆寂寞，唯有饮者留其名。酒是圣人粮食，不喝可惜。"

谷神通摇头道："子不教，父之过。为人父母，身教甚于言传。当年清影离我而去，我心灰意冷，托于杜康，日日滥饮。你耳濡目染，也染酒癖，以至于因酒取败，遭人诬陷。若你那天不曾饮酒，谁又能够陷害于你？"

谷缜失笑道："你劝我别的还罢，劝我戒酒，那是免谈。"谷神通道："我知你心中恨我。"谷缜道："不敢。"谷神通叹一口气，目视苍莽大江，徐徐道："缜儿，其实从头到尾，我都知你是冤枉的。"

这个疑惑在谷缜心中萦绕多年，谷神通此时突然道破，直令他浑身剧震，随即怒火中烧，厉声道："好，好，你终究说了，明知道我是冤枉的，为何还要将我打入九幽绝狱？"

谷神通苦笑道："二十年前，万归藏接任西城，撕毁和约，率众东征，两次论道灭神，我东岛高手死亡殆尽。我那时武功未成，逃出东岛，颠沛流离，能活下来着实侥幸。后来万归藏遭遇天劫，西城大乱，我岛残余才得陆续返回，可是活下来的多是老弱妇孺，五大流派的精锐高手已然所剩无几，活着的也大多受了暗伤，回岛之后纷纷去世。岛上人物如此凋零，重新振作，难之又难。你也瞧见了，赢万城贪财自私、叶梵骄狂自大、狄希心怀鬼胎、明夷鲁莽无能，至于妙妙，若非千鳞绝传，以她的修为声望，又岂能位列五尊……"

谷神通说到这儿，心神激动，不禁默然半晌，才叹道："反观西城，虽然也遭内讧，水、火二部先后削弱，但顶尖儿的人物仍在世上，至于其他六部，更是英才辈出，高手如云。我神通再强，也只一人，万不能以一人之力降伏八部，纵然有心报仇，也只能含垢隐辱。别人多以为谷某愚蠢不堪，被沈舟虚拿话僵住，不能攻打西城，殊不知并非不能，而是不可。万归藏说得不错：'谷神不死，东岛不亡'。我今日若死，东岛明日便亡。唉，天柱峰下我一意压服四部，本不过是虚张声势，让西城无法窥出我东岛的虚实罢了。

"东岛上下如此孱弱，便如无羽雏鸟，无毛小兽，经不起半点动荡。唯有镇之以静，才是上策。多年来，我不断调教后辈，充其量也不过是叶梵、狄希的地步，有资质突破樊篱、领袖群伦人虽有一个，但可惜得很，这人竟对武功不感兴趣。"

谷缜皱眉道："你是说我？"

"不错。"谷神通微微苦笑，"你聪明过人，却不曾用在武功上，更为你娘的事与我斗气，只顾使性尚气，浑不把东岛存亡放在心上。后来索性逃到中原厮混多年，也不知遭逢什么奇遇，成为富豪，回岛炫耀。我纵想立你为嗣，你这样子，谁人又愿意服你？结果闹出一场大事。知子者莫如父，别人都当你荒淫放纵，无恶不作，我却知道你貌似娇纵，内心实则善良。当时湘瑶等人有备而发，几乎滴水不漏，所有证据无不确凿。我若力压众议，不加惩戒，必然人人离心，偌大东岛，成为一盘散沙。"

谷缜身子发抖，嘴里却淡淡地道："所以说，比起东岛团结，我受点委屈也不算什么了。"

"三年苦狱，也算委屈？"谷神通陡然转身，眼中威棱毕露，"当年万归藏东征，你大爷爷第一个殉难，你爷爷为给妇孺断后，粉身碎骨，你大伯、二伯逼我离开，自己却死在万归藏手里。我流落江湖，为了躲避西城追杀，喝泥浆，吃马粪，与盗贼为伍，整整五年，无一天不活在恐惧之中，三次遭遇万归藏，哪一次不是险死还生？我所以忍辱偷生，不为别的，只为一个念头，那就是'重振东岛'。你要记住，你不只是我谷神通的儿子，更是我东岛的弟子，为我东岛兴衰，别说三年苦狱，就是千刀万剐，那又算得了什么？"

这一番话有如当头棒喝，谷缜只觉头中嗡嗡作响，浑身冷汗长流，呆了半晌，大声道："这些话，你为何不早跟我说？"

"因为你不配。"谷神通冷冷道，"八岁以前，你不过是个胡作非为的顽皮小子，三年之前，你不过是个油腔滑调的轻狂浪子。今日此时，你才算勉强有点样子。"

谷缜道："当年你是故意让我入狱？"谷神通道："百炼成钢，若无这三年牢狱之苦，你又岂会尽弃浮华，成为我东岛未来之栋梁？"

谷缜呆了呆,摇头道:"你抬举我了,我武功低微,哪能做什么栋梁?"谷神通淡然道:"你说的武功,不过是拳脚小道,绝顶的高手,永远比的是胸襟气度,智慧眼光。只要胸如大海,智慧渊深,要学武功,还不容易?"

谷缜听到这里,不由得双拳握紧,一股热血直涌双颊,胸中情怀激荡,久久说不出一句话来。

四周忽地沉寂下来,父子二人并肩而立,目视雄伟山川,虽不言语,心中情怀念头,却是前所未有的默契。

过得良久,谷神通吐出一口长气,说道:"还有一件事,我要跟你说明。"谷缜道:"也好,你说吧。"口气无意间柔和许多。谷神通盯着他,微微苦笑:"缜儿,听我的话,不要再怪清影,虽然离你而去,错处却不在她。"

谷缜撇了撇嘴,冷哼一声。谷神通道:"你已成年,事情告诉你也无妨,清影嫁给沈舟虚在前,因为乱世分离,无奈中改嫁于我。她与沈舟虚本有一个孩子,后来沈舟虚来寻她,说是找到孩子,又说那孩子与清影离散后吃了许多苦头。清影闻言不忍,犹豫许久,只好与沈舟虚走了。"

说罢见谷缜神色冷淡,知他心结仍在,不觉叹一口气,方要再劝,心头忽动,转眼望去,只见一道人影奔走如电,从山下赶来,麻衣斗笠,正是"无量足"燕未归。

到了近前,燕未归一言不发,双手平摊,将一纸素笺递到谷神通面前,纸上墨汁纵横淋漓,尚未全干。谷神通瞥了一眼,微微皱眉。谷缜定眼望去,但见纸上写道:"谷岛王大驾远来,有失奉迎。山妻牵挂令郎,业已多年,诚邀令父子光临寒舍'得一山庄',手谈一局,不论胜败,清茗数盏,聊助谈兴耳。"其后有沈、商二人落款。

谷缜冷笑一声,拿过纸笺,便要撕毁,谷神通忽地探手,在他脉门上一搭,谷缜双手一热,素笺飘飘,落在谷神通手上,谷神通目光在纸上凝注半晌,忽道:"沈舟虚怎知我父子在此?"燕未归沉声道:"主人料事如神,无所不知。"谷缜冷笑道:"胡吹大气。"谷神通却一摆手,制住他再放厥辞,缓缓道:"清影当真也在?"燕未归点了点头。

谷神通叹一口气:"也罢,你告知令主,就说谷某人随后便到。"燕未归目光一闪,转身便走,势如一道电光,转折之间,消失不见。

谷缜道:"沈瘸子必有阴谋,你干么要去?"谷神通道:"我身为一岛之主,不能临阵退缩。沈舟虚既然划下道来,不管有无阴谋,我都不能不去。

更何况……"他凝视纸上商清影的名字,那三字娟秀清丽,与纸上其他字迹迥然不同。谷神通叹道:"你娘这个落款,确是她亲笔所留。缜儿,你们终是母子,良机难得,我想趁此机会,为你们化解这段怨恨。"

谷缜欲要反驳,谷神通已扣住他手,不由分说,向着得一山庄大步走去。

到得庄前,人群早已散尽,地上一片狼藉,大红喜字只剩一半,随风飘动,颇为凄凉。几名天部弟子守在门前,见了二人,肃然引入,绕过喜堂,直奔后院。

沿途长廊红灯未取,绸缎四挂,却是冷冷清清,看不到半个人影。谷缜心知眼下情形大半都拜自己所赐,方才在此大闹一场,如今去而复返,自觉有些尴尬。

曲廊通幽,片刻来到一个院落,假山错落,绿竹扶疏,抱着一座八角小亭,沈舟虚危襟正坐,候在亭内,见了谷氏父子,含笑道:"谷岛王,梁上君,别来无恙。"

谷神通听得"梁上君"三字,不解颦眉,谷缜却是嘿然冷笑,心知自己装腔作势,到底瞒不过这只老狐狸,当下笑道:"令郎与儿媳们如今可好?"他刻意在"儿媳们"三字上加重语调,沈舟虚目中闪过一丝厉色,忽地笑道:"家门不幸,生得孽子,方才被我重责两百铁杖,正在后院休养。"

谷缜拍手笑道:"打得好,打得好。这就叫做'大义灭亲'。呵呵,不过换了我是他爹,打两百铁杖太费工夫,索性两棒子打死,好喂狗吃。"沈舟虚不动声色,只笑了笑:"说得是,论理是该打死,可惜慈母护儿,容不得沈某如此做。"

谷缜听得"慈母护儿"四字,心中老大不是滋味,顿时鼻中冷哼,转身啐了一口。

谷神通并不知谷缜闹了沈秀婚礼,听二人言语来去,针锋相对,心中不甚了然,是以默然,忽听沈舟虚笑道:"贤父子既至南京,沈某夫妇,不能不尽地主之谊。岛王畅达,可否与沈某手谈一局,打发光阴。"

谷缜笑道:"你倒有闲情逸致,刚刚罚了儿子,立马就来下棋。脸上笑嘻嘻,肚里坏主意,说得就是你沈瘸子。"

沈舟虚微微一笑,闲闲地道:"二位究竟谁是父,谁是子?我和父亲说话,怎么插嘴的尽是儿子?"谷缜目光一寒,转念间想好七八句恶毒言语,笑嘻嘻正要反唇相讥,谷神通却一挥袖,一股疾风直扑谷缜口鼻,叫他出声不得。谷神通笑道："舟虚兄责备得是,若要手谈,谷某奉陪便是。只不过清影何在?她与缜儿久不相见,我对她母子有些话说。"

沈舟虚笑道："劣子受了杖伤,她在后院看护,片刻即至,谷岛王何须着急,你我大可一边下棋,一边等候。"

谷神通微微一笑,说道："舟虚兄说得是,久闻'五蕴皆空、六识皆闭',谷某不才,趁此机会,领教领教天部的'五蕴皆空阵'。"

说罢含笑入亭,与沈舟虚相对端坐。谷缜望着二人,隐觉不妙,寻思:"爹爹神通绝世,这'五蕴皆空'的破阵理应困不住他。但沈舟虚明知无用,还用此阵,必有别的阴谋。"

转念间,亭中二人已然交替落子,忽见苏闻香捧着"九转香轮",小心翼翼上到亭中,搁在栏杆之上。谷神通笑道："这就是'封鼻术'么?很好,很好。"谈笑间随意落子,仿佛那面"大幻魔盘"在他眼里,就与寻常棋盘无异。

谷缜见状,心中少安,目光一转,见秦知味端着白玉壶走来,壶里汤水仍沸,壶口白气袅袅。谷缜心知那壶里必是"八味调元汤",当日就是这臭汤封了自己的"舌识",当下趁其不备,抽冷子一把夺过。秦知味不由怒道:"你做什么?"伸手便抢。

谷缜闪身让过,笑道:"老子口渴,想要喝汤。"秦知味吃了一惊,望着他面露疑色。谷缜揭开壶盖,作势要喝,眼睛却骨碌碌四处偷瞟,忽见薛耳抱着那具奇门乐器"呜哩哇啦",望着亭中二人,神色专注,当下心念陡转,忽地扬手,刷的一声,满壶沸汤尽皆泼到薛耳脸上。薛耳哇哇大叫,面皮泛红,起了不少燎泡,谷缜乘机纵上,将他手中的"呜哩哇啦"抢来,伸手乱拨,哈哈笑道:"呜哩啦,哇哩啦,猪耳朵被烫熟啦。"唱了一遍,又唱一遍,薛耳气得哇哇大叫,纵身扑来,好容易才被众劫奴拦住,噘嘴瞪眼,向谷缜怒目而视。

谷缜抱着乐器,心中大乐:"汤也被我泼了,乐器也被我夺了,那怪棋盘爹爹又不惧怕,'眼,耳,舌'三识都封不住了,至于那炉香么,大伙儿全都闻到,沈瘸子也不例外,就有古怪,大伙儿一个也逃不掉。"

过了半晌,亭中二人对弈如故,谷神通指点棋盘,谈笑从容,丝毫也无中术迹象。谷缜初时欢喜,但瞧一阵,又觉不妙,寻思:"沈瘸子诡计多端,难道只有这点儿伎俩?"瞥见那尊"九转香轮",心道,"以防万一,索性将那尊香炉也打翻了。"心念及此,举起"呜哩哇啦",正要上前,忽觉身子发软,

不能举步。谷缜心中咯噔一下，踉跄后退，靠在一座假山之上，目光所及，众劫奴个个口吐白沫，软倒在地。

忽听哗啦一声，数十枚棋子洒落在地，谷神通双手扶着棋盘，欲要挣起，却似力不从心，复又坐下，徐徐道："沈舟虚，你用了什么法子？"

沈舟虚也似力不能支，通身靠在轮椅上，闻言笑道："是香吧！"

谷神通目光一转，注视那"九转香轮"："如果是香，你也闻了。"

沈舟虚笑道："不但我闻了，在场众人也都闻了。岛王炼有'胎息术'，能够不用口鼻呼吸，沈某若不闻香，岛王断不会闻，呵呵，我以自己作饵，来钓你这头东岛巨鲸，倒也不算赔本。"

谷神通皱眉道："那是什么香？"

沈舟虚笑道："岛王大约是想，你百毒不侵，万邪不入，无论迷香毒药，你都全然不惧？"

谷神通冷哼一声，沈舟虚叹道："岛王一代奇才，天下无敌。沈某却只是一个断了腿的瘸子，没有什么出奇的本事，唯有比别人多花心思。这一炉香名叫'无能胜香'，是我集劫奴神通，花费十年光阴，直到近日方才炼成。但凡世间众生，嗅入此香，半个时辰之内，必然周身无力，即便岛王，也不例外。"

谷神通眼里闪过一丝凄凉，幽幽叹道："难道十年之前，你就在算计我了？"

沈舟虚仿佛有些无奈，叹道："你救过清影，沈某心怀感激。但你在东岛，我在西城，各为其主，誓不两立。更何况'论道灭神'将近，我岂能容你自在逍遥，破我西城？"说着抬眼上看，漫不经意道："时候到了。"

谷神通举目上看，只听喀嚓连声，亭子顶上吐出许多乌黑箭镞，蓝光泛起，分明喂有剧毒。谷神通脸色骤变，耳听得亭柱里叮叮咚咚，声如琴韵，刹那间，机关转动，百箭齐发，将亭内情形尽皆遮蔽。

谷缜坐在远处，见状肝胆俱裂，凄声叫道："爹爹……"叫声未落，箭雨已歇，谷神通头颈胸腹、双手双脚，插了二十余箭，箭尾俱没，血流满地。谷缜眼前发黑，嘴里涌起一股血腥之气。

"自古力不胜智。"沈舟虚轻轻叹息，"谷神通，你输了。"

沉默半晌，谷神通身子一颤，忽地哈哈大笑起来，笑声嘶哑苍劲，震得亭子簌簌发抖。沈舟虚双目大张，眼望着谷神通缓缓立起，犹似一个血人，沈舟虚脸色大变，失声道："你没中毒？"

"毒，我中了。"谷神通喉咙被利箭撕破，嗓音异常浑浊，"但你可知道：无能胜香，毒随血走，我只需将血逼尽，毒香何为……"

沈舟虚不禁动容，心道："久闻'天子望气术'能观三才之变，竟连这'无能胜香'也被看出破绽？"说到这儿，忽见谷神通徐徐抬起手来，沈舟虚心往下沉，欲要躲闪，不料作法自毙，身中毒香，无力动弹，眼瞧着那只染血手掌平平推来，一股绝世大力涌入五腑六脏，霎时间，沈舟虚就如狂风中一片败叶，翻着筋斗跌将出去，撞倒一座假山，鲜血决堤也似，从眼耳口鼻涌出。众劫奴见状，犹如万丈悬崖一脚踏空，纷纷惊叫起来。

这一掌是谷神通数十年精气所聚，回光返照，垂死一击，手掌推出，再没收回，身如一尊雕塑，凝立当地，竟不倒下。

谷缜悲不能禁，泪如泉涌，身旁众劫奴伤心沈舟虚不救，也是放声痛哭。

这时忽听有人哈哈大笑，笑声中伴随笃笃之声，谷缜转眼望去，心头大震，只见宁不空、沙天涯并肩而来，身后鼠大圣、螃蟹怪、赤婴子势成鼎足，押着商清影与沈秀，众人之后数丈，遥遥跟着一名少女，青衣雪肌，正是宁凝，她脸色苍白，愁眉暗锁，颇是无精打采。

宁不空走近，一挥手，一发弩箭奔出，正中"九转香轮"，将那香炉炸成粉碎，炉中香料熊熊燃烧，须臾烧尽。

谷缜心子突突直跳，但时下眼前，父亲丧命，香毒未解，面对如此强敌，竟无半点儿法子。

"沈舟虚。"宁不空呼出一口气，侧着耳朵，阴阴笑道，"你这'天算'的绰号算是白叫了。嘿嘿，你这么聪明，就不知道'螳螂捕蝉，黄雀在后'？"

沈舟虚虽受重击，却没即刻丧命，靠着假山，胸口起伏，闻言只是笑笑，缓缓道："宁师弟未免自负了些，谷神通是龙，沈某是鹰，搏击长空，虽死犹荣，至于师弟，不过是墙角里一只老鼠罢了。"

宁不空脸色微变，竹杖一顿，飘身上前，攥住沈舟虚的衣襟，冷笑道："死到临头，还要嘴硬？在宁某眼里，你不过是一条死狗。"忽地一口唾沫啐在沈舟虚脸上，竹杖左右开弓，打得沈舟虚牙落血流，宁不空心中快意，哈哈笑道："姓沈的，你若想死得痛快些，学两声狗叫给我听听。"

沈舟虚呵呵一笑："禽有禽言，兽有兽语，宁师弟听得懂狗叫，想必也是同类罢。"

宁不空双眉一挑，面涌杀气，但只一瞬，忽而阴恻恻一笑："沈师兄果然是条硬汉，宁某一向佩服。"沈舟虚道："不敢当。"宁不空道："其实你我本是同门，当年各为其主，互相攻战，本也是不得已……"沈舟虚冷冷道："你不用跟我套近乎，想要天部的祖师画像，不妨直说。"

宁不空干笑两声："沈师兄果然智谋渊深，无怪连谷神通也死在你手里。好，只要你说出天部画像。宁某便放过你的妻子儿子。"

沈舟虚闭目片刻，忽地张眼笑道："当年沈某双腿残废，垂死挣扎，是万城主救我性命。他为我治伤，传我武功，更教了我三句话，沈某至今牢记在心，宁师弟，你想不想听？"

宁不空神色一肃："请讲。"

沈舟虚一字一字，徐徐说道："天道无亲，天道无私，天道无情。"

宁不空脸色微变。沈舟虚微微笑道："自从我听说这三句话，算无不中，计无不成，从此之后再没输过。宁不空，你说，我会为妻子儿子屈服于你么？"

宁不空脸色涨紫，蓦地将杖一笃，厉声道："沙师弟，砍他儿子一条胳膊。"沙天洇笑道："好"。从袖里抽出一把刀来，嘿嘿笑道："砍左手还是右手？"

沈秀脸色惨白，蓦地双腿一软，跪倒在地，大声道："别动手，我会学狗叫，我会叫，我会叫。"说罢当真汪汪叫了几声。宁不空一行哈哈大笑，沈秀也随之干笑，一边笑，一边偷看母亲，忽见商清影望着自己，目中透出沉痛鄙夷之色，沈秀面如火烧，忙道："妈，好汉不吃眼前亏，你劝劝爹爹，不要逞强。"

商清影叹了口气，摇头道："秀儿，人无骨不立，做人什么都可以丢，唯独不能丢了骨气。事到如今，你学你爹爹，放豪杰一些，不要给沈家丢脸。"

沈秀又羞又怒，将心一横，高叫道："有骨气就能活命吗？爹结的仇，就该他自己了断，干么害得我们跟他受罪。说什么无亲、无私、无情，分明没将咱娘儿俩放在心上。早知这样，我，我宁可作狗，也不作他的儿子。"众人又是大笑，商清影眼里泪花乱滚，口唇哆嗦，心中悲怒翻腾，话却说不出来。

宁不空笑道："沈师兄，你真养了个好儿子。"沈舟虚冷冷道："不敢当，犬子不肖，早在意料之中，宁师弟若要代我清理门户，沈某求之不得。"

"你想得美。"宁不空哈哈大笑,"我偏不杀你这个活宝儿子,留着他现世,丢你沈瘌子的人。"说罢阴阴一笑,转身道:"凝儿,过来。"宁凝移步上前,宁不空道:"沙师兄,把刀给她。"宁凝接过短刀,不明所以,却听宁不空道:"凝儿,你还记得你娘是怎么死的?"

宁凝眼圈儿一红,凄然道:"双腿折断,流尽鲜血而死。"宁不空点头道:"今日便是你我父女快意恩仇的时候,沈瘌子害得你娘惨死。你是不是该为她报仇?"宁凝道:"是。"

"好!"宁不空森然道,"你拿这把刀,将姓商的贱人双腿砍断,再在她身上割一百刀,也让她也尝尝流尽鲜血,慢慢死掉的滋味。"

宁凝花容惨变,望着商清影,握刀的手阵阵发抖。商清影掠起双鬓秀发,楚楚风姿不减往日,嘴角泛起一丝苦笑,说道:"凝儿你动手吧,这是舟虚造的孽,他害死你娘,又将你炼成劫奴,沈家负你太多,夫债妻还,今日我也活得够了,只望你杀了我,不要再杀别人。你一个清清灵灵的女孩儿,双手不该沾染太多血污。"

宁凝望着她,点滴往事掠过心头,倏尔泪涌双目,握刀之手抖得越发厉害。薛耳忽地叫道:"凝儿,主母是好人,你不能害她。"螃蟹怪听见,将眼一瞪,喝道:"狗东西,闭嘴。"抢上前来,狠狠一脚,踢得薛耳口吐鲜血。鼠大圣拍手大笑:"踢得好,踢得妙。螃蟹怪,天部劫奴一向自以为是,上次害得我们出丑,这次机会难得,索性将他们全都杀了。"螃蟹怪点头称是,赤婴子却阴恻恻地道:"杀了多没趣味,废了他们的神通才有趣呢。"

鼠大圣奇道:"怎么废?"

赤婴子道:"'听几'耳力过人,那就扎穿他的耳鼓。'无量脚'腿力厉害么,那就剁掉他的双脚,'尝微'那条好舌头也该活活拔了,'鬼鼻'吗,鼻子割掉才好,至于'不忘生'嘛,说不得,砍掉他的脑袋,才能断根。"

天部众奴闻言,无不惊慌失色。螃蟹怪哈哈笑道:"赤婴子,你这叫做公报私仇,你输给人家,就要砍人家的脑袋?"忽地一瞅燕未归,想起上次输给此人,不由心头恨起,赶上前去,对准燕未归双腿,举起巨臂,方要砍落。就当此时,背心忽地一凉,浑身气力陡泻,螃蟹怪低头望去,只见胸口一截刀尖。

螃蟹怪心头糊涂,还没明白发生何事,宁凝已然抽回短刀,螃蟹怪仆倒在地,转眼死了。谷缜一旁瞧得好不吃惊,宁凝刺死螃蟹怪,身法之快,有如鬼魅，谷缜也曾见过她出手，绝无眼前这般快法。

沙天洹又惊又怒，厉声道："臭丫头，你作死么？"宁凝冷冷瞧他："这五个人都是我的朋友，谁动他们，我便杀谁。"沙天洹被她秀眼逼视，凶光渐敛，流露惧色，忽地转怒为笑："贤侄女莫生气。不就是一个劫奴么？你想杀就杀，也没什么了不起的。"

宁凝目光扫过赤婴子和鼠大圣，二人也露惧色，缩身后退。宁凝微一咬牙，一步步走到商清影面前，将刀尖抵在她心口，涩声道："妈妈的仇，不能不报，就这一下，我不想你多受痛苦……"

商清影眉尖轻颤，凄然笑道："凝儿，多谢……"说着闭上双眼，只觉那刀锋寒气透过衣衫，逼得肌肤刺痛，而那刀尖微微颤抖，越颤越急，蓦地当啷一声，跌落在地，继而传来呜咽之声，商清影张开双眼，只见宁凝泪如泉涌，一手捂口，喉间发出嘤嘤哭声。商清影柔肠婉转，暗生怜意，伸手掠过宁凝额前乱发，将她揽入怀里，柔声道："乖孩子，别哭，别哭啦……"宁凝矛盾已极，只觉商清影怀抱温软，言语轻柔，字字打动心扉，刹那间，一切怨恨尽都烟消，就似一个受尽委屈的孩子，忽然看见母亲，忍不住抱紧商清影，放声大哭。

宁不空侧耳倾听，初时尚且忍耐，至此大为暴怒，厉声道："凝儿，你忘了你娘的仇恨吗？"宁凝心一颤，轻轻推开商清影，抹去眼泪，望着父亲道："爹爹，我下不了手，我从小孤苦，都是主母一手养大，她真心爱我护我，我不能害她。"

宁不空怒道："你，你叫她什么？主母，哼，这婆娘爱你护你，不过是她市恩的手段，好叫你乖乖为沈瘸子卖命。好啊，你下不了手，我来下手。"

宁凝神色数变，蓦地露出倔强之色，昂首道："我也不许你动手。"宁不空面皮抽搐数下，嘿笑两声，一拂袖，一支箭射向五大劫奴。他本想声东击西，引开宁凝，再对商清影下手，不料宁凝目光一转，"瞳中剑"出，轰隆一声，"木霹雳"凌空爆炸。

一转眼的工夫，宁不空低喝欺近，五指成爪，绕过宁凝，抓向商清影面门。宁凝出手奇快，反手勾出，父女两只手绞在一起，宁不空左掌拍出，又被宁凝右手缠住。宁不空运劲一挣，忽觉宁凝内劲如春蚕吐丝，绵绵不绝，将自己手臂越缚越紧，怎也无法挣脱，不由怒道："凝儿，你竟为仇人跟我动手？"

宁凝眼里泪花乱转，大声道："她，她不是仇人，沈舟虚才是。"

"那还不是一样。"宁不空厉喝一声，蓦地狠起心肠，一振臂，宁凝衣袖着火，一道火线顺着手臂，直向她脸上烧去，宁凝若不放手，立时便有毁容之祸。

宁不空一旦出手，便觉后悔，但那火劲易发难收，只觉宁凝仍不撒手，不由慌乱起来。这时间，商清影忽地涌身上前，抱住宁凝手臂，双手拍打，将那烈火打灭，霎时间，一股皮肉焦臭之气弥漫开来。宁凝急急放手，转身扶住商清影，定睛一瞧，商清影白嫩双手已变焦黑，心中顿时好生感动，眼泪又流下来，不料宁不空铁石心肠，一旦脱身，运掌如风，向商清影头顶拍来。

"宁不空。"一声大喝，如晴天霹雳。宁不空闻声一惊，出手稍缓，忽觉巨力天降，慌忙反掌拍出，但与来人拳劲一较，便落下风，宁不空立足不住，一个筋斗向前窜出，落地之时，惊怒道："狗奴才，又是你？"

宁凝不用眼看，便知来者是谁，一时心弦震颤，慢慢抬起头来，只见陆渐立在不远，背着谷萍儿，手挽着陆大海，掉头四顾，神色茫然。

人间世

陆渐留在柏林精舍,陪伴谷萍儿,不知怎的,一旦闲来无事,心里便浮起姚晴的影子,陆渐万分苦恼,扣着头发,坐在花圃边发愣。

谷萍儿心智失常,只记得六岁以前的事情,性子天真,有如孩童,看陆渐愁眉苦脸,便拉他一块儿玩泥巴。

陆渐性子平和,来者不拒,抑且受了谷萍儿笑声感染,心中闷气也消散不少。玩了一会儿,谷萍儿忽生顽皮,抓起一把泥巴,抹在陆渐脸上,立时抹了个大花脸。谷萍儿拍手大笑。陆渐也不生气,见她高兴,也挠头傻笑,偶尔还蹙额掀鼻,做上几个鬼脸,谷萍儿只觉这位叔叔一举一动无不滑稽可笑,心中喜欢,咯咯笑个不停。

忽听有人敲门。陆渐当是精舍中的仆人,起身开门,却见空无一人,门前放了一个麻袋,里面动来动去,似有活物。方觉奇怪,谷萍儿也赶出来,看得有趣,便拾了一根树枝,去捅那袋中之物。刚捅一下,便听袋中有人骂道:"姓宁的狗东西,又来折磨老子。"

陆渐听这骂声耳熟,猛的醒悟,急忙伸手撕破麻袋,从麻袋中立时钻出一个人来。陆渐喜道:"爷爷。"谷萍儿却是奇怪:"麻袋变成白胡子公公了。"陆大海见她手里树枝,怒道:"女娃儿,刚才是你捅我?"谷萍儿道:"是呀,我还以为麻袋里是狗狗。老公公,你在袋子里作甚么?捉迷藏吗?"

陆大海听得有气,骂道:"我捉你老……"母字尚未出口,便被陆渐捂住了嘴,低声道:"爷爷,这女孩子头脑不大清楚,你莫跟她较真。"

陆大海瞅了谷萍儿一眼,大为疑惑。陆渐将他扶起,进了院子,问起他何以到此。陆大海喝了一口茶,才有精神,叹道:"你那天去衙门理论,我守着鱼摊等候,不料宁账房走过来,跟我招呼。我久不见他,心中奇怪,又见他眼睛瞎了,好不可怜,心生同情,便说:'宁账房,你等我一会儿,待我卖了鱼,请你喝酒。'那姓宁的却笑着说:'怎么能要你请酒,我请你才是。'说罢攥住我手,说也奇怪,我被他一攥,便觉浑身发软,身不由主随他向前,想要说话,却有一股气堵在喉咙里,一个字也叫不出来。宁账房拖着我在城里东转西转,最后到了一个黑屋子里,也不知他使什么妖法,用指头在我后脑戳了一下,我便两眼一黑,人事不知了。"

陆渐道:"那不是妖法,是点穴。"

"点血?"陆大海皱眉道,"血倒是没流,就是昏沉沉的,醒来却在马车里面……"陆渐恍然大悟:"原来宁不空是用马车将爷爷运走的,我真糊涂,只顾观看行人,却没搜查过往马车。"当下又问:"后来呢?"

陆大海道:"后来那宁账房凶霸霸的,对我不大客气,我猜到他绑架老子,必有诡计,于是设法逃了一次,但逃了几百步,便被捉回来。姓宁的也不打我骂我,只将手放在我后心,我浑身上下就跟着了火似的,十分难过,只好求饶。他就问老子还逃不逃?好汉不吃眼前亏,我自然说不逃了,又问他为何要捉老子,他嘴里哼哼,却是一个屁也不放。我询问不出,只好老老实实坐了几天马车,停下来时,已到南京了。那姓宁的将我关进一座石头房子,呆了半日,又来看我,这次身边跟着一个小丫头,生得蛮俊的,叫那姓宁的爹爹,哼,原来姓宁的居然还有女儿。只不过那小丫头比他老子客气多了,不但问我名字,还亲自给我送来好酒好菜,只是奇怪,我喝酒吃肉,她却在一旁流泪。我问她缘故,她也不说。真是有其父必有其女,这姓宁的都这么神神秘秘的,好不晦气。那丫头既然不肯说,老子也不多问,只管吃他娘,喝他娘,吃饱了就地一躺,呼呼大睡,谁知道一觉醒来,就在麻袋里了。他奶奶的,你说,这几天的事情,像不像在做梦啊?"

陆渐点头道:"我知道啦,宁不空绑架你,宁姑娘救了你,送你来见我。"陆大海挠头道:"宁不空?宁姑娘?谁啊?"陆渐道:"就是宁账房和他女儿。"

陆大海哦了一声,问道:"你认识他们?"陆渐点点头。陆大海道:"宁账房绑架我,也和你有关?"陆渐道:"宁不空是我对头,宁姑娘却是我朋友。"陆大海眉开眼笑,说道:"朋友?呵呵!那姑娘嘛,人生得俊,性子又好,对我老人家也很尊敬，和她老子大大不同。"陆渐点头道："宁姑娘为人很好。"

陆大海一拍大腿，叹了口气："可惜，要是能做我孙儿媳妇，那就更好了。"陆渐听得这话，面红耳赤，作声不得。

陆大海沉浸遐想之中，呆了一会儿，又问道："是了，宁账房和你有什么过节，干么要捉我？"陆渐摇头道："我也不太明白。"陆大海想了想，说道："我隐约听到他和女儿议论，说要设计对付一个姓沈的，捉他老婆儿子。小丫头看样子不太乐意。后来两人出门，吵了一架，可惜老子耳背，没听清楚吵些什么。"说罢忽见陆渐呆呆出神，不由问道："你发愣作甚么？"

陆渐忽地重重一拍桌子，喝道："不好！"陆大海吓了一跳，问道："什么不好？"陆渐道："宁不空引我来此，是想利用我对付沈舟虚。我见阿晴与沈秀成婚，一定按捺不住，势必和天部大起冲突，天部无人敌得住我，一战下来，要么两败俱伤，要么天部大伤元气。到时候宁不空趁虚而入，他与沈舟虚仇深似海，斗将起来，只怕要死许多的人。"

说着见陆大海盯着自己，两眼瞪圆，神色真是迷惑极了。陆渐微微苦笑，不及解释，问道："爷爷，你听宁氏父女议论，什么时候对付那姓沈的？"陆大海挠挠头，说道："好像就是今天。"

"糟糕！"陆渐脸色大变，"我须得去趟'得一山庄'，制止双方，若是晚了，必然死伤惨重。"说罢起来便向外走，陆大海忙道："乖孙子，我同你一起去。每次你一离开，我就倒霉，我再也不想和你分开了。"说着老眼通红，几乎落下泪来。

陆渐暗暗叹气，心想自己与祖父两次分别，均是惹出许多变故，留他在此，确不放心，便点头道："好，一同去便是。"又瞧谷萍儿一眼，寻思："我向谷缜承诺照看她，也不能将她独自留下。"于是招来马匹，陆大海一匹，自与谷萍儿共乘一匹，赶到得一山庄，便听爆炸之声，陆渐听出是"木霹雳"，心知双方已然交手，心一急，将谷萍儿背起，手挽祖父，纵上房顶。陆大海耳边呼啸生风，眼前景物向后电逝，顿时又惊又喜，心想这孙儿出门几年，竟然练成一身惊人艺业，比起传说中的剑仙侠客，怕也不遑多让了。

赶到爆炸声起处，正好看到宁不空对商清影狠下毒手，陆渐情急大喝，先声夺人，随即出拳，将宁不空震飞，然而一瞧四周情形，却惊得目定口呆。

"爹爹……"谷萍儿跳下地来，向谷神通尸身奔去，陆渐见谷神通身上血污漆黑如墨，心知有毒，一把拽住谷萍儿，厉声道："宁不空，怎么回事？"宁不空冷哼道："管我什么事，都是沈舟虚的手笔。"

陆渐一皱眉，看向谷缜，谷缜眼眶酸热，恨声道："陆渐，沈瘸子阴谋诡计，害死我爹……"陆渐对谷神通崇敬有加，闻言不胜悲愤，盯着沈舟虚，心中对这文士痛恨已极，蓦地长啸一声，厉声道："谷缜，我帮你报仇。"一晃身，抢到沈舟虚身前，出掌如风，向他头顶拍落。

"住手。"掌劲未吐，忽来一声娇喝，陆渐听出是宁凝的声音，他真力收发由心，应声收掌，转眼望去，说道："宁姑娘，你叫我么？"

宁凝伸手捂着心口，脸上犹有余悸，慢慢说道："陆渐，天下人都可以杀他，唯独你不能杀他？"

"怎么不能？"陆渐甚是迷惑。宁凝凄然一笑："你可曾听说，做儿子的能杀父亲么？"

这一句话如平地惊雷，在场众人，无不震惊。陆渐一呆，摇头道："宁姑娘，你说什么，我不明白。"

"你这傻子，还不明白？"宁凝眼圈儿泛红，幽幽说道，"沈舟虚是你的亲生父亲，你是他的亲生儿子，你若杀他，就是这天底下最不孝的人。"

比起这句话，天底下任何言语也不能让陆渐更加吃惊，他心头乱哄哄的，千头万绪理之不清。掉头望去，眼前一张张面孔要么惊讶，要么疑惑，目光再转，落在沈舟虚脸上，他也望着自己，目光闪动，若有所思。猛然间，陆渐只觉一股怒气涌遍全身，浑身发抖，面红耳赤，大叫道："宁姑娘，你骗人？我纵有一百个不好，又岂会与这等阴谋害人的恶徒拉上干系？"

"要是骗你，那还好了。"宁凝神色凄然，"我纵然骗人，'有无四律'也不会骗人。第四律'有往有来'，说的是父母为劫主，子女也为劫主，父母是劫奴，子女也是劫奴，劫主劫奴代代相传，传罢三代，才能了结。"

陆渐一时怔住，喃喃道："那又如何？"宁凝道："既然主奴之分代代相传，那么家父是你的劫主，我也就是你的劫主。按理说，倘若黑天劫发，只有我能救你，你不能救我，对不对？"

陆渐想了想，恍然道："无怪那日我黑天劫发作，后来又无故痊愈，竟是宁姑娘救我。"宁凝叹道："我那时见你命在须臾，心头一急，借了自身劫力，转为真气……"陆渐听得感动莫名，脱口道："宁姑娘，我，我……"嗓子却似堵住了，无数感激之言，到了喉间，却是无法吐出。

宁凝知他心中顾忌，没来由一阵心酸，苦笑道："你不用谢我，父债女还，爹爹将你炼成劫奴，本就不对，我来救你，算是代父还债，减轻他的罪孽……"

笃的一声，宁不空将竹杖狠狠一顿，怒道："蠢丫头，谁要你做好人？谁又要你代我还债，这狗奴才不知好歹，也值得你舍命相救么？"

陆渐扬声道："宁不空，若不看宁姑娘的面子，我定不与你客气。"宁不空冷笑道："好呀，那便试试。"陆渐心头怒起，但看到宁凝，转念间又按捺住了，说道："宁姑娘，在天生塔里，你的'黑天劫'也曾发作，那时我用'大金刚神力'封住你的'三垣帝脉'，后来虽然成功，却也侥幸得很，但这又和第四律有什么干系？"

宁凝道："'大金刚神力'练到绝顶处，固然能够封住隐脉，但这只是治标，不能治本。那天你能救我，与'大金刚神力'全不相干。依照第四律，只因为，你，你不但是我的劫奴，也是我的劫主，我的真气能救你，你的真气也能救我……"

陆渐听得满头雾水，一时转不过念头。宁凝轻叹一声，说道："还不明白么？有往有来，劫主劫奴代代相传，我的爹爹是你的劫主，我便是你的劫主，你的爹爹是我的劫主，那么你也是我的劫主。唉，造化弄人，你我互为主奴，真气劫力相生共长，竟将显脉隐脉一举贯通，破了'有无四律'，永远不受'黑天劫'之苦。"

宁凝说得本是喜乐之事，神情却愁苦已极，泪光星闪，盈盈欲出。

陆渐听得痴了，瞧了瞧宁不空，又看看宁凝，目光数转，落到沈舟虚脸上，见他面色灰败，眼里却泛起涟涟神采，猛然间，陆渐心头一空，后退两步，回望谷缜，眼里尽是哀求之意。谷缜叹了一口气，点头道："陆渐，宁姑娘说得对，依照'有无四律'，你就是沈舟虚的儿子……"

话音未落，眼前一花，双肩锐疼刺骨，已被陆渐紧紧扣住，抬眼望去，陆渐脸色惨白，眼里闪动泪光，低吼道："谷缜，你也来骗我……"谷缜心里泛起无比苦涩，摇头道："陆渐，我恨不得将沈舟虚碎尸万断，何必诬赖你是他的儿子？但我骗人，'有无四律'却不会骗人……"

陆渐盯他半晌，眼中神光慢慢褪尽，松开了手，直起身来，喃喃道："你们说的话都是一样的，都是合着伙来骗我……"猛地揪住头发，狠狠摇头，似要从这梦魇中挣扎出来。

忽听商清影涩然道:"陆公子,让我看看你的胸口好么?"陆渐转眼望去,见商清影目转泪光,注视自己,左手扶着一棵大树,身如秋蝉,瑟瑟发抖。

陆渐见她神色,不知为何心中一热,不由自主掀开衣衫,在他胸口肌肤上,赫然刺着一个"渐"字,年久日深,颜色转淡,那字迹更是潦草混乱,足见刺字者十分仓促。

望着字迹,商清影颤抖得越发厉害,忽地紧闭双目,泪水顺着苍白双颊缓缓淌落。

陆渐心中惘然一片,站在当地,不知如何是好,忽见商清影睁开双眼,步子沉滞无比,向着亭中慢慢走去,每走一步,就似要耗尽全身气力。宁不空等人畏于陆渐,任她前往,不敢阻拦,一时间,十余双眼睛,尽都凝注在这美妇身上。

离谷神通不到一尺,商清影止住步子,眼泪决堤也似流了下来,纤指颤抖,慢慢伸出,似要抚摸尸身面庞。谷缜脸色一变,蓦地喝道:"住手。"

商清影身子轻颤,转头望去,喃喃道:"缜儿,我……"谷缜眼里射出凌厉凶光,咬牙道:"你,你不配碰他。"

商清影眼中闪过深深痛楚,双颊再无一丝血色,过得良久,才叹了一口气,苦笑道:"是呀,我不配碰他,真不配碰他的……"她抬起头,目视天空流云,只觉变幻莫测,一如平生,这么瞧了许久,忽地轻轻皱起眉头,幽幽说道,"那一年,春天来得好早,庄外的桃花也开得格外鲜艳,也就是那时候,我第一次有了孩子,常常坐在桃树下,跟庄里的嬷嬷学做小衣小裤、小鞋小袜,还有虎头帽和围兜,那孩儿爱动,总在肚里踢打。一想到他过不多久便要出生,我的心里呀,真是又害怕,又欢喜……"

"是啊。"沈舟虚叹了口气,流露追忆之色,"那时真是难得的安宁……"

商清影沉默一时,慢慢续道:"秋天的时候,海边闹起了倭寇,烧了好多房子,杀了好多的人。那时他,他的腿还是好好的,听说后很气愤,说要'为国出力,誓清海疆',当天便召集了庄客乡勇,带上弓箭刀枪去了。这一去,一连四天也没消息。我忧心忡忡,每天在阁楼上眺望庄前的小路,可是望啊望啊,怎么也看不到人,道路上冷清清的,连天空都没有了云,也是空荡荡的。

"好容易等到第四天夜里,终于回来了两个庄客,一个断了手,一个腹部中刀,气息奄奄,快要死了。断手的庄客说,男人们遇上了倭寇,打不过,全都战死了。那时候，庄子里已没有了男人，只剩一群妇孺，一听这话，哭的哭，叫的叫，又怨恨失去了丈夫儿子，都争着骂我，抢光了细软金帛，一哄而散。偌大的庄子变得空荡荡，阴森森，一点儿灯火也没有，我害怕极了，只知道哭，所幸身边还有一个嬷嬷，我们商量去附近山里躲避，可还没出庄门，那孩子迟不动，早不动，这当儿忽然动起来。我痛得死去活来，没奈何，只好转回庄里，担惊受怕，吃尽了苦头，天亮时分，总算将孩儿生下来。因为尚没足月，算是早产。那孩儿虚弱得很，我呢，想必是忧伤太过，竟没了奶水。我和嬷嬷望着这小小婴孩，都很发愁。嬷嬷说，看来是养不活啦，世道又乱，将他扔了吧。我心里明白她说得不错，但看那孩儿那么小，那么弱，皮肤又红又嫩，眼睛也睁不开，连哭的声音也没有。我一想到要将他一个人丢下，心里就如滴血一样，抱着他只是哭，怎么也不肯松开。嬷嬷说，再不走，可就晚了。我没法子，跪下来说：'我这样子走不了啦，这是沈相公唯一的骨血，你受了他许多恩惠，怎么忍心让沈家断了香火？我将孩子托付给你，请你好好养大。'她听了这话，半晌也没作声，一会儿才说，那么你给孩子作个记号，倘若不死，将来也好认领。我心想这孩子的父亲出征之后没有回来，可为'夫复不征'我虽生下他，但他如此孱弱，未必能活，算是'妇孕不育'。这两句正应了《易经》中'渐'卦九三的爻辞，于是就用绣花针在他胸口刺了一个'渐'字……"

"果然！"宁不空得意笑道，"狗奴才，当日在船上我说得不错罢，你这个'渐'字大有玄机。"可陆渐已听得痴了，怔怔看着商清影，听不见半句言语。

"……刚刺完字，前庄忽就鼓噪起来。我们吓坏了，忙向庄后逃命，我生育不久，虚弱极了，跑到厨房附近，着实跑不动了，就让嬷嬷抱着孩子先走。她却说，'这孩子快死啦，还是丢了罢。'我一听着了急，说道：'好嬷嬷，你答应我收养他的。'她听了这话，忽地生起气来，说道，'一个半死的孩儿有什么好养的？我冒着一死，陪你生下孩子，已算报答了沈相公的恩惠，后面的事，老身再也管不着了。'说罢将孩子抛给我，飞快走了。我没办法，只好抱着孩子，挪进厨房，将门死死拴住。听着远处的人声叫喊，我的心也跳得好快，裙子都被鲜血濡湿了，眼前白光连闪，似乎随时都会昏倒。这时候，忽就听门外的脚步声越来越近，还有许多人说着我听不懂的话。我的心跳也顿时急起来，心想听说这些倭寇杀起人来，连婴儿也不放过，我和孩子在一起，母子两人都不能活，若我出去，他们抓住了我，或许不会再来寻我的孩儿？想到这里，眼看灶洞里火已燃尽，十分冷清，便将孩子藏在里面，然后打开房门，走了出去……"

陆大海始终皱眉聆听，听到这里，忽地接口道："沈夫人，贵庄可是在嘉定县的西南方？"

"不错。"商清影吃惊道，"老人家怎么知道的？"

"那就对了。"陆大海击掌叹道："实不相瞒，陆渐这孩子是我拣来的。拣到这孩子的地方，正是嘉定沈家庄厨房中的灶洞里。"陆渐如遭雷击，浑身剧震，失声道："爷爷……"

陆大海招手道："你过来。"陆渐心中迷糊，愣愣走到他面前，陆大海按住他肩，指着商清影说道："给她跪下。"陆渐有如行尸走肉，闻声傻傻跪倒。陆大海缓缓道："渐儿，我给你说，这一位就是你的生身母亲，绝无虚假。"

陆渐一个激灵，还过神来，急道："爷爷，你不是说了，这个'渐'字是胎记吗？"

陆大海摇了摇头，叹道："渐儿，爷爷当年做过海客，对不对？"陆渐点头。陆大海道："当年我出海之时，遇上倭寇的贼船，货物被抢，又逼我入伙，替他们使船卖命。为了保命，我虚与委蛇，假意答应，上岸之后，趁其不备，逃入附近深山。这一躲就是三天，只饿得两眼发花，到了第四天上，我实在忍不住，从躲藏处潜将出来，寻找食物。不料一路上只见男女死尸，房屋都被烧得精光，别说食物，一粒米也没有留下。这么走了好一程，才见一个庄子，料是倭寇刚刚经过，又去别处劫掠了。庄子虽然着火，火势却还不大，我当时饿急了眼，不顾危险，抢入火里，找到厨房，指望抢出一些米面。谁料找了半晌，一无所获，眼看火借风势，越来越大，正觉着急，忽听灶台下有东西哼哼唧唧，我起初还当是只耗子，心想没有粮食，捉只耗子充饥也好，于是屏息上前，向灶洞中一瞧，忽见一个婴儿，皮肤赤红，俨然刚生不久。我始料不及，吓了一跳，再摸鼻息，发觉那孩子竟还活着。我见这婴儿瘦小孤弱，大起怜惜之意，抱着他冲出火海，躲开倭寇队伍，向北逃去。孩子没奶，我便一路老着脸向人讨奶吃，故而这孩子竟是吃百家奶长大的。这么一直流落到了姚家庄，那时候沿海倭患十分厉害，唯独姚家庄名震东南，倭寇不敢轻犯，于是我便带孩子在庄子附近住下，一住就是二十年。"

说到这里，又向陆渐道，"我本想你父母必然遭了倭难，早已送命。怕你知道难过，故而没有多说。至于你身上的文字，我也说是胎记，就是怕你追问之后，得知真相，徒自伤心。"

陆渐听得张口结舌，商清影却是大为动容，敛身施礼道："老先生大恩大德，妾身粉身难报。"陆大海摆手道："这算什么恩德？一个小娃娃都不救，我陆大海还算是人吗？"他不居功德，商清影越发相敬，却听陆大海问道："沈夫人，你落到倭寇手里，如何脱的身？"

商清影并不答话，望着远方出了一会儿神，方才娓娓说道："我出门后，那些恶人捉住了我，见我尚有几分姿色，便将我捆起来，拖着向前。看守的恶人十分可恶，见我产后迈不开步，便拿枪柄打我，一边打还一边笑。我苦不堪言，恨不能就此死了。这时间，忽然走过来一个人，腰挎倭刀，戴着倭寇常戴的恶鬼面具，用汉语冷冷说道：'她有伤，不要打她。'恶人们不听，回头咒骂，不料那人一挥刀鞘，将他们全打倒了，还说：'若不服的，再来比过。'恶人们露出害怕神情，有人问道：'你是谁，怎么从没见过你？'那人说道：'我新来的。'问者便说：'谁知你是不是奸细'，话未说完，刀光一闪，问话的人就掉了脑袋，鲜血流了满地，我吓得浑身发抖，倭寇们却纷纷露出敬畏神气，都说：'他用我们的刀法，怎么会是奸细呢？'那人也不说话，将我抱起，大步前行，沿途遇上倭寇，要和他争我的都被打倒。我见这鬼面人这么凶悍，心里害怕极了，但又没有力力挣扎。鬼面人抱着我走出很远，蓦地驻足，掉头望去，这时我才发现，庄子已然成了一片火海，刹那间，我想到灶洞里的孩子，两眼发黑，顿时昏死过去。

"醒来时，我发觉自己躺在一个帐子里，鬼面人就坐在不远，静静地看着我，他的气度很安静，眼睛又黑又亮，有着一种说不出来的忧伤。见我醒来，忽地起身说道：'进来吧。'话音方落，便走进来两个老妪，端着热水汤药，鬼面人却退出帐子。我那时心如死灰，迷迷瞪瞪，任由她们摆布，不料老妪们只是看顾我的伤势，并不加害。我心中奇怪，询问她们来历，她们说是被倭寇抢来的百姓。我便猜想，鬼面人必是倭寇的大头目了，想到这儿，越发害怕，趁其不备，抢过剪刀便想自尽。老妪惊叫起来，鬼面人应声抢入，见状一招手，不知怎的，剪刀便到了他的手里，饶是如此，我的脖子上划破一条大口子，流了许多的血。"说到这儿，她轻抚颈侧，露出追忆之色，众人定眼望去，那雪白肌肤上，果然有一道浅淡伤痕，若不细看，几不能见。

"我自杀不得，又昏过去。醒来时，脖子上已敷好了药，缠好绷带，那药兰凉沁沁的,伤口也不痛了,麻乎乎的,十分舒服。身旁那两个老妇见我醒转,都很高兴。我想他们不让我死,定是想待我伤好,再行污辱,于是心头着急,又想寻死,无奈全身无力,不能挣起。正着急的时候,忽然闯进来两个倭寇,二话不说,便将两个老妪砍死,挟着我就向外走,我又惊又怕,但身子虚弱极了,叫喊也不能够。不料刚到帐外,那鬼面人就快步赶来,左手还提着一篮子食物,见状就问:'你们作甚?'两个倭寇粗声粗气地说:'滚开,大王要她'。鬼面人点了点头,说道:'本想多留你们几个时辰。你们自己寻死,那也无法。'说完丢开篮子,拔出长刀,只一挥,两个倭寇便掉了脑袋。众倭寇见状,纷纷叫喊起来,鬼面人将我负在背上,只见四周人潮不住涌来,我眼前尽是血光,耳边都是惨叫,血腥之气刺鼻惊心。我惊惧万分,吓昏过去,醒过来时,却发觉身在山洞,鬼面人坐在远处,满身是血,可神气还是那么安静,默默望着我,目光里透着几分倦意。我忍不住问道:'那些倭寇呢?'他说:'都死了。'我吃惊道;'怎么死的?',他说:'我杀的'。我心中好奇,又问:'你不是倭寇吗?'他没作声,只是哼了一声。

"其后每天晚上,他都会出洞一阵,走的时候便用一块巨石封住洞口,回来时再推开大石,带回饮食补药,甚至很好看的衣裳。我只当他将我囚禁起来,图谋不轨,起初害怕极了,可是他每晚睡觉,总是离我远远的,躺在洞口,如非必要,也从不与我多说一句,只是坐在角落里,呆呆出神。我见他这样,越发好奇,忍不住拿话问他来历,他不作声,眼中的忧伤却更浓了,连我看着,也觉难过。就这么过了七八天,我的身子渐渐好起来。这一天,他出洞不久,我便听见巨石滚动,转眼望去,那巨石移开一条缝隙,鬼面人跌跌撞撞奔进来,似要对我说些什么,话没出口,先吐了一大口鲜血,瘫倒在地。我大吃一惊,忍不住掀开他的鬼脸面具,这一看却更是吃惊。先前我见他那么深沉忧伤,年纪必然很大,不料面具下那张脸十分年轻,眉目英挺,脸色煞白。鲜血从他口中止不住地涌出来,我不知怎么是好,急得直哭。他想必听到哭声,忽又醒了过来,握住我手,说道:'别怕,别怕',说完这两句,又昏过去。

"我很奇怪,这人受了这么重的伤,为何不说别的,偏偏只叫我别怕?见他伤成这样,我也没有别的法子,唯有守着。他的身子忽冷忽热,脸上一会儿火红,一会儿惨白,神智不清,嘴里胡乱叫喊,叫爹爹,又叫妈妈,还叫大哥二哥,叫声十分凄厉。叫着叫着,眼角就淌下泪来,那样子,唉,那样子真是可怜极了。每次醒来,他都大口吐血。我束手无策,只知道哭,他却总说:'别怕,别怕'。到后来,洞里的储粮清水都用光了,我决意去洞外寻找,那时他已说不出话,却死死抓着我的手不放,眼里淌泪,不愿我离开。我便安慰他说,我去洞前采几个果子,立马就回,他这才放了手,又指那把长刀,示意我带上。山里野果很多,我都认不明白,听说野外的果子是有毒的,所以我都事先尝过,选好吃的捣成果酱,喂给他吃。我怕野兽咬他,每次采到果子,便匆匆赶回。有时也会遇上狼和狐狸,我就拿刀吓唬它们,也不知是否佛祖庇佑,最后总能侥幸脱身……"

她说得漫不经意,众人却觉心中发憷,想她这么娇娇怯怯,又是产后虚弱,在野外独自求存,真不知经历了多少险难困苦。商清影说到这里,目光变得空茫悠远,似乎沉浸在往事之中,不能自拔,眼中的悲伤渐渐淡去,流露出温婉之色。

"十多天过去了,那是一个傍晚,我采了果子回来,忽见他竟然醒过来了,靠在石洞前,看见我,便露出孩子般的笑容。那时候,太阳还没下山,四周染了一抹金色,连他的笑脸也染得金灿灿的,好看极了……"

沈舟虚听到这里,轻轻叹了口气。商清影却似不觉,脸上依然温馨恬淡:"……他见我捧着东西,上前来接,不料腿一软,竟跌了一跤,磕在石块上,将嘴角也磕破了。我埋怨他,他却只是笑,他从前冷冰冰的,从没这么欢喜过。我就问他什么事这样开心,他盯着我看了一会儿,笑着说,因为看见我了啊。我见他口角轻薄,生起气来,就不理他。他自觉没趣,好半晌才说,还不知道你的名字呢。我仍不作声,他就说,我姓谷,名神通,排行第三,你要是嫌我名字太长,叫我谷三也成……"

谷缜虽已猜到这年轻人就是父亲,但由商清影亲口说出,仍觉心子一跳,忍不住大声道:"谷神通是你叫的么?"

商清影身子一颤,怔怔望着儿子,泪如走珠一般,陆渐见状忽生不忍,说道:"谷缜,你让她说完好么,要不然,她会受不了的……"

"她受不了什么?"谷缜恨恨道,"若不是看见她的署名,爹爹一定不会来,他不来,就不会死。她害死爹爹,却来假惺惺的说什么往事,真不要脸……"他说着说着,鼻子一酸,眼泪也流下来。

商清影回望沈舟虚,沈舟虚却是一脸漠然,不见喜怒。商清影眼神既似愤怒,又似轻蔑,变化几次,流露无奈之色,微微苦笑,望着围墙边翠藤

泡沫

碧海艮千世阳

上的一朵凌霄花,痴痴出了一会儿神,说道:

"他说出名字,我忍不住问,你既然是华人,怎么不学好,偏做倭寇呢。他说,我没做倭寇,那一天我实在没法子,才杀了一个倭寇,穿了他的衣服躲在倭寇队伍里,不曾想就遇见了你,足见上天待我不薄。他说这话的时候,直直盯着我,瞳子黑黝黝,亮闪闪,似要将人心思洞穿。我被他瞧得不好意思,便拉开话题,说道,怎么会没有法子呢,定要躲在倭寇队伍里。他叹了口气,望着洞外出神,许久才说道,我有一个大仇人,十分厉害,我的家人都被他杀了,我好容易才逃出来的。他派来追杀我的人,要么被我杀了,要么被我打败,那仇人决意亲自来追杀我。接连两次,我都几乎被他杀死。那天被追得急了,只好在倭寇队伍里躲藏,那仇人知我疾恶如仇,万不料我为了保命,不惜自垢自污,藏身于自己最瞧不起的倭寇之中。这么一来,竟然侥幸逃过一命。不料那些倭寇太也可恶,我见他们为恶不已,忍不住将他们全都杀了。这么一来,惊动了那大仇人,他知道我在这一带,便来搜寻,我那天去镇上给你买药,被他堵个正着。前两次我能够逃脱,全因为那仇人心存轻视,未尽全力,这次相遇,他一心杀我,竟然用上全力,若非我在紧要关头看穿他的一个变化,反击脱身,一定回不来了。纵然这样,我也受了很重的伤,好几次,我都以为自己死了,可一想到我死了之后,你孤零零的,无人照看,心里一急,便又活过来了。说到这里,他激动起来,竟握住我的手。我也不知说什么才好,便告诉他,我有丈夫儿子,又说了他们怎么死的。他听得发呆,直听到那孩子藏在灶台下面,忽地跳起来,问我怎么不早告诉他。我说那时候你那么凶,我当你是倭寇,怎么敢告诉你呢。他听了连连叹气,见我落泪,越发自责,待到伤势略好,便与我前往沈家庄,可惜那里已被烧成白地。我对着废墟大哭一场,他也陪着我落泪。又后来,他打听到抗倭的民兵并未全死,就说或许我的丈夫也还活着,即便死了,也当找到尸骸安葬,不料寻了一遭,既不见人,也不见尸。

"那时候,他一心躲避仇人,我又无家可归,两个人昼伏夜出,好不辛苦。渐渐的,我觉得他为人很好,同情弱者,憎恶强权,虽在难中,也常常做些劫富济贫的事情。他心里明明爱极了我,却始终对我守之以礼。见我思念丈夫儿子,他心里难受,却总对我说,一旦有我丈夫的消息,就带我寻他。慢慢的,我便有些倚赖他了,他不在的时候,总会想他,见他欢喜,也就欢喜,见他伤心,也跟着难过。有一天,他从外面回来,十分高兴,孩子似的连翻筋斗,我问他有什么好事,他说那位大仇人死了,他可以回家了。我一听,也很欢喜,不料他笑了一会儿,忽然停下,露出忧伤之色,默然不答。我心里奇怪,问他难过什么,他说他要是回家,我怎么办呢?那时候,我已经离不开他了,也没多想一想,就说道,好啊,既然没处可去,我也随你回家去吧。就这么一句话,我便和他去了东岛。唉,本以为,就此平平安安过一辈子,不料所谓的平平安安,不过是人世间一场大梦罢了……"

沈舟虚忽地冷哼一声:"你大约怪我死而复生,坏了你二人的好事。"

商清影摇头道:"我不怪你死而复生,拆散我与神通父子,也不怪你让秀儿假冒亲生儿子,欺骗于我。你以我做人质,逼迫神通发誓不出岛报仇,这些事我都知道,也没有当真怪你。但你为何要以我的名义骗他来此,将他害死。神通为人机警,若是没有我的亲笔署名,他无论如何也不会来。无怪你昨日让我在柬上留名,说是为了秀儿的婚事,原来竟是要害神通的阴谋,沈舟虚,你,你真是天底下最狠毒的人。"

沈舟虚闭眼不语,胸口微微起伏,脸上黑气越来越重,仿佛浸入骨髓之中,过了半晌,苦笑叹道:"那一天,我率庄客乡勇出战,连胜数仗,在河边与倭寇势成相持。不料倭人狠毒,竟将掳掠的百姓当做前锋突阵,我不忍伤害百姓,稍一犹豫,竟被倭寇从两翼包抄,杀了个一败涂地。我带着败兵撤退,倭寇紧追不舍,身边的人越来越少,有的逃了,有的死了,直退到一处悬崖边,前面是乱石深渊,后面是千百强敌,可谓进退无路。不料这时,身边几个亲信的庄客密议,要将我活捉了送给倭人,腆颜乞命。我不知阴谋在侧,还想着拼死一战,直到那几人突然发难,方才醒悟过来,我不甘被擒,更不愿成全那几个竖子,将心一横,跳下悬崖。嘿嘿,天可怜见,我被半山腰的树枝挂了一下,没有摔死,却由此断了双腿。"

陆渐心头大震,盯着沈舟虚空荡荡的裤脚,不由寻思:"他的腿竟是这么断的?想他年少时也是热血刚烈,为何如今变得如此冷血。"

沈舟虚幽幽一叹,又道:"我在乱石堆里躺了一天两夜,一动也不能动,天色暗沉沉的,乌云压顶,一点儿星光都没有。四下里阴冷潮湿,不时传来蛇虫爬行的嘶嘶声。夜猫子在上方咕咕地叫,我心里想,它一定在数我的眉毛吧,听说它数清人的眉毛,人就会死。我知道自己快要死了,心里忽然有些悲哀,心想这天地间到底怎么了?悠悠上苍,为何不佑善人?我四岁发蒙,五岁能诗,六岁能文,乡里称为神童,长大后诗文书画、医卜琴棋无不精通,连我结发的妻子,也是闻名遐尔的才女。纵然如此,我却屡考不中,到了二十岁时,也不过中了一个末等的举人。这考不上的道理也很简单,别人考举人,考进士,谁不巴结考官,拜师送礼,要不然就是同乡本土的交谊。我自负才华,却总想仗着满腹学问,登黄榜,入三甲,出将入相,成就一番惊天动地的大事,明知官场规矩,却也不屑为之,一味硬着头皮大撞南墙,结果自然撞得头破血流了。打倭寇时,我怕伤着百姓,贻误军机,大好局面下一败如水,不但送了自己性命,连后方的妻子也保不住,必会遭受倭寇污辱;我一心信任的庄客临阵倒戈,竟然合谋捉我送给倭寇。我越想越怒,忍不住破口大骂,骂老天,骂神仙,骂皇帝,骂奸臣,骂倭寇,骂一切可骂之事,骂一切可骂之人。我骂了许久,中气越来越弱,五脏六腑空荡荡的,断腿的地方也正在慢慢烂掉。我当时就想:我快要死了。

"这时候,忽听有人哈哈大笑。我张眼望去,只见乱石尖上立着一人,夜色昏暗,看不清他的面目,隐隐只见襟袖当风,飘飘然有如仙人。我问他是谁。他说你先别问我,我来问你,这次打仗,你为何会输?我听他如此问话,十分奇怪,心想他怎么知道我战败的事情,难道自我打仗,他便跟着我么。于是警惕起来,便说不知。他笑了笑,说道,所以会输,只因为你不懂得天道。我问何为天道。他哈哈大笑几声,忽地厉声说道,天道无亲,天道无私,天道无情;倘若你能做到无亲,无私,无情,就能无所畏惧,无往不胜。我听得糊涂,一时间不能领悟他的意思。他就说,打个比方,若为取胜,你能不能杀死自己的妻子。我吃了一惊,说道,不能。他摇头说,吴起杀妻求将,却是千古名将。又问我,若为取胜,能不能杀死自己的兄弟。我说不能。他却说,唐太宗杀兄弑弟,却是千古明君。又问我若为取胜,能不能害死自己的父母?我听得神魂出窍,连说不能。他听了大为失望,摇头叹道:楚汉相争,项羽欲烹汉高祖之父,逼迫汉高祖投降,高祖却说,我父即尔父,分我一杯羹,试想当时高祖拘泥于孝道,投降了项羽,哪有汉朝四百年江山?

"他见我沉默不语,便说,这些道理你仔细想想,想通了,就跟我说。我仔细想想,觉得他说得不错,我家财不菲,小小讨好一下考官,早就金榜题名。那时云从龙,风从虎,不愁做不出一番大事。倘若我打仗时不顾百姓死活,一心求胜,不等倭寇冲近,早将他们射成筛子;要是我不和那些庄客同生共死,而让他们做替死鬼引开倭寇,我岂不是能够逃生保命,卷土重来。

"这世间的许多事,均不过一念之间。那人看穿我的心思,拍手大笑,说道,我本是追杀一个对头,追了七千多里,竟又被他逃了,正觉气闷,谁知遇上你这个人才。你这人智力有余,心意却不够坚固,不知天道微妙。只要你听我的话,从今往后,保你有胜无败,长赢不输。说罢跳下尖石,治好我的伤势,带我脱离险境。这人我不用说,大家必也猜到,正是万城主了。我脱险之后,心存侥幸,请万城主将我带回沈家庄,不料却只见一片残垣断壁。我心知你母子必然无幸,心如刀绞,深恨自己无能,于是痛定思痛,决意如万城主所说,从今往后,做一个无亲、无私、无情之人。凭着这一股怨气,我刻苦用功,练成天部神通,做了天部之主。可既然身入西城,就当为西城尽责,故而我炼劫奴,灭火部,前往东岛,将你骗回,用你做人质,迫使谷神通十多年不能履足中土。这一次,若不是为救他的宝贝儿子,料他也不会离岛半步。唉,只可惜他武功太强,终究是我西城大患,一日纵敌,数世之患,但有机会,我岂能容他活在世上?"

苦涩之意布满双眼,不知何时,商清影的眼角多出许多鱼尾细纹,呆了好一阵,她幽幽叹道:"舟虚,你真是变了。"

沈舟虚微微一笑:"纵使变了,也不后悔。"

商清影道:"你可知道?和神通一起的那六年,是我一生中最快乐的日子。"

沈舟虚点头道:"我知道。"

商清影凄然一笑:"原来这一十三年,你我都在作戏罢啦。"两眼一闭,泪水有如珠串,点点滴下。

母子连心,陆渐见她伤心,亦觉黯然,忽听沈舟虚涩声道:"陆渐,你过来。"陆渐掉头望去,沈舟虚正向自己招手,方在犹豫,陆大海叹道:"渐儿,去吧,他总是你爹。"陆渐无奈上前。沈舟虚道:"跪下。"陆渐一愣,见陆大海点头,只得单膝跪倒。沈舟虚从发髻上抽出一支白玉发簪,颤巍巍递到他手里。陆渐怔忡道:"这是什么?"

沈舟虚道:"这枚玉簪是我天部信物,从今往后,你就是天部之主。"此言一出,宁不空狂笑起来:"笑死人了,沈瘸子,天部是我西城智宗,竟然传给一个天生蠢材?"

陆渐也很吃惊,忙道:"这簪子,我不能收。"

沈舟虚道:"你若不收,这些劫奴将来靠谁?"陆渐一怔,转头望去,天部劫奴全都眼巴巴盯着自己,沈秀却是双目血红,脸上刻着不胜怨毒。

踌躇间，忽听沈舟虚哈哈大笑，朗声道："没想到，没想到，沈某临死之前，竟能看见亲生儿子，足见上天对我不薄。孩子，你姓沈，名叫沈渐……"

陆渐皱了皱眉，摇头道："不，我姓陆，名叫陆渐……"沈舟虚一愣，目涌怒意，但只一霎，忽又释然，叹道："也罢，也罢。"说完吐出一口长气，瞳子扩散，再无生气。原来他中了谷神通一掌，生机已绝，全凭一口元气护住心脉，残喘至今，此时心事已了，便散去真元，寂然而逝。

陆渐才知生世，生父便已去世，一时间，心中凄凉，神情恍惚。宁不空听得沈舟虚再无生气，心中大急，顿着竹杖怒道："沈瘸子，你话没说完，怎就死了？天部画像呢？画像在哪儿？"若非忌惮陆渐了得，早就扑将上去，搜索沈舟虚的尸身。

宁凝却吐了口气，叹道："爹爹，他已死了。"宁不空额上青筋迸出，厉声道："胡说，这瘸子诡计多端，必是装死。"

"他真的死啦。"宁凝苦笑道，"人死万事空。他死了，我的恨也平了……"深深看了陆渐一眼，见他若痴若呆，浑不觉四周情形，自己说了这些话，他也不曾看上一眼，宁凝心酸无比，心知再不离开，势必失态落泪，于是咬咬嘴唇，转身即走。宁不空纵然乖戾，却拿这女儿无法，又忌惮陆渐了得，心知即便留下，也无便宜可占，自道来日方长，夺取画像，还需再设巧计。心念数转，他恨恨一跺脚，随在宁凝后面，这时忽听沈秀大声道："宁先生，我也随你去。"

商清影失声道："秀儿，你……"沈秀却不理她，向宁不空跪倒在地，说道："还请先生收留。"

宁不空冷哼道："我为何要收留你？"沈秀咬牙切齿："沈瘸子不仁，我也不义。他不拿我当儿子，我也不拿他当老子。从今往后，我与天部再无瓜葛，全凭宁先生支使。"

"是么？"宁不空阴阴一笑，"既然如此，你权且做我火部的记名弟子吧。"沈秀喜道："多谢宁先生。"宁不空森然道："先不要谢，你既是我部弟子，就要遵守我部规条，若是违我号令，我一把火将你烧成炭灰，那时候，哼哼，可不要后悔。"

沈秀道："决不后悔。"说罢起身，恭恭敬敬立在宁不空身侧。商清影见状，心也似乎化为碎片，惨声道："秀儿，你，你别走……"沈秀瞥她一眼，冷笑道："你不是有儿子了么？还要我作甚？从今往后，你是你，我是我，你我之间全无干系。"

　　商清影不料他得知身世之后，竟变得如此决绝，眉梢眼角只有怨毒，哪还有半点儿温柔顺从的样子。刹那间，她喉头发甜，眼前金星乱闪，身子摇晃不定。陆渐见状，箭步上前，将她扶住，厉声道："沈秀，她对你情义深重，你怎么这样绝情？"

　　沈秀望着商清影，微露犹豫之色，但一转念，心中又被怨毒填满，重重哼了一声，将袖一拂，随宁不空一行匆匆去了。

兄弟

这时忽听谷缜大喝一声,跳将起来。原来时辰已到,"无能胜香"失去效力。谷缜一能动弹,大步走向谷神通,脱下袍子,裹住尸体,横抱起来。商清影欲要上前,谷缜喝道:"滚开。"耸肩将她撞开,铁青着脸走到谷萍儿面前,说道:"萍儿,走吧。"

谷萍儿望着尸体,十分恐惧,忍不住倒退两步,颤声道:"爹爹,爹爹怎么啦?"谷缜按捺悲痛,说道:"你别怕,爹爹只是睡着了。"谷萍儿道:"妈妈睡着了,爹爹怎么也睡着啦?"

谷缜心中一酸:"如今她在世上,便只有我一个亲人了。"当即吸一口气,涩然笑道:"爹爹妈妈自然是一起睡的。"谷萍儿将信将疑,点了点头,向陆渐招手道:"叔叔,我先走了,下次再找你玩儿。"说罢跟着谷缜向外走去,边走边歪着头,瞧那尸体面容。

商清影望着谷缜背影,心头滴血也似,较之方才沈秀离去,更痛几分,欲要叫喊,然而到了口中,只化为喃喃细语:"缜儿,缜儿……"这么念了几句,一阵天旋地转,昏了过去。

陆渐将母亲扶在怀里,望着陆大海,心中茫然。陆大海久经世事,到底老辣一些,说道:"你先带母亲回屋歇息,令尊的后事,我来张罗。"陆渐答应,见五名劫奴也站起身来,便吩咐五人协助陆大海料理丧事,又让燕未归召来庄内仆婢,照顾商清影。

夜半时分,商清影方才醒转,不吃不喝,也不言语,盯着陆渐,死死抓住他手,说什么也不放开。陆渐无法,只好守在床边。母子二人默然相对,

不发一言，直待玉烛烧尽，商清影总算心力交瘁，沉沉睡去。

陆渐这才抽手，退出卧室，来到庄前，见喜堂红彩撤尽，白花花立起一座灵堂。望见灵柩，陆渐百感交集。父子两人本也没有多少情义，况且沈舟虚的所作所为，陆渐赞成者少，厌恶者多，纵然如此，一想到生身父亲就在棺中，他又觉血浓于水，终难割舍，瞧了半晌，眼前渐渐模糊起来。

五名劫奴看到陆渐，纷纷上前行礼。陆渐问道："我爷爷呢？"莫乙道："老爷子十分疲惫，我让他休息去了。"陆渐点了点头。莫乙又道："还有一事，尚请主人定夺。"

陆渐摆手道："主人二字，再也不要提起，从今往后，你们叫我陆渐便是。"众劫奴面面相对，均不作声。陆渐道："我不是劫主，你们也不做劫奴。莫乙、薛耳更与我同过患难，朋友之间，理应直呼姓名。"

众劫奴仍不作声，过了半晌，燕未归闷声道："让我叫主人名字，打死我也不叫。"秦知味也道："主，主人是主人，奴，奴才是奴才，小奴卑贱，岂敢亵渎主人大名？要不然，我和狗腿子、鹰勾鼻子仍叫主人，书呆子和猪耳朵自叫名字。"薛耳怒道："厨子太奸诈，你们都叫主人，我们怎么能不叫。"

秦知味道："你，你是你，我是我，无主无奴，秦某不能不讲规矩，"说罢向陆渐扑通跪倒，哀求道："主，主人慈悲，还，还是让小奴叫您主人罢。"燕未归、苏闻香从来少言寡语，见状也不说话，双双跪倒磕头。

薛耳哇哇大叫："这三个混账东西，只顾自己讨好主人，却让我们大逆不道。"当即屈膝跪倒，连磕三个响头，砰砰有声。莫乙神色疑惑，也要跪倒，却被陆渐扶住，苦笑道："莫乙，你见识多，快想个两全其美的法子，不叫我主人就成。"

沈舟虚活着之时，城府极深，翻手云雨，喜怒哀乐极少出自内心，大都因为形势而定，又时常爱说反话，叫人猜不透他的心思，然而众劫奴稍有轻慢，立时便有黑天之劫。此时旧主去世，更换新主，陆渐少年质朴、谦和宽容，和沈舟虚的做派天壤有别，但沈舟虚积威所至，众劫奴听这位新主子的言语奇怪，只恐说的又是反话，心想要是答应了，必然惹恼此人，将自己当做立威的靶子。是以陆渐说得越是诚恳，劫奴们越不敢相信，唯独莫乙、薛耳和陆渐有些交情，知道他的性子，但见众人如此，也不由疑神疑鬼，不敢标新立异。

陆渐见莫乙仍是踌躇，不由正色道："莫乙你知道，我以前也是劫奴，吃过黑天劫的苦头。"莫乙这才略略放心,说道:"老主人临终前将部主之位传给了您,我们不叫您主人,叫您部主好了。"

陆渐摇头道:"我只是接了玉簪,并没有答应做这天部之主。"莫乙道:"你若不肯做部主,我们只好仍然叫你主人。"陆渐见地上四人神色畏惧,心想不依莫乙之言,他们一定不会罢休,只好说道:"也罢,部主就部主。"

莫乙大喜,向同伴道:"你们还不见过部主。"那四人瞅着他犹豫半晌,稀稀落落叫了几声部主,方才起身。陆渐问道:"莫乙,你说有事让我定夺,却是何事?"

莫乙道:"老主人是总督幕僚,他这一去,必然惊动官府。若不拟个说法,胡大人问将起来,怕是说不过去。"陆渐深感头痛,问道:"你有什么主意?"莫乙道:"我想了想,且报个夜里暴卒,就说因为沈秀的婚礼大为震怒,引发痼疾,中风去世。只是,这理由须由主母出面来说。"

陆渐想了想,说道:"这事就这么定。"莫乙又道:"还有一事,请部主随我来。"说罢秉持蜡烛,当先而行。陆渐只得随莫乙弯弯曲曲来到书房。书房极大,典籍满架,也不知有几千几万。莫乙走到东面书橱前,抽出几本书册,露出一面小小八卦,莫乙拧了数匝,书房退开,露出一间密室。

陆渐大为惊奇,忽见莫乙招手,当即跟上,只见密室南墙上又有一面八卦,莫乙再拧,八卦退开,露出一扇三尺见方的暗龛,龛中叠满书册。莫乙捧出书册,递给陆渐。

陆渐奇道:"这是什么?"

莫乙道:"这是天部的机密文书,这一本是天部弟子名册,部主若有这部名册,即可召集本部弟子。这一本则是天部账册。至于这本笔记么,则记载了当今朝野重要人物的事迹性情、阙失阴私。有了这部笔记,到了紧要关头,不容这些人不俯首帖耳,乖乖听命。"

陆渐听得好奇,对着烛火将那笔记翻了几页,但见上分士、农、工、商、皇族、武林六卷,各卷记载许多人名,陆渐多不认识,但其上记载了各人的善事恶行,其中不乏种种凶淫恶毒之事。

陆渐瞧了数页,不胜厌恶,径自翻到武林卷,上面记载了某门某派、某省某县的武林人物,及其生平善恶,其中不乏道貌岸然、实则凶毒之辈。陆渐大多不识,一直翻到西城部,当先便见万归藏,条目下方均是溢美称赞之词,其下条目乃是八部紧要人物,想是避讳,均只写了性情优劣,并不直

书其事。陆渐匆匆瞧罢,再瞧东岛卷,谷神通一条下方,写了他的生平事迹,大抵与陆渐听到的相符,最末评语却是"号称不死,其实不然,为情所困,取之不难"。

陆渐瞧这评语,心中满不是滋味,再瞧下去,却是谷缜,略写其为财神指环主人,"财神"二字以朱笔勾勒,批注:不详。又写其弑母淫妹,被困绝狱,亦有批注:疑为冤。

陆渐瞧得心头一跳,注目下看,看到狄希一条,忽地愣住,只见姓名后写道:"精于'龙遁'、铳术,号'九变龙王',性阴沉,淫邪多诡,疑与谷神通后妻白氏有染,且通倭寇,涂炭东南,其所图不明,似非钱财。"

批语后又写了狄希杀人越货,淫人妻女的事实,足有八条之多。最末一条提到谷缜冤情,朱笔批注:疑为此人。

陆渐瞧得心子扑扑乱跳,遍体汗出,忙将这一页撕下,揣在怀里,向莫乙道:"这本笔记揭人阴私,倘若不慎落到恶人手里,借此要挟,大大不妥。"

莫乙道:"这本笔记,我早已记在心中,部主若感不妥,可以烧掉,将来但有疑问,尽可以询问小奴。"陆渐道:"如此也好。莫乙,沈,沈先生明知狄希这么多恶行,怎么不予揭露?"

莫乙道:"我私心揣度,狄希恶行越多,老主人越不会说,说不定还会替他隐瞒。"陆渐怪道:"为什么?"莫乙道:"狄希越坏,留在东岛祸害越大。老主人秉承万城主的志向,誓灭东岛,东岛既有祸害,老主人求之不得,岂有揭发的道理?"

陆渐怅然道:"这心思也忒毒了。"更定决心,找来蜡烛,将那本笔记烧成灰烬。

再瞧账目,上面尽是数万两银子的出入,陆渐颇为诧异,询问莫乙缘由。莫乙道:"这些银子大多是商场上赚,官场上花。而今朝廷内斗激烈,不用金枪银马,休想杀出一条血路。胡总督坐镇江南,每年少说也得花十多万两银子,才能将上方一一打点,皇帝、太监、妃嫔、严阁老、锦衣卫、东西厂、各部尚书御史,或多或少,都要表示。稍有不周,便有弹劾奏折出来,惹风惹雨,一个不好,官位不保,性命也悬。每到年中、年尾、皇帝诞辰这些时节,老主人都为银子发愁。这账簿上的银子看来虽多,但都是少进多出,上个月为寻白兽、白禽、龙涎香,就花了四万两银子,因此缘故,如今也没剩多少。"

陆渐叹道:"这朝廷如此败坏,真是叫人丧气。"莫乙道:"老主人也这么说，但他又说，大明虽然败坏，却还没坏到骨子里，当今皇上虽然荒淫，但大权却未旁落，宦官权臣只能横行一时，掀不起什么大浪，这个皇帝死后，若有明君良臣接替，大明朝还有中兴的机会。"

陆渐默默点头，看了看密龛，说道："这里怎么没有天部画像？"莫乙道："画像的事，从没听老主人说过。"陆渐心道："或许天部画像不慎丢失了。"当下将天部名册和账册交给莫乙，说道："这些事情我不太懂，全由你来掌管。"莫乙笑道："小奴生来便是做这些事，这名册、账册我都记熟，部主不如仍是放在龛内，要用时，只管询问小奴。"

陆渐笑道："莫乙啊，日后咱们你我相称，不要自称小奴，我听着不欢喜。"莫乙眼眶一红，转过身去，攒袖抹眼。陆渐奇道："你怎么啦？"莫乙道："没，没什么，眼里进了沙子。"

二人出了书房，在灵堂上守到天亮。陆渐返回后院，见商清影已然醒转，便将莫乙的提议说了。商清影颔首道："还是莫乙想得周全，这种说法合情合理，也能少些是非。到时候我去灵堂应付一切，你便不用出面了。"陆渐求之不得，急忙应了。

商清影拉住他手，对着他痴痴怔怔瞧了许久，才叹道："渐儿，你心肠柔善，和舟虚大为不同。这都多亏你的陆大海爷爷，老人家古道热肠，才能教出你这种好孩子。"

陆渐挠头笑道："他诸般都好，就是爱赌，害得我们常饿肚子。"

商清影道："人无完人。坏在明处不要紧，就怕坏在暗处。若没有昨日的婚礼，我也不知道秀儿竟是那等人，可叹我还当他是个菩萨心肠的好孩子……"沈秀是她一手养大，虽不是亲生，情深爱重，尤胜陆、谷二人，知道沈秀真面目后，心中伤痛无以复加，说着说着，又不禁流下眼泪。

陆渐愤然道："沈秀变成这样，都怪沈舟虚纵容。养不教，父之过，他明知沈秀做恶，却不加以训导，反而串通起来，隐瞒于你。"

商清影摇头道："那是因为他从没将秀儿当做儿子。说到底，秀儿也只是他手里的一枚棋子。秀儿若是好人，怎么会帮他去做坏事？"说到这里，她握紧陆渐的手，说道，"我知道你瞧秀儿不起，但他变成这样，也是你父亲的过错。将来他若和你作对，你宽宏大量，不要取他性命。"

陆渐一愣，见商清影目光殷切，泪痕未干，顿时心软，苦笑道："您放心，我不杀他就是。"商清影秀眉舒展，面露喜色，又絮絮问起陆渐少时故事，稍不详细,即刻追问,听陆渐说道姚晴,商清影忽地沉默下来,说道:"渐儿,那位姚姑娘太不一般,秀儿说要娶她,我本也不大赞成。后来挨不过他苦求,只好应了。没料到你和她也有如此渊源,竟肯为她前来闹婚。"说着伸出手来,轻抚陆渐面颊,柔声道:"昨天我一时着急,打了你,现在还痛么?"

陆渐自幼孤苦,从未得到父母疼爱,看见别的孩子被母亲宠爱,心中不胜羡慕。此时蓦地多了一个母亲,温婉美丽,世间少有,但觉那双温软的手抚过面颊,心中既温暖,又害羞,支吾半晌,才说道:"打在脸上,一点儿也不痛,就是心里有些难过。"

商清影听得胸中大痛,张臂抱住陆渐,泪如雨落。陆渐猜不透母亲心意,任她搂着,一时间想到身世,也陪着落泪。

这时忽听一阵豪爽大笑,却是陆大海来了。母子二人方才分开。陆大海进屋看见二人模样,明白几分,笑道:"沈夫人,你也是经过大风大浪的人,越到这个时候,越要定心。"

商清影道:"我母子劫后重逢,全拜您老所赐,您老请受妾身一拜。"说着便要跪倒,陆大海急忙扶住,说道:"不敢,不敢。"又道,"如今渐儿认祖归宗,我老头子也算功德圆满,从今往后,他改姓沈吧。"

商清影忙道:"不成,渐儿仍随您老姓陆,将来结婚生子,若有两个儿子,再让一人姓沈,延续沈家香火,一人姓陆,延续陆家香火。不但如此,妾身也想认您为父,叫您一声爹爹,侍奉终身。"说罢屈膝又拜,陆渐也跟着跪下。陆大海慌手慌脚,连连推辞,但商清影母子执意不改,拉扯一阵,陆大海拧不过二人,只得放手,任商清影拜了三拜。他嘴上推辞,心里却很欢喜,寻思自己一个孤老,本应该孤苦而死,如今能有如此结果,真是老天眷顾。想着心中大乐,笑得合不拢嘴。

沈舟虚死讯传出,胡宗宪以下无不震惊,纷纷前来祭奠。商清影屡经劫难,外貌温柔,内心却着实坚毅,不同寻常妇人,此时孝服出迎,端庄娴雅,迎来送往,不失礼数。来宾问起沈秀,便托词被沈舟虚责罚,离家出走,昨日婚事众所目睹,商清影这般说法,并未惹人起疑。

沈舟虚生前仇家甚多,陆渐率众劫奴暗自警戒,好在从午至夜,并无异常,只陆续来了不少天部弟子,均由燕未归引入,拜见陆渐。众弟子都知道"有无四律",见陆渐收服五大劫奴,必是沈舟虚亲生儿子无疑,又知他是金刚传人,神通奇绝,故而他做部主,均无异议。

陆渐打心底不愿做这天部之主。但莫乙劝说道，眼下沈舟虚新死，天部人口众多，无首不行。陆渐不做部主，为争部主之位，众弟子必起纷争，多有死伤。陆渐无奈，只得硬着头皮接受天部弟子拜见，心里却想等到风波平息，再召集部众，另立新主。

莫乙又代陆渐筹划，留下金银二品弟子，镇守庄子，其余紫青二品，则去江湖上传告沈舟虚去世消息。

入暮时分，忽有弟子来报书房被窃。陆渐赶到书房，却见密室已破，暗龛也被揭开，名册账本丢了一地。莫乙细细查看，但觉来人并未取走书籍，名册账本也一页未动，便道："好险，多亏部主昨天烧了老主人的笔记。"随即召集众弟子，询问可曾发现窃贼，一名银带弟子道："我方才在庄子南边巡视，听见头顶有响声，一抬头，就看一个人影掠过墙头去了，我追赶一程，却没赶上，看背影，倒像是个女子。"

"女子？"莫乙微微皱眉。陆渐却已猜到几分，随那弟子描述，一个窈窕身影悠悠荡荡浮上心头，顿时神思翩翩，感慨良久，说道："这事就此作罢，不再追究了。至于名册账本，暂且由我来保管。"又问莫乙道，"沈先生也是西城的首脑，他去世了，怎么不见西城各部前来祭奠？"

莫乙道："老主人是万城主的心腹，天部以外，另七部对万城主又恨又怕，故与老主人不太投机。不来祭奠，也在意料之中。"

说话间，一个弟子匆匆赶来，施礼道："有个人自称鱼传，说有要事禀告部主。"陆渐正担心谷缜，闻言大喜，赶到庄前，却见一个灰衣人立在阶下，正是鱼传。行礼已毕，陆渐问道："鱼兄，有谷缜的消息么？"鱼传道："小的正奉谷爷所遣，请你入城。"

陆渐点点头，将庄内事务托给莫乙，随鱼传入城。到了南京城里，已然入夜，长街寂寥，行人渐稀。鱼传领着陆渐，七弯八拐来到一条小巷，巷子里一家小酒馆尚未打烊，星星灯火，映照馆中醉人。

谷缜歪带头巾，斜披长袍，身前放了七八个酒坛，身子蜷得醉猫似的，一碗一碗，没完没了。

陆渐远远瞧着，一股惆怅从心底泛起来，久久不散。呆立许久，掉头看时，鱼传不知何时已然去了。陆渐叹一口气，走上前去，在谷缜对面坐下。谷缜抬眼瞧见，呲牙一笑，拖过一只碗来，注满了酒，笑道："你来啦，来，陪我喝酒。"

陆渐举起酒碗,凑到嘴边,酒气冲鼻,陆渐忽觉心里难过,说道:"谷缜,别喝了,你喝得够了。"

谷缜哈的一笑,说道:"够个屁,今晚老子非把南京城喝漂起来不可。"又瞪陆渐一眼,恶狠狠道:"你别劝我,你敢劝我,我先撒一泡尿,将你淹死再说。"

陆渐不禁沉默,谷缜喝罢一碗酒,忽地抬头仰望东升的明月,斜月如钩,切开暗云千层,空中流风,蕴藉着一股凄伤韵味。

"活着真好。"谷缜吐出一口气,醉醺醺的,"你看,这月是弯的,云是动的,风是凉的,酒是辣的,若是死了,都会感受不到,所以啊,还是活着的好。你干么愁眉苦脸的,人生得意须尽欢……可我多多就不明白,他一辈子都活得累,总给自己找心事,找罪受,大约他也活累了,明知沈瘸子有阴谋,还是将小命送上去。你说他傻不傻?呵呵,瞧你这神情,我还没哭,你哭什么?还有傻鱼儿,她也活得真他妈的累,那些事都过去了,被打的人是我,被骂的人也是我,我都不计较,她有什么好计较的?这世上经过的事,就像喝过的酒,撒泡尿就没了,你说是不是?倘若只喝不撒,还不活活憋死了。萍儿么,唉,这孩子也真傻,她喜欢我,我知道的,可她干么要疯呢,这么年纪轻轻,疯疯癫癫的,将来谁肯要她?她总想一辈子跟着我,这下子可是称心如愿了。不管怎么说,只要活着,就是好的,能看见天上的月亮,能品出酒的味道,还有这风,吹得人真舒服呀,还是活着有意思呢,大哥,你说是不是?"

说到这里,他放下酒,揉了揉眼,放下手时,眼睛红红的。陆渐心里发堵,但又无处发泄,揩去眼角残泪,端起酒碗,闷头大喝。

至此两个人再不说话,你一碗,我一碗,直喝到四更天上,梆子声夺夺直响,谷缜一碗酒尚未送到嘴里,忽地酒碗翻倒,扑在桌上。这一下,当真醉过去了。

陆渐叹了口气,付了酒钱,将谷缜背在背上,心道:"还是沧波巷罢。"想着步履蹒跚,走出小巷。

长街凄清,冷月无声,一排排檩子在地上投下黑沉沉的影子,远处城头,刁斗声声,随风飘来,意境悠远。几个醉人彼此搀扶,迎面踏歌而来,歌声时断时续,却听不清到底唱的什么。刁斗歌声,远远而来,又悠悠而去,长街之上,复又寂静下来,虽是丰都大邑,陆渐却如行走在荒野郊外,寂寥无声,分外凄凉。

"爹爹……"背后谷缜忽地喃喃道:"……爹爹不要我,妈妈也不要我,妙妙也不要我,师父,师父是我家的大仇人……大哥,我,我什么都没有,就只有你了……"听到这句,陆渐肩头湿漉漉的,传来淡淡水气,猛然间,陆渐只觉眼鼻酸热,走到街尾,眼泪已止不住地流了下来。

到了沧波巷,陆渐敲打门环,鱼传迎出,将二人引入内室,陆渐讨了热汤,给谷缜盥洗过了,又替他换一身干净衣裳,才让他躺下。又恐他起夜呕吐,便让鱼传搬来一张小榻,放在谷缜床侧,自己闭目小憩。

睡了一阵,灵机震动,陆渐弹身坐起,却见谷缜已然醒了,坐在床边,一双眸子明亮如星,满含笑意。

陆渐道:"你什时候醒的?"谷缜笑道:"有一阵了。"站起身来,推开窗扇,窗外鸟语清脆,绿竹扶疏,翠叶如剪,将碧空白云剪裁得天然奇巧,爽目清心。

陆渐也来到窗前,两人并肩而立,望着近竹远空,陆渐忽地叹道:"谷缜,对不住……"谷缜怪道:"对不住我什么?"陆渐道:"无论怎的,沈舟虚都是我生父,他害死谷岛王,我……"

谷缜摆了摆手,笑道:"我大醉一场,前事尽都忘了。起初确实伤心,但仔细想想,活人不能被死人拖累,今日不能被昨日拖累。人生几何,不过百年,再过百年,如今的人谁又能活着?"

他想得如此通脱,陆渐始料未及,愣了一会儿,问道:"你真不想为你爹爹报仇?"谷缜道:"沈舟虚死了,我向谁报仇去?除非父债子还。"

陆渐听得心头血涌,大声道:"好,你狠狠打我一顿,出气也罢。"谷缜望着他,似笑非笑,忽地伸手,在陆渐肩头不轻不重打了一拳,笑道:"父债子还,这下你我两清了。"

陆渐奇道:"就打一下?"谷缜哈哈大笑,笑了片刻,握住陆渐的手,收敛笑意,缓缓道:"陆渐,说真的,我如今什么也不想了,只想和你做一辈子好兄弟。"

陆渐与他目光交接,心中暖洋洋,酸溜溜,不由点了点头,慢慢道:"你跟我本来就是兄弟,今生今世,都不会变。"

谷缜笑道:"我这人贪心得很,不止今生,若有来世,我还要跟你做兄弟。"陆渐心头一热,大声道:"好,来生还要做兄弟。"说罢两人对视一眼,齐声大笑。

笑了一阵,陆渐想起一事,从怀里取出笔记中撕下的那页纸,递给谷缜,谷缜看了,问道:"这是哪里来的?"陆渐说明出处。谷缜道:"那么你怎么看?"陆渐道:"我怀疑狄希和白湘瑶串通一气。"

谷缜笑道:"不必怀疑,原本就是。白湘瑶死后,我爹在天柱山召集岛众,只有两个人没来,一是妙妙,一是狄希。妙妙留了条子,说是无颜见我。狄希却是不告而别。料想他知道白湘瑶死讯,怕白湘瑶供出自己,索性溜之大吉。如今想来,南京城楼上的蒙面人是他,农舍里下战书的人也是他。但他当时不曾杀我,如今想必十分后悔。"

陆渐怒道:"这人十分可恶,还想对施姑娘无礼。"便将天柱山上狄希对施妙妙的作为说了。

谷缜冷笑一声,淡然道:"这个九变龙王,清高是假,自负是真,自以为是,贪得无厌,不但要胜我,还要武功、智谋、情场,处处胜我,才能称心。若非他这份贪婪,只怕我当真活不到今天。"

陆渐道:"既知他是内奸,就当捉他正法。"谷缜道:"我爹已派了叶老梵和明夷一起拿他,只不过'龙遁'身法独步天下,打架未必厉害,逃起命来,却是一等一的了得。鲸息、一粟虽强,却未必奈何得了他。"说到这里,谷缜摆手道:"不说这个啦。陆渐,沈瘸子给了你一根白玉簪吧?"

陆渐道:"是啊。"说着取出玉簪。谷缜道:"让我看看。"陆渐递给他。谷缜拿着,对着天光照了照,忽地转身,背着陆渐鼓捣一阵,又转过身来,将玉簪还给陆渐。陆渐奇道:"你做什么?"

谷缜笑道:"以防万一。"陆渐莫名其妙,将簪子收好,问道:"萍儿姑娘怎么样了。"谷缜道:"她就在宅子里,我雇了一个嬷嬷照看她。"说到这里,眉间隐现愁意,沉默半晌,忽道:"陆渐,还有一件大事,十分棘手。"

陆渐道:"什么事?"谷缜叹道:"我遇上敌手了。"陆渐奇道:"是武功么?"谷缜笑道:"我这点儿三脚猫功夫,敌手满天下都是。说的这敌手么,却是商场上的对头。"陆渐咦了一声,甚是惊讶,神情仿佛是说:"你在商场也有敌手?"

谷缜道:"江南的饥荒你也见到了?"陆渐精神一振:"这事我正想和你商量,你计谋多,或许能想个法子。"

"我指的敌手,正是这个。"谷缜道,"这些日子,我也曾想法从外地调

粮进入东南，不料遇上两个难题。"陆渐道："什么难题。"谷缜叹道："第一是买不到米。第二是买到了米，也运不进来。"

陆渐吃惊道："怎会买不到米，难道其他地方也受了灾？"

"不是。"谷缜摇头道，"去年风调雨顺，河北、山东、湖广、四川，都是丰收。调粮救灾本也不难，但不知怎的，暗地里出现一股庞大财力，从去年秋天起，便暗中收购各地余粮，不但价钱奇高，而且只进不出，当时我在九幽绝狱，全不知情，出来之后，查看各地账目，虽觉古怪，也只当是奸商囤积货物，并未十分留意。直到如今买粮救灾，才发觉各省余粮，竟已所剩无几。"

陆渐想了想，说道："农户家里大都自留谷米，我们不妨提高价码，高价买入。"

谷缜叹道："我起初也这么想，但仔细一想，却发觉大大不妥。倘若我高价买粮，正好中了对方的奸计。那时不但是东南危急，闹得不好，便要天下大乱。"

他见陆渐神色迷惑，便道："你认为那些人收购粮食，所为何事？"陆渐道："自是囤积居奇，提高粮价了。"

"不是。"谷缜摇了摇头，神色凝重，"他们的目的，是要祸乱朱氏天下，覆灭大明江山。"

他见陆渐神色惊疑，便取出一幅地图，在桌上铺开，指点道："湖广熟，天下足，东南各省，亦是天下粮仓，自古便有太仓美誉。而今苏、浙、闽、赣、两粤、安徽，遭受倭寇盗贼肆虐，连年不收，天下粮仓，荡然无存。如此一来，最好从湖广调粮，但湖广的余粮已被收尽，对方还不知足，仍以高价收购农户自留粮食。我要收粮，便须和对方竞价，看谁出价更高。我刚脱牢狱之灾，眼下所能支使的，唯有扬州盐商、徽州茶商、桐城的绸缎商以及走私海货的商人。先不说这些人未必都肯出力，即便出力，对方只需不断抬高粮价，任我手上有多少银钱，也会耗尽。"

陆渐叹道："若是如此，也没法子。老百姓的命总比银子要紧。"

"即便我肯倾尽财力，也未必能够济事。"谷缜苦笑道，"对方买通江西盗贼，固守水陆要津，买到湖广的粮食，也无法运入东南。然而对方与我这一番竞价，势必令湖广粮价陡涨，农户一见有利可图，必然争相卖粮，却忘了银子虽好，终归是不能吃的。待到粮食卖光，饥荒自会悄然而至。不止湖广、徽州、山东、四川以及其他各省,均可由此类推。说来说去,对方便是要借东南诸省这场大饥荒做引子,将天下粮食搜刮一空,闹得全天下的老百姓都没有饭吃。"

陆渐目定口呆,半晌道:"这么说来,不买粮,苦了东南的百姓,买了粮,却要苦了天下的百姓。到底是谁,想出这么恶毒的法子?"

谷缜脸色微沉,冷冷道:"这法子以虚引实,以无转有,深谙天道,滴水不漏,我想来想去,普天之下,只有一个人想得出来。"

陆渐心念数转,蓦地失声叫道:"万归藏!"

一时间,二人沉默下来,过了半晌,陆渐问道:"谷缜,你不是他的传人么? 这件事他没给你说?"

谷缜叹道:"万归藏何等人物,我是他一手教出来的。他还不看穿了我? 他心里知道,我虽懂经商,但决不会做出这等不义之事。故而索性将我绕开,远召西财神进入中原。"

"西财神?"陆渐诧道。

谷缜笑道:"有件事我不曾与你说。老头子手下的财神并非只我一个,昆仑山以东,由我作主,昆仑山以西,另有其人。若我所料不差,如今四处收购粮食的,必是西财神那婆娘无疑。"

"奇怪。"陆渐皱眉道:"万归藏扰乱天下,为的什么?"

谷缜笑了笑,说道:"起初我不大明白,如今大约猜到一些。你试想一想,他已有了天下无敌的武功,富可敌国的财富,还有什么是他未曾得到的呢?"

陆渐想了片刻,摇头道:"我想不出来。"

谷缜微微一笑,一字字道:"他未曾得到的,只有一样,那就是举世无双的权势。"

"权势?"陆渐恍然大悟,"难道说,他,他想做皇帝。"

谷缜叹道:"老头子本是不甘寂寞的强人,只因受制于天劫,无奈隐忍,如此无所事事,比杀了他还要难受。若能安坐不动,扰乱天下,那又何乐而不为呢? 如今皇帝昏庸,奸臣当道,若是天下饥荒,势必流民纷起,动乱连绵。等到天下大乱、万民无主的时候,有道是'民以食为天',万归藏手握无数粮食,无疑便有了主宰天下的利器。那时候,他想让谁当皇帝,就让谁当皇帝,即便自己不能露面,也大可找个傀儡操纵操纵。说起来,他一旦入主天下,小小的东岛西城又算什么?武功再高,也不过数百人之敌,又怎么敌得过几十万大军?那时便有仇敌想杀他,只怕也不能够,更何况,他脱劫成功,单打独斗,谁还胜得了他?"

陆渐一想到自己误救这万归藏,便觉面红耳赤,气愣了半响,一拍窗台,怒道:"他说什么无亲、无私、无情。无亲、无情也还罢了。说到无私,真是自吹自擂?"

"那倒未必。"谷缜笑道,"老头子文韬武略,多谋善贾,比起嘉靖老儿,才干强了何止百倍。他做皇帝,未必不是天下百姓的福荫。如此看来,说他无私为民,也不算错。就是夺取天下的法子卑劣了些,但想一想,自古改朝换代,除了黄袍加身的宋太祖,哪个不是流血千里,伏尸百万。由乱而治,由战而和,本来就是天道,老百姓喜欢太平安逸,若不是对时事绝望到极点,谁又愿意改朝换代呢?"

陆渐越听越不是滋味,瞪着谷缜道:"你怎么尽帮万归藏说话。"

"我说的都是实话。"谷缜苦笑道,"我是老头子教出来的,他的心思我多少知道一点儿。论武功,我爹和他相差无多,可论到计谋深长,经营四方,他连老头子一个零头也比不上。你别忘了,他的弟子不止我一个,沈舟虚算一个,还有西财神那婆娘,也是十分难缠。我三人的性情全然不同,老头子却能因材施教,兼容并包,委实不负'归藏'二字。"

陆渐听得头大,想了想道:"不管怎么说,若让万归藏得逞,不知要死多少百姓。"

谷缜定眼瞧他半响,忽而笑道:"我说了老头子那么多厉害,你仍然不怕?"

"怕甚么?"陆渐摇头道,"这件事我定要阻止。"

谷缜默想片刻,忽地轻轻击掌数下,笑道:"也罢,明知胜算不大,也陪你玩一遭吧。"

陆渐喜道:"你有什么计谋?"

"什么计谋也没有,唯有见招拆招,步步为营。只不过,我们也不是全无机会。"

陆渐道:"什么机会?"谷缜取出怀中财神戒指,说道:"财神分为东西,戒指却只一枚。谁得到这枚戒指,谁就是老头子的传人。西财神五年前输给我,耿耿于怀,这次东来,必然旧事重提。无欲则刚,但有所求,我就有克制她的法子。至于老头子,你不是说他神功尚未圆满,还在闭关吗?若能抢在他出关前制住西财神,或许就能化解这场大劫。但这闭关时间可长可短,不是人谋能够济事,还要看看天意如何。"

说话间,鱼传送来午饭。谷缜当即闭口,待鱼传去了,才低声道:"鱼传鸿书,都是老头子的老伙计,若要和老头子作对,千万不能叫他们知道。"

用完饭,陆渐叹道:"谷缜,你还是去见见妈吧。咳,那人,那人始终挂念着你,当年离开,也有不得已的地方。你气量宽宏,就不要和她斗气了。你一日不肯原谅她,她就一日不能安心。"

谷缜笑了笑,移目看向窗外,眉宇间透出一丝萧索,半晌叹道:"还是不去了罢。"陆渐急道:"你不是说过么,活人不能被死人拖累,今日不能被昨日拖累。你能原谅我这仇人之子,就不能宽宥自己的生身母亲么?"

谷缜哑然失笑,说道:"好家伙,甚时候做了商清影的说客了?"

陆渐道:"我虽然笨,却也看得出来,你对别人都很宽容,唯独不肯原谅母亲,全因为你和她感情太深,一旦她舍你而去,你便无法容忍。"

谷缜拂袖道:"这话不对。"

陆渐道:"若是不对,你当初为何要不顾一切,来中土寻她?"

谷缜不禁语塞,陆渐字字句句,无不戳中他的心病。回想多年以来,他对商清影的心情爱恨交织,复杂难辨,爱之深,恨之切,每次张口骂她,快意之余,又何尝不深深痛心,自己又何尝愿意相信她就是抛夫弃子的淫奔妇人,只因不愿相信,方才痛心,只因痛心,才会痛恨。这一份矛盾心境,始终挥之不去,可是梦境之中,却又时常可见她的影子,经历多年,眉梢眼角,依稀还是当年站在东岛沙滩上、母子嬉戏的样子。

谷缜心头微乱,站起身来,来回踱了数十步,蓦地停下,望着陆渐,露出无奈神色:"陆渐,你口才越发好了,罢了,说不过你,我随你走一遭吧。"

此言一出,陆渐便知他多年心结终于解开,心中真有不胜之喜。咧开嘴呵呵直笑。谷缜心结一解,也觉如释重负,神朗气清。

说笑几句,二人一起出门,穿过几道曲廊,便听女子嬉笑,转过月门,便瞧谷萍儿正拿一面白缎团扇,穿梭花间,扑打一只花纹奇丽的大蝴蝶。人面、花朵、蝶翼三方掩映,流辉溢彩,更显得花间女子娇艳动人。

谷萍儿看见谷缜,便丢了花儿,纵身投入谷缜怀里,娇声道:"昨晚我做恶梦啦。"谷缜道:"梦见什么?"谷萍儿道:"梦见妈妈和爹爹,他们都在风穴边站着,我叫他们,他们就对我笑,我走上去,他们忽就不见了。我心里一急,就哭醒啦。"

谷缜沉默半晌,柔声道:"萍儿,今天我带你去见一个阿姨,又美丽又温柔,你可要听她的话。"

谷萍儿道:"萍儿听话,听她的,也听你的。"谷缜眼眶微红,抚着如瀑秀发,叹道:"好萍儿,这辈子哥哥对不起你,若有来世,今生欠你的,我都还给你。"谷萍儿定定望着他,神色茫然。谷缜自觉失态,拉住她手,向陆渐道:"走吧。"

谷萍儿这时才觉陆渐来了,绽颜笑道:"叔叔,你也来啦。"伸出团扇,拍打陆渐脸颊。陆渐并不躲闪,微笑而已。谷萍儿向谷缜笑道:"这个叔叔看起来傻乎乎的,很好相与,怎么逗他,也不生气。"

谷缜不觉莞尔,心道:"陆渐身为金刚传人,天部之主,气度上却没半点儿威势,即便妇孺,也能欺负他一下呢。"想着拉起谷萍儿,出了府邸,叫一辆马车,快马如风,不久便到"得一山庄"。

弃马下车,燕未归正在庄前张罗,见了三人,目定口呆。陆渐道:"夫人呢?"燕未归道:"在灵堂里。"陆渐想想,说道:"谷缜,你先去庄后,我请她来见你。"

谷缜淡然道:"沈瘸子已经死了,活的时候,我便不怕他,还怕死的么?诸葛亮尚且凭吊周瑜。我没有孔明的气度,倒也见贤思齐。"说罢径自入庄,来到灵堂。

商清影本是坐着,乍见谷缜,面露震惊之色,站起身来,谷缜也停在阶前。母子二人隔着一座灵堂,遥相对视,飒飒微风,掠地而过,卷起纸花败叶,聚而复散,散而复聚,一如飘零人生,无常身世。

谷缜忽地笑笑,撩起长袍,漫步而入。商清影随他步步走近,不觉发起抖来。谷缜走到近前,伸出手,将她纤手握住,忽觉入手冰凉,满是汗水。

商清影陡然明白过来,胸中一恸,柔肠百转,多年的委屈,尽皆化作泪水,夺眶而出,忍不住抱着谷缜,泣不成声。

十三年来,谷缜第一次拥抱母亲,心中百感交集,饶是他千伶百俐,此时竟也没了言语。过了好半晌,见商清影仍不止泪,方才笑道:"妈,你几十岁的人了,怎么的还是像个孩子。"

商清影闻言羞赧,止了泪,放开爱子,叹道:"缜儿,你,你不怪我啦?"

谷缜未答,陆渐接口笑道:"他心里早就不怪了,只是嘴里总不服软。"谷缜回头瞪他一眼,骂道:"就你多嘴。"骂罢又笑起来。

商清影虽然失去丈夫,却接连得回朝思暮想的爱子,一失一得,均是突然。喜出望外之余,深感世事无常,再见这一对儿子人品俊秀,和睦友爱,又自觉悠悠上苍,待自己真是不薄,不由得双手合十,闭眼默祷,暗自感激神佛庇佑。

谷缜知她的心意,便住口微笑,直待她默祷完了,才开口道:"妈,我这次来,是有一事相托。"拉过谷萍儿,说道:"这是萍儿,白姨的女儿,也是我的妹子。她幼时你也见过,前几日在天柱山遭逢变故,心智尽丧,本当由我照看,但我近日要办一件大事,不知是否有命回来,我将她托付给您,您代我好好照看。"

陆渐听得心头略噔一下,谷缜此来,一则认母,一则竟是托付后事,料想他深知此次对手非同小可,生死难料,故而提前为谷萍儿准备归宿。一念及此,陆渐心情也是凝重起来。

商清影更是惊诧,她本想好容易母子相认,自应长年厮守,尽享天伦。但听谷缜的意思,似乎又要去办一件生死攸关的大事。再看陆渐神情,只怕他也卷入此事。商清影多年来历经离别生死,到这时候,心中虽然苦涩无比,也不愿拂逆儿子的心思。默然片刻,叹一口气,抱过谷萍儿,嘘寒问暖,但听谷萍儿言语幼稚,果如谷缜所言,心中好不惋惜。谷萍儿似乎与她十分投缘,在她怀里一扫顽皮,恬静温柔,眼里流露依恋之色,说道:"阿姨,你真像我妈。"

商清影道:"你妈妈……"忽见谷缜连连摇手,心知其中必有缘故,便笑了笑,住口不问。

坐谈时许,忽听庄前喧哗,陆渐眉头一皱,站起身来。忽听薛耳在远处大叫道:"你来做什么?出去,出去……"话没说完,忽然失声惨叫。陆渐纵身赶出,定眼一看,心神大震,只见姚晴俏生生立在阶下,四周围满天部弟子,薛耳则被一根蘖缘藤缠住双脚,拖倒在地,面无人色,看到陆渐,忙道:"部主救我。"

陆渐道:"阿晴,你放了他。"姚晴冷哼一声,向薛耳道:"你还敢不敢对我无礼?"薛耳生怕那藤上长出刺来,忙道:"不敢了,不敢了。"姚晴这才散去神通,向陆渐道:"我有事找你,你跟我出去。"

陆渐大为踌躇，转头一看，商清影和谷缜已闻声出来，谷缜笑道："大美人，什么体己话儿不能当众说。倘若你想作我嫂子，大可吹吹打打，迎你进门，这么偷偷摸摸，男女私会，十分不合礼数。"

姚晴脸涨通红，啐道："你这臭狐狸也配谈什么礼数？倘若见了你的妙妙姑娘，怕是比疯狗还疯呢。"谷缜脸色微变，说道："你见过妙妙？"姚晴冷笑道："见到又怎的？你惹恼了我，我便告诉那傻丫头，说你寻花问柳，下贱无耻。让她一辈子也不见你。"

谷缜无言以对，强笑道："最毒妇人心，果然不假。"姚晴微微冷笑，又向陆渐道："你随不随我去？"

陆渐道："好。"姚晴纤腰一拧，纵身而出，陆渐展步，不即不离，尾随其后。

两人行了十余里，姚晴四顾无人，缓下身形，秀目注视陆渐，神色喜怒难辨。陆渐一见着她，便觉六神无主，说道："阿晴，你，你还好么？"

"好什么？"姚晴冷笑道，"都被你气死了。"陆渐想到闹婚之事，面皮发烫，说道："虽说让你生气，我却并不后悔。"

姚晴沉默半晌，忽道："我也想不到，沈舟虚竟是你亲爹。他那样的聪明人，竟生了一个傻儿子。真是虎父犬子。"她说得刻薄，陆渐不由苦笑道："你也知道了？"

姚晴冷冷道："那天我有事未了，没有远离庄子，见你和陆大海入庄，便跟在后面，故而那天的事情我都瞧见了。哼，你不对那个宁凝大献殷勤，就不怕她怨你怪你，不和你相好吗？"

陆渐胸中波翻浪涌，好一阵才平复，说道："宁姑娘与我同为劫奴，同病相怜，她的一举一动，总叫人十分怜惜……"姚晴听到这里，轻哼一声，咬得朱唇微微发白。

陆渐又道："宁姑娘不如你聪明，也不如你美丽，但与她一起，我心里十分平和安宁。后来她舍身救我，又让我好生感激，故而她若有难，我陆渐赴汤蹈火，在所不辞，就算为她死了，也不后悔。"

"够了。"姚晴捂住双耳，眼里泪花乱滚，大声道，"这些话，我一句都不想听。"

陆渐微微苦笑，说道："宁姑娘虽然很好，但不见她时，我只是担心，却不曾难过。而不见你时，我心里却是难受得要命，无时无刻不在想你，但每次想到见你,我又十分害怕……"

姚晴虽然捂着耳朵,却偷偷放开一线,凝神倾听,听到这里,又气又急,放手喝道:"害怕什么?我是鬼么?是妖怪么?"说着踏进两步。陆渐为她气势所迫,后退两步,叹道:"只因一旦见你,我总怕自己这也不好,那也不好,行差踏错,让你瞧不起。"

姚晴听到这里,神色稍缓,冷哼道:"谁叫你笨头笨脑,不求上进。"

陆渐道:"我人虽笨,却也有喜悲,知道爱恨。每次和你分别,我都难受极了,心也似乎碎了。每到生死关头,一旦想到你,我都想竭力活着,心想唯有活着,才能见你。我能为宁姑娘而死,却,却只为你一个人活着。"

姚晴微微一怔,忽地转过身去,背对陆渐,双肩微耸,好半晌才转过身来,眼圈儿潮红,摊开素手,说道:"拿来。"

这话甚是突兀,陆渐奇道:"什么?"姚晴道:"天部画像。"陆渐沉默一阵,说道:"敢情你来见我,就是为了这个?"姚晴轻哼一声,咬牙道:"不为这个,难道是听你胡说八道?"

陆渐只觉一股辛酸从心底泛起,直冲眼鼻,泪水在眼眶里打转,好半晌才平复下来,说道:"我也不知画像在哪儿。"

姚晴道:"这些日子我几乎搜遍'得一山庄',全无画像踪迹。八部画像,代代相传,试想沈舟虚何等精明,既传你部主之位,又岂能不将画像给你。"陆渐道:"我的确不知,可以对天发誓。"姚晴道:"那么我向你讨一样东西,你给是不给?"陆渐道:"什么?"

姚晴一字字道:"沈舟虚的白玉簪。"

陆渐一时默然,抬眼望去,姚晴一双秀目灼灼闪亮,只得叹一口气,从怀中取出玉簪,在掌心里握了良久,直待玉质温热,才摊开手掌,送到姚晴面前。

姚晴拈起玉簪,嗓子发涩,手指微微颤抖,蓦地转身,向着远处奔去。

她越奔越快,只怕稍一停留,便会忍不住回头,一回头,便会看到陆渐绝望的眼神,那双眼里,射出的仿佛不是目光,而是千针万刺,一根根扎在她的心上,令她芳心粉碎。

两旁的碧树云石如飞后掠,连连绵绵,似无穷尽。姚晴渐感呼吸艰难,双腿酸软,蓦地双脚一冷,踩入水里,举目望去,才见一片湖泊。湖平如镜,波光潋滟,缥缈白云翻卷如龙,从天下注,至湖面化为蔼蔼苍烟。湖畔芳草萋萋,连天而碧,几朵红白野花点缀其中,宛如凌晨寒星,明亮之余,又带着几分落寞,几分凄迷。

姚晴双腿一软,重重跪倒在湖水里,伏着一块湖石,放声大哭,至母亲死后,她似乎从未哭得如此悲恸,哭到恸处,心也似要呕出来。

"我为何那样对他,为何那样绝情?"她反复询问自己,却不知如何回答。玉簪握在掌心,尤有陆渐的余温,抑且越来越热,竟有几分灼手。姚晴紧攥玉簪,心里却是迷迷糊糊的,湖水的寒气经过石块,沁入肌肤,冰冰凉凉,直冷到心里去。

这时间,忽听一声叹息,似乎很远,又似乎很近。姚晴悚然一惊,转头望去,不觉脸色煞变,腾地站起身来。

八图合一

　　天色不知何时已然暗了，日薄崦嵫，蒸起天际一片紫霞。湖水烁金，波光绚烂，湖心一点浓金，俨然湖底着了火，自下方慢慢烧上来，将对面美妇的一头金发也映得格外绚丽。

　　金发美妇年纪已然不轻，风姿纵然不减年少，如雪肌肤上却已爬上如丝细纹，一双眸子湛蓝如湖，明亮沉静中，刻画着沧桑的痕迹。

　　"师父！"姚晴倒退两步，湖水漫到双膝。

　　金发美妇站起身来，白衣飘飘，随风而舞，金发飞扬，仿佛融入落日余烬。

　　刹那间，蘖因子到了姚晴指间，悄没声息，射入湖畔沙土，真气从脚心涌出。土皮突地一动，簌簌簌十多条藤蔓破土冲天，每根藤蔓上均有尖刺，起初只有一分长短，转瞬长到数寸，再一转眼，便长到一尺，刺身上密密麻麻布满小刺，或是笔直，或是弯曲，见风就长，不住变长，随其变长，又生小刺，如此刺上生刺，十余根藤蔓纵横交错，化为一张庞大刺网，狂野扭曲，向着金发美妇迎面罩去。

　　金发美妇目视刺网，一动不动，忽地轻轻吐了口气，也不见她如何动作，苍绿色的藤蔓上，千百尖刺忽然裂开，变戏法也似喷出无数白花，花瓣晶莹如玉，玲珑剔透，抑且越长越大，直至大如玉碗，迎风轻颤。藤蔓一失狂野之势，好似驯养已久的灵蛇，温顺宛转，披拂在金发美妇身上。白花绽开不尽，密密层层，几将那美妇遮蔽，繁花吐蕊，花蕊也是雪白的，冰凝玉簇，闪动莹白光泽。

姚晴深知师父厉害,此番放出"恶鬼刺",并不奢望能够伤她,只想挡她一挡,方便逃命,眼看白花奇变,心中骇然,忽见那花瓣轻颤耸立,似要飞动,心知要糟,一躬身,潜入湖里。

金发美妇蛾眉挑起,云袖飘拂,藤蔓离身,宛转升腾,罩向湖水,花瓣受了振荡,纷纷脱离枝头,只见落花缤纷,飘零如雪,数里湖水,无所不至,却又不似寻常花瓣漂在水面,仿佛受了某种大力牵引,竞相沉入水中。

姚晴生在海边,水性精熟,凭借一口元气,潜出数丈。就当此时,忽见身边湖水中白影晃动,就如千百水母,飘飘冉冉,八方聚来,似慢实快,须臾近身。

姚晴暗暗叫苦,她熟读《太岁经》,知道这"天女花"的厉害,这每一片花瓣都附有"地母"温黛的精气,乃是"周流土劲"的克星,除了温黛本人,遇上任何炼有"周流土劲"的地部高手,"天女花"同气相求,就如铁针向磁,向其聚拢。这花瓣看似柔弱,实则附有地母神通,坚韧难断,有如皮革,加之数目众多,一旦近身,即可瞬间封住对手七窍四肢,令其失聪、失明、窒息、失语、失去行动之能。只因这奇花受的是对手本身"土劲"吸引,对手所炼"土劲"越强,吸力越大,"天女花"的威力也就越大,故而越是高手,败得越快,除非能够使出"坤元",地遁不出,方能躲过。然而若用地遁,地母更有厉害神通,令其进退两难。

姚晴深知厉害,不敢地遁,改用水遁,只盼"天女花"被湖水托住,不能下沉。谁知弄巧成拙,那花瓣丝毫不受浮力阻碍,深入水中。

姚晴不甘就擒,深潜高兔,力图摆脱花阵,然而她身在湖中,便如一块硕大磁石,玄功运转越快,磁力越强,源源发出磁力,将方圆数里的天女花纷纷吸来。到此地步,除非姚晴自废武功,散去真气,才能逃出花阵,但如此一来,和束手就擒无甚两样。

花瓣片片贴身,前者撕扯未开,后者飘然而至,层层叠叠,先封口鼻,再裹四肢,姚晴呼吸不能,动弹不得,耳边水声嗡嗡,但只响了几声,双耳忽地一堵,万籁皆无。姚晴眼前金星乱进,浑身无力,悠悠荡荡,直向湖底沉去。

这当儿,手腕足踝忽地一紧,四股大力分从四个方向拉她出水,"天女花"有如蛇蜕,纷纷萎落,浸在水中,转瞬泯灭。

姚晴呛了两大口水,张眼望去,温黛坐着一块峻峭湖石,风雅如故。缠

泡沫
罗琛自也阳

住自身四肢的是四根粗若儿臂的"长生藤",如龙如蛇,活摇活摆。只这一番纠缠,日已落尽,天光半黑,湖水暗沉沉的,悠悠凉意,浸山染林,四周湖畔,涌着一股淡淡水气。

"画像呢?"温黛声音清冷。姚晴一咬嘴唇,说道:"烧了。"温黛皱眉道:"到这时候,还要说谎?"姚晴急道:"我说谎做甚?画像的秘密我已洞悉,尽都记在心里,还要画像做什么?"温黛轻轻哼了一声,说道:"这倒是你的作风。"

姚晴默运玄功,想要挣断四肢藤蔓,但觉那藤蔓中潜力绝强,远非自己所能匹敌,只好断了逃跑念头,笑道:"师父,你放了我,我告诉你画像中的秘密好么?"

温黛瞪她一眼,说道:"你这丫头,诡计多端,又想骗我?哼,我才不上你当。你这么胆大妄为,好啊,先浸你三天再说。"

姚晴吓了一跳,心想在这湖水里浸泡三天,即便不死,也要脱一层皮。她知道温黛外宽内紧,看似漫不经心,实则精明多谋,眼下斗智斗力,都不是她的对手,唯有动之以情,温黛素来慈悲,或许还有一线生机。想到这里,抽抽答答,哭了起来。

温黛一时生气,说出狠话,听她一哭,又觉心软,叹道:"早知如此,何必当初。你这丫头,就是心眼太多,逞强好胜。如今你烧了祖师画像,论罪当死,我也不杀你,这样罢,你撑过这三天,我便饶你。"

姚晴落泪道:"我虽然得罪同门,偷盗画像,忘恩负义,有一百个不是,但心里对师父却始终感激。师父为我解毒,救我性命,师姐们欺辱我时,也是师父为我主持公道。晴儿母亲为奸人所害,自幼孤苦,无人怜惜,内心深处,早将师父当做亲娘一样。"

温黛道:"既然这样,怎么还背着我盗走画像。"姚晴道:"我只是不忿仙碧师姐,她总是瞧不起我,给我白眼,况且当年若不是她,我爹也不会烧死。我便想,既然如此,我就集齐八部画像,炼成天下无敌的本事给她瞧瞧。"

温黛叹了口气,说道:"思禽祖师曾道,八图合一,天下无敌。其后又说,万不可集合八图,切记,切记。足见八图合一之后,虽有奇功,也有流毒,有大利也有大弊。《黑天书》祸害百余年,不就是现成的教训么?"

姚晴一时无话可答,不由噘起小嘴,不以为然。温黛瞧出她的心思,说道："你别不服气。你说你当我是亲娘，怎么一见面，二话不说，就使出'恶鬼刺'，化生六变，恶鬼最毒，倘若我应付不周，岂不就要死在你手里？"

姚晴面皮发烫，抗声道："师父神通绝顶，自有法子破解，我也只想挡你一挡，是以出手之后，便跳水逃命。"

温黛瞧她半晌，微微摇头："你这丫头，说起话来半真半假，叫人无法信你。"

姚晴原本心中委屈，大放悲声，听到这里，蓦地将心一横，暗道："连你也不信我，那就作罢，不就是在湖里浸上三天么？我拼死熬过去，无论如何，再不向你求饶。"想着止了泪水，紧咬朱唇，眼里透出倔强之意。

温黛见她眼神，心头微沉，正想教训，忽听身后有人叹道："黛娘，这孩子性情刚烈，宁折不弯，她肯流泪求你，足见对你依然有情。你怕是误会她了。"

姚晴定眼望去，只见温黛身后林中走出一个玄衣乌髯的老者，鼻挺目透，面容清癯，步履逍遥，飘然而至，姚晴心头一动，暗道："师公极少离开帝之下都，怎也来了？"

温黛叹道："太奴，你不知道，她方才出手，气机中充满怨毒之气，依她这般性子，便是修炼'化生'，也难登绝顶。"

太奴捋须道："那是为何？"

"这还不简单。"温黛轻哼一声，说道，"她骄傲自负，满心想着自己，不懂如何爱人，也不知如何领受他人的好意。"

太奴笑笑，叹道："这么说起来，你少年时候，却和她有些相似。"

温黛不由得瞪他一眼，说道："你这老头儿，越老越不正经。"太奴笑道："先别骂我，你看她的眼神，怎地倔强，和你当年就似一个模子里倒出来的。"

温黛呆了呆，望着姚晴半晌，说道："可是，可是……"太奴接口道："可你有我仙太奴，她却没有所爱之人，是不是？"

温黛白他一眼，默默点头。仙太奴道："她心中对你尚有依恋，倘若你当真浸她三日，任她还有多少善念，怕也消磨尽了。"

温黛沉默半晌，叹道："你这老头儿，总是想着人的好处，看不到人的坏处。"仙太奴笑道："人这东西是个怪脾气，老想他的好处，说不定他真会变好,总想他的坏处,说不定他真会变坏。更何况天道惟微,善恶无常,有时又怎么分得明白。"

温黛望着他,半嗔半笑:"又跟我说大道理啦。"仙太奴淡然道:"我知道:你怕她合并八图,遗患将来。这个容易,我用'绝智之术'将她那段记忆灭去便了。"

姚晴听得又惊又怕,紧闭双眼,不敢去瞧仙太奴的眼睛,嘴里大声道:"师父,八部秘语,我已得了七部,若是没了,岂非对不起思禽祖师。"

温黛咦了一声,说道:"你得了七部,了不得。还有哪部没有得到?"姚晴留了心眼,不肯说出玉簪之事,说道:"还有天部,沈舟虚太奸猾,我费尽心力,也无法得到。"温黛皱眉道:"无怪前些日子,听说沈师弟的儿子要和你成亲,原来又是为了画像。"

姚晴心知师尊不好愚弄,索性不答,来个默认。温黛气道:"真是不像话,终身大事,也能儿戏么?"姚晴愤然道:"天下男人,没几个好东西,嫁给谁人,不是一样。"

温黛又好气又好笑,骂道:"你还有理了,小小年纪,又懂什么男人。也罢,瞧你师公面子,我饶你这次。至于画像秘密,你说得不错,思禽祖师留下八图,自有深意,不可毁在我的手里。"说罢一招手,孽缘藤翻转,将姚晴抛上岸来。姚晴心中一阵温暖,破涕为笑,说道:"师父,我就知道,你不会当真怪我。"温黛心中既恨且怜,白她一眼,伸手掠起她额前乱发,说道:"我可不是宠着你,我年纪已然不轻,化生之术仍无传人。你无师自通,当真有些天分。我不过是怜才罢了。"说着把她脉门,沉吟道:"奇怪,'周流土劲'得于先天'坤卦',乃是纯阴之气,你的体内怎么却有一股丰沛阳流,难道说,你这点儿年纪,竟然练到至阴反阳的地步。嗯,但又不像,这股阳气并非阳和,却是六爻乘刚之象,但又不是'周流天劲'。晴儿,你可知道,这股乘刚阳流省了你六年苦功,若不然,再给你六年工夫,也不能突破长生藤和蛇牙荆,一举达到'恶鬼刺'的地步。"

姚晴耳中听着,心里却甚明白,知道这股阳流必是当日陆渐注入的大金刚神力,无意中消了自己的天劫不说,还让自己达到"至阴反阳"的境界,无怪这段时光接连突破瓶颈,炼成新招。想到这儿,忍不住问道:"不知怎的,我练到'恶鬼刺'之后,再也难进一步。后面的'菩萨根'、'天女花'、'三生果',怎么修炼,也不得要领。"

温黛正色道:"你说说,我地部的宗旨是什么?"

姚晴道:"一智一生二守四攻。地部的宗旨是生。"

温黛指着湖畔杂草,说道:"你能让这些杂草开出花来么?"

姚晴一怔,微微摇头。温黛将袖一拂,姚晴只觉一股洋洋暖流充盈四周,须臾间,满地杂草竞相抽枝、结蕾、绽放,吐蕊,片刻间,草地上多出数十朵小花,赤橙蓝紫,争妍斗彩。

姚晴瞧得痴了,如今已是四五月的光景,有道是:"人间四月芳菲尽",百花已然凋零,能让落花再生,真是夺天地之造化的奇迹。

温黛道:"化生六变,名如其术,'长生藤'是痴人大梦,'蛇牙荆'是毒蛇尖牙,'恶鬼刺'为地狱诅咒。这三者是痴气、怒气、怨气所钟,修炼者越是心怀怨怒妄想,这三种变化威力越强,你能短短数月登堂入室,一来是你内功精进,二来么,则是你心中满怀怨毒之气,心与气合,正印合了这三变的法意。可惜这三变只是'化生'的下乘,你天分虽高,却只懂'化生之术',没有领悟'化生之道'。不能炼成后面三变,也是理所当然了。"

姚晴呆了呆,问道:"什么是化生之道。"

温黛笑笑,说道:"方才不是问了你地部的宗旨么?"姚晴恍然道:"难道说,'化生之道'也在于这个'生'字。"

温黛点头道:"虽不中也不远矣。'菩萨根'是慈悲之心,需要广施慈悲;'天女花'是大爱之形,需要动之以情;'三生果'是舍身之魂,需要无畏气量,这最后一变,也最艰难,但凡化生高手,一生之中,也只能用上一次。"

姚晴奇道:"那是为何?"

温黛举目凝望长空,悠悠叹道:"三生石上旧精魂,赏月吟风莫要论,惭愧情人远相访,此身虽异性长存。这一变是我辈精魂所聚,一旦使出,千木为城,坚不可摧,威力虽大,修炼者却会耗尽浑身精血,一旦用过,也就活不长了。"

姚晴听得发呆,忽听温黛道:"太奴,不能杀她,又不能让她失忆,应该怎么对她才好?"仙太奴道:"带在身边就是。"

温黛点头道:"也好,省得她仍想着合并八图。方才来路上听说沈师弟去了,我们和他虽不投缘,但终有一点香火之情,人既已死,也当去祭奠祭奠。"仙太奴道:"今日已晚,明日一早去罢。"

姚晴心中叫苦,暗想方才伤了陆渐的心,又要和他见面,叫人如何搁得下面子。想着暗暗发愁。

她念头虽动,脸上并不流露,仍是嬉笑自若,一路和温黛谈论"化生"。温黛道:"要练成后面三变,不在内力强弱,神通高低,而在心境修养。你若放下仇恨,开阔胸襟,这三变不练自成;若仍是小心眼儿,爱记仇怨,就算你再练一百年,也没用呢。"

姚晴听得气闷,轻哼道:"人生在世,若不能快意恩仇,活着还有什么意思?"温黛瞥她一眼,不觉皱眉。

入夜时分,三人在一所客栈住下,温黛与姚晴共宿一室,仙太奴独处外室。姚晴心知和这二人同行,以自己的本领,逞强逃走,决不能够。要么天赐良机,要么便是武功陡进,出奇制胜。心念数转,忽然想到八部秘语,心中泛起一阵狂喜:"我若能合并八图,炼成天下无敌的神通,师父师公再厉害,也拦不住我。嗯,师父待我不薄,师公也是难得的好人。我神通一成,也不伤害他们,从容走掉便是。"

想到这里,暂且隐忍,捱到半夜,借口小解,转到床后,燃起红烛,取出那枚玉簪,对着烛火细瞧。那簪子玉质上乘,被烛光一照,晶莹通透,唯独正中有一丝暗影,细如人发,有似瑕疵。姚晴凝思片刻,双目忽地一亮,拈住暗影上下两端,轻轻旋转,略一尝试,便觉松动,她心头一喜,运劲拧转,簪子应手分为两截。

原来看似玉簪,实则却是空心玉管,上下两截以细密螺纹嵌合,精巧绝伦。姚晴拧开玉簪,定眼一瞧,却是火炭落到冰窖里,冷透了心:玉簪里空空如也,并无半点物事。

姚晴尤不死心,又瞧半晌,看不出那玉簪还有别的玄机,又怕过得太久,引得温黛生疑,当下收起玉簪,转回床上,心子却是突突乱跳,再也睡不着了,寻思道:"这玉簪中空,分明藏有东西。沈舟虚临终交给陆渐,这东西必然记载了画像下落。知道玉簪的人不少,宁不空、谷缜、天部劫奴。天部劫奴可以忽略,谷、宁二人却是奸猾之徒,我想到玉簪,他们未尝不能想到。臭狐狸对画像并无兴趣,宁不空却是垂涎已久,但若硬夺,又不是陆渐的对手。只是,只是他那女儿却很难说。宁不空不敢硬夺,便让女儿假扮可怜,向陆渐讨看玉簪,趁机偷走簪中的物事……对,一定如此……"

姚晴越想越气,心头妒火熊熊燃烧,竟然压过失望之情。一时间辗转床榻,彻夜难眠,先前她还怕见了陆渐,无颜面对,此时却是气势十足,恨不得插上翅膀,立马飞到得一山庄,抓住那个三心二意的臭小子,叫他知道自己的厉害。

　　次日清晨,三人动身。温黛见姚晴秀目通红,似乎彻夜哭过,心中怜惜,幽幽叹道:"晴儿,你别怕,只要你乖乖听话,再不胡作非为,我也不会害你的。"

　　姚晴心中别有隐衷,但听了这话,心里却也有些感动。默不作声,手拈鬓发,瞧着脚前愁眉不展。温黛心中奇怪,避开姚晴,低声问道:"太奴,你用'太虚眼'瞧一瞧,看她有什么心事?"仙太奴笑道:"你这做师父的不称职,猜不透弟子的心思,还要我这做师公的偷看么?"

　　温黛见他神情,恍然道:"难道,难道说她有了心上人了。"仙太奴微笑点头,温黛又惊又喜,凝神看去,姚晴眉间凝愁,目带幽怨。不由心头暗笑:"这丫头如此刁钻,竟也会为情所困?她心气极高的人儿,也不知何等聪俊的后生,才能让她如此发愁。难不成是沈舟虚的公子么?"

　　师徒二人各怀心事,不久来到得一山庄。莫乙、薛耳正率天部弟子在庄外巡视,看到三人,均是一呆,继而趋步上前,拱手齐道:"小奴见过地母娘娘。"温黛笑道:"好啊,几年不见,你们都还好么。"仙太奴也笑道:"二位小友,只问候地母,不记得我啦?"

　　"哪里会。"莫乙、薛耳一起跪倒,"老先生别来无恙。"仙太奴扶起二人,说道:"免礼,免礼。令主身故,新主人待你们可好?"薛耳咧嘴憨笑:"我们的新主人,可是天底下最好的人,对我们和气极了。"

　　仙太奴奇道:"沈舟虚向来心狠,不料他的儿子竟是如此人物。"薛耳忙道:"这个儿子不是过去那个儿子,过去的儿子是个混蛋,现在的儿子却是个好人。"

　　他说得缠夹不清,温黛夫妇面面相对,十分诧异。温黛问道:"什么过去现在的?难道说沈师弟有两个儿子?"薛耳连连摆手,道:"不是不是……这话说来长了……"抓耳挠腮,不知从何说起。莫乙笑道:"让他说,十天半月也说不清,地母娘娘,太奴先生,还请入庄说话。"

　　仙太奴看他一眼,笑道:"记得你以前总是叽里咕噜,不敢大声说话,如今可变多了。"莫乙道:"新主人让我做管家,我不大方一些,可就对不起

他了。"仙太奴见薛、莫二人谈到新主,均是一脸孺慕,心中越发好奇,颇想早早见到此人,当下笑笑,迈步入庄,姚晴也要跟上,薛耳却狠狠瞪着她道:"小贱人,你又来做什么?"

"大耳贼。"姚晴大怒,出手如风,将薛耳耳朵拎住,"你骂我什么?"薛耳耳根欲裂,踮着脚连连呼痛。温黛不悦道:"晴儿,你干么欺负他?"姚晴气道:"师父,你没听见他骂我?"又质问薛耳道,"你还骂不骂人?"薛耳道:"我不骂人,我骂小贱人。"姚晴面色一寒,目透杀机,温黛却觉奇怪,不知二人怎么结仇,眼见姚晴要下杀手,忙伸出手来,在她腕上轻轻一拂,姚晴半条手臂立时不听使唤,无奈松开薛耳,嗔道:"师父,你怎么尽帮外人。"

温黛道:"他骂人不对,你拧人耳朵也不对。"薛耳道:"是呀,小人动手,君子动口,骂人的是君子,动手的是小人。"话音未落,眼前一花,吃了姚晴一记耳光,眼前金星乱迸。姚晴冷笑道:"喂,君子兄,小人的耳刮子好不好吃。"说罢还要动手,温黛哭笑不得,好歹劝住,拽着姚晴进了庄子,薛耳捂着脸,在后面连吐口水。

进了灵堂,商清影在座,莫乙上前为双方引见。商清影久闻地母大名,温黛也隐约听说过商清影的身世,此时照面,均觉对方和善可亲,各生敬意。温黛夫妇拜过沈舟虚灵位,寒暄两句,温黛问道:"沈夫人,令郎不在灵堂么?"

商清影道:"他这两日身子欠安,在后面将息呢。"说话间,目光投向姚晴,姚晴心头一跳,无端烦乱起来,目光游弋,不敢与她目光相接。

温黛奇道:"令郎生病了么?温黛粗通医道,去看看可好?"商清影面露难色,欲言又止,终究叹一口气,将三人引入内堂,温黛抬眼望去,堂前古槐老桂,绿荫森森,映得人须发皆碧。堂上一对年轻男子,正在对打双陆,左边一人俊朗风雅,王孙不及,右边那人却是身着布衣,有如农夫村汉,大不起眼。

温黛目光凝注在那俊秀男子身上,暗暗点头:"好聪俊的儿郎。也只有这等男子,才能让晴儿牵挂落泪。"温黛百般皆好,却有个以貌取人的毛病,生平最爱俊秀风雅之辈,一时间,对那左边男子连连打量,心中喜欢。

到了堂前,二人见来了人,双双起身。商清影方要引见,温黛已笑道:

"这位便是令郎么？"目光只在俊秀男子身上逡巡。不料那青年拱手笑道：
"晚辈谷缜，见过地母娘娘。"温黛奇道："你不姓沈？咦，你认得我？"

谷缜笑道："我不姓沈，也不认识前辈，不过前辈这头金发少见得很。
再说了，能让姚大小姐服服帖帖的，当今之世，除了地母，还有谁呢。"

姚晴怒哼道："臭狐狸，你闭着嘴巴，又不会死。"温黛见她二人说话，
颇似小情侣斗嘴，心中越发欣慰，忽见那质朴男子亦上前道："晚辈陆渐，
见过地母前辈。"

温黛眼里只有谷缜，闻言嗯了一声，敷衍还礼。不料仙太奴看到陆渐，
双眼陡张，奇光迸出。陆渐但觉那目光有如利锥，直入本心，立时不由自
主，凝聚精神，将身一挺，显露"九渊九审之相"。

二人目光相对，神色齐变，众人正不知发生何事，忽觉仙、陆二人脚
底，生出两股旋风，凝若有质，越转越急，吹得众人衣发飘动，遍体生凉。温
黛不料陆渐貌不惊人，神通如此高强，不觉脸色微变，手捏印诀，正要使出
"化生"。

谁知就在此时，仙太奴眼内奇光陡然一暗，慢慢暗淡了下去。他目光
暗淡一分，陆渐身上气势便弱一分，待得仙太奴眼里神光散尽，陆渐也回
复了朴质端凝的神气。

温黛瞧得心惊："遇强则强，已是极高的境界，这少年遇弱则弱，更是
不易。难道说他小小年纪，便已能不拘胜负，返璞归真？"沉思间，忽听仙太
奴缓缓道："补天劫手，金刚传人，错不了，山泽二主说的少年，就是他了。"

温黛心中咯噔一下，她深知丈夫的"太虚眼"洞悉几微，善识人物，既
如此说法，必不会错，当下忍不住审视陆渐，见他神色茫然，不由问道："足
下近日可曾见过三个人。一个魁梧巨汉，一个瘦小老者，还有一个高高瘦
瘦，左眉上方有一点朱砂小痣？"

陆渐露出一丝苦笑，叹道："我都见过。"温黛脸色大变，失声道："这么
说，山泽二主说得不错。那么你没有死，万归藏也必然活着。"陆渐面红耳
赤，支吾道："他，他不但没死，我一念之差，还助他脱了天劫。"

温黛脸色惨白，回望仙太奴，眼露几分惊惶。仙太奴皱了皱眉，摇头
道："崔岳和沙天河自称杀死万归藏，我原本不信。而今看来，大势去
也。"

陆渐心中愧疚，忍不住道："二位放心，我放他出来，就不会袖手旁

观。"仙太奴注视他片刻,摇头道:"恕我多言。阁下武功虽强,比起那人,仍有不足。"陆渐未答,忽听谷缜笑道:"奇怪,你们西城中人,怎么也会害怕万归藏?"温黛看他一眼,心动道:"你姓谷,难道是……"说到这里,住口迟疑。谷缜知她心中所想,接口笑道:"地母娘娘猜得不错,先父正是谷神通。"

"先父。"温黛脸色微变,"谷岛王难道去世了?"

谷缜笑容收敛,叹道:"他和沈舟虚同归于尽,我已焚化他的尸骨,眼下就在南京城里。"温黛夫妇相视默然,过了半晌,仙太奴摇头道:"祸不单行,本想谷神通若在,合东岛之王、金刚传人二人之力,或许能够克制那人,现如今……唉……"谷缜道:"二位如此忌惮万归藏,莫非和他有仇?"

温黛叹一口气,说道:"诸位还请入座,前因后果,容我夫妇细细说来。"

众人入厅坐定,姚晴悄立温黛身后,看到陆渐目光投来,忽地心中暗恼:"你这三心二意的臭贼,若不是师父在此,非打你十个耳刮子不可。"想着紧攥拳头,冷冷淡淡,目不斜视。陆渐见她如此冷淡,不觉灰心已极:"她待我真是比冰霜还冷。"

温黛沉默半晌,定住心神,说道:"思禽祖师坐化之前,曾与八部盟誓:'西城之主由八部公选,十年一换,违背者,八部可共击之'。故而历代城主,大多品行高洁,深得人心,至于武功,未必就是西城第一。但到了万归藏这儿,突然一变,他自恃武功,违背祖训,杀害公选城主,强行统领八部。是以八部之中,除了天部,其余七部都是貌似臣服,心中气愤,只因为敌不过他的神通,忍气吞声罢了。而这武力夺权的先例一开,各部的奸邪之辈也都动了心思,不惜伤天害理,修炼某些禁术。尤其几个水部弟子枉顾天理,修炼'水魂之阵'这等恶毒阵法,被人察觉,告到万归藏那里。依照前代规矩,惩戒这几个不肖弟子,警示其余,也就够了,谁想万归藏为了立威,不问青红好歹,竟将水部残杀殆尽。如此一来,其他六部人人自危,只畏惧'周流六虚功',心里虽怕,却也不敢当真如何。但大家嘴里不说,心里却都明白,'周流六虚功'纵然厉害,却有一个极大的祸胎,并非人人都能免灾。当年思禽祖师之所以将'周流六虚功'一分为八,而不合并传授,并非祖师不愿,而是不能。因为这种武功十分奇怪。周流八劲,虽然相生,亦是相克,驾驭得当,八劲相生,所向披靡,驾驭不当,八劲相克,则会祸害自身,死无葬身之地。两百年来，多有弟子试炼这门神功，但往往练到两种内劲，便遭反噬，要么水火相煎，要么风雷互击，要么天地反覆，总是死得凄惨无比，万归藏之前，曾有一位燕然祖师炼成'山、泽、水、风'四劲，但在修炼'周流电劲'时，却不慎引来天雷，粉身碎骨，化为飞灰。"

谷缜道："难道思禽祖师就没留下驾驭八劲的心法？"

温黛略一迟疑，说道："留是留了。"谷缜道："既然留了，怎会没人炼成？"温黛叹道："这心法虽说留了，却和没留一样，因为这心法只得一个字。"谷缜奇道："一个字？什么字？"温黛道："一个'谐'字。"谷缜浓眉一挑，若有所思。

温黛道："自古以来，不知多少西城弟子对着这个'谐'字想破脑袋，却没有一个人能够领悟其中真意。也不知万归藏用什么法子，竟然堪破'谐'字奥妙，炼成八劲。做城主之初，他手段虽狠，通身却有一种从容自如、无懈可击的气势，叫人痛恨之余，又生敬畏。然而随他杀人越多，性情也越发古怪，忽而从容温和，忽而残暴不仁，春温秋肃，判若两人。而让人最吃惊的还是他的野心，起初他召集部众，打的是'灭掉东岛'的旗号，大败东岛之后，他却并不满足，下令火部大造火器，又以兵法约束各部，还说：'大明天下是思禽祖师送给朱洪武的，天道无常，姓朱的坐了这么多年，也当让给别的人坐一坐。'又说；'东岛是家恨，思禽祖师和洪武帝的恩怨却是国仇，祖师含恨而终，我们这些后辈弟子，岂能无所作为？'

"听他这么说，大家无不惊恐，但看到水部下场，又怕一旦反对，便有灭顶之灾。就在大家无计可施的当儿，忽然来了机会，那一年，万归藏打败鱼和尚回山，料是那场赌斗引发了他的天劫，会议时他突然流露痛苦之色。当时除了沈舟虚和水部，六部首脑均在，大家瞧在眼里，均不作声，就我心直，问了一句，不想万归藏暴怒起来，将我赶出掷枕堂，这么一来，各部首脑还不心领神会么？到得次日，万归藏大集部众，誓师东征，说要一举灭绝东岛余孽，不料刚说完这句话，他忽地躺倒在地，双手抱头，癫痫也似颤抖起来。六部高手见状，不约而同，一齐使出平生绝招。万归藏来不及抵挡，就被打了个粉身碎骨……"

陆渐咦了一声，吃惊道："既然如此，他怎么又还活着？"

"如今看来，这件事从头到尾都是一个阴谋。"温黛连连摇头，叹道，"若我猜得不错，万归藏事先算到天劫，也知道西城各部貌似臣服，内怀忌

恨，等到天劫当真发作，他就算上天入地，也难逃活命。故而想来想去，让他想出一个极险的法子，在天劫未发之时，先将一具和自己形貌相仿、衣衫相同的尸首埋在脚下，然后假装天劫发作，诱使各部高手围攻，他那时神通仍在，趁着水火齐至、飞砂走石的当儿，巧用手段，将各部神通引到那具尸首上，自己则趁着混乱土遁逃走，从此隐居深山，安心应付天劫。各部看到衣衫碎片、血肉残骸，都以为这个大祸害死在自己手里，欢喜之余，哪会细想其中玄机。也因此缘故，万归藏才借口监视东岛余孽，不让沈师弟参与集会。沈师弟对他至为忠心，人又极为聪明，一旦发觉万归藏有天劫发作的征兆，必会设计防备我们，如此一来，万归藏可就'假死'不成了。但也因为这一破绽，引起了山泽二主的疑心，崔、沙二位师弟最恨万归藏违背'八部公选'，一旦起疑，便满天下查证……"说到这里，想到二人功败垂成，不觉住了口，长长叹气。

陆渐颊唐道："只怪我不当心，闯下大祸。"温黛摇头道："这也不能全然怪你，万归藏待人好时，无所不至，狠辣起来，也是天下少有。你只看到他温和的样子，必然将他当做好人。"

"师父。"姚晴说道，"沈舟虚既是万归藏的心腹，怎么也不知道万归藏假死的阴谋？"

温黛还未回答，谷缜已笑道："制人而不制于人。万归藏处于天劫之中，性命攸关，怎会将小命交到别人手里？"温黛点头道："说得极是。"姚晴涨红了脸，冷哼道："就你聪明，都是瞎猫儿捉死耗子。"

温黛想到前途难料，神色黯然。仙太奴伸出手来，握住她手，苦笑道："黛娘，别犯愁了。是祸躲不过，操心也是无用。你我活到这把年纪，尽也够了，万归藏要算旧账，咱们将命给他就是。"

这话说得十分泄气，姚晴听到，越发气闷，她一心收集画像，便是要炼成神通，威震西城，报仇雪恨，但眼下情形，万归藏和西城七部均有深仇，他一报仇，哪还轮得到自己威风。况且此人一出，"八图合一"固然还未绝望，至于"天下无敌"么，却是多出老大一个疑问。

她越想越气，不由怒视陆渐，心中气苦："都怪他不问青红将那姓万的怪物放出来。唉，我命真苦，这辈子怎么竟会遇上他？这个傻子，真是我命里的魔星！"

陆渐放出万归藏，惹来种种麻烦，心中本已憋闷，忽又见姚晴小嘴微抿,冷冷看来,目光冷冽中透着一丝轻蔑,陆渐更觉心如针刺,难受已极。

忽听谷缜笑道:"大家先别犯愁,万归藏虽然厉害,也并非没有对付他的法子。"众人闻言,心中大喜,齐声问道:"什么法子?"

谷缜道:"万归藏算不算天下无敌?"温黛道:"还用说么?"谷缜道:"万归藏固然天下无敌,但有一样东西,也是天下无敌。"

温黛一愕,心念数转,迟疑道:"你是说'八图合一'?"谷缜笑道:"不错。"目光一转,凝注在姚晴身上。姚晴这一气非同小可,啐道:"臭狐狸,你瞧我作甚?"谷缜起身拱手,笑道:"恭喜大美人,贺喜大美人。"

任他如何极口谩骂,也比这么恭恭敬敬更叫姚晴安心。见他如此做派,姚晴心头一慌,暗想这小子笑里藏刀,必然没有什么好事,不自觉后退半步,妙目连转,说道:"我有什么好恭喜的?臭狐狸,你有屁就放。这么假惺惺的,叫人恶心。"

谷缜盯着她,皮笑肉不笑:"有道是'八图合一,天下无敌',呵呵,恭喜大美人合并八图,将来不久,便要天下无敌了。"

姚晴一愕,大声道:"你胡说,我哪儿合并八图了。"

"不承认么?"谷缜道,"那我就来说说,说得不对,你就摇头,说得对的,你就点头。"姚晴冷哼一声,道:"好呀,你说说看。"

谷缜笑道:"你从西城偷出地部画像,对不对?"姚晴点了点头。谷缜又道:"在翠云古寺,你挟持仙碧,逼迫风雷二主,得到风、雷二部画像,是不是?"温黛闻言,瞪视姚晴,姚晴面皮发烫,但事实确凿,仍是点头。

谷缜笑道:"水、火、山、泽四部画像落到宁不空手里,宁不空将画中秘语传给陆渐,陆渐又转授给你,是不是?"姚晴冷哼一声,说道:"怎么算起来,都只有七部呢!"

"别忙。"谷缜摆手道:"沈舟虚将天部之主传给陆渐,天部画像代代相传,那么昨天傍晚,你找陆渐又做什么?"姚晴一愕,暗恨陆渐将此事泄漏出去,狠狠瞪他一眼,咬着朱唇,一言不发。谷缜微微笑道:"大美人,怎么不说话啦?"

姚晴玉面绯红,大声道:"我找他作甚,与你有什么相干?"谷缜嘻笑如故,温黛目光却变严厉起来,沉声道:"晴丫头,敢情你又在说谎,天部画像,你已经拿到了吧?"

姚晴急道:"我没有。"温黛怒哼一声,玉手挥出,姚晴不及抵挡,便被

点中心口"膻中"。温黛探入她怀,搜到那枚玉簪,动容道:"这是天部之主的信物,什么时候落到你手里?"姚晴心虚,低头不语。

温黛轻哼一声,定眼审视玉簪,仙太奴忽道:"簪子是空的?"温黛目光微凝,转头向陆渐道:"沈师兄真将天部之主传给你了?"陆渐叹道:"不错。"温黛道:"既然如此,这部主信物,你怎能轻易给人?"陆渐满面羞赧,说道:"这个,我,我,她,她……"但这其中牵涉儿女隐私,众人之前,怎么也难出口。

温黛察言观色,猜到几分,心中好一阵失望:"难道他才是晴儿的情侣?晴儿那么娇气挑剔,所爱之人理应聪俊机灵,怎的恁地木讷呆气?更可怪的是,沈师弟深谋远虑,临死前怎么犯了糊涂,竟将西城智宗之位,托付给一个智力平庸之辈?"她百思不解,将玉簪交给陆渐,说道:"你瞧瞧,里面的东西可曾丢失?"

陆渐接过玉簪,目视姚晴,见她神色气恼,不由大感迟疑,谁料谷缜伸手抢过玉簪,轻轻旋开,笑道:"空的。"将中空玉管示与众人。

温黛越发气恼,盯着姚晴道:"里面的东西呢?"姚晴又气又急,叫道:"里面什么都没有的。"温黛秀眉挑起,喝道:"你这丫头,还要撒谎?再不说真话,休怪我不客气。"姚晴眼圈儿一红,大声道:"师父,你若不信,就杀了我罢。"温黛厉声道:"还要嘴硬?"心中怒极,抢起手来,重重打她一个耳光,姚晴面颊火烧,心中更是委屈,眼鼻一酸,泪水夺眶而出。

陆渐见状吃惊,方要起身,肩头却被谷缜按住,只听他笑道:"娘娘何苦生气,我只是开个玩笑罢了。"温黛不解道:"开什么玩笑?"谷缜从衣袖里取出一个寸许长的纸卷,笑嘻嘻地道:"簪里的物事在这儿呢。"姚晴一瞧,气疯了心,大声道:"死狐狸,你,你故意冤枉我的?"温黛也是不悦,说道:"足下这是什么意思?"

谷缜道:"我也没什么意思,只想让大美人吃吃苦头,好叫你知道,你让别人难过,我自有法子,教你加倍的难过。"姚晴听到这话,方知谷缜竟是为陆渐出气来的,一时羞怒交集,转眼瞪向陆渐,这一瞪,愤怒中却又生出一点儿宽慰:"敢情他并没将簪里的物事送给那宁姑娘,我却是错怪了他。"想到这里,怒气稍平,隐隐多了几分歉疚,但这歉疚也不过一霎工夫,想到陆渐将簪内物事给了谷缜,却将空簪送给自己,又觉气愤难平。

谷缜摊开纸卷,笑道:"祖师八图,大美人已得七幅,加上这条天部秘语，今日便可八图合一。"他将眼一抬，注视温黛，笑道："地母娘娘以为如何？"温黛皱眉道："据我猜测，八图合一，未必就是神通。"谷缜道："是否神通暂且不提，但冲这'无敌'二字，不妨瞧瞧，说不定能够找到对付万归藏的法子。"

温黛和仙太奴对视半晌，均不言语，谷缜笑道："姚大美人，看你的了。"姚晴恨他入骨，噘起小嘴，神气冷淡。谷缜笑道："你不愿八图合一？也罢，这张纸条我撕了便是。"将纸条一揉，便要撕毁。

姚晴辛苦得来七图秘语，没了天部秘语，必然前功尽弃，当下按捺不住，急声道："且慢。"谷缜当即住手，笑嘻嘻地道："大美人果然舍不得。"

姚晴和他斗智，处处都落下风，心中气急，冷冷道："你真要我写出那七条秘语？"谷缜道："不错。"姚晴道："你是做生意的，以一换七，太不公道了吧？"谷缜笑道："账不可这么算，算起来你也是以七换八，多赚一条，不算亏本。"

姚晴恨得牙痒，心想自己为了这七条秘语出生入死，费尽心机，事到临头，却被谷缜不劳而获，占尽便宜。然而八图合一，缺一不可，姚晴纵然恨怒，权衡之下，也唯有如谷缜所说，以七换八，才是明智之举。

心念数转，姚晴咬了咬嘴唇，决然道："也罢，让你臭狐狸得逞这回。"说完看向温黛，见她面沉如水，淡金细眉微微挑起，眉宇合拢，皱出一丝细纹，姚晴心头一沉，屏息闭气，作声不得。

谷缜目光一转，笑道："地母娘娘还有什么顾虑？"温黛淡然道："你是东岛，我是西城，八部画像本是西城绝密，被你瞧了，有些不妥。"谷缜笑道："那么万归藏算不算我的仇人？"温黛皱眉道："自然……算的。"谷缜道："他与地母娘娘也有仇么？"温黛沉吟道："当日我也曾出手攻他，也算有仇。"

"那就是了。"谷缜道，"大家同仇敌忾，理当齐心协力，又分什么东西南北？"温黛道："这话虽说不错，可是……"说到这里，心中一乱，转眼注视仙太奴，仙太奴知她心思，叹道："这位谷少主说得是，如今到了非常之时，必然要做非常之事，不可太过拘泥。"

温黛叹一口气，解开姚晴的穴道。谷缜寻来纸笔，姚晴援笔书写秘语，边写边想："我若将其中的字写错一个两个，臭狐狸即便合并八图，也瞧不出什么秘密，那时候我却已知道天部秘语，往后……"心念至此，忽听谷缜

笑道："大美人，别写错了，八图之秘一天不破，你一天也瞧不到天部秘语。"姚晴心下一沉，冷冷道："臭狐狸，你想反悔？"

谷缜道："你若老实，我便不翻悔，你不老实嘛……"忽地住口，姚晴知他言外之意，无奈之下，只得断了心中邪念，老实写下秘语。

谷缜接过秘语，避过姚晴，走到厅角，笑道："地母娘娘，请来一观。"温黛无法，上前看过秘语，又瞧谷缜手中纸卷，却见那纸卷色泽泛黄，上有一行墨字："有不谐者吾击之"，字下则是一方"谐之印"。

温黛也曾见过祖师画像，一眼瞧出这卷纸条是从画像中剪裁下来的，墨迹旁边还有一行模糊字迹，淡淡的有如水迹，一字字念来，乃是："丧之齿难、天葬辞在"八字。温黛讶道："难道天部中人早已发现了祖师画像的秘语，故意剪下，藏在发簪之中。"

姚晴远离二人，看不到纸条上的文字，听温黛一说，恍然明白："无怪我想尽办法，也不能找到天部画像，只因我先入为主，总想着天部画像必也与其他画像一般，都是画轴。不曾想天部早将画中的秘语堪破剪下，变大为小，藏在玉簪之中。"

谷缜将天部秘语也写在纸上，审视半晌，说道："地母娘娘，这八条秘语，当有一定次序。"温黛道："应是按八部顺序排列。"谷缜道："西城八部，依的可是先天八卦？"温黛点头道："是。"

谷缜当即推演道："先天八卦，天一，泽二、火三、雷四、风五、水六、山七、地八。天图：丧之齿难、天葬辞在；泽图：大下白而、指历珠所；火图：之上长薄、东季握穴；雷图：还颠有菲、柄日自株；风图：周白响质、吟昔之根；水图：卵有如山、隔春山其；山图：以旌也雪、树皆涡屋；地图：持共和若、拥下于白。"

谷缜按先天八卦顺序，将秘语重新誊抄在纸上，却是："丧之齿难、天葬辞在、大下白而、指历珠所、之上长薄、东季握穴、还颠有菲、柄日自株、周白响质、吟昔之根、卵有如山、隔春山其、以旌也雪、树皆涡屋、持共和若、拥下于白。"

谷缜、温黛对这一段话沉吟良久，看不出半点奥妙，姚晴远远瞧得心急，伸长修颈，想要偷看，忽听谷缜笑道："大美人，你甚时候这样老实啦？我不让你瞧，你就当真不瞧？"姚晴心头一喜，嘴上却道："都是瞧师父的面子，要不然，我想瞧便瞧，还由得了你么？"快步上前，瞧了半晌，仍是不得要领。

　　眼见三人愁眉紧锁,仙太奴、商清影也上前观看,他二人纵然渊博,却并非智力高绝之辈,瞧了半晌,也无主意。唯独陆渐兴不起半点观看的念头,坐在原处闷闷喝茶。姚晴却只道他与自己赌气,故意不看画像,顿时心中恼怒:"你与我赌气?哼,瞧你赌到什么时候。"

　　谷缜沉吟良久,两眼一亮,忽地笑道:"思禽先生将这六十四字分为八图,每图八字,必有深意,或许八字一行,才能看出玄机。"说罢将那段文字八字一行,重新写为:

　　"持以卵周还之大丧
　　共旌有白颠上下之
　　和也如响有长白齿
　　若雪山质菲薄而难
　　拥树隔吟柄东指天
　　下皆春昔日季历葬
　　于涡山之自握珠辞
　　白屋其根株穴所在"

　　六十四字纵横八字,自成方阵。姚晴看了,说道:"这有什么玄机?还不是一样?"谷缜摇头道:"古代有种'璇玑图',文字纵横成方,回环可读。既然'璇玑图'都能横着读,这些字为何就不能横着读,竖着读既然不通,不妨横着读一读。"

　　众人闻言,精神一振,纷纷横着念诵,从左往右,从右往左,仍觉不能读通。姚晴忍不住道:"臭狐狸,你这算是自作聪明,这法子不通,不通,一百个不通。"

　　谷缜也不理她,注视那图,直觉从左往右,文字间若有文气贯通,虽然如此,仍然不成章句,他沉思半晌,忽道:"大美人,你当真没有故意写错?"姚晴怒道:"当然没错。"谷缜道:"你可敢发誓?"姚晴冷笑道:"怎么不敢,我若有意写错,叫我御物不成,反为物噬,驭土不成,反被土湮。"

　　她修炼"周流土劲",这个誓言可谓十分郑重。谷缜一时也无话说,想了想,向陆渐说道:"大哥,向你借一个人如何?"陆渐道:"借谁?"谷缜道:

"'不忘生'莫大先生。"

陆渐道:"好,我叫他去。"说罢转身出了厅堂,过了半晌,莫乙一个人匆匆进来。谷缜不见陆渐,问道:"你家部主呢?"莫乙道:"他让我来,自己去后院了。"温黛脸色微沉,说道:"他既是一部之主,'八图合一'乃西城大事,他怎么全不放在心上。"

谷缜叹了口气,说道:"这得问问姚大美人了……"姚晴心中微乱,她知道温黛喜爱俊雅,厌恶丑俗,陆渐虽不算丑,却颇有村野俗气,若是被她看出自己喜欢陆渐,岂非大失面子,当下不等谷缜说完,抢先道:"这和我有什么干系?都是他自己傻里傻气,不求上进。什么一部之主,在我眼里,他连狗都不如。"

话音方落,商清影忽地站起身来,冷冷道:"各位再坐半晌,妾身告退。"说着目光微斜,瞥了姚晴一眼,莲步款款,向后院去了。

堂上一时寂然,谷缜忽地笑笑,打破沉寂道:"莫大先生,你看这字图,纵横读来,可能读得通么?"莫乙躬身上前,瞧了一遍,蓦地闭上双目,沉吟道:"奇怪,奇怪。"

谷缜道:"怎么奇怪。"莫乙道:"这些文字,竖着读是不通的,横着读虽能读通,但却少了若干文字,所以奇怪。"众人闻言,不胜惊喜。

"这横着读要想读通,先得知道怎如何断句。"莫乙指那方阵,从左到右,慢慢说道,"第一句断在'之'字后面,念作'持以卵周还之',但少了一个'龟'字,原句应为'持龟以卵周还之',出自《史记·龟策列传》。

"第二句是'大丧共旌',少一个'铭'字,原文念作'大丧共铭旌',出自《周礼·春官·司常》。

"第三句是'有白颠',缺'马'字,念作'有马白颠',出自《诗经·车邻》。

"第四句为'上下之和也如响',出处是《荀子·议兵》,原文是'上下之和也如影响',缺了一个'影'字。

"第五句为'有长白齿若雪山',这里少一个'鲸'字,'有长鲸白齿若雪山',乃是李白《公无渡河》中的一句。

"第六句是'质菲薄而难',少一个'踪'字,所谓'质菲薄而难踪,心恬愉而去惑',出自《隋书·萧皇后传》。

"第七句'拥树隔吟',少一个'猿'字。唐代杜牧有诗云:'渡江随鸟影,拥树隔猿吟,莫隐高唐去,枯苗待作霖。'

"第八句'柄东指天下皆春',出自《鹖冠子·环流》,少一个'斗'字,全文是'斗柄东指,天下皆春'。

"第九句嘛,'昔日季历葬于涡山之',出自《吕氏春秋·开春》,缺了'涡山之尾'的'尾'字。

"第十句则是'自握珠辞白屋',少一个'蛇'字,刘禹锡诗云:'自握蛇珠辞白屋',就是这句。

"最末一句么,'其根株穴所在',出自《汉书·赵广汉传》,缺一个'窟'字,全文应为'其根株窟穴所在'。"

众人听得莫不佩服,这十一个句子出处各不相同,涵盖经、史、子、集,包罗广泛不说,每个句子又都残缺不全。莫乙不但断句如流,更将缺省字眼一一说出,果然是博闻强记,天下无对,不愧这"不忘生"的名声。

莫乙说完,又道:"奇怪,这十一句为何每句都缺一字,真是奇怪极了。"谷缜笑了笑,说道:"也不奇怪,你瞧缺的这些字,可有什么章法可寻?"

姚晴正将十一字写出,闻言说道:"这里一共说了五种禽兽鱼虫:龟、马、鲸、猿、蛇。若以这五灵分类,那么这十一字就当隔断为:龟铭、马影、鲸踪、猿斗尾、蛇窟。"

谷缜点头而笑。姚晴看破玄机,初是惊喜,继而又皱眉头,沉吟道,"这五个词语,又是什么意思?"谷缜摇了摇头:"这个我也猜不透啦,这位思禽祖师,可不是一般的难缠。"

仙太奴长叹一声,说道:"这八图秘语如此艰深,能被你破解至此,已是十分的了不起。但依我看来,思禽祖师设下这些秘语时,心中一定十分矛盾。"

谷缜笑道:"他矛盾什么?"仙太奴浓眉一挑,扬声道:"八图之谜,惊天动地,有大害也有大利。因此缘故,思禽祖师既不愿这秘密永远埋没,也不愿解密者得来太过容易。"

谷缜奇道:"这么说,前辈莫非猜到这秘密的根底?"

仙太奴露出一丝怆然,悠悠叹道:"若我猜得不错,这五个词句,便是五条线索,在指引出'潜龙'的踪迹。"

"潜龙。"谷缜脸色微变,"竟是那个?"

姚晴茫然道:"潜龙是什么?"

谷缜笑容尽敛,扶案起身,望着堂外深深庭院,一字字道:"那是西昆仑的灭世神器。”

“灭世神器？”姚晴心神恍惚，喃喃道，“难道说不是武功？”

“当然不是。”温黛道，“道理十分明白，思禽祖师胸怀天下苍生，武功于他而言只是雕虫小技，何足挂齿？他所说的无敌，必是这关系天下运数的神器。”

姚晴听得这话，没得心头一空，她不惜抛弃所有，经历种种艰辛，合并八图，得到的竟不是梦寐以求的无敌武功，霎时间，满心热火尽皆化为万丈寒冰，五腑六脏涌起无力之感，姚晴眼眶一热，泪水无声滑落，温黛见她神色，暗暗叹气，拉住她手，踱出厅外。

师徒二人徜徉庭中，看着假山嵯峨，蔓草青青，碧波池塘，腾起蒸蒸雾气。温黛见姚晴脸儿苍白，心生怜意，说道：“晴儿，这世上财富权势也罢，武功神通也好，都是不能强求的。试想两百年来，‘周流六虚功’的法门人人知道，但能够炼成的，却只有万归藏一个。还有男人们打江山，群雄并起，得江山的也总是一个……”

姚晴眼圈儿一红，大声道：“我就是不服，为什么武功最好的定是男人，得江山的也是男人，我们女人，又哪一点儿不如他们。”

温黛苦笑道：“晴儿。”姚晴自觉失态，咬着下唇，神色依然倔强。温黛抚着她丰美秀发，叹道：“傻孩子，武功好就快乐么？西昆仑、思禽祖师的武功好不好？但他们一生大起大落，没过上几天逍遥自在的日子。得江山就快乐么？多少皇帝死前都说：‘来世不生帝王家’。这世上的大名大利，总是伴随大悲伤、大寂寞，就像那棵树，越往上去，枝叶越少，人也一样，越在高处，越是孤独凄凉。”

姚晴默默听着，心中却是半信半疑，忍不住问道：“师父，那怎么才是最快乐的？”温黛笑了笑，目光柔和起来：“这世间最快乐的事，莫过于遇上真心喜爱的人，他爱你，你也爱他，爱人和被爱，才是最快乐的事。”

姚晴轻哼一声，噘嘴道：“这有什么难的？”温黛摇头道：“说来容易，做来可不容易。就算你威震武林、赢得江山，也只能让他人怕你，未必就能让别人爱你。爱是诚心所至，容不得半点虚伪的。”

姚晴破涕为笑，说道：“那么师父和师公之间，算不算爱？”温黛笑而不语，目视堂中，柔情蜜意丝丝刻画在脸上。姚晴见她神色，心底某处忽地空落落的，无从着力，不由垂下螓首，一时默然。

过了半晌,温黛还过神来,忽地笑道:"晴儿,你喜欢什么样的人呢?"姚晴想了想,笑道:"我喜欢的人啊,像飞扬的电,奔走的风,熊熊燃烧的火,温柔多情的水,能如红日,普照万物,能如大海,包容万物,而且一定至情至性,只爱我一个。"

温黛瞪她一眼,说道:"想得美,天底下哪有这样的人?"姚晴笑道:"是呀,哪来这样的人?"说罢格格大笑,温黛回过神来,拍她一掌,佯怒道:"坏东西,竟然捉弄师父。"姚晴道:"那师父你说,我喜欢什么样的人才好?"温黛道:"温和体贴,知寒知暖,时常将你放在心里,能够为你舍弃所有。这样的人,就是最好。"

姚晴默然半晌,说道:"师父,我想去走一走,你放不放我?"温黛道:"八图已然合一,我扣着你也没用啦。"姚晴作个鬼脸,笑道:"我只在庄里逛逛,不走远哩。"温黛一笑,伸出指头,在她脸颊上一点,那肌肤嫩如软玉,应指陷落,又随指头离开,泛起一抹淡淡嫣红,温黛笑道:"你呀,好薄的脸皮。"她一语双关,姚晴羞红了脸,狠狠一跌足,径向内院掠去。

山庄甚大,姚晴漫无目的转了一周,没看到想见之人,便在一座池塘边坐下,瞅着一池碧水,水面几只不知名的水鸟嬉戏凫水,荡起圈圈涟漪,姚晴望着那些鸟儿,不知怎的,忽然有些羡慕起来。

正自出神,忽听一个尖细的声音道:"小姐,小姐……"姚晴只觉这声音耳熟,一抬头,忽见远处一株合抱古柳,树上昂首立着一只巨鹤,巨鹤足旁,栖着粉团也似一只白鹦鹉,乌睛朱喙,毛冠赛雪。

白鹦鹉见姚晴抬头,又叫一声:"小姐……"姚晴恍然大悟,惊喜道:"白珍珠,白珍珠……"边叫边是招手,谁知那鹦鹉却不理睬,姚晴一阵愕然,蓦地回过神来,笑骂道:"这个惫懒东西?"当下将左手小指含在口中,细细打了一个呼哨,右手捏成兰花形状。白珍珠见了,扑地展翅,从树上落到姚晴掌心,纤细嫩红的小爪攥住那根雪凝玉铸的中指,连声叫道:"小姐,小姐……"

白珍珠是姚晴从小养大,能识故主,姚晴幼时惟恐泄漏机密,驭鸟甚严,鹦鹉来去,均有特定信号,方才的口哨手印,便是唤鸟入掌的意思,若无这个姿态,白珍珠便是认出主人,也不敢轻易靠近。

姚晴见这鸟儿尚能认得自身手势,当真悲喜交集,再听鹦鹉叫唤,心头酥软,少年时的光景历历浮上心头,恍然如昨,不由得眼圈儿一红,泪水点点，滴在雪白鸟羽之上。

忽然一阵狂风，巨鹤从天而落，向白珍珠咕咕有声，白珍珠紧贴在姚晴胸口，露出畏缩神气。原来陆渐南来之时，走到半途，想到白珍珠弱小无能，一旦离了主人，必成猛禽爪下美餐，当下折回故居，将它也带在身边，只是人鸟殊途，一天一地，不能时常照应。巨鹤忠心耿耿，虽瞧不起这小东西懦弱无能，但主人既然看重，便挺身而出，日夜呵护。这两只鸟儿，一个雄伟傲气，一个小巧精乖，一路上相伴而行，发生了许多趣事。

这时巨鹤见白珍珠投入姚晴掌中，念到守护之责，便飞了下来，出声警示。姚晴见它神气骄傲，便生不悦，一手叉腰，冷笑道："你这只傻大个儿，想欺负我的白珍珠么？有胆的，过来试试。"

巨鹤吃过她的苦头，颇为忌惮，又见白珍珠和她亲密无间，心中大为困惑，歪头看了姚晴和白珍珠半晌，到底是鸟非人，参不透其中奥妙，眼见白珍珠无甚危险，便踱了几步，展翅飞走。姚晴见状，心头一动："傻大个儿是傻小子的跟班，我随着它，说不定就能遇上傻小子，可是，可是我以前对他那么心狠，这次见了他，又该说什么好呢……"

心中犹豫，双腿却不由得动起来，向那巨鹤去处走了百余步，忽听隔墙人语，其中一人正是陆渐。姚晴只觉心跳变快，心虚脚软，停在墙边，既不敢向前，又不愿退后，只是竖起耳朵，屏息聆听。

但听陆渐叹一口气，说道："妈，我当真没事，时辰不早，你歇息去吧。"

墙那边沉寂片刻，忽听商清影说道："渐儿，你若没事，怎么还是愁眉不展的？"陆渐道："我只是想到外面的百姓。我们在庄里，衣食无忧，江南百姓，粒米难得，都在受苦呢。"

商清影道："敢情你是担忧百姓，我还当，还当……"陆渐道："还当什么？"商清影道："我还当你仍为那姚姑娘犯愁呢。不过，你担忧百姓，那是很好。你爹去世后，留了一些财物，你不妨变卖了，拿去赈济百姓。若还不够，这座'得一山庄'直一些钱，也卖了罢。"

陆渐高叫道："那怎么成。倘若卖了，您岂不是没了住处？孩儿无论怎的，也不能让你受苦。"商清影叹了口气，说道："当年流落江湖的时候，被仇家逼得紧了，我和神通还讨过饭呢。富贵的日子么？就像云中鹤，水中花，看看也就罢了；穷日子么，只要是和最亲最爱的人在一起，也能叫人心中喜乐；只要你和缤儿在身边，妈过什么日子，也觉欢喜。"

陆渐道："妈,我,我……"还没说完,嗓子已然微微哽咽。商清影笑道:"傻孩子,又哭什么?唉,你这性子真不像你爹,倒有些像我。"言下似乎颇为欣慰,顿了顿,又道,"渐儿,妈也没有别的念想,只盼你欢欢喜喜,不要这么犯愁。你的心事,我也明白。天涯何处无芳草,天底下贤良淑德的好女子多得狠,改天,我定给你挑个好的……"

姚晴听到这里,一股怒火从心底直冲上来,烧得双颊发烫,不由靠着围墙,浑身发抖,手攘胸口,几乎喘不过气来。

沉寂时许,忽听陆渐道:"不劳妈费心,孩儿已想好了,就这么孤独一世,终身不娶。"姚晴听得一惊,商清影也啊了一声,说道:"渐儿,婚姻大事……"陆渐长叹道:"妈,我意已决,终此一生,不再谈论婚姻之事……"商清影道:"若是姚小姐……"陆渐接口道,"她不成的。今天在后堂,我与她相距不过几尺,心却隔了千里万里。妈,我这一辈子浑浑噩噩的,总猜不透女孩的心思,等到做完那件大事,我便寻一个僻静处,一心侍奉母亲爷爷,至于别的,与我全无干系……"

姚晴听到这里,只觉鼻酸眼热,气息不稳,忍不住吐出一口大气。陆渐何等神通,立时知觉,喝道:"是谁?"姚晴正想屏息离开,不料白珍珠忽地叫道:"小姐,小姐。"

叫声方落,前方人影一闪,陆渐已拦在前面,见是姚晴,面露愕容。姚晴气涌上来,狠狠一下将他推开,大声道:"好呀,你孤独一世,那就任你去了。我姚晴对天发誓,今生今世,我若再见你,便不姓姚。"说到这里,眼圈儿泛红,眼泪也要流下来,只恐被陆渐看到,步履如飞,向庄外奔去。

奔了一程,遥遥看见仙太奴和温黛在池边赏鱼。二人见姚晴神色凄惶,飞奔而来,温黛诧道:"晴儿,怎么啦?"姚晴如见亲人,扑入温黛怀里,嘤嘤哭道:"师父,你带我走吧,留在这儿,平白惹人讨厌。"

温黛见她眉梢眼角,伤心之意多过愤怒,举目望去,见陆渐立在远处,逡巡不前,温黛素来护犊,闻言暗恼,当即扬声道:"小陆师弟,是你欺侮小徒么?"陆渐涨红了脸:"我,我……"温黛方要细问,却听姚晴涩声道:"师父,别理他,我一辈子也不想见他。"

温黛不知二人间究竟发生何事,却知姚晴心眼儿最多,这少年却有几分憨直,缘由十九在这女弟子身上,无奈叹一口气,说道:"好,好,我们走了就是。"说罢拉着姚晴,与丈夫径自向庄外走去。

来到庄门,忽见道上行来一人一骑,马匹颇为疲瘦,骑者却极英伟,布衣麻鞋,不掩眉间凛然之气。仙太奴精于相人,见得来人,顿时暗暗喝一声彩:"好个将帅之才。"

那骑士来到庄前,翻身下马,望着门首那副楹联,微微出神。这时忽听有人欢喜叫道:"大哥。"姚晴闻言身子一颤,回头望去,只见陆渐快步出庄,挽住那布衣汉子,满面喜色。

鸳鸯阵

姚晴见状，越发气恼："好小子，这当儿你还高兴得起来？"拉着温黛，步子更快。

原来陆渐始终跟在三人身后，心中郁闷，欲辩忘言，送到庄前，忽见布衣汉子，当真惊喜不胜，烦虑尽消，一个箭步赶将上去。

来人不是别人，正是戚继光，看到陆渐，也是惊喜，把着他臂，笑道："二弟，你怎的在这里？"陆渐道："一言难尽。大哥，你怎么来了。"

戚继光道："我有事入京，听说沈先生殁了。沈先生与我有恩，故来祭奠。"陆渐默默点头，转眼望去，见温黛一行已然去远，只余三条淡影，当下叹了口气，向戚继光说道："大哥，庄内请。"

戚继光来到灵堂，拈香拜祭，商清影此时已回到灵堂，也回拜致礼。双方拜毕，陆渐将戚继光引入内堂，二人同经患难，陆渐将戚继光视如亲生父兄，当下也不瞒他，将自己身世托盘相告。戚继光听得惊奇，连连嗟叹，说道："兄弟，不料你身世竟然如此坎坷，更不料你竟是沈先生的嫡亲儿子。看来也是天意，沈先生的志向，说不定要着落在你的身上。"

陆渐道："什么志向？"戚继光道："你没留意庄门前那副对联么？"陆渐不觉哑然，那对联他略略瞧过，此时却已记不起来，这时忽听有人笑道："天得一则清，地得一则宁。横批可是'四海澹然'？"

二人回头望去，谷缜冠带潇洒，逍遥而至。戚继光起身拱手："又见足下。"谷缜也笑道："戚大将军安好。"戚继光笑道："将军二字愧不敢当，那日南京城头，若非足下美言，戚某的尸骨早就烂在总督府的大牢里了。"

谷缜一愣，笑道："将军听谁说的？"戚继光道："自然是沈先生了。"谷缜颇感诧异，心道："沈舟虚竟没隐瞒此事？真是奇怪。"他平生料敌无算，此时此刻，却对那已死的大仇人颇有些琢磨不透。

陆渐按捺不住，问道："大哥，那楹联与志向有什么干系？"戚继光道："李太白有一句诗，叫做'天地皆得一，澹然四海清'，沈先生志向远大，将山庄取名'得一'，正有扫残除秽、安靖我大明海疆的意思。好兄弟，令尊壮志未筹，不幸身故，他的遗志，岂不要落在你的身上？"

陆渐一时间说不出话来，心中感慨："父亲这一生，是正是邪，真是难说得很。"一念及此，问道："大哥，南京一战后，四大寇尽都丧命，难道还有倭寇肆虐？"

戚继光点头道："汪直死后，倭寇里又出了一个新首脑，叫什么'仓先生'，年纪不大，手段却很厉害，打着为四大寇报仇的旗号，声势比起四大寇的时候还要浩大。更可虑的是，我军精兵，多在苏浙二省，倭贼避实就虚，常在闽省两粤出没，无恶不作，我军一旦赴援，它又乘船直扑浙江，如此声东击西，闹得沿海诸城十室九空，人人自危。"

陆渐与谷缜对视一眼，已猜到"仓先生"的来历，深悔当日一念之仁，放过宁不空，当下问道："大哥和这支倭寇交过锋么？"

戚继光道："我近日在外练兵，兵没练成，未能出战。"顿了顿，又道，"二弟，你还记得当日我兵败之后，与你说过的话么？"陆渐道："记得。你说了外省兵多有弊端，要想根除倭寇，非得本乡本土的父子兵不可。"

"然也。"戚继光说道，"承蒙胡总督与沈先生采纳此策，近日与我钱粮，前往义乌召集本乡百姓，训练一支子弟精兵。"

陆渐精神一振，问道："有多少人？"戚继光道："三千有余。"陆渐皱起眉头，摇头道："可惜太少！"

"不少了。"戚继光微微笑道，"兵不在多，贵在精练。古时有一位将军，只率三千人马，十四旬平三十二城，四十七战，所向无前，吓得百万敌军望风而逃。"

"名军大将莫自牢，千军万马避白袍。"谷缜道，"戚将军说的可是白袍陈庆之。"

"正是。"戚继光喜出望外，"谷老弟也读史书？"陆渐奇道："白袍陈庆之是谁？"谷缜道："他是南北朝时的名将，擅长用兵，爱穿白袍，横行河南之时,敌军一见白袍,便会逃之天天。"

"元敬不才,也愿效幕古人。"戚继光慨然道,"三千丁勇虽少,但若训练得法,荡平倭寇,绰绰有余。"

谷缜一转眼珠,笑道:"既然如此,戚将军不在义乌练兵,到南京来作甚?"戚继光微微苦笑:"我来南京,是做叫花子呢。"陆渐奇道:"这话怎讲?"

戚继光道:"胡总督请来的饷银,只有二千多两,别说军饷不济,就是兵器盔甲也置办不起。如此下去,这练兵之举必成泡影。我来南京,就是为讨钱来的。方才见过胡总督,他也犯愁,说是今年闹灾荒,银钱短缺,人人都来要银要饷,给我的多了,别的将领必然嫉恨,况且练兵之事,成效未著,多拨银子,其他人必然不服。总之话说了一大堆,钱却没给一文,看来这一趟我只有空手而回了。"

谷缜听到这里,哈哈大笑。戚继光道:"足下何以发笑?"谷缜笑道:"我笑这大明朝的官儿,做得真是有趣。清客总督、叫花子参将,肥了中间,苦了两头。"

戚继光道:"此话怎讲?"谷缜道:"胡宗宪和沈舟虚都是明白人。练兵是长远之计,关系国家安危,他们岂能不知?是以给你的粮饷也必然只多不少,决计不止二千两,只不过从总督府拨下来,都司、金事、镇抚、知事、总兵一干人,大雁眼前过,岂能不拔毛?不但要拔,一根也不能少。这些还只是常例,另有一些不常之例,掌管文书的都是师爷幕僚,写账簿的时候,大笔一挥,几十两的零头老实不客气都进了自家口袋,这么七折八扣下来,十两银子,落到将军手里,能有二两三两,也算不错了。"

戚继光往日不曾独当一面,不太明白军需财物,此时听谷缜这么一说,不由恍然大悟,重重一拍桌案,怒道:"如此贪贿,胡总督就不知道么?"

谷缜摇头道:"胡宗宪何等精明?他不是不知,而是全知。只可惜官场这地方,知道的越多,忌惮就越多。他那些下属,人人都有后台,看似一个小官儿,说不定就是尚书的同年,阁老的门生,王爷的奴才,御史的连襟,从你这里扣来的钱,十有八九都上缴进贡去了。胡宗宪追究起来,还不满朝树敌?所以事到如今,也没奈何,唯有假装糊涂,跟你打马虎眼儿。"

陆渐皱眉道:"这事胡总督欠考虑了,为何不直截了当拨给大哥?"

"你有所不知。"谷缜道,"这朝廷虽乱,军饷拨发却自有一套规矩,须得自上而下,层层转拨,层层监督,以防有人拥兵作乱。你说,自古打仗打

的是什么？兵法？谋略？非也，非也，打得都是钱粮。当皇帝的用兵打仗，不必亲临战阵，只需握住银根粮道，就能运筹帷幄，遥制万里。胡宗宪政敌不少，若不按规矩办事，直截了当把军饷拨给戚将军，今日拨了，明日就有人给他扣一顶'养兵自重'的大帽子。"

陆渐倒吸一口凉气："倘若这样，还怎么带兵打仗？"谷缜站起身来，叹道："官场文章不好作，做事的时候，绕过官场，往往能够事半功倍。唉，这句话我实不愿说，若是沈舟虚还在，以他幕僚身份，此事必然好办。但他这么一死，胡宗宪不啻断了一臂，将来官场之上，必然多出无数凶险。"他说到这儿，见戚继光目含愁意，当下顿了顿，笑道，"大明官场积垢纳污，层层相因，就似一张无大不大的蜘蛛网，触一发则动全身。戚将军得有今日，凭得是世代军功，对于这些牵扯，或许不甚了然。是了，将军手上还有多少银子？"

戚继光道："二百多两。"谷缜道："我有一个法子，戚将军愿意采纳么？"戚继光道："什么法子？"谷缜道："戚将军将这二百两银子交给在下，在下拿到生意场上周转周转，为你凑足军饷如何？"

"好啊！"戚继光惊喜道，"但不知要周转多久？"谷缜笑道："不久不久，但将军须得答应我两件事，若不然，这生意就作不成了。"戚继光道："请讲。"谷缜道："第一件事，我如何周转银钱，将军不得过问。"戚继光想了想，说道："这个容易，但须不违国法。"谷缜笑道："《大明律》漏洞百出，我要想违背，也不容易。"

戚继光听得一愣。谷缜不待他明白过来，笑道："如此将军答应第一件事了。"戚继光只得点头。谷缜道："第二件事，则是让我做你的军需官，贵军一切兵器粮草，全都由我购买，无论好歹，将军都要接纳。"

戚继光失笑道："戚某如今光杆一个，只要是粮草兵器，无不笑纳。"

"成了。"谷缜一击掌，"戚参将何时返回义乌？"戚继光道："军务甚多，今日便要动身。"谷缜站起身来，说道："很好，陆渐，咱们也今日动身，去瞧戚将军的新兵。"

陆、戚二人同是一惊，陆渐道："怎样急么？"谷缜神色一肃，颔首道："急，十万火急。"陆渐瞧他一双眸子清亮如水，神采焕然，霎时心领神会，点头道："好。"戚继光听这对答奇怪，颇为疑惑，但一想到二人愿往义乌，欣喜之情又盖过疑心，当下拍手笑道："好，好，若得二位相助，何愁功业不成。"说罢又是大笑。

陆渐忽地皱眉道："谷缜,走之前,要和妈说一声。"谷缜道："你只说出
趟远门,再布置天部高手看守山庄,至于这方圆百里,我已安插许多人手,
眼下暂可无忧。"陆渐心知谷缜这般安排,是唯恐树下大敌,危及母亲妹
子,只不过此行若是当真败落,后果却是不堪设想。

于是二人同向商清影告辞,谷缜谈笑自若,陆渐的心思却是刻画脸
上,商清影看出必有大事发生,口中却不挑破,只反复叮嘱二人一路小心,
留意寒暖。

陆渐安排好庄中守卫,但因"黑天劫"之故,劫主劫奴不能久离,故而
五大劫奴俱都随他同行。陆渐心虽不惯,"有无四律"却违背不得,只得带
上五人。

离庄之时,商清影一直送到庄外数里,陆、谷二人好容易才将她劝住,
策马走出数里,陆渐回头望去,仍见道路尽头那道素白身影,依着一株柳
树,遥遥挥手。想到此行凶险,这次分离或是永诀,陆渐心中一痛,眼泪刷
的流了下来。谷缜知道他的心思,一时间也收敛笑意,轻轻叹一口气。戚继
光均是看在眼里,但他性子深沉,不爱说三道四,二人不说,他也不问。

南行路上,长空如洗,极目皆碧,盛夏绿意仿佛延伸到天边。三人一路
奔驰,挥鞭指点沿途胜景,谈笑不禁。戚继光文武双全,辩才无碍,谷缜博
学广闻,口角风流。两人对答诙谐,机锋迭起,陆渐话语虽少,但谈到大是
大非,却往往能一语中的,引得众人会意微笑。

驰骋良久,暮烟四起,苍山凝紫,衔着半边红日,一条江水被暮色浸
染,涌血流金,凛凛江风吹得岸边花草摇曳开合,如嗔如笑。戚继光既得知
己,又得强援,心中快慰,见这佳景,雅兴大发,不禁朗声吟道:"南北驱驰
报主情,江花边草笑平生。一年三百六十日,都是横戈马上行。"

"好个一年三百六十日,都是横戈马上行。"谷缜赞道,"这两句沉郁顿
挫,真有杜工部的遗风。"

戚继光与他交谈多时,大约明白他的性情,当下笑道:"你只说后两
句,前两句怕是不入法眼。"谷缜摇头道:"前两句不是不好,但有些奴才
气。"戚继光道:"为臣死忠,为子死孝。难道说一提到'主情'二字,便有奴
才气么?"

谷缜道:"我相信天道至公,天生万民,本来平等,上下尊卑,不过是后

天所致,谁又生下来就比谁强了?皇帝老儿一张嘴巴两个耳朵,我也是一张嘴巴两个耳朵,不见他比我长得多些。"

戚继光皱眉道:"谷老弟这话虽说新颖,却有些大逆不道。"谷缜笑道:"我是大逆不道。嘉靖老儿贵为天子,兴土木、求神仙、炼金丹、淫童女,信任宵小,骄奢淫逸,闹得官贪吏横,民不聊生;上逆苍天好生之德,下违祖宗守业之道,也可算是大逆不道呢。"

谷缜虽是诡辩,说的却是时事,时事如此,戚继光反驳不得,默然半响,说道:"圣上虽然不好,百姓却是无辜,元敬生为臣子,唯有鞠躬尽瘁,死而后已。"

谷缜点头笑道:"天底下的官儿倘若都和将军想得一般,皇帝老儿就算尾巴翘到天上,那也无所谓了。"戚继光摆手道:"惭愧。元敬十七岁领兵,征战沙场十余年,北方鞑虏肆虐,南方倭患如故,空负报国之志,却无报国之才,真是惭愧。"

谷缜笑道:"三军不可夺帅,匹夫不可夺志。志者帅也,才者军也,三军易得,一帅难求。将军已有报国之志,何愁没有报国之才?区区倭寇,跳梁小丑,弹指可平,何足道哉。"

戚继光双目一亮,笑道:"谷老弟,你风骨特异,倘若投身仕途,必能成为国家栋梁。"

"免了。"谷缜笑嘻嘻的道,"要做大明的官儿,先得写八股,考进士,那些之乎者也,想想都觉头痛,要我在纸上写八股,不如让我在粪墙上画乌龟呢。考武举嘛,骑马射箭也不是我的专长,一马三箭,箭箭落空。我还是做我的陶朱公,买东卖西,走南闯北。不过呢,这也不是最要紧的。"

戚继光道:"哦,那什么才最要紧?"谷缜道:"最要紧的是,我大好男儿,自当纵横七海,无拘无束,怎能自甘堕落,去做皇帝老儿的狗腿子?"戚继光不禁苦笑:"老弟这一句,可将我也骂了。"谷缜道:"戚兄是戚兄,皇帝是皇帝,我宁可做戚兄的军需官,也不作皇帝的狗腿子。"戚继光失笑道:"老弟真是少年意气。"

高谈快论,不觉光阴流逝,入夜时分,一行人觅店宿下。用罢晚饭,谷缜正在喝酒,忽见五个劫奴探头探脑,在门口张望,不觉笑道:"你们做甚么?"

五人忸怩而入,忽地齐齐跪倒,唯有燕未归略有迟疑,但也被秦知味拉倒。原来,五人私下商议,当初为沈舟虚出力,和谷缜实有杀父之仇,而今换了新主,陆、谷二人交情如铁,谷缜对五人却很冷淡,倘若想报私仇,略使手段,五人就算不死,也难免黑天之劫。在山庄时,五人对谷缜尚有回避余地,而今一路同行,欲避不能,惊惶之余,决意来向谷缜请罪。

谷缜瞧见五人模样,猜到他们心中所想,问道:"你们害死我爹,怕我报仇吗?"五人连连点头。谷缜道:"犯法有主有从,主犯已死,从犯从宽,况且你们身负苦劫,不能自主。也罢,死罪可免,活罪难饶……"

五人听见,脸色发绿。谷缜扫视五人,挥手笑道:"别想岔了。我说的活罪,是陪我喝一顿酒。"当下叫来五坛烈酒,笑道,"一人一坛,喝完了,大家一笔勾销。"

五劫奴均不善饮酒,此时无法,只得各领一坛,苦着脸饮下,加上谷缜殷勤相劝,不多时,五人醉得一塌糊涂,燕未归登墙翻梁,满屋乱飞;莫乙高声背诵《大藏经》;薛耳用"呜哩哇啦"大弹艳曲,苏闻香鼻子贴着地皮,边爬边嗅,秦知味则伸出舌头,将碗筷舔得干干净净。谷缜在一旁拍手大笑,连哄带赞,助长其势。直待陆渐听到吵闹,前来阻止,才将五人带回歇息。

次日起来,五名劫奴宿醉未消,头痛欲裂,愁眉苦脸,跟在三人后面。谷缜却是说到做到,经此一醉,和五人嫌隙都消。秦知味和谷缜本是故交,当先重叙旧好,无话不谈,其他四人见状,也各各释然,更被谷缜天天拉着喝酒,稀里糊涂几天下来,还没到义乌,五人两杯酒下肚,和谷缜比亲兄弟还亲了。

是夜抵达义乌,次日早晨,戚继光召集部众,在东阳江边列阵点兵,只见清江如练,长空一碧,远方白云青嶂,森然如城池耸峙。江岸上一带平沙,黑压压站立三千将士,鼓声雷动,旗帜飞扬,戚继光令旗一挥,呼声冲天,有如一阵风雷,激荡山水。

陆渐定眼细看,阵中除了军官穿戴甲胄,士兵都是农夫打扮,皮肤黧黑,衣不蔽体,脚下登着草鞋,手中拿着木棒竹枪。装备虽然简陋,阵势却极齐整,一呼百应,丝毫不乱。陆渐、谷缜瞧在眼里,均是暗暗点头。

戚继光点兵已毕,向陆渐道:"这些军士多是附近矿山采煤的工匠,质朴有力,甚有纪律。这些日子,我依照东南地势,对比倭人战法,想出了一门'阴阳'阵法,二弟要不要见识见识?"

陆渐笑道:"求之不得。"戚继光一笑,扬声道:"王如龙。"阵列中应声走出一个汉子,个子中等,但体格壮硕,双目有神,直如吞羊饿虎,浑身是力。

戚继光盯着他，似笑非笑，说道："王如龙，你平日自以为力气大，武艺精，谁也瞧不起，是不是？"

"哪里话？"王如龙咧嘴直笑，"我这辈子也有一个瞧得上的，那就是戚大人你了。"他这一开口，嗓子洪亮，铜钟也似。谷缜不觉莞尔，心道："这厮癞蛤蟆打哈欠，口气不小。"

但听戚继光道，"你先别说嘴，今天我请来了能人，你有没有胆子跟他较量？"王如龙道："好啊，我王如龙本事不大，却有胆子。"戚继光转头向陆渐笑道："你瞧他这狂态，代我好好教训教训。"

王如龙觑着陆渐，嘴里不说，心里却犯嘀咕："这少年人貌不惊人，瘦瘦弱弱，能有什么本事。"当下解开衣衫，摩擦拳掌。戚继光道："你做什么？"王如龙奇道："不是要较量么？"戚继光道："较量是真，却不是一个对一个，你领十个弟兄，摆好阴阳阵。"

王如龙一呆，蓦地叫道："什么？十一对一，还用阵法？"戚继光道："不错。"王如龙一跳三尺，哇哇叫道："不行不行，这不公平。"戚继光皱眉道："你小子不知厉害，少说废话，还不领命？"

军阵中议论纷纷，嗡嗡声一片。王如龙瞪着陆渐，两腮鼓起，蓦地将头一甩，大声道："戚大人，小的有个请求。"戚继光将脸一板："军法如山，你敢违抗？"王如龙脖子梗起："您不答应，砍我脑袋便是。"戚继光又好气又好笑，说道："也罢，你有何条件，且说一说，若没道理，瞧我砍不砍你脑袋。"

王如龙指着陆渐道："我要和他比气力，他胜了我，我就带兄弟和他打。"

"比气力？"戚继光道，"怎么比法？"王如龙咧嘴笑道："筑石塔，谁高谁赢。"此言一出，群声哗然，三千多人，尽都拍手鼓噪，纷纷叫道："对，对，筑石塔，筑石塔。"千人同声，势如滚雷。

戚继光始料未及，微微皱眉，回望陆渐，陆渐尚未答话，谷缜已说道："比就比，山不比不高，水不比不深。"陆渐本来不愿太露锋芒，但谷缜如此一说，不便和他相左，只好点一点头。

王如龙脱光上衣，露出虬结肌肉，大步走到江边，江水数百年侵蚀，将岸边石崖切割破碎，石块大大小小，散落岸上水中，大者千斤，小者也有百斤左右。

王如龙走到一块比人还高的巨石前，一沉腰，沉喝一声，巨石应声，被他扛了起来，军中彩声轰响，陆渐也是动容，寻思："这巨石怕不有千斤上下,此人气力好生了得？"

王如龙走了七八步，将巨石稳稳放在岸边，转身又扛来一块较小石块，垒在巨石之上。一时间，来来去去，连垒三块，三石相叠，笔直如塔，比王如龙双手举起还要高出两尺。这时间，王如龙抱起一块四五百斤的巨石，走到塔前，马步一沉，嘿地吐气开声，双臂忽地向上一抬，那块巨石高高飞起，啪嗒一声，搁在石塔顶端。

"乖乖。"谷缜吐出舌头，"这一下可不是天生的本事。"陆渐微微点头，心道："这位王将士内外兼修，竟是一位武学高手。"

说话间，王如龙又抱来一块巨石，向上一托，又将那石块高高抛起，啪嗒一声，叠在石塔之上。要知道，扛抱巨石，凭的或是本力，但将巨石抛在半空，一半凭的是气力，另一半凭的则是腰胯胸腹的内力巧劲，更难得的是，石块抛起后，不高不低，不偏不倚，正好落在石塔顶端，抑且方位轻重无一不巧。若不然，搁得偏了，石块不稳，势必滚落，搁得低了，必然碰着下方石块，撞垮石塔。是以王如龙一抱一托看来平易，谷缜、陆渐却是行家，一眼就看出其中奥妙，心中不胜惊奇。

一时间，王如龙不住托送巨石，将那石塔越垒越高，半晌工夫，已然高及四丈，笔直耸立。但石塔越高，托送石块越发不易，稍有偏差，便有坍塌之患，是以王如龙所抱石块越来越小，由四百来斤减为一百多斤，托送起来也更加吃力，渐渐汗如雨下，面色血红，额上青筋贲张，突突直跳。

第九块巨石刚刚垒罢，王如龙蓦地脚底踉跄，后退两步，一跤坐倒，说道："就这样，我不成了。"众人惊佩万分，纷纷鼓掌喝彩。王如龙瞥着陆渐，意带挑衅。戚继光也望着陆渐，嘴里不言，眼里却有担忧之意。

陆渐不动声色，走到石塔近前，笑道："借如龙兄石块一用。"不待王如龙答话，默运大金刚神力，双掌齐推，咯的一声，垫底巨石急如弹丸，跳将出去，上半塔身猝然下沉，但却不摇不晃，纹丝未动。

这一下惊世骇俗，王如龙两眼瞪圆，脸色大变，其他军士更是目定口呆，偌大操场，落针可闻。

咯的一声，陆渐双掌再推，垫底巨石再度跳出，上方石塔依然未动。一时间，只看陆渐搓骨牌也似，将下方巨石一一推走，那石塔由下而上，眼看见矮，最终九块巨石分落九处，重新散开。

"石块借到。"陆渐说道，"小子现拙，也来垒一座石塔。"当下抱起最小最轻的石块搁在地上,再将次轻者垒在其上,之后石块逐次加重,恰与王如龙相反,王如龙垒塔,石块下重上轻,下大上小,十分稳当,陆渐却是上重下轻,上大下小,直将王如龙所垒石塔颠倒过来。

那塔越筑越高,伸臂不及,陆渐便用王如龙的法子,抱起巨石,托上塔顶,然而一块大过一块,一块重过一块,比起王如龙难了何止十倍。先前王如龙筑塔之时,每托上一块巨石,众将士便出声喝彩,这时候却是人人屏息,鸦雀无声,望着巨石飞起,无不惊心动魄,喘不过气来。

陆渐将"大金刚神力"融会"天劫驭兵法",神力巧劲无不登峰造极,此时巨石嵌合,丝丝入扣,既快且稳,层层叠高,不多时,陆渐双臂一送,第九块千斤巨石有如飞来山峰,腾起数丈,啪嗒一声,沉沉压在塔顶。看起来,整座石塔就如一把倒立石锥,将垫底石块深深压入土里。这时众将士才算还过神来,掌声如雷。戚继光走到陆渐身前,拉住他手,仔细打量半晌,笑道:"二弟,你这本事,真乃神人也。"

陆渐面皮发烫,忙道:"哪里,说好了筑石塔,谁高谁赢,如今都是九块,我不算赢,如龙兄也不算输……"话没说完,王如龙已跳起来,连啐两口,叫道:"屁话屁话,我说谁高谁赢,那是下面大,上面小,正着垒塔,公子爷这么上面大、下面小的筑塔本事,我王如龙万万不及。"说罢磕头便拜,陆渐忙将他扶住,说道:"如龙兄,你拜我作甚?"

王如龙说道:"公子爷你不知道。我小时候遇上过一个华山道士,他传了我两月功夫,后来有事离开。临走时曾说,他这功夫叫做'巨灵玄功',出自玄门,我只要用心修炼,十年后必能力大无穷,罕有敌手,只不过,将来若是遇上会'大金刚神力'的金刚传人,千万不可逞强,定要恭恭敬敬。公子爷如此了得,想必就是金刚传人了。"

陆渐听得惊讶,点头道:"不错。"王如龙大喜过望,又要磕头,却被陆渐挽起,笑道:"如龙兄,有话将来再说,军令如山,我还是见识你的阴阳阵法吧。"

王如龙精神一振,从人群里拖出一根长大毛竹,竹子上密密层层,布满枝桠。另有两名军士出列,共持一根毛竹,与王如龙势成犄角,毛竹之前,均有军士手持木盾木刀,毛竹之后,各有两支竹枪,一支锐钯。阵势以毛竹为首,左右展开,形如飞鸟展翅。

谷缜一瞧,忍俊不禁,笑出声来。戚继光听到,回头道:"谷兄弟笑什

么？"谷缜笑道："这阵法威力不知如何，但这样子么，真是不大好看。"戚继光笑道："谷兄弟有所不知，凡事实用必不美观，美观则不实用，这阵法看着虽丑，却很有用。"谷缜跷起大拇指，赞道："好个实用则不美观，美观则不实用，这两句话，真是千古格言。"

陆渐审视阵势半晌，迟疑道："大哥，这竹子……"戚继光道："这根毛竹正是从二弟那根竹子化来，近守远攻，十分好用，是这阴阳阵的门户，缺他不可。我给这大竹起了一个名字，叫做'狼筅'，狼是凶狼之物，筅则是扫帚之意。"

"好名字。"谷缜拍手道，"就用这把如狼似虎的大扫帚，将那些倭寇盗贼一扫而光。"

戚继光含笑点头，王如龙却是不耐，高叫道："公子爷，快挑一件兵器，大伙儿开打。"陆渐摇头道："我先不用兵器试试，看这阵法有多大威力。"

换作旁人，王如龙必然当他托大，陆渐这么说，他却打心底觉得应该，寻思："没错，用兵器的，那还是金刚传人么？"当下问道："戚大人，这一阵怎么算赢？"戚继光笑道："你打中陆兄弟便赢。"王如龙哈哈大笑，蓦地大喝一声，摇动狼筅，直扑陆渐。

陆渐见两根狼筅扫来，伸手欲拨，身下风声忽起，去是那两名刀牌手滚地而来，挥刀横斩自己双腿。陆渐才知道狼筅凶猛，却是虚招，为的竟是掩护刀牌手的偷袭，当即纵身跃起，双脚齐出，踢向两面盾牌，双手一分，呼呼两拳，将那狼筅拨开。

蓦地锐风扑面，两杆长枪红缨如血，翻起斗大枪花，分刺陆渐上下两路。陆渐避开长枪，眼见狼筅用老，收回不及，当即纵身抢入两根狼筅之间，不料刀牌手趁他闪避枪势，早已缩回，盾牌前顶，挡住陆渐前进之势，刀作剑用，从盾下探出，刺向陆渐胸口。陆渐受阻遇袭，屈指两弹，夺夺两声，正中刀脊，刀牌手虎口疼痛如裂，若非陆渐手下留情，木刀必然脱手。

陆渐情急间用上大金刚神力，心中暗叫惭愧，蓦地眼前光闪，脚底风生，两支锐钯上下攻来，陆渐向后一仰，双脚蜷起，一个筋斗翻在半空，好胜之心陡起，沉喝一声，双拳左右送出，两道凌厉拳风如山如城，向众军头顶压来。

他本以为拳劲一出，众人势必难当，故而出手之际，还留了一半功力，只想打倒众人作罢，不料他方才跳起，王如龙喝一声："分。"阵势忽变，以两支狼筅为首分为两队,左右掠开,陆渐拳劲走空,击中沙土,满天扬尘。众军士闪赚之际,却已绕到陆渐两侧,狼筅、盾牌齐出,封住陆渐躲闪方位,四肢尖枪则从竹枝间穿出,左右袭来。

这一阵变化凌厉,陆渐躲闪不及,情急中使出"天劫驭兵法",双臂一圈,缠住四条长枪,方要夺下,忽见刀牌手进如疾风,翻滚上前。陆渐寻思:"我若夺枪取胜,不能看出阵法优劣。"于是放开长枪,翻身闪开双刀,不料狼筅、锐钯已然绕至身后,两前两后,掎角杀来。狼筅舞开,竹枝满天,有如长云下垂,坚城突起,陆渐竟被闹了个手忙脚乱,几被趁虚而至的锐钯扫着。

一时间,旁人只见陆渐身法飘忽,如鬼如魅,动转之际,令人不及转念。"阴阳阵"几次将被击破,不料那阵分合变化,一忽而分为两队,一忽而分为三队,一忽而正面横冲,一忽而分进合围,筅以用牌,枪以救筅,短刀救长枪,锐钯则如刺客杀手,每每突出伤人,五种兵器攻守循环,奇正相生,每每于不可能处生出奇妙变化,避开陆渐的杀着,更生凌厉反击。

众将士瞧得眼花缭乱,心中更是忐忑,既不愿阵法被破,又敬服陆渐神功,唯恐他被扫着汤着,损了一世英风。故而眼望双方攻守,心也随之起伏不定,患得患失。

戚继光知道陆渐武功了得,起初还怕苦心创出的阵势被他轻易击破,见此情形,真有不胜之喜,便在点将台上挥洒指点,与谷缜谈论起阵法,说道:"此阵的兵器有五般,长短有如阴阳,数目比拟五行,枪金、筅水、盾土、刀木、锐火,用之得法,如五行之相生,决不可破;用不得法,则如五行之相克,不攻自败。这其中的生克变化,一言难尽。这五般兵器均为双数,为的是骤遇强敌,可以中分为阴阳两仪,一刚一柔,左右掎之,继而应变三才,合而围之,敌人阵脚耸动,则觑其虚弱,三才归一,并而攻之。"

谷缜点头道:"阴阳三才五行之变,人人知道,但自古以来,活学活用的人却没有几个。"说到这儿,他笑了笑,说道,"戚将军,恕小子多嘴,这阵法虽好,名字却不佳。"

戚继光笑道:"怎么不佳?"谷缜道:"阴阳二字太过笼统,不知道的人听起来,还当戚兄是算命先生、画符道士,岂不是天大的误会?"戚继光不由大笑,说道:"那么你说取什么名字?"

谷缜沉吟道:"我看此阵中分两翼,开合不定,有如飞禽展翅,乘风翱翔,不妨就以禽鸟命名。禽鸟之名,包含阴阳雌雄的有两个,一是凤凰,一是鸳鸯。将军方才又说了,美观则不实用,实用则不美观。凤凰鸟中之王,羽毛华丽,此阵朴实无华,贵在实用,二者可谓毫不相干。依我之见,此阵就名鸳鸯阵,鸟虽平凡,情义却很深长。"

"好名字!"戚继光点头道,"从今往后,这阵法就叫做鸳鸯阵吧。"

说话间,陆渐已看出"鸳鸯阵"的优劣虚实,大举反击,"大金刚神力"施展,一拳一脚,劲力排空,军士略被拂扫,便是足下踉跄,摇晃不稳,忽听咯的一声,一根长枪被陆渐扫中,破空飞出。戚继光浓眉一扬,高叫道:"李同先,你队东边策应。"

一个高大汉子沉声答应,率本队结成鸳鸯阵,逼近陆渐。两支小鸳鸯阵左右穿插,奇正合变,立时化为一个大鸳鸯阵,五行轮回,虚实不定,阵法威力强了一倍。

阵法变强,陆渐亦强,神力奔腾间,隐隐透出金刚法相,拳掌间更带上"天劫驭兵法",斗不多时,左手一圈一横,将两根狼筅绞在一出,仓卒间无法分开。戚继光见状,再调一队,亲自指挥,一时间,只看三队鸳鸯阵两前一后,成三才之势,一合一分,再变两仪。

陆渐越斗越觉惊,但觉身周兵器影影绰绰,飘忽不定,数十般长短兵器备按五行,相应相生,与自己的"天劫驭兵法"竟有异曲同工之妙。不同的是,"天劫驭兵法"因为"补天劫手",能将几十般兵器融合如一,当成一件兵器运用,眼下这些兵刃却是凭借"鸳鸯阵"的奇妙变化,长短相应,五行相生,也能融合如一,发挥意想不到的威力。

陆渐不料这军阵妙用至斯,一时间竟被那阵法圈住,束手束脚,施展不开,心头一急,发出一声长啸,"大金刚神力"与"天劫驭兵法"同时运转,转身之际,夺下一根狼筅,旋身一扫,逼开阵势,长竹一搭,又夺下两根狼筅,方要横扫,刀牌手早已滚地杀来,陆渐待其将至,忽如长箭离弦,纵起两丈,两队刀牌手收势不及,撞在一起,喀嚓之声不决,木盾中刀,顿时粉碎。

陆渐身在半空,六七根狼筅长枪或扫或刺,冲天而来,陆渐手中狼筅盘旋,下方狼筅、长枪均如铁针向磁,被他吸走,唯有王如龙凭借神力,夺回狼筅,呼呼呼舞得有如一阵旋风,势要迫得陆渐不能落地。

戚继光见状,正想再调人马。陆渐忽将狼筅在王如龙筅端上一点,翻身飘落阵外,举手叫道:"大哥,够啦。"戚继光闻言挥手,遣散诸军,叹道:"这阵法还是困不住你。"

陆渐摇头道："这阵法已然十分厉害，只有两个破绽，若能补齐，即便如我，也未必全身而退。"戚继光道："什么破绽？"陆渐道："一是使狼筅的军士气力不足，如龙兄之外，都是两人一筅，进退变化都不灵活，不能全然发挥狼筅威力。二是少了弓弩、火铳，若能在阵法中加入弓箭鸟铳，我方才身在半空，势必成了靶子。就算侥幸挡开箭石，下方的狼筅长枪也应付不了。"

戚继光沉吟道："气力是天生的，勉强不得。"陆渐笑道："大哥，气力的事，就交给我吧。"戚继光看他一眼，微微一笑，转身向众军士高叫道："这位陆兄弟自今日起担任我军教头，大家都服了么？"军士们对陆渐武艺十分佩服，听得这话，不胜惊喜，齐声叫道："服了，服了。"

当日，陆渐、谷缜各领其职。陆渐鉴于"三十二身相"并非人人能练，自己劫力在身，方能履险如夷，寻常军士修炼，易出偏差。沉思良久，从"三十二身相"中变化六式：骑龙式、勾开式、架上式、闸下式、中平式、拗步退式。这六式姿态简易，心法明了，既是锻炼神力的内功，亦是攻守进退的招式。

陆渐想好招式，从军中挑选力大者传授。狼筅是"鸳鸯阵"的门户，一切变化均因这件兵器展开，一旦由两人一筅变为一人一筅，全阵攻守，越发凌厉。陆渐又以"天劫驭兵法"推演刀、盾、镋钯、长枪的招式，精简变化，与狼筅六式相配合，至此，"鸳鸯阵"两仪和合，五行相生，生生不息，再也难寻破绽。

陆渐出身寒苦，与众军士身世相近，性情亦很相投，因此昼夜住宿兵营，与士兵大锅同食，大被同眠。众军士见他身为教头，与自己同甘共苦，心中更生敬意，无不努力习练武艺。

这一日，陆渐偶尔想起谷缜，前去谷缜，谁知帐内无人，询问卫兵，才知谷缜这些日子不在营里。陆渐心中纳闷，却因军务繁忙，转头又将此事放下了。

这日傍晚，陆渐正和戚继光操练阵法，忽听牛叫马嘶，转眼望去，营门前行来大队牛马。正觉奇怪，忽听一声朗笑，一名白衣骑士越众而出，笑嘻嘻的，正是谷缜。他向二人招手致意，随后挥舞马鞭，指点民夫卸下货物。戚继光上前察看，却见货物中盔甲兵器无所不有，均是锻铸精良，寒光射人。戚继光好不惊喜，审视之时，又见运输队伍陆续赶来，有的装载粮草，有的驮运帐篷，更有数百口庞大木箱，拆开一看，尽是簇新鸟铳。

戚继光看得眼花缭乱，只怀疑身在梦中，方要询问谷缜，又听牛马喧嘶,转眼一瞧,只见数十辆大车拖拽佛朗机火炮迤逦而来,炮管乌黑油亮,令人望之胆寒。大车后还有数百匹骏马,膘肥腿长,均是良驹。

卸完货物,谷缜下马走来,笑吟吟地道:"还有五十艘战船,停在海边,不能驶来。"戚继光奇怪已极,问道:"谷老弟,这些都是你买的?"谷缜道:"是啊,够不够?"戚继光道:"够是够了,但这些货物价值不菲,当日我不过给了你二百两银子,就算在生意场上……"谷缜接口笑道:"戚将军,记得你我约法第一章么?"戚继光道:"记得,你让我不问银钱来历。但这么多军械粮草,匪夷所思,倘若不知来历,戚某岂敢……"谷缜道:"约法两章第二章,但凡买来,无不笑纳。戚将军可是答应过的。将军以诚信治军,岂可自食其言。"

戚继光方知谷缜事先料到今日,早早设下圈套。但瞧这些军械粮草,有如雪中送炭,足可武装一支无敌大军,戚继光心头一喜,便将疑惑抛到九霄云外去了。

次日,谷缜在营外搭起一座茅屋,长住在内。自茅屋搭建之日起,便不断有人造访,来者均是富商,排场盛大,屋前雕车竞驻,道上宝马争驰,金翠耀目,罗绮飘香,相望于道,神秘万分。

戚继光以下,营内官兵无不好奇,有人趁着来客没走,前往探看,却见来客站立,神色恭谨,谷缜坐在案边,左手拨打算盘,右手书写帐簿,口中说笑不禁,看到来人,还出声招呼,举酒属客,虽然一心数用,却能面面俱圆,宾主尽欢。

陆渐也觉奇怪,询问起来,谷缜却顾左右而言他,胡乱说笑。陆渐知他行事自有城府,既然不说,也就不再多问,只一心协助戚继光练兵。但自谷缜返回之后,军械物资任由戚继光调度,永无匮乏,从此之后,戚家军兵甲火器、马匹战舰特精,不止冠绝江南,更是甲于天下。

光阴荏苒,转眼已到八月,这天士兵放假回家,营中冷清。三人无事,谷缜邀戚、陆二人泛舟江上,喝酒说话。其时明月高悬,涛声在耳,断岸耸峙,层林萧疏,三人喝得耳热,说笑不离本行,论起兵法。谷缜说道:"兵马未动,粮草先行,不消说,用兵之要,首在资粮。楚汉交兵,汉高祖百战百败,始终不曾困绝,全都因为关中安定,萧何转运资粮,馈饷不绝,今日败北,资粮若在,明日又成一支大军。项羽粮道却为彭越、英布所断,资粮匮乏,虽然百战百胜,但垓下一败,则永不复起也。"

戚继光摆手道："谷老弟此言差矣。兵以义动,用兵之要,首在道义。圣人言:'君子喻于义,小人喻于利'。资粮虽重,却为利也。将士眼里若只有利,那么有利则战,利尽则散。项羽用兵如神,但生性暴虐,所过残灭,坑杀秦军二十万,失尽人心,故而一蹶不起,自刎了事。高祖约法三章,民心所向,所以屡败屡起,终有天下。这世上唯有仁义之师,方能由弱变强,先败后胜。自古名将,戚某最服岳武穆,岳家军'饿死不掳掠,冻死不拆屋',那是何等的了不起。"

谷缜道:"戚将军这么说,若无资粮,将士们岂不要拿着竹枪木棒、饿着肚子打仗?"

戚继光道:"古人揭竿而起,竹竿尚能打仗,何况木棒竹枪?"

谷缜微微一笑,问陆渐道:"你认为呢?"陆渐道:"我赞同戚大哥,就我而言,只有为天下百姓而战,才能理直气壮,心中无愧。"戚继光笑道:"好一个心中无愧。"

谈笑间,岸上一灯悠悠,飘忽而来,须臾来到近前,一个生硬的男子嗓音道:"谷少爷在么?"

谷缜道:"谁找我?"那灯火陡然明亮,燃起十余支松脂火把,照得河岸形如白昼。三人定眼望去,河岸上左右两队跪着八名胡人,均是金发碧眼,赤裸上身,手足佩戴粗大金环,在火光下闪闪发光。

八人肩头扛着一乘檀木步辇,辇上斜倚一名胡女,秀发如墨,肌肤胜雪,面上笼着轻纱,露出一双碧蓝眸子,娇媚流荡,勾魂夺魄,四周分立十名随从,也是胡人,手持火把,男女皆有。

戚继光与陆渐从未见过这么多胡人,均感奇怪。谷缜却似料到,从容笑道:"各位找我,有何贵干?"辇上胡女瞧着他,好一阵目不转睛。谷缜笑道:"美人儿,你这样瞧我做什么?挑情人呢,还是相老公?"

那胡女咯咯咯掩口直笑,叹道:"东财神果如传言,少年轻狂,还生得一张俊脸,迷死人不偿命呢。"

谷缜莞尔道:"迷死了你,我可舍不得。"胡女嘻嘻一笑,翻身下辇,双手捧着一个镶满宝石的金匣,冉冉走到岸边,说道:"我奉主人之命,请足下本月十五,前往江西灵翠峡一晤。"

谷缜起身撑船,来到岸边,接过匣子,瞧也不瞧,哗啦一声丢在胡女脚前的江水中。胡女眼神一变,错步后退,忽听水中刺刺有声,似有细小锐物射出,片刻方尽,借着火光瞧去,那方江水已如墨染。

戚继光与陆渐齐齐变色,陆渐厉声道:"好奸贼,这匣子里藏了暗器。"涌身欲上,谷缜却将他拦住,笑道:"雕虫小技罢了,那婆娘也就这点儿出息。"

那胡女强笑道:"主人听说你擅长开锁,本想考一考你,瞧你如何打开匣子,既取到请柬,又不触动机关,却没料到你竟想出这等法子。只可惜,这么一来,匣子里的请柬可就毁啦。"

"不会。"谷缜笑道,"请柬若毁,那就不是你家主人了。"那金匣子经江水一淘,毒水散尽,露出本色。谷缜方要去捞,陆渐抢先捞起,但觉入手极沉,竟是纯金,匣面上雕刻人物鸟兽,惟妙惟肖。

陆渐劫力所至,匣中情形早已尽知,转向谷缜说道:"匣内机关失效,没有古怪啦。"谷缜笑道:"那是自然,那婆娘当真杀了我,可是一桩亏本买卖。"当下揭开匣子,只见其中躺着一张白金请柬,薄如蝉翼,上有数行血红字迹。陆渐定睛一瞧,忽地倒吸一口凉气,敢情这红字是许多颗粒均匀的红宝石镶嵌而成,请柬四周,各镶一粒祖母绿,每一粒都环绕奇丽花纹,细微精妙,似透非透,也不知用何种法子雕成。

仅是这一匣一柬,已然价值惊人。谷缜目光扫过请柬,笑道:"除了金银,就是宝石,几年不见,那婆娘还是恁地俗气。"于是合上匣子,向那胡女道,"告诉你家主人,谷某按时抵达,不见不散。"

那胡女笑道:"那么妾身告辞。"谷缜道:"不送。"胡女坐上步辇,八名胡人扛辇起身,转身去了,火把渐次熄灭,最后只剩一点火光,在夜色中摇曳不定。

陆渐目送来人去远,忍不住问道:"谷缜,这是西财神的信使么?"谷缜道:"那婆娘被我抄了后路,沉不住气啦。"陆渐奇道:"你怎么抄她的后路?"谷缜道:"这还不简单。她来我中土捣乱,我就去她西域捣乱。这两个月里,她在波斯的牲口死了一半,天竺的香料船沉了十艘,她不得已,约我会面,作个了断。"

陆渐恍然道:"无怪你这些日子总是会见富商,竟是为了这个。"谷缜微笑点头。陆渐说道:"你既能在生意场上对付她,何必再去见她?"谷缜道:"她钱财吃亏,粮食却在手里,方才请柬上说了,我若不去,她便将所有粮食烧个干净,这女人说到做到,不是玩儿的。"说到这里,目视戚继光,半带笑意,"戚将军,我军能否开往江西?"

"老弟何出此言？"戚继光道，"若无朝廷圣旨，本军决不能擅自调往外地。"谷缜点头道："这个容易，我已请了一道圣旨，这两日也该到了。"戚继光愕然片刻，笑道："谷老弟说笑么？"谷缜笑笑，再不多说。

次日上午，戚继光练兵之时，忽听说胡宗宪自杭州派人带来圣旨。戚继光赶往大帐接旨，圣旨大意为，倭寇自闽北窜入江西，肆虐猖獗，水陆不通，命戚继光即日率义乌新军驰援江西，荡平此寇。同时还有胡宗宪手谕，命戚军火速赴援，不得拖延。

戚继光心中吃惊，送走传令将官，将圣旨看了又看，玺印俱真，决无虚伪。他思索片刻，派亲兵请来陆渐、谷缜。二人入帐，戚继光将圣旨手谕付与二人过目。陆渐也觉惊讶，谷缜却是微笑。戚继光踱了几步，忽地呛啷一声拔出剑来，盯着谷缜道："你到底是什么人？"

谷缜笑道："我姓谷名缜，戚将军不认得我了？"话音未落，眼前寒光闪过，剑尖抵住咽喉，寒气刺骨，只听戚继光厉声道："元敬待友以诚，但绝不与奸邪为伍。"

谷缜望着长剑，笑吟吟的，眼睛也不眨，戚继光见他如此镇定，亦觉迟疑。陆渐上前一步，按下长剑，叹道："大哥，我以性命担保，谷缜绝非奸邪之辈。"

戚继光冷冷道："他若不是奸邪，岂能左右朝廷，调动兵马？"陆渐也觉不解，目视谷缜。谷缜拿起圣旨，笑叹道："戚将军真是法眼如炬，不好唬弄，这圣旨么，的确是我费尽周折，花了三万两银子，向皇帝身边的司礼太监买来的。"

"果然。"戚继光沉着脸道，"你到底有何奸谋，若不说个明白，今日大帐之中，必要血溅五步。"

二人陡然闹翻，陆渐身处其中，好不为难，说道："谷缜，你到底如何谋划，都告诉戚大哥吧。"谷缜苦笑一笑，叹道："我所以买来圣旨，乃是为了一件大事。如要做成这一件事，非得保有三则，要么无以成功。"

陆渐道："哪三则？"谷缜道："一则是敌国之富，二则是绝世神通，三则是素练精兵。财富有我，神通有陆渐，至于素练精兵，非得戚将军手下这支新军不可。"

戚继光将信将疑："这三则条件如此苛刻，到底是什么大事？"谷缜道："陆渐，还是你说罢，眼下我说，戚将军未必信得过。"

陆渐点点头,将江南饥荒的缘由说了。戚继光如听天书,好不惊奇,但他信任陆渐,见他如此郑重,心知此事不假,当即收好长剑,负手沉吟。谷缜又道:"敌国之富对付的是西财神,绝世神通对付的是对方高人,至于素练精兵,则是应付皖、赣、闽、粤四省寇匪。三者缺一不可。"

戚继光道:"若是真的,的确不可思议,但事关天下安危,元敬义不容辞。"目光一转,盯着谷缜道,"你行的事固然不算坏事,但行事的法子却很不对。"

谷缜笑道:"我平生就喜欢让坏人做好事。人说狼子野心、养虎为患,我却偏爱养虎畜狼,利其贪欲,为我出力,这些司礼太监平素唬弄皇帝,无恶不作。这回多亏遇上了我,不但得了银子,还做了好事,积了阴德,一举三得,利人利己。哈哈,又说到利了,戚兄是正人,行事道义为先,区区是商贾,凡事利字当头,那是改不了的。"

戚继光本想趁机训导这位小友,喻之以德,不料谷缜擅长诡辩,三言两语,竟将他想好的说辞堵了回去,一时无可奈何,放弃说教之念,蹙眉苦笑。

谷缜又道:"事贵隐秘,为防敌方知我计谋,我三人分开行走。我和陆渐先走,戚将军率军后行,我给戚将军一幅行军地图,十五之前,务必赶到地图标示之处,尽可昼伏夜行,不要大张旗鼓。"说罢从袖中取出一幅地图,交给戚继光,戚继光展开一看,乃是一幅江西地图,上有朱红色的行军线路,他皱眉瞧了一阵,说道:"二位放心,我整顿兵马,准时赶到。"

谷缜微微一笑,伸出手掌,戚继光亦是一笑,与他双掌互击。

临江斗宝

谷缜雷厉风行，即日告别戚继光，与陆渐打马西行，五大劫奴自也随行。风尘仆仆走了数日，进入江西，是日来到长江边上，一艘画舫早已等候。二人弃马登舫，逆江上溯。谷缜白日看书，入夜下棋喝酒，间或与陆渐凭栏眺望，指点两岸风光，一派从容神气。

陆渐却知道谷缜性子奇怪，越是面临大敌，越是从容镇定，反之亦然。故而这般从容自若，对手必定十分难缠，忍不住担心问道："谷缜，这西财神究竟给你出了什么题目？"

"老题目罢了。"谷缜笑道，"她约我在灵翠峡临江斗宝，决定财神指环的归宿。当年南海斗宝她输给了我，心里不服，一直想着如何赢回。"

陆渐道："什么叫斗宝？"谷缜道："就是比富的意思，看谁宝贝更多更好。"陆渐皱眉道："那么你可有准备？"谷缜笑道："有些准备，却无太大把握。"眼看陆渐流露愁容，当下拍拍他肩，说道："大哥，这世上必胜的事本就不多，戚将军说得好，兵以义动，道义为先。你我既为百姓出力，必得上天帮助。"陆渐精神为之一振，点头道："你说得是，我多虑了。"

船行两日，改道离开长江，转入一条支流。河水清碧，翠山对立，水道甚窄，仅容三艘画舫并行。又行一日，忽见两面青山，夹着一座山谷。

画舫靠岸，谷缜、陆渐弃船入谷，岸边一片空地上站了一百多人，均是华服绣冠，商贾装扮，南京洪老爷、扬州丁淮楚、闹婚礼的张甲、赵乙也在其列。

"陆渐。"谷缜笑道，"这些都是一方豪商，我来为你引见。"说罢拉着陆渐上前，与众人攀谈。一到商人群中，谷缜如鱼得水，拉拉这个，拍拍那个，与这个谈两句生意，和那个说几声笑话，谈吐风流，有如帝王。

陆渐却不惯这些应酬，略略接洽，便与众劫奴立在一旁等候。不一时，河上驶来一艘小船，乌篷白帆，所过之处，碧水生晕，涟漪如皱，须臾到了岸边，鱼贯走出三名老人，二男一女，均是鹤发童颜，形容高古，有如画中仙人。

谷缜越众而出，拱手笑道："三位前辈可好？"三老瞧他一眼，默默点头，走到一块巨石前盘膝坐下，谷缜目光一扫，笑道："怎么陶朱公没来？"

那老妪叹一口气，说道："他日前过世了。"谷缜一呆，流露惋惜之色，叹道："这么说来，今日裁判只剩三人了？"另一名老翁道："不然，听说他临死前将此事托付一人，不久便到。"说话间又来一艘乌篷小船，船中走出一个半百老者，面色蜡黄，如有病容，双眉水平，有如一字。

那老者走到三老身前，从怀中取出一封书信。一名老翁接过看了，向那老者道："你就是陶朱公说的计然先生么？"那老者一言不发，点了点头。老翁道："请坐，请坐。"那老者仍不作声，走到一旁，盘坐下来。

陆渐问谷缜道："这四位老人是谁？"谷缜道："他们都是此次比试的裁判。从左数起，第一位是吕不韦，第二位是卓王孙，第三位是寡妇清，第四位本应是陶朱公，但他死了，由这位计然先生代替。"

陆渐沉吟道："吕不韦，陶朱公，这两个名字似乎听说过。"莫乙道："陶朱公是春秋巨商，吕不韦是战国奇商，但都死了两千多年了。"陆渐吃惊道："这两人怎么还叫这些名字？"

谷缜见他神气，不觉莞尔："这四位老先生当年都是卓有成就的巨商，归隐之后，不愿别人知道本名，便取古代奇商的名字为号，却不是真的陶朱重生、不韦还魂。至于寡妇清、卓王孙、计然先生，也都是古代商人中的先贤，这几人借其名号，掩饰本来身份罢了。"

忽听寡妇清悠悠开口道："东财神，西财神怎么还没到，让我老婆子等她，真是无礼。"谷缜笑道："清婆婆，她的脾气你又不是不知，若不做足排场，必不现身。"

寡妇清冷哼一声，望着谷缜，眼里透出一丝暖意，说道："孩子，你有取胜的把握么？"谷缜道："小子尽力而为。"卓王孙道："你我都是华夏商人，此次比试，关乎我华夏商道的兴衰。虽然如此，此次比试，我四人都会持法以平，决不会有所偏向。"

谷缜淡淡一笑，说道："那是当然。"这时间，忽听人群里发出一阵惊呼，谷缜转眼望去，只见上游一个黑衣人无舟无船，踏浪而来，来势奇快，端的急如飞箭。

陆渐不禁动容，以他的神通，虽能水火不侵，但无论怎的，也不能如此踩踏波涛，如履平地，更奇的是，这黑衣人从头至尾均未动过。

黑衣人须臾逼近，众人始才看清，他脚下踩着一根细长竹枝。陆渐恍然大悟，明白来人不过乘借竹枝浮力，顺水逐流而来，饶是如此，若无极高轻功，又深谙水流之性，决计不能如此漂行。况且此地流水平缓，此人来得如此快法，依然不合常理。

沉吟之际，黑衣人纵身离开竹竿，甩手射出一根细小竹枝，竹枝入水，一沉即浮，黑衣人左脚点中，身如飞鸟，飘然落在岸上。只见他容貌冷峻，面白无须，身披一件羽氅，漆黑发亮，尽是乌鸦羽毛缀成。

黑氅男子目光如冷电一般扫过众人，忽从袖里取出一管火箭，咻地向天打出，在空中散成无数焰火，星星点点，绚丽异常。

打出响箭，黑氅汉子负手傲立，他体格瘦削匀称，站在那儿，有如一只独立乌鹤，孤傲绝伦。

不多时，鼓乐声远远传来，激扬悦耳，不似中土韵律。音乐声中，一艘巨舰顺流而下，舰首塞满河道，舰长不可计量。舰体镀金，映日生辉，形如一轮骄阳从天而降，落在河里，将满河碧水也染得金灿灿的。舰首雕刻一头怪兽，与传说中的应龙十分近似，面目却要狰狞许多，颈长腹大，背上骨刺嶙峋，蝙蝠也似的双翅舒展开来，与舰首一般宽大。

怪兽头顶上，影影绰绰站立一人，体态窈窕，金发随着河风飞舞不定，分明是一个女子。

众人目光均被那巨舰摄住了，目定口呆。谷缜忽而笑道："陆渐，你知道那舰首的怪兽是什么吗？"陆渐摇头道："我不知道，这样子好不凶恶。"谷缜眯起双眼，说道："这是西方传说中的魔龙，乃是大恶魔幻化，贪婪恶毒，吞噬一切，连日月星辰也不放过。"

陆渐心头微动，转头望去，见谷缜目视巨舰，若有所思。陆渐再掉头时，魔龙头上的金发女郎已然消失了，巨舰停在河心，并不靠岸，嘎啦啦一阵响，舰身上露出一道半月形的门户，徐徐吐出一道镀金长桥，仿佛一道金虹,连接河岸。

乐声清扬,一行男女从圆门之中走出,前方四名女郎,衣衫艳丽,面笼轻纱,衣衫面纱均与长发同色,分别为黑、红、金、褐,体态曼妙无比,着实撩人遐想。女郎身后,十六名胡人男子扛着一座纯金大轿,轿上雕满精巧花纹,轿门前垂挂莹白珠帘,帘上珍珠大如龙眼,颗粒均匀,散发莹白微光。轿子后面,数十名俊美男女弹琴吹笛,十分热闹。

岸上众人见这排场,无不惊叹。谷缜笑道:"可惜叶老梵没来,若是看见这等场面,羞也羞死了。"陆渐心中不胜反感,唔了一声,皱眉不语。

金轿落地,导前四女分列轿侧,裙裾凌风,缥缈若飞。

谷缜踏上一步,笑道:"艾伊丝,久违了。"轿内一个清软的声音道:"我不想跟你闲话,早些比过,拿了财神指环,我还要赶着回去。"

谷缜笑道:"比试之前,我有一个条件。"艾伊丝道:"什么条件?"谷缜道:"你若输了,须将所有粮食交给我,并且开放水陆关卡,准允粮食进入江南。"

艾伊丝冷笑一声,说道:"搜集粮食是师父的意思,你跟我捣蛋,就是反对师父,我没找你算账,已是便宜你了,你竟然还敢惹我?好啊,既然来了,我便跟你赌一赌。"

谷缜道:"赌什么?"艾伊丝道:"不算财神指环,今日你胜了,我的一切都是你的,我胜了,你的一切都是我的。"谷缜笑道:"包括粮食。"艾伊丝道:"当然。"谷缜笑道:"妙极,妙极。"

艾伊丝冷笑一声,说道:"妙什么?你可想清楚了,你若输了,连你本人都要归我处置。"谷缜道:"你还不是一样?只可惜,我对你本人却没兴趣。"艾伊丝怒道:"臭谷缜,你说什么?"谷缜笑道:"我说得是:你若输了,除你本人之外,你的一切都是我的。"

金轿中一时沉默下来,珠帘颤抖,隐隐传来细微喘息,过了半晌,艾伊丝才徐徐说道:"谷缜你当心些,落在我手里,我一定阉了你,教你作不成男人。"她声音清软,说的话却恶毒无比,让在场众人无不皱眉。

陆渐心中气恼,方要出声,谷缜摆手拦住,笑嘻嘻地道:"艾伊丝,不要光耍嘴皮,你说先比什么好?"

艾伊丝决然道:"先比美人!"话音方落,四名蒙面女子齐步上前,纤纤素手,摘下如烟轻纱。

霎时间，灵翠谷中数百道目光被那四张面孔牢牢吸住，不忍挪动半分。那四女均是生得玉艳花娇，窈窕万方，不仅容貌奇美抑且修颈窄肩，细腰丰臀，婀娜生姿、俯仰勾魂，更奇的是，四人除了眉发眼眸颜色不同，容貌身段十分肖似，宛如一母同胞，俏立当场，囊括天下秀色。在场的商人多是色中饿鬼，异域夷女已是一奇，貌如天仙又是绝妙，四女同貌，更是奇中之奇，妙中之妙，只恨造物偏心，点化如此神迹。

谷缜笑道："四位妹子生得这么好看，敢问芳名？"

四女见问，落落大方，全无窘态，黑发美人笑道："东财神要听中国名还是西洋名儿。"谷缜认出她就是那晚东阳江边送请柬的女子，便道："小子孤陋，还是听中国名儿罢。"黑发美人悄绽红唇，微露贝齿："小女兰幽。"谷缜笑道："好个空谷幽兰。"红发美人亦淡淡道："小女青娥。"她声音柔媚动人，谷缜笑道："秦青讴歌，韩娥绕梁，都不及姑娘声韵之美。"红发美人深深看他一眼，双颊泛起一抹羞红。

金发美人笑道："小女名娟。"谷缜微微一笑："秀女娟娟，果然美好。"褐发美人道："小女名素。"谷缜道："素女多情，妙极妙极。"

兰幽俨然四女之首，咯咯笑道："东财神，我姊妹有一个把戏，请你品评品评。"谷缜笑道："你们不要把戏，已然迷死人了，再要把戏，还不把人迷死。"兰幽怪道："这有什么两样？"谷缜笑道："没什么两样。"兰幽笑道："东财神说话真是好玩。"

艾伊丝冷哼一声，说道："兰幽，你太老实，不知道这小狗肚里的弯曲。他这话说的是你们再美，也只能迷死人，迷不了活人。"四女闻言，均有恼色，谷缜笑道："艾伊丝，我肚里的弯曲不如你嘴里的弯曲，你这条舌头不但会拐弯，还能分叉。"艾伊丝道："你骂我是蛇么？"谷缜笑道："笑话，蛇哪能毒得过你？"

艾伊丝一时默然，珍珠帘却是瑟瑟发抖，忽听她哼了一声，说道："行了。"

兰幽闻声，身形妙转，一股奇特幽香，顿时弥漫山谷。胡人少年弄弦吹管，乐声悠扬，伴随丝竹，青娥口中发出细细歌声，虽然听不懂歌词，但清美无比，余音绕梁，浑不似来自人间，而似来自仙阙。

忽然间，四女脚下腾起乳白烟气，如云似雾，半遮半掩，衬得四女飘飘如仙，不似身处尘世。众人方自惊疑，乐声忽起，柔媚多情，转折之际，烟雾中火光一闪,璀璨焰火腾地而起,霎时七彩星驰、金银云流,般般火树,满天喷洒,将四名女子遮盖无余。

众人无不吃惊,纷纷瞠眼注视,生恐火星流焰伤着美人。不料那云烟星火一瞬绽放,一霎湮灭,奇香氤氲,弥漫山谷,倏尔焰火散去,隐隐露出四女轮廓。美人如故,衣裙暗换,一刹那工夫,四人已换了一身奇妆异服,香肩微露,玉腿暗挑,白如羊脂,嫩如醴酪,若隐若现,与流光争辉,同烟云竞彩。

众人目眩神迷,几疑身在梦境,这时轻轻一声爆鸣,火光再闪,银白焰火如百鸟朝凤,明灭之间,簇拥四名佳人,四人转身之际,妙姿顿改,衣裙又换,烟云笼罩中,竟不知何时换成,但见长裙冉冉,飞如流云,裙衫质地明如水晶,银光照射下,曼妙胴体,隐隐可见。

乐声悠悠,烟光变幻,每变一次,女子衣衫姿态也随之幻化,要么飞扬不拘,要么含羞带怯,要么明丽照人,要么幽艳天然,千娇百媚,妙态纷呈,衣香鬓影,如真似幻,一曲未毕,众女在烟火之中已然变幻百种妙姿,换了数十身奇丽衣裙,衣裙制式无不精巧,与美人神姿、烟火喷涌、乐声起伏丝丝入扣,浑然天成。

乐声渐高,烟光转淡,俄尔那管乐高到了极处,竭力一扬,戛然而止。曲尽烟消,焰火亦同时散尽,四名女子复又悄然而立,轻纱依旧,衣裙如故,随着淡淡和风飘扬不定,众人望着四人,不觉心神恍惚,方才的妙态笙歌、绝色繁华恍如南柯一梦,竟似从来没有发生。

峡谷悄寂时许,忽听"啪啪啪"击掌之声,虽然稀落,此时此地,却是分外清晰。众人转眼望去,却是那计然先生,众人这才恍然大悟,纷纷拍手,就是中土商人也不例外。

吕不韦说道:"艾伊丝,这美人寻一个都难,你找来四人,真是神奇,至于这焰火舞蹈也别有兴味,让人耳目一新。"

卓王孙道:"这四女如此貌似,难道是孪生姊妹?"寡妇清摇头道:"若是孪生姊妹,头发眼睛的颜色必然一样,艾伊丝,这四人你怎么找来的?"

艾伊丝略略笑道:"我怎么找来的你不用管,怎么,还能入你法眼么?"她口气骄横跋扈,寡妇清听得微微皱眉。艾伊丝心中得意,又笑了两声,说道,"谷缜,你以为如何?"

谷缜笑道:"有一样不好。"艾伊丝道:"什么?"谷缜道:"四位姑娘衣服换得太快，真是遗憾。"此言一出，大合众商人心意，这群人多是俗人，当即纷纷叫道："是啊，是啊。""不错，不错。"

"下流。"艾伊丝怒哼道，"姓谷的，你的美人呢？"

谷缜道："我的美人儿眼下不在。"艾伊丝道："哪有这种道理，来比美人，美人儿竟然不在？"谷缜道："是啊，才不久她与我闹了别扭，不知逃到哪儿去了。"

艾伊丝怒道："我知道你的，你比不过我，就想混赖？"谷缜笑道："天地良心，我哪里混赖了？我那位美人儿可是举世无双，别说你这四个美人儿，就是四十个，四百个美人儿加起来，也抵不上她的一根小指头的。"

"胡吹大气。"艾伊丝冷哼道，"她叫什么名字？"谷缜笑道："她芳名施妙妙，绰号傻鱼儿，别号母老虎，是我未过门的媳妇儿。有道是'情人眼里出西施。'在我眼里，她就是天下第一美人，谁也比不上的。"

"胡说八道。"艾伊丝怒道，"有种的叫她来比。"谷缜笑道："不是说闹别扭了么？她不来，我也无法，这样罢，有道是'远来是客'，你不远万里而来，我让你这一局，算是送你一件大礼。"

艾伊丝哭笑不得，竟不知如何回答。中土诸商见谷缜一派镇定，只当他必有高招，个个翘首以待，不料等了半晌，等来如此结果，顿时好生失望。四名评判也是各各惊奇，寡妇清说道："东财神，你想明白，斗宝五局，一局也输不得。"

谷缜微微一笑，淡然道："清婆婆，我想明白了，我媳妇儿没来，这一局不比也罢。"四名评判面面相对，卓王孙沉声道："东财神，口说无凭。你说施姑娘美貌无比，我们未曾瞧过，不能定夺。这一局，我判西财神胜。"说罢举起左手，吕不韦、计然先生也举左手。寡妇清却举右手。吕不韦怪道："清姥姥，你这是何故？"

寡妇清叹了口气，幽幽说道："天下男子多半负心薄幸，贪恋美色，见一个爱一个，总叫女子伤心。谷缜专一于情，认为所爱之人为天下最美，为此宁可输掉性命攸关的赌局，如此情意，岂不叫世间男子汗颜么？冲他这份心意，无论输赢，我也要举右手的。"

谷缜笑道："多谢。"艾伊丝见他笑脸，气得七窍生烟，心里暗骂："姓谷的小狗，狡猾透顶，无耻已极。"原来谷缜此举看似荒唐，影响实则甚远，此番斗宝，除了宝物好坏，便瞧四位评判的心意，寡妇清当年也曾为情所伤，最恨负心薄幸之辈,敬重情思专一之人。谷缜看似不比胜负,一番说辞却将她深深打动,尽得老妇人的欢心,后面四局,这老妪必然有所偏向。艾伊丝费尽心思,找来这四位绝世佳丽,演练出这"火云丽影"的妙相,别说施妙妙不在,就算在场,论及体态容貌神韵之美,也是大为不及,这一局艾伊丝胜券在握,不料谷缜虽然输掉此局,却凭着几句空话,换来一张旱涝保收的死票,一失一得,大可互相抵消了。

这些微妙干系,场上人群虽众多,也只有寥寥数人能够领会。沉寂时许,吕不韦起身宣布道:"美人局三比一,西财神胜。"话音方落,胡人群里发出一阵欢呼,乐伎也奏起曲子,韵律欢快流畅,尽显心中喜庆。

卓王孙招手安静众人,说道:"东西财神,你二人下一局比什么?"艾伊丝没答话,谷缜抢先道:"我中华锦绣之国,既在我国斗宝,美人比过,就该赌赛锦绣了。"卓王孙点头道:"说得是,西财神以为如何。"艾伊丝冷笑一声,心道:"不知死活的小狗,想要扳回这一局么?哼,那是做梦。"于是扬声道:"好,就赛锦绣。"

谷缜摊出手来,笑道:"赵守真。"身后商贾手捧一只玉匣,应声上前,正是那桐城首富赵守真。谷缜展开玉匣,捧出薄薄一叠绸缎,谷、赵二人各持一端,轻轻展开,那锦缎长数丈,宽数尺,质地细如蛛丝、薄如蝉翼,上面连绵绣满鲜花云霞,花瓣片片如生,经明媚天光一照,花间露水晶莹剔透,宛然在花瓣上轻轻滚动,花朵四周红霞如烧,紫气纷纭,仿佛美人醉魇,明媚动人。

这幅锦缎质地之轻薄,花纹之细腻,均是世间所无,场上众人均是屏息,生恐一时不慎,呼出一口大气,便将缎子吹得破了。谷缜伸出五指,轻轻抚过如水缎面,笑道:"这缎子名叫'天孙锦',是唐末五代之时,一位织锦名匠以野蚕丝夹杂南海异种蛛丝、花费三十年光阴织成,长五丈,宽四尺,柔韧难断,轻重却不过半两。为织这幅锦缎,那位匠人几乎耗尽毕生心血,成功之日,竟然呕血而死,大家看,这锦上花朵无不鲜艳,唯独这里有一朵黑牡丹……"

众人顺他指点瞧去,果然右下角一朵牡丹蓓蕾黑中透紫,处在姹紫嫣红之中,分外显眼。谷缜叹道:"听说这朵黑牡丹,是那位前辈匠人心血所化,故而这'天孙锦'又名'呕血锦',自古锦缎,无一能及。"说罢将"天孙锦"在日光下轻轻转动,随他转动,锦上花色霞光均生变化,忽地有人惊道："哎呀,这黑牡丹能开。"

众人闻声惊诧,定睛望去,那朵黑牡丹竟随日光变强,徐徐绽开,吐出青绿花蕊,谷缜再转,黑牡丹所承日光减弱,复又慢慢合拢,直至回复旧观,变成一朵花蕾。

一时间,惊呼声此起彼伏,众胡人无不惊叹艳羡,交头接耳。吕不韦叹道："久闻'天孙锦'之名,本以为时过数百年,早已朽坏亡失,不料上苍庇佑,竟然还在人间。今日看来,不愧为我中华至宝、绝代奇珍。东财神,古物易毁,你还是快快收好吧。"中土商人听得这话,无不面露喜色,谷缜将"天孙锦"叠好,收入匣中,举目望去,见众胡人虽然好奇,却无半点惧色,顿时心头一沉:"这群人见了'天孙锦'的神妙,还能如此镇定,莫非那婆娘还有更厉害的后着?"

沉思之际,忽听艾伊丝冷笑一声,说道:"就这个么?我还当是多么了不起的宝贝呢?"谷缜笑道:"这么说,你的宝贝更加了不起了。"艾伊丝哼了一声,高叫道:"拿出来。"

话音方落,两名胡人越众而出,怀抱木炭,堆在地上,燃起一堆篝火,红蓝火焰腾起,一股淡淡幽香弥漫开来,令人心爽神逸,思虑一空。原来那木炭竟是沉香木所制,一经燃烧,便有香气,但众人又觉奇怪,既是比试锦缎,为何要燃篝火。正想着,那金发美人绢姑娘走出行列,手捧一面金匣,金匣映衬火光,与她金色秀发一般绚烂。

展开金匣,绢姑娘取出一幅雪白锦缎,与素姑娘各牵一头,徐徐展开,足有十丈,五尺宽窄,通体素白如雪,不染一尘,似有淡淡流光在锦上浮动,除此之外,再无特别之处。

人群中响起嗡嗡议论,众人均不料艾伊丝大言炎炎,结果却捧出一面寻常白绢,心中大为不解,唯独谷缜凝视那细密白绢,眼里闪过一丝忧色。

兰幽手持一只水晶碗,移前一步,将碗中明黄液体泼向白绢,却是黄油。白绢捧出,已然出人意料,此时更为油脂所污,顿时群情哗然,中土商人中响起低低讥笑之声。

就在这时,绢、素二女微微躬身,将那白绢送入篝火,一分分经过火焰,油脂入火,燃烧起来,不料白绢经过如此焚烧,不仅毫无伤损,色泽竟不稍变。

众商人吃惊不已,有人说道:"是火浣布!"另有人摇头道:"火浣布我见过,这分明是缎子,不能算'布'!"

陆渐见那白绢入火不燃,大为惊奇,听到议论,忍不住问道:"谷缜,什么叫'火浣布'?"谷缜注视那白绢,神思不属,随口答道:"那是从岩石中抽出的一种细线,纺织成布,入火不燃,别名'石棉'。过去有人将石棉布做成袍子,在宴会上故意弄脏,然后丢入火里,袍上的秽物尽被烧掉,袍子却是鲜亮如初,仿佛洗过一般。别的布料都是水洗,这布却是火洗,故而又称'火浣布'。"

陆渐道:"这白绢也是火浣布么?"谷缜微微摇头:"不是。"陆渐道:"那是什么?"谷缜冷笑道:"这东西的来历我大约猜到,只没料到那婆娘神通广大,真能找到。"

白绢上油脂烧尽,从篝火中取出,鲜亮如新,犹胜燃烧之前,绢上光泽流动,越发耀眼。二女手持白绢,浸入江水,白绢新被火烧,虽不曾坏,却甚炽热,新一入水,水面顿时腾起淡淡白气。

待到白气散尽,二女仍不提起白绢,任其在水中浸泡良久,方才提起,冉冉送到四位评判之前。四位评判神色郑重,抚摸白绢,不料双手与那白绢一碰,均然露出诧色,原来白绢在水中浸泡良久,此时入手却只是凉而不沁,干爽已极,仿佛从头至尾都不曾在水中浸过。四人发觉此事,无不惊讶,寡妇清说道:"这匹白绢入火不燃,遇水不濡,难道真是那件东西……"

吕不韦皱眉道:"那东西传说多年,难道真有其物?"计然先生冷冷道:"错不了,这匹白绢不灼不濡,上有寒冰错断之纹,正是传说中冰蚕丝织成的'玄冰纨'。"

卓王孙吃惊道:"冰蚕深藏雪山无人之境,与冰雪同色,以雪莲为食,十年方能长成,得一条难如登天。抑且此物一生之中,所吐蚕丝不足一钱,这幅白绢重达数斤,要多少冰蚕才能织成?"计然先生冷冷道:"若非如此,哪能显出'玄冰纨'的宝贵?"

其他三人均是点头,寡妇清叹道:"无怪这缎子全是素白。冰蚕丝水火不侵,天下任何染料也无法附着,故而只能用其本色。唉,其实这人世间最妙的色彩莫过于本色,玄冰纨以本色为色,冰清玉洁,正合大道。"吕不韦点头道:"不止如此,这缎子做成衣衫,冬暖夏凉,任是何等酷暑严寒,一件单衣便能足够。"

说到这里,他转过头去,与卓王孙交头接耳,商议时许,说道:"'天孙锦'固是稀世奇珍,但终是凡间之物,'玄冰纨'为千万冰蚕精魂所化,实乃天生神物。我与吕兄商议过了……"说罢卓、吕二人同时举起左手,计然先生亦举左手,寡妇清面露迟疑,看了谷缜一眼,忽地叹一口气,也将左手举起。吕不韦道:"四比零,锦绣局,西财神胜。"

此言一出,中土商人一片哗然。艾伊丝咯咯大笑,媚声道:"不韦前辈,'玄冰纨'的妙处你还少说了一样呢。"吕不韦道:"什么妙处。"

艾伊丝道:"这缎子不仅风寒暑热不入,对陈年寒疾更有奇效,前辈向来腿有寒疾,行走不便,这幅'玄冰纨'就送给你好啦。"

吕不韦一愣,正要回绝,艾伊丝已抢着说道:"我这么做可不是行贿,只为您身子着想,前辈若不愿收,小女子借你也好,只要当做衿被盖上两月,寒疾自然痊愈。至于后面的竞赛么,前辈大可秉公执法,不要为了此事败坏规矩,这一次,我必要堂堂正正胜过这姓谷的小狗。"

吕不韦早年也是一位巨商,大起大落,将富贵看得十分淡薄,唯独左腿寒疾经年不愈,屡治无功,每到冬天,酸痛入骨,是他心头之患,自想这"玄冰纨"倘若真如艾伊丝所说,数月可愈,岂非大妙。想到这里,虽没有持法偏颇之念,也对艾伊丝生出莫大好感。

中土商人听到结果,沮丧至极,中华丝绸之国,却在丝绸之上大败亏输,不但叫人意外,更是丢尽脸面。如今斗宝五局输了二局,后面三局,西财神任赢一局,均可获胜,谷缜再输一局,不止财神指环拱手相让,中土无数财富也将从此落入异族之手,一时间,商人群中鸦雀无声,百十道目光尽皆凝注在谷缜脸上。

谷缜却只一皱眉,随即眉宇舒展,笑容洋溢,拱手道:"艾伊丝,恭喜恭喜,那么第三局比什么呢?"艾伊丝冷笑一声,道:"还用问么?自然是斗名香了。"

众商人闻言,无不变色,西域香料,自古胜过中土,当年南海斗宝,谷缜三胜一负,就负在"妙香局"上。艾伊丝此时提出"斗名香",分明是要穷寇猛追,一举打败谷缜,不给他任何机会。众商人情急之下,纷纷鼓噪起来:"不成,哪能你说比什么就比什么?""番婆子,你懂不懂中土的规矩?客随主便,主人说比什么,就比什么……"粗鲁些的,污言秽语也竞相吐出,只想将水搅浑,最好从此不比,各自打道回府。

艾伊丝冷笑一声,说道:"谷缜,你手底下就只这些货色?"谷缜笑笑,将手一举,场上顿时寂然。谷缜笑道:"不就是斗名香吗?谷某奉陪。"众商人见他如此神气,心中均是一定。艾伊丝却是惊疑:"这小狗还有什么伎俩?哼,闻香一道,是我所长,料他也无什么能为。看来几年不见,谷小狗全无长进,今天定要他输光当尽,向我跪地求饶不可。"想到这里,扬声道:"兰幽,献香。"

兰幽漫步走出,这时早有两名胡奴从船舱中抬出一个雕刻精美的紫檀木架,架上搁满数百支大大小小的水晶瓶,小者不过数寸,大者高有尺许,肚大颈细,瓶口有塞,瓶中膏液颜色各异,红黄蓝紫,浓淡不一。

檀木架抬到兰幽身前,她伸出纤纤素手,检视一番,面对四名评判,娇声道:"往日斗香,都是成品名香,今日斗香,兰幽却想换个法子,当着诸位评判之面,即时合香,当场奉上。"

四名评判均露讶色,卓王孙道:"这法子未免行险,合香之道,差之毫厘,谬之千里,若有一丝不慎,岂不坏了香气?"

艾伊丝笑道:"王孙公多虑啦,不如此,怎见得我这位属下的高明。"吕不韦点头道:"这位姑娘年纪轻轻,竟是香道高手么?若没有过人的技巧,岂能当场合香?"

兰幽笑道:"不韦公谬赞啦,香道深广,兰幽略知皮毛,要不是主人有令,断不敢在诸位前辈面前献丑。"她言语谦逊,神色娇媚,令人一瞧,便生怜爱。然而神色虽媚,举手抬足,却是镇定自若,自信满满,中土众商见状,一颗心顿时悬了起来。

兰幽捧来一只精雕细镂的水晶圆盏,从架上轮流取出水晶瓶,将瓶中膏液渐次注入盏中,或多或少,多则半升,少不过半滴,一面注入,一面摇匀。她出手熟极而流,不待盏中香气散开,便已灌注完毕,是以场上虽也有精于香道的商人,竟不能分辨出她到底用了何种香料。

不多时,兰幽配完三盏,轻轻摇匀,一盏色呈淡黄,一盏粉红如霞,一盏清碧如水。兰幽凑鼻嗅嗅,露出迷醉满足之色,放在琉璃盘中,托到四名评判面前。

四人各自掏出一方雪白手巾,凑到盏前,用手巾轻轻扇动,嗅那盏内散发出的绵绵香气;寡妇清当先嗅完,抬头注目谷缜,眼里透出浓浓忧色,认识她的中土商人心中无不咯噔一下,均知这老妪本是天下有数的香道高手,精于和合、辨识诸般名香,她都是这般神色,足见那胡女所合香水必然绝妙。

正自忧心忡忡，评判均已嗅完香料，直起身来，计然先生依然神气冷淡，卓王孙、吕不韦脸上却有满足愉悦之色，过了半晌，吕不韦才开口问道："这三品香可有名字？"

兰幽笑道："黄色的名叫'夜月流金'。"卓王孙赞道："此名贴切，这一品香清奇高妙，本如月色当空，但清美之中又带有一丝富贵之气，恰如明月之下，笙歌流宴，金粉交织，令人不觉沉醉。"说罢问道："粉色的呢？"

兰幽道："粉色的名叫'虞美人'。"吕不韦抚掌赞道："妙啊，此香气味浓而不腻，初闻如急湍流水，畅快淋漓，闻罢之后，却又余味绵绵，引人愁思，好比李后主的《虞美人》词中所道：'春花秋月何时了，往事知多少，小楼昨夜又东风，故国不堪回首月明中，雕栏玉砌今犹在，只识朱颜改，闻君能有几多愁，恰似一江春水向东流。'。此香美好如雕栏玉砌、春花秋月，流畅之处，却似一江春水，纵情奔流，只可惜繁华虽好，转头即空，只留满怀愁思罢了。小姑娘，你小小年纪，怎能合出这么意味深长的妙香？"

兰幽双颊微微一红，说道："晚辈性情，喜聚不喜散，聚时虽然美好，散时不免惆怅。晚辈只是将这点小小心思化入香里罢了。"吕不韦连连点头，说道："了不起，了不起，以性情入香道，已是绝顶境界了。"

兰幽微微一笑，又道："碧色的名字，前辈要不要听？"吕不韦忙道："请说请说。"兰幽道："这一品香，叫做'菩提树下'。"

"善哉，善哉。"吕、卓二人未答，寡妇清忽地接口说道，"这一品香空灵出奇，不染俗气，爽神清心，发人深省，就如释迦牟尼悟道时的菩提宝树，开悟觉者，启迪智慧。此香以此为名，可是因为这个缘故？"兰幽领首笑道："前辈说得是。"寡妇清默然点头，瞧了谷缜一眼，脸上忧色更浓。

"空灵出奇，只怕未必。"人群中一个声音忽地响起，众人闻声望去，只见一个身形瘦小、鼻子硕大的怪人从陆渐身后慢慢走出，身子佝偻前探，有如一只猎犬，脸上满是愁苦之色，不是别人，正是"鬼鼻"苏闻香。

苏闻香为人低调，常年隐身沈舟虚身后，名声虽在，认识他的人却是极少，众人只瞧这小怪人相貌古怪，形容落魄，又不知他来历，望着他一步一顿走到兰幽身前，心中均有不平之感，只觉这对男女一个奇丑，一个奇美，立在一处，丑者越发讨厌，美者越发妩媚。

苏闻香走到"菩提树下"之前，伸鼻嗅嗅，摇头道："降真香少了，安息香多了、橙花、丁香配合不当、阿末香太多、蔷薇水太浓,席香搭配茉莉,嘿,真是胡闹。唔,还有酒作引子,这个很好,让苏合香氤氲不散,让安息香更易发散,让阿末香越发清冽,但既是引子,便不宜太多,一旦多了,就是酿酒,不是合香了……"

他絮絮叨叨,兰幽一双妙目盯着眼前怪人,心中不胜惊奇,原来苏闻香所说香料,一分不差,正是'菩提树下'的香水配方。自己千辛万苦钻研出来的香方,竟然被他轻轻一嗅,即刻说出,世间古怪之事,莫过于此。但她少年得志,精通香道,又对这品"菩提树下"极为自负,此时被苏闻香三言两语贬得一无是处,惊奇一过,大感愤怒,忽地微微扬起下巴,露出一丝冷笑。

不料苏闻香一旦堕入香道,精神专注,无以自拔,全然不觉对方心情,一味抽动巨鼻,嗅完"菩提树下",再嗅"虞美人",连连摇头道:"这一品香更糟,掺入没药,实为败笔,乳香也太多,冲鼻惊心,余味不足,这是合香的大忌,你这小姑娘看来聪明,怎么不懂这个道理呢?至于苏合香,倒是不坏,若是无它,这品香狗也不闻的……"兰幽听到这里,气得几乎昏了过去,骤然失了风度,骂道:"你才是狗呢。"

不料苏闻香品香之时,所有精神都在鼻上,眼不能见,耳不能闻,佳人嗔骂落在他耳里,只是嗡嗡一片,和苍蝇蚊子差不多,当下她骂她的,我嗅我的,边嗅边说:"唔,小姑娘用花香的本事很好,只不过水仙太轻、蔷薇太沉,茉莉太浓、风信子太脆,嗯,这松香妙极,没有它,就好比吃饭没有盐巴呢……"

苏闻香就事论事,先贬后褒,兰幽先怒后喜,继而满心糊涂,望着眼前怪人,好不迷惑。"虞美人"的香气细微繁复,苏闻香信口道来,所言香料绝无遗漏,至于多少浓淡,兰幽虽然不解,但听苏闻香如此笃定,心中仍不觉生出一丝动摇:"这个人说得……是真是假?"恍惚间,苏闻香已嗅完"虞美人",再嗅"夜月流金",说道:"夜月流金,香气虽俗气,名字却很好,说来三品香中,这品最好。好在哪儿?好在香中有帅,以麝香为帅,统领众香。小姑娘,合香就如合药,也要讲究君臣佐使。香有灵性,切忌将之看成死物,要分清长少主次,尽其所长。这品香中,麝香虽淡,却沉凝不散,如将如相;藿香、沉香、鸡舌、青木、玫瑰气味浓厚,好比武将征伐;紫花勒、白檀香、郁金香、甲香等等,气味较清,有如文使,故而此香能够清浓并存而不悖,既有明月之清光,又如盛宴之奢华,只是……"

他说到这里,抽抽巨鼻,脸上露出困惑之色,兰幽见他神态,只怕又要责备自己,无端心跳转快,呼吸急促,双颊染上一抹酡红。苏闻香专注香料,全不觉迎面佳人美态,巨鼻反复抽动,慢慢说道:"这香方之中,有一味香实在多余……"兰幽心头大震,花容失色,忙低声道:"先生……"苏闻香抬起头来,见她神色窘迫,眼里尽是哀求之意,一时心中不解,说道:"我问你,干么要在这品香里加入'助情花',虽不至坏了香品,但这奇花本是催情之物,清婆婆还罢了,其他三位评判若是嗅了,动了淫兴,岂不尴尬……"

此话一出,众人哗然,兰幽羞得无地自容。艾伊丝忍不住厉声喝道:"你这厮信口雌黄,你有什么凭证,证明这香水里有'助情花'。"苏闻香性情憨直,一听别人怀疑自身品香之能,顿时生起气来,指着鼻子道:"我这鼻子就是凭证,你可以骗人,鼻子却不会骗我,这香中没有'助情花',我把鼻子割了给你呢……"

艾伊丝一时语塞,四名评判中,计然先生、寡妇清还罢了,吕不韦、卓王孙却是又惊又怒,心想无怪方才嗅香之后,对这"夜月流金"格外迷恋,更对这合香的少女朦朦胧胧生出异样好感,原来竟是对方在香里动了手脚,掺入催情迷香,若非被这巨鼻怪人点破,待会儿评判之时,必然因为这分暧昧心情,有所偏颇。二人越想越气,瞪着金轿,脸色阴沉。艾伊丝见状忙道:"各位评判,请听我说……"吕不韦冷哼一声,高声道:"不必说了。"抓起身旁"玄冰纨"丢了过去,喝道,"还给你,老夫命贱,受不起这等宝贝。"

中土众商无不窃笑,艾伊丝沉默半晌,忽地冷冷道:"便有'助情花'又如何?敢问诸位,助情花香,算不算香料?"寡妇清道:"算的,只是……"艾伊丝道:"既是斗香,任何香料均可和香,是否曾有定规:合香之时,不能使用催情香?"

她诡计被拆穿,索性大耍无赖,众评判明知她一派诡辩,却是无法反驳。卓王孙忽道:"虽然没有如此定规,但请西财神再用催情香时,事先知会一声,老朽年迈,受不得如此折腾。"中土商人轰然大笑,艾伊丝无言以对,心中又羞又恼。

苏闻香凑身来到那檀木架前,伸手拧开一只水晶瓶,耸鼻嗅闻,不禁

喜上眉梢,说道:"好纯的杏花香?"不待兰幽答应,他塞好该瓶,又取其他晶瓶,逐一嗅闻道:"这是木犀、这是肉桂、这是含笑、这是酴醾、这是木槿……"他每嗅一样,均是双目发亮,神色贪婪,便如进了无尽宝库的守财奴,对着每瓶香精香膏,都是爱不释手。

艾伊丝瞧得不耐,说道:"你这人来做什么?若不斗香,快快滚开,不要在这里碍眼。"苏闻香笑道:"你不提醒,我都忘啦……"转身向兰幽道,"你的香虽然不错了,但只能让人嗅道,不能让人看到。"

艾伊丝吃惊道:"香本就是用鼻来嗅,眼睛怎能看到?"

苏闻香道:"我说的看,不是用眼,而是用心,最高明的香,能在他人心中画出画来……"

兰幽更觉匪夷所思,问道:"用香在心中画画?这是什么含意。"苏闻香笑道:"我借你的香精香膏,也合三品香水如何?"兰幽虽已猜到苏闻香嗅觉奇特,但她浸淫香道多年,痴迷于此,明知大敌当前,仍对他的说法倍感新奇,忍不住连连点头。

苏闻香从袖里取出一只素白瓷缸,将架上香精点滴注入,举动小心,神情慎重,目光一转不转,如临大敌。

过了片刻,苏闻香合香完毕,举起瓷缸,轻晃数下,不知不觉,一丝奇特香气在山谷中弥漫开来,若有若无,丝丝入鼻。霎时间,众人心中均生出奇异感觉,眼前情形仿佛一变,碧月高挂,林木丰茂,月下乐宴正酣,佳人起舞,文士歌吟,桌上山珍海错历历在目,佳人翠裙黛发近在咫尺,文士头巾歪带,一派狂士风采。

这幻象来去如电,但却人人感知,每人心中的歌宴人物虽有差别,大致情形却都一样,不外明月花树、狂士美人,毫发清晰,有如亲见。

苏闻香伸手盖住瓷缸,徐徐说道:"小姑娘,这一品'夜月流金'如何?"兰幽面如死灰,呆了呆,叹道:"不错。"苏闻香转身走到江边,洗净瓷缸,再取香精,又配出一品香来,走到篝火之前,那篝火木炭极好,燃烧已久,不曾熄灭,苏闻香将瓷缸在火上轻轻烘烤,异香飘出,霎时间,众人眼前出现一幢小楼,雕栏玉砌,宝炬流辉,楼中一派繁华,楼外秋林萧索,楼上月华冷清,楼头三两婢女怀抱乐器,围绕一名落魄男子,低吟高唱。

这幻象亦是一闪而过,有情有景,意境深长,仿佛能够洞悉其中人物心中所想。这感觉真是怪异极了。

异香散尽，苏闻香又洗尽瓷缸，合配第三品香。兰幽忍不住问道："方才这是你的'虞美人'吗？"苏闻香微微点头。兰幽又问道："为何'夜月流金'不用火烤，自然香美，'虞美人'却要火烤，才能嗅见。"苏闻香道："'夜月流金'香质轻浮，轻轻一荡，都能闻到。'虞美人'气质深沉，非得火烤不能发散。"

说话间，第三品香合成，苏闻香双手紧捂瓷缸，众人伸长鼻子，过了半晌，鼻间仍无香气来袭。方觉奇怪，心间忽地显出一个画面，莽莽山野，芳草萋萋，山坡上一棵蓊郁大树，粗大树干形如宝瓶，枝叶繁茂，几与碧空一色，树下一名僧人，衣衫褴褛，眉眼下垂，合十盘坐，面上露出喜悦微笑。

这清景来得突兀，较之前面两幅场景却要长久许多。好一会儿，幻象烟消，众人鼻间才嗅见一丝若有若无的淡淡清香。

苏闻香道："佛门之香，重在清、空二字，淡定幽远，不化人而自化，这一等香，才能叫做'菩提树下'。"众人闻言，无不点头。苏闻香掉过头来，正要说话，忽见兰幽呆呆望着自己，神色惨然，剪水双瞳水光一闪，蓦地流下两行清泪。

苏闻香怪道："小姑娘，你怎么啦？"兰幽凄然一笑，敛衽施礼道："先生香道胜我太多，兰幽输得心服口服。"

她虽然必败，但不等评判表决，即刻认输，这份志气，众人均感佩服。忽见她转过身子，走到金轿之前，屈膝跪倒，涩声道："主人，妾身输了，有辱使命，还请责罚。"艾伊丝冷哼一声，说道："此人高你太多，你输给他也是应当。死罪就免了，自断一手吧。"

众人无不变色，兰幽脸色刷的惨白，凄然一笑，缓缓起身，从身旁胡奴手里接过一把锋利金刀，秀目一闭，便向左手斫下。苏闻香见状大惊，他离得最近，合身一扑，抱住兰幽持刀右手。兰幽吃了一惊，叫道："你做什么？"苏闻香精于香道，却昧于世事，闻言脖子一梗，说道："你又做什么？干么拿刀砍自己呢？"

兰幽苦笑道："先生，我输给你了，该受责罚。"苏闻香流露迷惑之色，摇头道："我害你输的，若要责罚，该罚我才对，要不然，你砍我好了。"他这道理缠夹不清，兰幽听得啼笑皆非，说道："好。"刀交左手，做势欲砍苏闻香，苏闻香虽然嘴硬，看见刀来，却很害怕，忽地大叫一声，向后跳出，瞪眼道："你，你真砍我。"

　　兰幽惨笑一笑,刀锋再举,这一刀极快,苏闻香阻拦不及,惊叫出声。就当此时,忽听当的一声,金刀被一粒石子击中,石子急如劲弩所发,兰幽把持不住,金刀脱手飞出数丈,嗖的一声落入江水。

　　苏闻香又惊又喜,转眼望去,见陆渐正将左脚收回。原来陆渐心软,遥见这一刀下去,这娇美少女就要残废终生,心生不忍,踢出一粒石子,射中刀身,震飞金刀。

　　兰幽茫然四顾,不知这石子从何而来。艾伊丝却看得清楚,冷笑道:"谷缜,我惩罚下属,你派人插手作甚?"出手救人本不是谷缜的意思,艾伊丝见陆渐立在谷缜身后,便将他当做了谷缜的属下,故而出言讥讽。

　　谷缜不愿插手艾伊丝的家事,但陆渐有心救人,也不好拂他之意,便笑道:"你我立了赌约,你若输了,除你本人,你的一切都是我的,这个兰幽姑娘也不例外。她既是我囊中之物,被你砍了一手,断手美人,价钱减半。好比赌骰子,说好了押十两银子,眼看开宝要输,你却收回一半赌资,这不是混赖是什么?"

　　艾伊丝听得气恼,锐声道:"你不过小胜一局,就当自己胜出?谷小狗,你还要不要脸?"谷缜笑道:"若无赌约,要砍要杀都随你便。既有赌约,这些人啊物啊本人全都有分,既然如此,我岂能眼睁睁瞧你毁坏本少爷将来的产业。"

　　艾伊丝怒极反笑,咯咯冷笑几声,说道:"也好,兰幽,你这只手暂且寄下,待我胜了,再砍不迟。"兰幽逃过一劫,白嫩额头渗出细密汗珠,目光一转,但见苏闻香面露惊喜,望着自己咧嘴憨笑,不知怎的,兰幽心头一跳,双颊倏地羞红,又唯恐被人瞧见,匆匆收了目光,退到一旁,心里却久久回味方才斗香的情景,喜悦之情,充盈芳心。

　　忽听卓王孙说道:"名香局西财神一方自行认输,东财神胜出。如今五局过三,西方二胜,东方一胜,第四局比佳看还是珠宝?"

　　艾伊丝冷哼一声,忽地扬声道:"大鼻子,你叫什么名字?"苏闻香正走回己阵,闻声问道:"你叫我么?"艾伊丝道:"就是叫你。你姓苏,是不是?"苏闻香怪道:"是啊,你怎么知道?"艾伊丝道:"我自然知道,你叫苏闻香,是天部之主沈舟虚的劫奴。"

　　苏闻香道:"不错?"艾伊丝冷笑道:"听几尝微不忘生、玄瞳鬼鼻无量足,今日来了几个?"苏闻香老实,答道:"除了玄瞳,其他五人都在。"艾伊丝怒道："你们身为天部劫奴，怎么为谷缜这小狗卖命？"苏闻香苦着脸道："我们欠了他的情，不还不行。"

艾伊丝一时默然，寻思："菜肴是中国之长，'尝微'秦知味更是烹饪泰斗，名震中外，我就有一万个厉害厨子，遇上此人，也是必败。必败之仗，决不能打。"心念一转，扬声道："各位评判，我有一事请各位定夺。"

卓王孙道："什么？"艾伊丝道："上次南海斗宝，斗的是美人、丝绸、名香、佳肴、珠宝。此次又斗这些，岂不乏味？不如略变一变，将佳肴变为音乐如何？"

众评判大为吃惊，寡妇清抗声道："那怎么成？若斗音乐，东财神毫无准备，如何比较？"艾伊丝冷笑道："若无防备，他就不是东财神了。清姥姥，你放心，他手下也精通音律的能人，必不吃亏。"寡妇清微微皱眉，瞧向谷缜，谷缜笑道："艾伊丝，你说的是'听几'薛耳？"艾伊丝道："'听几'薛耳，听力惊人，精于音律，乃是音乐上的大行家。"

谷缜眉头皱起，寻思："音乐本是西方之长，东方之短，唐代之后，西域音乐更是雄视中土。这婆娘自知美食胜不过我，换这题目，正是想扬长避短。我若不答应，未免示弱，必要受她奚落。答应她么？这婆娘决不会老实斗乐，必有阴谋圈套，等着我钻。"

沉吟间，忽听薛耳低声道："谷爷，让我上吧。"谷缜道："这一局干系重大，你不怕么？"薛耳道："我不怕。"谷缜浓眉舒展开来，颔首道："好，你去吧。"陆渐眉头大皱，说道："谷缜，此事非同小可，你让他去，万一输了……"谷缜摆手道："用人不疑，疑人不用。我相信薛耳兄不但能赢，还能赢得漂亮。"

薛耳听得双眼一热，咬了咬牙，抖擞起来，摘下呜哩哇啦，越众而出。众胡人见他耳大如扇，体格佝偻，先是惊奇，继而哄笑。薛耳自知貌丑，被人讥笑惯了，此时关心胜负，再不将这些小事放在心上，抱着那件乌黝黝、亮闪闪、形状古怪的奇门乐器，恰如高手抱剑，浑身上下透出凛然之气。

艾伊丝忽道："谷缜，这一局，就由我方占先。"不等谷缜答话，将手一拍，那红发美人青娥手持一支红玉长笛，神色凄楚，飘然踱出，漫步走到江畔，迎着江风吹奏起来，笛声呜咽缠绵，引得山中云愁雾惨，云雾中若有鬼神浮动，嘈嘈江水，似也为之不流。

谷缜听得舒服，赞道："好笛艺，上比绿珠，下比独孤。只是艾伊丝，你的能耐不只是吹吹笛子吧。"绿珠、独孤生都是古代吹笛的高手。艾伊丝闻言冷哼一声,说道:"你张大耳朵,听着便是。"

那笛声渐奏渐高,一反低昂,清亮起来,众人只觉风疾云开,水秀山明,笛声孤拔傲绝,渺于凡尘。众人见这女子吹出如此高音,无不刮目相看,但听那笛声越拔越高,行将至极,忽而转柔,缭绕长空,久久不绝。

乐声大作,那数十名俊美男女各自奏起手中乐器,高低起伏,曼妙动人,胡琴、琵琶、竖琴、风笛,另有许多奇门乐器,均是叫不出名字,演奏起来,或如开弓射箭,或是按钮多多,或者多管集成,音声古怪,别具风情。无论吹拉弹奏,高低起伏,众乐器总是围绕那支红玉长笛,就如一群妙龄男女,围绕一团篝火,踏足舞蹈,舞姿万变,却不偏离篝火半步,又如长短马步各种兵士,围绕一名统帅,随其指挥,攻城略地。

这合奏不但优美,更是新奇,无论东西之人,均是如痴如醉,只盼这乐音永不要完。听了半响,那笛声又变高昂,意气洋洋,冲凌霄汉,有如一骑绝尘,将其他乐声远远抛下,一时间,笛声激响,其他乐声则渐渐低沉,终于无声无息,那笛声却拔入云中,破云散雾之际,方才戛然而止。然而笛消乐散,众人心中音律仍是久久低回。

谷缜明白艾伊丝的伎俩,暗自担心:"这婆娘恃多为胜,欺负薛耳只有一人,再精音律,也只能演奏一般乐器,决不如这丝竹合奏、百音汇呈。"想到这里,薛耳的"呜哩哇啦"已然奏起,正接上合奏余韵,声音和玉笛近似,但却不甚纯厚,伴有细微噪响,仿佛来自远方。然而倏乎之间,那噪响明晰起来,有如十余种乐器同时奏响,有笛,有琴、有长号风笛、羯鼓琵琶,诸般声响一泻如潮,充盈四野,历历分明。

众人不料这大耳怪人竟凭一件乐器,演奏出十余种乐器响声,无不目定口呆,心中震骇无以复加。抑且胡人合奏,音乐虽美,却总是数十种乐器分别演奏,不能浑然如一,终有不谐之音。薛耳奏乐,数十种音乐从一件乐器发出,融洽无比,浑然天成。忽听那音乐转折数下,少了几般中土器乐,却将胡人合奏中的奇门器乐掺杂进来。胡人乐师目定口呆,纷纷站起,伸长脖子,想看薛耳如何演奏,但那"呜哩哇啦"乐家至宝,结构繁复,乾坤内藏,仅从外表,绝看不出其中奥妙。

乐声越奏越奇,宏大细微,兼而有之,不中不西,自成一体,众人初时尚能自持,乐声一久,随之起落转折,喜怒哀乐尽被牵动,高昂处令人心开神爽,恨不能纵声长笑,低回处如泣如诉,叫人幽愁暗恨油然而生。激昂则有怨怒,婉转分外伤情,谷中不少人情动于衷,忍耐不住,心随乐动,忽笑忽哭,忽喜忽悲。

"呜哩哇啦"越变越繁,忽地多出许多细微异响,非琴非笛,非号非鼓,夹杂乐曲之中,若有召唤之意。随那悠扬乐声,平缓江面上,蓦地出现圈圈涟漪,腾起点点细碎水泡,忽听"拨喇"一声响,一条银鳞大鱼破水而出,凌空一跃,复又落入水中,一时间,只听水响不绝,江水中接二连三跃出大小鱼虾,大者长有丈余,小者不过寸许,有的鱼认得出来,有的鱼却是形貌古怪,叫不出名字,鱼鳞五颜六色,红黄青白,争艳斗彩,成千累万,在江面上跳跃飞舞,蔚为奇观。

这等情形众人生平未见,只觉目眩神迷。惊奇未已,忽又听空中清鸣娇啭,鸟声大作,抬眼望去,四面八方飞来无数鸟雀,鹰隼莺鹂,无所不有,来到薛耳头顶,鸣叫盘旋,毛羽斑斓瑰丽,有如大片云彩,聚而不散。

"鱼龙起舞,百鸟来朝,音乐之妙,竟至于斯。"计然先生忽地叹一口气,说道,"本当这些都是先古神话,不料今日竟能亲眼目睹,比起这降服鱼鸟的神通,西财神的乐阵,终究只算凡品罢了。"说到这里,将声一扬,"听几先生,这一曲再奏下去,必要惹来鬼神之忌了。"

薛耳闻言,乐声宛转,归于寂然。音乐一停,百鸟纷散,鱼虾深潜,清江不波,长空清明,只有满地残羽、泛江浮鳞,才可让人略略回想起刚才的盛况奇景。

薛耳收好乐器,退回谷缜身边,眼里神光退尽,身上气势全无,畏畏缩缩,让人怎么也无法将这个猥琐怪人与那仙音神曲联系起来。

计然先生目视其他三名评判,说道:"在下评语,三位以为如何?"其他三人纷纷颔首,寡妇清说道:"足下说得好,仙乐凡乐,不可同日而语,这一局,算东财神胜。"说罢举起左手,其他三名男评判也无一例外举起左手,这一局,中土竟得全胜。

西方诸人脸上尽无血色。艾伊丝沉默良久,忽地咯咯轻笑几声,慢慢说道:"二比二么?一局定胜负,倒也痛快!"

说罢忽听沙沙碎响,珍珠帘卷,一名韶龄女子从金轿之内袅袅迈出,容貌极美,眉眼口鼻棱角分明,宛如雕刻,秀发不束,任其凌乱,仿佛纯金细丝,长可委地,金色细眉斜飞入鬓,自然流露出勃勃英气。

陆渐一见这西洋女子,微微一怔,仿佛姚晴出现眼前。但细细看去,这夷女容貌体态与姚晴全然不同,唯独骨子有一种神似,让人乍眼一瞧,凭生错觉。

艾伊丝与谷缜遥相对峙,这一对主宰世间财富的少年男女气质迥然不同,一个容色冷峻,目射冰雪,一个意态闲适,笑意如春,但站在人群众之中,却均有一种别样风姿。

"艾伊丝。"谷缜忽地笑道,"你变好看了呢,想当初你一脸雀斑,又瘦又小,就像一只天竺猴子。"艾伊丝冷冷道:"少放屁,你才是一只中国蛤蟆,满身的赖皮。"谷缜笑道:"过奖过奖。"艾伊丝一愣:"我骂你癞蛤蟆,怎会过奖?"谷缜笑道:"中国蛤蟆又称蟾蜍,象征美丽娟好,天上的月亮名叫'玉蟾',又名'蟾宫',你说我是蟾蜍,岂不是赞我貌如朗月,又白又亮,光辉照人么?"

艾伊丝噘起嘴来,冷笑道:"胡编乱造,哪有这等说法。"谷缜笑道:"你这只天竺猴子,哪知我华夏用语精深博大。"艾伊丝面色红了又白,白了又红,咬咬嘴唇:"臭小子,这一回珠宝局,你睁大狗眼看好了。"谷缜笑道:"我看你嘛,向来十分高明。"

艾伊丝听他并不回骂,还赞自己高明,诧异之余,略有几分得意,可是转念一想,忽然大怒:"有道是;'狗眼看人低',我骂他狗眼,他却看我高明,岂不是转着弯儿骂我不是人么?"她又气又急,却知吵嘴骂人,绝不是谷缜的对手,唯有待到胜过之后,再好好摆布此人,一时间,她心里拟了几十个折磨谷缜的恶毒法儿,大感快意,忽地伸出一双纤秀玉手,轻击三下,八名胡奴解下腰间号角,呜呜呜吹奏起来,号声激越,震动山谷。

三通号罢,灵翠峡中,面向江水那面山崖发出轰隆响声,暮然间,山谷轻轻一震,山壁上忽地多出一个窟窿,瀑布如箭,从洞窟中奔腾而出,从十余丈高处悬挂而下,泻在一块凸起崖壁上。

泥石纷坠,泥水纵流,瀑布冲击下,那片山崖慢慢起了变化,有如玉人宽衣,肌肤流露,层泥退去,泥土之下透出珠玉光华。谷中人眼利些的,不由得失声惊呼,敢情那崖上泥石尽是伪装,崖壁之后,竟然藏着一座七层宝楼。

瀑水湍流之中,尘泥尽去,显露出楼台瑰丽真容,金庭玉柱,琼宇瑶阶,白玉台阶连着楼前一条小路,光洁如新,竟是白玉砌成,琅玕雕窗,翡

翠为楔,屋檐下一溜儿风铃,斑斓泛金者是玛瑙,莹白透亮者是光玉,其余瑟瑟天青,刚玉宝钻,林林总总,经风一吹,发出琅琅脆响。

起初瀑布破窟而出,浩如白龙,但因为本是无源之水,冲落一阵,水柱渐弱,慢慢分散开来,珠悬玉挂一般,潇潇洒洒,越落越稀,逐渐化为滴水,顺崖而下,打中楼顶金瓦,滴滴答答,十分悦耳。

此时宝楼伪装洗尽,砌楼珠玉,明净皎洁,一切水流均从屋顶流下,潺潺汇入楼角下一条玉石水渠,水流绕渠,奔流向前,在楼前一绕,竟又冲刷出一大方白玉池塘,污泥浊水一旦汇入塘中,便无踪迹。待到上方瀑布断流,白玉池中忽地传来玎纵鸣玉之声,碧光浮动,升起一座翡翠假山,五尺来高,孔窍玲珑,翠光莹莹,碧影荡漾,浸染四周白玉,宛如青绿苔痕。池中泉水汩汩而起,渐喷渐高,扬及数丈,飞珠喷银,宝楼四角,亦有机关引出四道泉水,洗尽剩余尘泥。

"怎么样?"艾伊丝笑眯眯盯着谷缜,难掩脸上得意之色,"瞧见了么?这就是我的'万宝楼台'。"

周流六虚

中土众商人面如土色，艾伊丝用珠宝美玉构筑七层宝楼，手笔之大，震烁古今。更奇的是，她早将这座宝楼修在谷中，用易溶灰泥极尽伪装，不令入谷之人知觉，再用翡翠假山堵塞地下喷泉，在崖壁中凿成水道，汇聚山泉，待到三通号角响罢，崖上守候者得到讯号，打开闸门，放出瀑布，洗尽伪装，现出宝楼。待到瀑布水尽，牵动机关，翡翠假山升起，地底喷泉飞出，至此，宝楼内外，荡涤一新。这变化之奇，对比之深，但凡目睹之人，无不震撼莫名。

艾伊丝琅琅道："各位评判，可愿随我入楼一观。"四人对视一眼，默默起身。艾伊丝瞥一眼谷缜，笑道："你若不怕吓破了胆，也来见识见识。"谷缜笑道："谷某是吓大的。"艾伊丝瞧他镇定自若，心中老大不快，但此局她自负必胜，不信谷缜还有高招，故而冷冷一笑，走在前面。许多中土商人心怀好奇，也随之上前。

众人走近"万宝楼台"，只见方才杂花生树，植被凌乱，经悬天瀑布、地底喷泉洗过之后，杂树乱草一扫而空，瑶阶前堆霞凝紫，芝兰丛生，色泽鲜明异常，阵阵清风过去，枝叶随风轻摇，却有铮纵鸣玉之声，众人陡然惊觉，原来这些芝兰花草竟是珠玉雕琢，栩栩如生，几能乱真。

宝楼一阶一柱，一门一户，无不雕镂精美花纹，仅是一扇白玉门扉，便雕刻神仙人物，经传故事，光润无瑕，价值连城。宝楼依山而建，堂中略暗，推门而入，转动门侧机关，楼顶火珠会聚日光，几经折射，点燃墙上水晶壁灯，照得金梁玉柱，粲然生辉，一棵珊瑚巨树挺立楼心，直通楼顶，枝干扶疏,被灯光映照,散发淡淡红光,仅是这棵珊瑚树,已是举世无双的宝物。

珊瑚树后是一排云母屏风,屏上明月云朵均是天然生成,星辰则用金刚石代替。堂中几面碧玺小凳,外红内绿,配一张翡翠长几,天生地造。

琅玕红玉砌成阶梯,围绕珊瑚巨树,盘旋而上。层层走去,但见牙床雪白,镶嵌百宝,各色宝石,看得人眼花缭乱。还有一座妆台,是整块玳瑁雕成,接以紫玉,作为台足,镜面是整块水晶,一丈见方,反射日华,光照满楼。至于其他陈设,无论大小,均是稀世奇珍,一砖一瓦,无不富丽堂皇、穷极奢华,"万宝"之名,委实不虚。

走出宝楼,中土众商无不爽然自失,心中竟是珠光玉影,久久难泯,纷纷寻思:"这回当真输了。"四名评判回到原处,卓王孙问道:"西财神,这座万宝楼台,你造了多久时候,花了多少本钱?"艾伊丝道:"耗资亿万,费时三年。"吕不韦叹道:"这么说,南海斗宝之后,你就开始造了。"艾伊丝笑道:"就等今日一雪前耻。"说罢注视谷缜,露出讥笑之色。谷缜只是含笑不语,寡妇清见他神色,心中一动,燃起一丝希冀,问道:"东财神,你的珠宝呢?"

谷缜笑道:"小子穷酸得很,没有珠玉为楼的气魄,只得了小小一方玉石,还请诸位品鉴。"众人听得这话,心中均是好奇,暗想天下间还有什么玉石,能和这座汇聚无数珍宝的楼台媲美。

只见谷缜探手入怀,取出一方玉印,玉质莹白,式样古朴,看上去并非如何出奇,而且还非完璧,印角破了一块,乃用黄金弥补。

众商人见这玉印,无不大失所望,艾伊丝只是冷笑,唯独四名评判目射奇光,凝注在那方玉印,过了一阵,卓王孙徐徐道:"东财神,这东西是真是假?"谷缜笑道:"是真是假,一瞧便知。"说罢双手捧上。卓王孙接过,审视片刻,神色凝重,递给吕不韦道:"古董你最精通,这东西像是真的。"

吕不韦凝视片刻,叹道:"建文失踪后,这宝物也随之湮没,不料今日重现人间……"感慨之色溢于言表,沉默良久,还给谷缜,向寡妇清和计然先生道:"二位还有什么高见?"

那二人摇了摇头。吕不韦点点头,站起身来,四顾人群,朗声说道:"鄙人宣布,今日斗宝,东财神胜!"

此言一出,群情哗然,中土商人惊喜过望,艾伊丝却脸色涨红,锐声道:"为什么是他胜?难道我的'万宝楼台'还不如这一方破印?"

吕不韦道:"你知道这方玉印的来历么?"艾伊丝道:"这等玉多得是,

能有什么来历？"吕不韦叹道："你听说过和氏璧么？"艾伊丝脸色微变，注视谷缜手中玉玺，蛾眉微微蹙起。

"授命于天，既寿永昌。"吕不韦道，"自秦始皇以来，这枚玉玺就是我中华传国之宝。万宝楼台不过耗资亿万，三年而成。这枚传国玉玺却见证我中华千年兴衰，为了它，流血万里，伏尸千万。你说，相比之下，是三年长久，还是千年长久？亿万资财，又比得过亿万人的性命么？"

艾伊丝木无表情，纤指紧攥，指节亦成青白。寂然半晌，她蛾眉一舒，身子忽地松弛开来，冷笑道："输就输了，有什么了不起的。"

谷缜道："既然认输，那就须履行赌约。"艾伊丝忽地咯咯大笑，笑得几乎喘不过气来。谷缜亦不打断，微笑而已。艾伊丝笑了一盏茶工夫，才道："谷缜，你傻了么？谁跟你有赌约。"

众人齐齐变色，谷缜道："怎么，你说了不算。"艾伊丝笑道："我若胜了，当然要算。我若败了，一切作废。姓谷的小狗，你不记得师父常说的一句话么？"

谷缜笑道："无奸不商？"艾伊丝笑道："你既然知道，还跟我提什么赌约？"陆渐心中怒起，扬声道："你这是言而无信。"

艾伊丝冷笑道："言而无信，你又能将我怎的？"陆渐一紧拳头，挺身欲上，忽见艾伊丝打个响指，众胡奴吹起号角，霎时间，从巨舰里冲出数百剽悍汉子，各各身披坚甲，手持长矛弯刀。峡谷山顶，也似雨后春笋，呼啦啦出现无数人头，手持强弓锐箭，指定下方。

卓王孙变色道："艾伊丝，此次临江斗宝，乃是文斗，你暗藏武备，意欲何为？"艾伊丝笑道："你们四个老东西，真是又迂又蠢，做了半辈子商人，却不懂什么商道。"

寡妇清怒极反笑："难道要无赖才是商道？"艾伊丝冷冷道："能要无赖，才算本事。我们经商为什么？为的是富国强兵，一旦兵甲精强，我的货物想卖哪国，就能卖到哪国，想卖给谁，就卖给谁。哪国不买，我灭其国，谁人不买，我灭其家。经商者若无武备，财富不保，武备者若无商财，甲兵必弱。老婆子，如今大势已去，你想要无赖，怕也没有机会了。你们四个，偏心偏意，一心帮着谷小狗赢我，待会儿落到我手，定叫你们好看。"

吕、卓、清三老闻言，气得浑身发抖，唯独计然先生气色冷淡，不见喜怒。谷缜叹了口气，说道："艾伊丝，你的对头是我，不要迁怒他人。"

艾伊丝瞅他一眼,冷笑道:"比起这几个老头老太,你倒是强一些。你嘴里说得好听,心里打的主意还不是一样?你在前,戚继光率兵在后,料想今日斗宝你若输给我,也必然施用武力,逼我就范。"

谷缜笑道:"到底瞒不过你的眼睛。"艾伊丝冷笑:"可惜,我既然知道,岂会容你得逞?姓戚的人马不过三千,我在沿途布下一万精兵,设下圈套,等他一头钻入。现如今,哼,只怕你那位戚参将全军覆没、死无葬身之地了。"

陆渐惊怒交进,大喝一声,飞身纵出,心道:"敌众我寡,擒贼擒王,将这毒妇拿住再说。"心念电转,身法比箭还快,抢到艾伊丝身前,刚要出手,忽觉一股阴寒之气从左侧冲来,那气机古怪异常,陆渐不敢硬接,急急闪身,一股银白细丝擦身而过,拂过胁下衣衫,凉沁沁若有湿意。

陆渐一旋身,正要反击,不料那股湿意直钻肺腑,经脉为之酥软,拟好的招式,竟然使不出去。陆渐急忙向后掠出,"大金刚神力"运转一匝,才驱散那股阴寒之气,这时忽听"咦"的一声,陆渐举目望去,丈许远处立着那个乌氅男子,面露惊讶之意。陆渐心头一沉:"暗算我的果然是他!"

那乌氅男子见陆渐并不软倒,还能退走,心中已是惊讶,再见他神气如常,更觉吃惊。忽听艾伊丝道:"仇先生,你尽力施为,不必留手。"乌氅男子背负双手,默默点头。

谷缜听到"仇先生"三字,心头一动,笑道:"阁下姓仇,莫不是'江流石不转'?"乌氅男子略一默然,冷冷道:"不才正是仇石。"谷缜叹道:"不料水部之主,竟在人间。"

陆渐听得心跳加剧,刹那间,心中掠过姚家庄内、阴九重大施淫威的情景,水部神通诡异狠毒,在他心中印象极深。仇石眼里流露一丝凄凉,忽地叹道:"水部仇石,早就死了,仇某只是江湖中一介废人罢了。"一拂袖,袖里一股细细银丝,射向陆渐。

陆渐屡次与西城高手交手,深知周流八劲,均需借物传功,才能显现威力,这股银丝分明是一股水箭,传递"周流水劲"。于是沉喝一声,显露"惟我独尊之相",浩气排空,水箭迸散,化为千点万滴,但为"大金刚神力"所隔,尽皆外向,反朝仇石罩去。

仇石轻哼一声,身法变快,化为一道黑色闪电,撞入水花之中,这一下,就似烧红的铁块掷入冷水,满天细小水滴嗤的一声,尽皆化为氤氲水雾。仇石呼呼两掌，水雾化开，笼向陆渐。

陆渐向日亲见阴九重与宁不空交手，均以水流为武器，不料仇石化水为雾，雾气氤氲，水劲蕴藏其间，端的无孔不入。陆渐急施"明月流风之相"，掌劲流转，漫如清风，以柔克柔，雾气一旦飘来，即被拂走，抑且寓攻于守，拂散雾气，立加反击。

仇石但觉劲风扑面，来如山岳，退如潮水，心中好不吃惊："这人什么来路？"想着怪啸一声，身法转疾，仿佛一道黑水，流转不定，雾气自他身上丝丝溢出，越发浓重，敌我双方均被笼罩，两道人影有如云中闪电，忽隐忽现。

这雾气名叫"玄冥鬼雾"，迥异其他水部神通，有形之水能破，无形之水难防。仇石将水流化为雾气，对手沾着一点，吸入一丝，雾气中附着的"周流水劲"立时随之侵入，在所难防。若非陆渐"大金刚神力"如如不动，万邪不侵，早已着了他的道儿。饶是如此，陆渐仍然不敢大意，拳脚飞舞，不令雾气沾身，双手感知仇石方位，蕴势蓄劲，待他逼近，蓦地大喝一声，陡然从"明月流风之相"转为"大愚大拙之相"，一拳送出。

仇石挥掌一迎，即觉不妙，倏尔转动"无相水甲"，化解来劲，不料陆渐拳劲既刚且猛，水甲随聚随散，如竹笋一般层层剥落，仇石退到江边，水甲已然耗尽，陆渐拳势兀自不歇，只得将身一纵，哗啦一声，落入水里。

江水浸体，仇石双脚飞踢，带起两股水剑，明晃晃，亮晶晶，射向陆渐。陆渐呼呼两掌，水剑受阻，下了一阵暴雨也似。不料两道水剑才被击散，仇石身在江中，又催水流射来，前后相接，有如两条腾空水龙，摇头摆尾，竟比威势，陆渐虽有法相护体，被这两条水龙左右缠住，竟也无法脱身，唯有挥掌击水，和仇石势成僵持。

艾伊丝见机，娇呼一声："动手。"众伏兵挺身上前，谷缜将手一挥，中土商旅纷纷撕开外套，露出明晃晃的铠甲，藏在袍子下方的兵器也尽数取出。丁淮楚腰间系了一口软剑，洪老爷则是一对金瓜流星锤，呼地抖将开来，足有丈余，张甲、刘乙师出同门，均使一对银枪，枪尖寒光射眼。原来这群商人均是谷缜特意挑出，并非寻常商旅，而是精通武艺、以一当百的好手。

众评判至此方才明白，这斗宝双方，名为斗宝，实则早已打定主意，各逞武力，一决雌雄。想到这里，无不露出苦笑。

　　甲胄闪亮，弓弦扯满，恶战一触即发，这时忽见江水上流驶来一条快船，来势如飞，船头一人，满身是血。艾伊丝看到，忽道："且慢。"挥手止住属下，面色奇异。

　　那船靠岸，船头那人跳上岸来，向艾伊丝一膝跪倒，艾伊丝皱眉道："怎么闹成这个模样？不是让你堵截戚继光吗？"那人俯着身子，颤声道："小的奉了号令，设下埋伏，等那姓戚的入伏，不料他兵到半途，忽然改道，直奔九江。"

　　艾伊丝失声道："什么？"那人道："我们看到之后，立时追击，不料姓戚的狡诈，反客为主，在马当山设下埋伏，只一阵，只一阵，便……"艾伊丝心急如焚，喝道："便怎么，快说……"那人道："便将我们一万弟兄杀得全军覆没，逃命的不过几百个……"说到这里，再也忍耐不住，仆倒在地，号啕大哭。

　　艾伊丝脸色煞白，喃喃道："一万人？三千人……"蓦地飞起一脚，将来人踢翻，厉声道，"一万对三千，三个打一个，怎么会输？"来人支吾道："我也不知，那姓戚的摆了奇怪阵子，有人拿毛竹，有人拿锐钯，有的拿枪，有的拿棍，看着不起眼，一旦陷进去，十个弟兄，活下来的不到一个。"

　　艾伊丝心神一阵恍惚，蓦地掉头，怒视谷缜，咬牙道："你，你敢情知道。"

　　"我当然知道。"谷缜笑道，"艾伊丝，当年南海斗宝我就说过，这一辈子，我就是你的克星。再说啦，你将大半粮食藏在九江，船来船往，动静甚大，我若不知，岂不是聋子瞎子？我还知道，你雇了四省贼寇守卫粮仓，人多势众，不易对付。故而我将计就计，借这斗宝的机会，声东击西，将你的人马分成两股，一股设伏对付戚将军，守粮仓的人马自然少了，正方便戚将军各个击破。料想明日清晨，义乌兵就能抵达九江粮库，此次我雇了六千艘大船，顺江东下，一天工夫就能装粮上船。呵，艾伊丝，你平时吝啬得很，不料这一回如此大方，女人一大方嘛，连模样儿也好看多了。"

　　艾伊丝几乎气昏过去，粮食丢了还罢，坏了其师大事，如何负担得起。但此时变计，已然不及，猛一咬牙，大声道："那又怎样，我丢了粮食，你也活不成。"方要下令厮杀，忽听一声大喝，响如霹雳，陆渐双掌一交，两股水龙撞在一起，被"大金刚神力"裹住，化为丈许水球，呼的一下，撞向仇石。

　　仇石运掌一挡，但觉水球中传来一股潜力，冲得胸口痛闷，只恐陆渐还有后着,急急向后一仰,钻入水中。

不料陆渐一招逼退仇石,闪身如电,掠到艾伊丝身前,举动之快,在场之人无一看清。陆渐伸手抓出,这一抓,天下间能够避过者寥寥可数,何况艾伊丝武艺寻常,肩头一痛,已被陆渐提了起来。仇石身在水中,唯有远远看着,救援不及。

陆渐一举擒住艾伊丝,恨她狠毒,本想给她一些厉害尝尝,但瞧她娇嫩模样,又觉不好下手,便道:"西财神,让你属下立时退走,要不然……"威胁之语未及出口,手背忽然被人拍了一下。陆渐自艺成以来,不止神功大成,灵觉也自惊人,绝无旁人靠近,毫无知觉的道理,更不用说被来人神鬼不觉拍中手背,只觉一股奇劲透体而入,手臂酸软,大金刚神力陡然涣散,五指一松,顿将艾伊丝放开。

陆渐不及转念,反手一肘撞向来人,不料那人轻轻伸手,只一招,便将陆渐手肘托出。陆渐这一肘之力,数千斤巨石也是一撞即翻,被人如此轻易托住,端的不可想象。不由得转眼望去,但见一名老者背负左手,立在艾伊丝身旁。陆渐心中吃惊,脱口叫道:"计然先生……"

计然先生一言不发,右手在脸上一抹,抹下一张人皮。艾伊丝呆了一呆,欢然叫道:"师父……"陆渐却是惊道:"万归藏。"吕不韦、卓王孙、寡妇清纷纷起身,露出震惊之色,垂手躬身,叫道:"主人。"谷缜却是叹了口气,心道:"我早该料到:陶朱公是商人的祖师爷,计然却是陶朱公的师父,天下敢以'计然'自称的,除了老头子还有谁呢?"

艾伊丝纵入万归藏怀里,咯咯娇笑。万归藏任她撒娇弄痴,一丝微笑若有若无,忽地扬声道:"仇师弟,不打招呼就走么?"

仇石是万归藏掌底游魂,忽见大敌,魂飞魄散,潜水欲走,听到万归藏出声招呼,知他已有察觉,再无逃走机会,只得硬着头皮纵身上岸,站在远处,呆呆愣愣,一言不发。

万归藏也不瞧他一眼,目视谷缜,似笑非笑道:"你见了我,有何感想。"谷缜苦笑道:"我第一个念头,便是脚底抹油,能跑多远跑多远,一股脑儿逃到天涯海角,让你找不到,寻不着。"万归藏哈哈大笑:"你这小子,一贯口是心非,信你不得。"谷缜道:"见了师父,我哪敢胡说,这些话字字出自真心。"

万归藏笑道:"你若还以我为师,明知收粮食是我的主意,怎么还要和艾伊丝捣乱？"谷缜笑道："我们小孩儿胡闹，哪能当真。"万归藏脸色一沉，冷冷道："那么戚继光的义乌兵也是假的？"

谷缜见他神气，心知抵赖不掉，连转眼珠，急想对策。忽听万归藏徐徐道："仇师弟，听说你做了四省盗贼的首领，了不起啊。"

仇石浑身湿漉漉的，面色苍白，有如水里浸过的死尸一般，嘎声道："落到你手里，我也没什么好说的。"

万归藏笑了笑，说道："有一个将功折罪的机会，你想不想要？"仇石眼里闪过一丝亮光，嘴里却淡淡地道："请讲。"万归藏："你率所有属下赶往九江，全歼义乌兵。倘若你做得到，我准你返回西城，重建水部，并且传你周流六虚功，让你继我之后成为西城之主。"

仇石初时神气冷淡，听到最后两句，双目一亮，沉吟片刻，涩声道："此话当真？"万归藏道："当着这么多人，我会说谎么？"仇石听到这里，不由得双腿一软，跪在万归藏之前，缓缓道："若是如此，仇某任凭城主驱遣，粉身碎骨，在所不辞。"

"很好，很好。"万归藏点了点头，"大家在商言商，以利言利，痛快得很，远胜过那些乱七八糟的大道理。倘若义乌兵精锐难当，我准你使用'水魂之阵'。"

想当初万归藏就是借口"水魂之阵"覆灭水部，一时间仇石只怕自己听得错了，面露愕然。万归藏微微一笑，说道："此一时，彼一时，你我都是历劫重生之人，过去的事，就过去了罢了。"仇石心领神会，蓦地举头，发声长啸，峡谷上方的弓箭手纷纷缩回头去，仇石一纵身，踏上那叶飞舟，二度发出长啸之声，脚下转动水劲，那舟无桨而动，飞也似直奔上游，啸声未绝，他已连人带船转过河口，再也不见。

陆渐几次欲要上前阻拦仇石，但万归藏不丁不八立在远处，不见他如何动作，陆渐却感觉无论如何也无法冲过，心中明明想着举步，双脚却一寸也跨不出去。

万归藏又道："艾伊丝。"艾伊丝冉冉拜倒。万归藏淡淡地道："你这次斗宝败北，还中了对方奸计，坏我大事，按理须有惩罚。"艾伊丝娇躯一颤，露出恐惧之色。万归藏说到这儿，神色却缓和了些，伸手将她扶起，说道："如今让你将功折罪，以'魔龙'巨舰封锁长江，不许一只粮船进入江南。"

艾伊丝点头道："徒儿领命。但，但这里的事呢？"万归藏大袖一拂，负起双手,悠然道:"这里的事么?全都交给为师。"艾伊丝身子一颤,转头瞧了谷缜一眼,神色复杂难明,忽又垂下眼睑,率领众胡人走向巨舰。

陆渐头里一热,再也按捺不住,大喝一声,双拳齐出。万归藏大袖飘起,两股磅礴之力当空交接,陆渐身子一晃,噔噔噔连退三步,气血翻腾,奇经八脉均有麻痹之意。

万归藏笑道:"孩子,你对我有恩,我说了饶你三次不死,说话算数,今日就算第一次。"说着目光一转,注视谷缜,徐徐道:"人说养虎伤身,果然不假;你到底是谷神通的儿子。"

谷缜笑道:"你明知我的身份,为何还要收我为徒?"万归藏笑道:"能让仇人的儿子给我卖命,岂非一种乐趣。但听说谷神通死了,这天下间又少一个对手,真是可惜。"说着逍遥迈步,缓缓向前,"九月九日,西城八部齐聚东岛,论道灭神,东岛灭亡可待。只可惜,你父子二人终究瞧不见了。"说着面露微笑,谷缜亦笑,二人笑容眼神,如出一辙。

万归藏谈笑自若,陆渐却知觉他心中杀机,方欲上前,却被谷缜拉住,霎时间,忽觉谷缜十指飞动,在掌心写道:"速速屏息。"

陆渐虽然不解,却不违拗,当即屏住呼吸。万归藏若有所觉,目视二人,眼中闪过一丝疑惑,就当此时,他脸色忽地一变,目光陡转,只见苏闻香手中不知何时燃起一束线香,香气如线,弥漫开来。

扑通之声不绝,苏闻香四周众人纷纷软倒,万归藏身子亦是一晃,蓦地张口长啸,如风疾退,去势无比惊人,场上众人尚未还过神来,他已翻身一纵,落在山崖顶端,消失无踪。

苏闻香见他消失,才敢掐断线香。场上众人尽数软倒,唯有五大劫奴、谷缜、陆渐七人事先屏息,才能挺立如故。

谷缜连道可惜,说道:"老头子真不是人,中了'无能胜香',还能逃走。"陆渐听得这话,望着苏闻香手中线香,讶道:"这香哪里来的。"谷缜道:"沈舟虚做的,可惜香料稀有,制作极难,十年工夫才制成两炉,一炉用来对付我爹,另一炉制成线香,方才这一阵,竟然烧了一半。"

陆渐看看谷缜,又瞧瞧众劫奴,恍然道:"原来你们早有商量。"谷缜道:"老头子出山,岂能不防?"又问道,"苏兄,万归藏的气味你闻到了么?"

苏闻香道:"闻到了。"谷缜颔首道:"请你带路。"陆渐道:"去做什么?"谷缜笑道:"老头子中了'无能胜香',虽不当时软倒,但瞧他去得如此匆忙，竟不及报复你我，足见他也中了香毒。这机会千载难逢，咱们快快赶去，即便杀不死他，也能打一打落水狗呢。”

说罢命薛耳、莫乙、秦知味照顾中毒众人，燕未归背负苏闻香，当先急奔，陆渐挽住谷缜，飞奔在后，苏闻香吸气长嗅，行了二十多里，忽道："就在前面。"方要上前，陆渐伸手拦住道："前方凶险，苏兄不会武功，难以自保。燕兄！”

燕未归应了。陆渐道："你带苏兄在此等候，我若输了，立时逃回，招呼大伙儿各自逃命。"燕未归一愣，陆渐叹道："燕兄、苏兄，对不住，此行关系天下百姓安危，恕我不能善待自身，连累你们了。”

燕未归目光一黯，苏闻香抽抽鼻子，眼圈儿通红，陆渐微微苦笑，转过头来，说道："谷缜……"谷缜冷笑一声，接口道："你若要我走，看我抽你大耳刮子。”

陆渐知他性情，势必会和自己同生共死，不觉再无话说。谷缜向苏闻香讨了"无能胜香"，说道："以防万一。"将香燃起，和陆渐屏息向前。走了百十步，忽见前方山崖森翠，草木青青，环抱一个小潭，陆渐不见有人，正感迷惑，忽被谷缜肘了一下，顺他手指望去，但见那小潭边草木倒伏，分明被人践踏过了。

陆渐恍然大悟："万归藏在潭下。"心念一动，俯身拿起一块尖石，凝注潭水，方要掷下，忽听哗啦一声，潭水溅起，一股巨浪如水晶墙壁，腾空压来。陆渐挥拳送出，劲气排空，哗啦一声，水花飞溅。谷缜却是猝不及防，被那水浪一扑，有如撞上铜墙铁壁，身不由主向后跌出，重重靠在山崖之上，只觉脏腑翻腾，头晕眼花，勉强站起身来，却发觉手中"无能胜香"全被浸湿，再无效力了。谷缜又气又急，禁不住破口大骂。

满天水花中，青影乍现，只一闪，便到崖壁之上。陆渐不料万归藏身中毒香，仍是如此矫捷，一时好不惊愕。谷缜喝道："他毒香未解，快快动手。"陆渐闻言，飞身赶上，呼的一拳，劲气滔天，冲向万归藏。万归藏勉力闪开，劲气击中崖壁，碎石乱飞，打在万归藏脸颊之上，隐隐作痛。

转念间，陆渐已然赶到，万归藏无奈，左掌送出一道劲气，他积威所至。陆渐不敢大意，闪身让过。万归藏得了空，手足并用，向上攀爬。陆渐欲要追赶，不料万归藏手足所到之处，顽石如霰，纷纷落下，陆渐抬掌反击，不料崖上老藤忽地生出新芽，见风就长，眨眼化为一根长藤，将他手脚死死缠住，一股烈火顺着枯藤烧来。陆渐第一遭遇上这等本领，心中吃惊，暗道："这就是周流六虚，法用万物么？"奋力挣开火藤，抬眼一瞧，只见万归藏襟袖凌风，如大鸟飘摇直上，只一纵，已到崖顶。

陆渐见他一味逃遁，心知必是毒香未解，精神一振，当即大喝一声，只两纵，便上崖顶，眼见万归藏奔行在前，尚未去远，当下纵身赶上，显露"极乐童子之相"，拳脚纷出。万归藏躲闪不得，反掌抵挡，两人劲力一交，陆渐只觉汪洋拳劲仿佛打在虚空，全不着力，而万归藏拳劲及身，却不过将身一晃，随即无事。

陆渐暗惊，大喝一声，翻脚踢出。万归藏一旋身，复又闪开，左手探出，勾住陆渐足腕，陆渐只觉一股奇劲利如钢锥，钻入足踝，直透经脉。陆渐急运内劲，腿势却不停止，万归藏未能全然化解腿劲，一晃身，纵身后掠，血气上冲，一张脸涨得通红。

陆渐试出万归藏神通果然未复，又惊又喜，方要趁胜追击，不料拳劲方出，奇经八脉中蓦地腾起一股酸软之意，拳到半途，竟然送不出去。陆渐一愣，定眼望去，但见万归藏满头大汗，目光炯炯，凝视自己。陆渐心中奇怪，举步掠上，万归藏双目一瞬不瞬，身子却是随他后退，陆渐大喝一声，方要出招，不料奇经八脉中酸软又生，这一招仍然不能发出。

霎时间，陆渐心头闪过一个念头："六虚毒？"为了印证心中所向，他拳劲再出，万归藏应势再退，陆渐奇经之中异感再生，这一拳又是半途而废。陆渐明白缘故，心道："我与他未曾交手，'六虚毒'竟会发作，难道说，这老贼竟能身在远处、驾驭这股毒劲？"

他想得不错，"无能胜香"香如其名，天下间无论何种人物，一旦嗅到，均难免劫。万归藏一则机警，嗅入甚少，二则超凡入圣，神通奇绝，虽然嗅入毒香，竟未如谷神通一般当场软倒，饶是如此，毒香入体，仍是难当，万归藏不得已，分出大半神通与这奇香抗衡，此时与陆渐交手，一身神通仅余三成，仅能小驭万物，拖延敌人。不料陆渐亦是当世高手，来去如电，全不被外物阻碍，万归藏无奈之下，唯有使出绝招，以自身精气引动"六虚毒"，"六虚毒"本是从他体内真气化来，与他一身"周流八劲"同气相求，能够互为感应，抑且大劲驭小劲，万归藏本身真气强于陆渐体内的"六虚毒"，以大驭小，扰得陆渐难以聚集真力。

一时间，二人各有忌惮，遥相对峙，谁也奈何不了谁，陆渐空自着急，眼下却没半点法子抵御体内毒劲。这时谷缜爬上山崖,见这情形,明白几分,忍不住大声道:"陆渐,让他解了毒香,大家统统完蛋。"

说着施展猫王步,直奔万归藏。他师徒二人一旦反目,均是决绝,一心制对方于死地。万归藏急展身法,绕到一棵大树之后,谷缜飞身赶上,两人树前树后绕了一匝,一根树枝骤然抽枝发芽,生出一根嫩枝,刷的一下缠住谷缜。谷缜几乎绊倒,扯断树枝,定眼望去,陆渐与万归藏又斗在一起,此番被谷缜一岔,万归藏一时无法会聚精神,牵引陆渐体内毒劲,唯有出手化解陆渐的急攻。

两人进退如风,拳来掌去,凶险紧凑,罕见罕闻,谷缜立在一旁,只有瞪眼观看的份儿,一根指头也插不进去。

斗了二十来合,忽听陆渐叫道:"着。"一个"大愚大拙之相",奋力送出,万归藏伸手一挡,身子摇晃,有似被这一拳之力高高抛起,到了树林上方,一个翻身,钻入林中,消失不见。

陆渐自觉这一拳开山断岳,不料打在万归藏身上,仍似落在空处。此时谷缜亦奔过来,陆渐说了心中困惑:"不知怎的,无论多少拳,都伤不了他。"谷缜亦露忧色,叹道:"听说'周流六虚功'在身,天下间任何外力内力均不能伤,我以前还当有人说笑,不料竟是真的。"陆渐惊道:"这么一来,岂不成了不死之身。"

谷缜咬牙道:"无论怎的,抓到他再说。"两人钻入林中,追踪时许,陆渐忽觉奇经一跳,脉中毒劲蠢蠢欲动,他心生警兆,不及转身,身后劲风早已压来,陆渐急提真力,反身一拳,拳掌相接,万归藏掌力奇大,直往陆渐体内猛钻。陆渐大叫一声,翻身落在丈外,万归藏却借一拳之力,没入林中,一角青衫凌空闪过,倏尔不见。

谷缜闻声赶来,见陆渐坐在地上,牙关咬破,一丝鲜血从口角流下。而万归藏消失之处,却是静荡荡的,烟霭浮动,云雾之后,透着一股子阴森之气。

陆渐缓过一口气,说道:"方才一掌,他的内力突然变强,我几乎抵挡不住。"谷缜微微变色,寻思:"陆渐伤不了老头子,老头子神通回复却很惊人。再说他行事不择手段,一味藏身偷袭,不好对付。糟糕,这么一来,万归藏立于不败之地,我和陆渐留在这里,与等死无异。"

想着拉住陆渐衣角,低声道:"走。"陆渐不解。谷缜却不作声,拉着他只是飞奔。陆渐沿途询问缘由,谷缜说了。陆渐大为发愁,说道:"可有杀死万归藏的法子?"谷缜摇头道:"即便是有,你我也必然不知。"

奔出数十里,陆渐脸色忽地一变,步子变缓,目透惊色。谷缜怪道:"怎么?"陆渐看他一眼,说道:"他追上来了。"谷缜吃惊后看,陆渐道:"你瞧不见的,我能感觉得到,他离我越近,我的奇经八脉就越不对头。"谷缜忍不住询问缘故,陆渐便将"六虚毒"发作的情形说了。

"糟了。"谷缜脸色发白,"同气相求,你的'六虚毒'和老头子体内真气遥相呼应,任你逃到哪里,他都能找到。"

陆渐惊道:"那可怎么是好。"谷缜叹道:"先逃再说,或许离得远了,气机呼应变弱,能够逃脱。"说罢二人相对苦笑,方才还是两人追杀万归藏,转眼工夫,竟已掉了个儿。谷缜道:"'无能胜香'的效力将逝,若不趁机逃走,万归藏一旦回复神通,就是你我送命之时。"说到这里,二人加快步子,谷缜内力较弱,陆渐将他挟起,奋力狂奔。不多时,天色渐暗,红日沉西,陆渐忽地止步,脸色煞白,摇头道:"谷缜,逃不掉了,他来得好快。"

谷缜脸色微变,沉默半晌,忽道:"陆渐,我有一个计谋,或能出其不意,让老贼吃个大亏。"

陆渐喜道:"什么法子。"谷缜道:"老头子身在远处,不能见人,仅凭'六虚毒'分别你我。况且他心中只忌惮你,并不将我放在眼里。倘若你将'六虚毒'转入我的体内,万老贼势必将我当做是你,我在前面做饵,你则藏在暗处,待老头子来时,给他一下狠的,老头子不及运功化解,必然受伤。"

"那怎么成?"陆渐摇头道,"谷岛王说过,'六虚毒'一旦传给他人,那人必死无疑。"谷缜道:"无妨,你将传毒的法子给我,待得打败万归藏,我再转回给你不迟。"

陆渐听得满心糊涂,谷神通当日仅说"六虚毒"能够传出,并没说传出之后,能否传回。陆渐尚未思索明白,谷缜已然催促起来,陆渐亦觉体内"六虚毒"如婴儿将生,在母腹中躁动不安,分明是感应加剧,万归藏必然香毒已解,正向这方飞奔而来。

以谷缜之镇定,也是着起急来,急道:"陆渐,对手太强,不冒险无以取胜,再拖下去,你我一个都活不了。就算你不想活命,难道就不为妈和戚将军作想么?"

陆渐本就心乱，闻言更觉彷徨无据，略一转头，顿时与谷缜四目相接，谷缜眼里，分明透出决然之意。霎时间，陆渐心中剧痛，眼下如此取舍，真是再也残酷不过，一边是亲生母亲，结义大哥，一边却是同生共死的兄弟。谷缜见他尚有犹豫，低声道："大哥，就算不想妈和戚将军，就不想想江南挨饿的百姓么？"

陆渐身子一震，长叹一声，两眼微闭，眼角隐隐闪动泪光。刹那间，他双目陡睁，向谷缜道："谷岛王的逼毒心法你仔细听好，牢牢记住，千万不要忘了。"

谷缜见他答应，松一口气，微微笑道："你放心，我也想好好活着。别忘了，我还没见过那只母老虎、狠狠打她的老虎屁股呢。"陆渐想要笑笑，可面肌抽搐，怎也笑不出来，但觉万归藏越来越近，情急无奈，唯有运转谷神通所传心法，将"六虚毒"裹成一团，逼到掌心，按上谷缜小腹丹田，那"六虚毒"凝如有质，嗖的一下，离体而去，钻入谷缜丹田，谷缜脸色惨变，身子一僵，坐倒在地。

陆渐硬起心肠，将他扶入草中藏好，自己藏在一棵大树之后，施展"万法空寂之相"，敛去生机，屏息以待。

夜色朦胧，寒雾凄迷，那雾气忽地翻腾起来，四面散开，一道人影形如鬼魅，透过茫茫夜色，悄然而至，青衣暗淡，正是万归藏，他目视谷缜藏身的那片草丛，眼中亮光一闪而没。陆渐的"万法空寂之相"一旦施展，身子有如木石，以万归藏之能，竟亦未察觉。

万归藏身形忽转，足下如安机簧，凌虚飘飘，射向草丛，一霎那，已将后背露给陆渐。陆渐忍受内心煎熬，蓄势待机，就为此时，立时奋起神功，全力扑出。

万归藏一心以为陆渐藏在草中，故而防备在前。陆渐忽从后方袭来，叫他始料未及，勉强闪了一闪，蓬的一声，陆渐双掌打在他左背之上。万归藏身如曳电流星，弹射而出，撞断一棵大树，去势稍缓，撞到第二棵树时，他忽地伸出双手，抱住树干，身如纸鸢，飘飘然旋了一匝，双手所至，树干如遭斧劈，木屑纷飞，万归藏旋到第二匝时，已将陆渐神力尽数卸到树上，喀嚓一声，大树居中折断，树叶纷落。万归藏大袖一挥，狂风陡起，千百树叶被风一鼓，竟如千百羽箭，飕飕飕射向陆渐，锋利如刀，摧割肌肤。

陆渐本在追击，被这叶阵一拦，去势顿缓，急使"补天劫手"，双手乱舞,拈那叶片。忽而眼前一迷,猛然抬头,万归藏不知何时已到头顶,呼的一掌向下拍来,无俦劲气凌空下压。陆渐翻掌一挡,二人掌力相交,"周流六虚功"陡占上风,大金刚神力倏尔崩解。陆渐闷哼一声,落回地面,双脚深深插入泥土,万归藏的真气顺他身子疾走,嗖地传入土中,泥土聚拢,化为石枷泥锁,将陆渐双脚牢牢缚住。

"周流六虚功"一旦练成,天地万物,均可化为对敌的武器。万归藏鼓风吹叶,不令陆渐追击,结土为枷,将他双脚缚住,陆渐变招不及,万归藏身子翻折,凌空一指飞来,来势飘忽莫测,陆渐眼前一花,心口一痛,已被点中要穴。万归藏知道陆渐炼有劫力,这一指不但封了显脉,抑且封了隐脉,陆渐想以劫力解穴,亦有不能了。

万归藏飘然落地,伸手捂口,轻轻咳嗽,这一战虽侥幸制住陆渐,但这一击仍叫万归藏受了些许内伤。转眼望去,但见陆渐形如雕塑,睁圆两眼,眼里透出悲愤之意。

万归藏一挥袖,草木偃伏,露出谷缜身形,谷缜面容痛苦扭曲,不成模样。万归藏轻笑道:"谷小子,原来你跟我赌命,无怪我会受伤。"说到这里,注视陆渐,笑道:"是你将'六虚毒'度给他的么?难道你不知道'六虚再传,必死无疑'吗?'六虚毒'有如蚕虫,以你体内元气为滋养,与你气机连通,除却对敌时扰乱气机,对你本无太大害处。可一旦传给他人,就如化茧成蛾,威力增长何止十倍,抑且此番入体,再也不能逼出。呵呵,谷缜聪明一世,不曾想竟死在最要好的朋友手里。"

陆渐听得心如刀割,欲要挣扎,却又无力,心中悔恨交迸,流下泪来。万归藏笑了笑,又道:"本想亲手杀死谷小子,但他如今这个死法比我杀他还要难过,还要有趣。呵呵,陆小子,你于我有恩,我答应饶你三次不死,今日仍不杀你,只是将你带在身边,以免你这小子莽撞无知,坏了我的大事。"

说罢抓起陆渐,瞥了草丛中的谷缜一眼,忽地身如大鹤,破空而起,大袖飘飘,不借外物,驭风飞行,融入茫茫夜色。

"六虚毒"入体,谷缜便觉不妙,那真气就如一点火星落入油里,浑身精血真气,都要随之燃烧起来。继而生出酸、麻、痛、痒、轻、重、冷、热八种异感,深入骨髓,难过已极。

虽然痛苦,却又不得便死,故而陆渐偷袭失败,万归藏一番言语,谷缜

均有知觉,听到万归藏抓走陆渐,心中虽急,却也毫无办法。

万、陆二人一去,万籁俱寂,虫息鸟伏,清风拂面,微有凉意。到了这种地步,谷缜反而镇定下来。他历经磨难,意志坚强,稍有生机,绝不放过,当下竭力忍耐痛苦,默想谷神通所传的心法,依法存神内照,初时无甚效果,时候一长,忽地心生异感,有如山重水复,豁然开朗,陡然"看"出那"六虚毒"的样子。

谷神通传给陆渐的观气心法,正是"天子望气术"的入门功夫,"天子望气术"先内后外,须得先看清自身之气,再看穿敌手之气。谷缜亦曾练过东岛内功,与谷神通一脉相乘,后来服食"餐霞紫芝",千年灵物,不但补人元气,还有滋长灵智的奇效,诸般助力,致使谷缜不甚费力,便悟通这"内视"之法。

如此看去,"六虚毒"并非铁板一块,而是分为八种颜色,赤、橙、黄、白、青、蓝、紫、黑。纠缠扭动,此消彼长,忽而赤光大盛,黑气奄奄衰弱,忽而橙气遽强,白气消弱殆尽。八气之中,总有一气至强,一气至弱,其他六气也各有消长,只是不太分明。

看清"六虚毒",谷缜忽发奇想:"天之道,损不足补有余,我何不用这至强之气,补这至弱之气。"他武功上见识虽差,但精通商道,深谙通有无、冲盈虚的道理,眼看白气变为最强,当即存神默想,鼓起绝大心智,引导那股白气,不料这么一试,那白气竟然动了一下。谷缜引动白气,喜不自胜,隐约猜到脱困关键,当下运起全副心神,引导白气,徐徐注入衰弱已极的那股青气,青白杂糅,一时融合,随即又再分为青白两气,但比之前的青白二气强劲若干,谷缜不及细想,又见蓝气变强,黄气变弱,便引蓝气,去补黄气。

这么以强补弱,以实盈虚,以有余补不足,转到第八转时,体内痛苦已然减轻许多。又经历了一周天工夫,谷缜隐隐明白了其中关键。

"六虚毒"源自"周流八劲",也就是这八色真气。修炼"周流六虚功",炼成八劲极为凶险,一旦炼成,倘若不明其道,危害更大,以至于万归藏将这八劲当做击败对手的工具。要知道,三百年来,西城泱泱之众,唯有万归藏深谙其道,余者均难窥其涯际,八劲骤然入体,根本不知如何驾驭。

八劲练全,本是极难,入体之后,倘若明了其道,深通驾驭之法,便可将"练劲"这一难关轻易度过。但"六虚毒"八劲纠缠,难分难辨,若非"天子望气术"这等神通,绝难窥破其分际,窥破之后,又不知如何去强补弱。

故而练劲已是极难,望气也殊为不易,最难的却是最后这"悟道"一关。世人大多自私自利,乃至于崇拜强权,欺凌弱者。人之道,损不足补有余,极少有人能够明白"损有余补不足"的天道,即便明白,又未必能够通过前面的"练劲"、"望气"两大难关。

因此缘故,三百年来"周流六虚功"无人炼成。梁思禽写出"谐"字,却不愿点破"损强补弱"的道理,只让后代自行领悟。他知道"周流六虚功"威力太大,若被歹人误打误闯修炼成功,必然祸害极大,依梁思禽寻思,自行悟出这一道理的人,不是道德高深的隐士,就是惩强扶弱的大侠,炼成神功,也不会危害世人。可惜人算不如天算,梁思禽纵有盖世才智,也料不到后世弟子中竟然出现了万归藏这等怪才,从世人不耻的商道中悟出冲盈虚、通有无、损强补弱、以实盈虚的道理,一举炼成"周流六虚功",但因商道之中,常又包含人欲,故而万归藏神通虽成,却留下不小后患,以至天劫来袭,几乎送命。

这些道理,谷缜当此之时,也不能尽数明白,只是一味遵循"损强补弱"的道理,缓解体内痛苦。初时仅是取至强之气补至弱之气,渐渐心有余力,分辨其他六气的强弱,取强补弱,取有余补不足。到后来,索性将这八道真气当做八种货物,买卖流通,如此一来,不免将万归藏所传的"经商之道"融入心法,运转真气。万归藏炼成"周流六虚功"本就得益于商道,炼成之后,又将武功与商道彼此印证,二者均有进益,他传授谷缜的法门,什么"贵极反贱,贱极反贵","取则与之,与则取之","财币欲其行如流水","知斗则修备,时用则知物",看似商道,用在此处,却是丝丝入扣,似为"周流六虚功"量身定做的一般。

如此运转八劲,痛苦渐渐消散,抑且八劲越转越强,使得精气充盈,经脉鼓胀。谷缜猛然明白:自己此番为求保命,误打误撞,竟然窥破了"周流六虚功"的奥秘。如此损强补弱,生生不息,就好比卖货生钱,生钱买货,买货补货,然后再卖再赚,再赚再补,以钱生钱,长此以往,生意自然越做越大,本钱自然越赚越多,最终成为巨贾豪商。这道理放在"周流六虚功"上,以气生气,以劲生劲,真气内劲日积月累,年岁一久,自然成为一代高手。

因祸得福,谷缜欣喜不胜,但运功一久,又觉不妥。原来"周流八劲"伴随人体血气升降,此强彼弱,变化不休,"损强补弱"虽是妙法,却不能叫真气暂停运转,因此缘故,务必时刻存意凝神,稍有懈怠,八大真气立时变成要人性命的毒气,故而真气毒气,是生是死,委实只在一念之间。

谷缜不由暗暗叫苦:"倘若这样,岂不走路、吃饭、睡觉都要运气,走路吃饭还好,睡觉却很难办,莫非练了'周流六虚功',就再也不能睡觉做梦?倘若这样,还不如死了的好……"他越想越是沮丧,但仔细回想,当年跟随万归藏经商之时,老头子衣食住行一切如常,并非从不睡眠,足见这"周流六虚功"还有奥妙未能勘破。想到这儿,谷缜轻轻叹了口气,既为眼下处境烦恼,又佩服创此神通的前辈智慧高妙。

与真气僵持一夜,东方发白,谷缜仍是不敢动弹,但觉腰背酸麻,心力交瘁,不觉寻思:"他奶奶的,动也是死,不动也是死,与其躺着渴死饿死,还不如死得壮烈。"想着尝试起身,不料手脚一动,气血立时生变,八劲轮转,倏地生出一道真气,钻入"手太阴肺经",此时谷缜双手按地,那股真气经由手心"劳宫"穴传出,谷缜只嗅到一股焦味,手掌附近的败叶枯枝腾地燃烧起来。

谷缜大吃一惊,抬手滚开,这一分神,体内气机又变,一股真气从尾椎"鸠尾穴"涌出,身子四周平地生出一阵旋风,火借风势,骤然猛然,呼地一下,将谷缜包围起来。

谷缜心中明白,必是刚才一时不慎,传出的真气带有"风"、"火"二劲,引发大火。眼看那火势来得极快,须臾烧着衣裤,谷缜慌忙就地一滚,背靠一棵大树,疾转念头:"水能灭火,若能如刚才一般逼出水劲,或许能将这火扑灭。"当即强行催逼水劲,不料这么一来,大违"损强补弱"之道,八劲立时紊乱,在经脉中纵横乱走。

谷缜胸口窒闷,几欲吐血,只得断了以水克火的念头,站起身来,摇摇晃晃,躲避火势。谁知他身子甫动,一股真气便从足底"涌泉穴"涌出,地皮霎时一动,古树老根纷纷破土而出,缠的缠,绊的绊,谷缜猝不及防,踉跄跌倒,正想伸手扯断藤蔓,头顶陡然一热,一股真气涌出"百会",想是真气中带有"周流天劲",气贯发梢,满头长发活了也似,无不冲天而起,簌簌簌缠住上方一根树枝,谷缜下被树根藤绊住双脚,上被树枝缠住头发,进退不能,眼瞧那烈火烧将过来。

"周流六虚功"法用万物,本是盖世的神通,以往修炼者,比如梁思禽、万归藏,均是逐一修炼八劲,修炼时历经艰险,故而能够深悉"周流八劲"的变化,和合分散,驾驭自如。谷稹却是机缘巧合,一次得足八劲,仗着聪明巧悟参透玄机,使得八劲运转,不致"六虚毒"发,但对八种真气了解甚微,更遑论领悟其中的微妙变化。"周流八劲"性质奇特,有如猛兽,寄生人体之中,若不为人所驾驭,势必反制寄主。

谷稹当下情形正是如此,不能制服八劲,反为八劲所控制,一举一动,体内真气涌出,引发各种怪事。火势及身,热浪滚滚而来,烧着衣裤,肌肤灼痛,谷稹拼命挣扎,奈何足底根须、头上发丝,均是他本身发出,就如凭空多长出几只手脚来,只恨这些手脚不听使唤,反将主人困住,不使动弹。

正值绝望,头顶忽地传来冰凉晶沁之感,谷稹抬眼一瞧,头发缠绕的树枝上不知何时沁出点点水珠,顺着发丝源源流下,越流越多,越流越快,须臾间,淅沥沥竟如雨落泉涌,那棵大树则是眼见枯萎,青绿褪尽,露出枯死之色。

谷稹刻意运功,水劲不出,未曾动念,水劲却又不请自来,顺着发丝将树中水分吸出,引来甘霖下降,流遍谷稹全身,烈火近身,尽皆湿灭。谷稹通体冰凉,心中却是惊疑万分,但死里逃生,无暇多想,按捺心神,收纳八劲,真气有了归置,树根分散,头发垂落,谷稹一身湿漉漉的,使个懒驴打滚滚出火海,回头望去,烈焰腾腾,浓烟滚滚,须臾工夫,已有焚山燃林之势,谷稹吃过苦头,眼瞧着青烟烈火,竟然不敢动弹。

危急之时,忽听远处传来一阵呼声,隐约是"谷爷"二字,此起彼伏,俨然来者不少。谷稹闻声不胜惊喜,立时高声应道:"我在这儿……"叫了两声,忽见滚滚浓烟中奔来六道人影,定眼望去,来的依次是洪老爷、丁淮楚、张甲、刘乙,另外二人均配单刀,一个是山西大贾连仲则,擅使一口雁翎刀,另一人却很陌生,高鼻深目,不类中土人士,倒像混血胡种,双眸英华外烁,腰挎一口无鞘长刀,刀身狭长,透着暗红光芒。

六人见谷稹如此狼狈,均露讶色,洪老爷眼珠乱转,扫过四周,笑嘻嘻地道:"谷爷,你怎么变成这个样子?"他拿腔拿调,笑意莫测,谷稹本是一腔喜悦,见这神气,心头微微一沉,目光扫去,见那六人并无上前搀扶之意,反而有意无意站成半弧,将无火一方的去路尽皆堵死。

谷稹心中明白几分,一面凝神运转八劲,一面徐徐起身,笑道:"你们怎么来了？"丁淮楚手捋美髯,微笑道:"谷爷有难,小的怎敢不来?"谷缜笑道:"丁兄好义气,谷某眼拙,以前却没看得出来。"丁淮楚面肌抽搐几下,勉强笑道:"实不相瞒,我们几个这次前来,是想向谷爷借样东西。"

谷缜道:"什么东西?"丁淮楚与洪老爷对视一眼,笑道:"借你颈上人头,送给老主人,求他宽恕我等罪过。谷爷您一贯大方,想必不会拒绝罢。"谷缜听了,哈哈大笑,除那胡人,其他五人亦是大笑。林中笑声冲天,夹杂着野火烧树的噼啪之声,当真透着无比诡异。

原来苏闻香、燕未归看到陆渐、谷缜败走,慌忙转回灵翠峡,告知众商人,让其各自逃生。丁淮楚初时也很惊慌,但他号令两淮盐商,也不是寻常之辈,很快冷静下来,定心思量:自己跟随谷缜,早晚要受万归藏的清算,不但地位不保,性命也是堪忧,与其坐以待毙,不如积极进取,而今唯一之计便是戴罪立功,帮助万归藏杀掉谷缜,若能杀死谷缜,必能得到万归藏的信任,自己大可叱咤商海,屹立不倒。

丁淮楚主意已定,心想一人力薄,便与相好商人密议,很快得到洪老爷四人赞同,五人密议已定,向苏闻香询问陆、谷二人去向,苏闻香不知有诈,随口说了。五人怕陆渐厉害,又请来一名高手入伍,凑足六人,在深山中赶了一夜,远远看见火光,便出声叫唤,不料谷缜果真答应,六人喜出望外,急忙赶来。

谷缜笑了一阵,见迎面众人嘴里虽笑,眼里却是凶光毕露,当下止了笑,徐徐道:"丁淮楚,洪运昭、张季伦、刘克用、连仲则,我待你们一贯不薄,你们得有今日地位,靠得是谁?"

"当然靠的谷爷。"洪运昭笑嘻嘻地道,"谷爷对咱们恩重如山,大伙儿铭刻在心,不敢或忘。唉,可惜今日地位难得,没有谷爷的人头,万万不能保全。谷爷一贯待我们不薄,不妨好事做到底,送佛上西天。将来小洪我一定给谷爷设一台上好香案,日日燃香告祝,保佑谷爷早日超生,来世和今世一样威风。"他阴阳怪气,一边说,一边咯咯怪笑,眉间尽是讥讽之色。

谷缜往日驭下甚严,众商人受制于一个少年,心中本就不服,无奈对手机智百出,多次挑战败北,唯有死心隐忍,今日眼见谷缜落难,从心底里均感快意,听洪运昭这么一说,纷纷大笑起来。

谷缜心知大势已去,不由暗暗叹了口气:"戚将军说得对,以利相交,有利则战,利尽则散,有利之时,这群人自甘轻贱,任我驱使,一旦无利,立时翻脸相向。唉，谷某死则死矣，死在这群白眼狼手里，真是叫人气闷。"

丁淮楚为人枭果狠辣，见火势甚大，蓦地沉喝道："说够了，动手吧。"软剑一抖，刷地刺向谷缜，剑尖未至，一口雁翎刀从旁挑来，当的一声，刀剑相交，只听连仲则吃吃笑道："丁爷，砍头应当用刀，用剑作甚？"

丁淮楚脸色微沉："事先说好，大伙儿一起立功，你想独揽功劳么？"连仲则笑道："独揽不敢，但有一样物事还没说清。"众人互相对视，洪运昭道："你说的是财神指环。"

连仲则道："是啊，谷爷死了，这东西归谁。"丁淮楚道："外人不知究竟，你我还不明白？财神指环只是老主人的信物，老主人不认可，这指环不过是一枚寻常戒指，全然无用。"连仲则笑道："既然无用，不如交给连某，做个留念。"

"留你妈的念。"张季伦森然道，"姓连的，你别当大伙儿都是蠢材，财神指环要是没用，你拿了作甚？我看你是想拿去讨好西财神，谷爷一死，下位指环主人非她莫属。"

连仲则笑而不语，单刀却不挪开。丁淮楚眼露凶光，软剑发出嗡嗡颤响。洪运昭见状忙道："二位且慢，杀人分赃，谷爷的人头大家有份，谷爷的宝贝也该平分，万莫为此伤了和气……"目光一转，忽地笑道，"看吧，谷爷要逃了呢。"

众人一听，转眼望去，但见谷缜跳将起来，转身奔向火中。原来他趁着内讧，看清形势，而今三面受敌，唯独火烧一面无遮无拦，所谓"置之死地而后生"，火势越大，越好逃生，当即不顾体内真气乱窜，径向火中奔去。

众商人见他直奔火海，微感意外，这几人无不狡猾多智，只一霎，便明白谷缜的心思，立时放弃争执，纵身赶来，洪运昭看似肥胖，跑起来却是比风还快，当先赶上，抖起流星锤，喝一声："疾！"那锤去如长电曳地，画出明晃晃一道精光，到了谷缜身后，去势变衰，将要落地，这时洪运昭手腕一抖，那锤活了也似，呛啷啷圈转过来，在谷缜左踝缠了两匝。

"给老爷趴下。"洪运昭大喝一声。谷缜体内真气乱走，自顾不暇，脚下大力一至，应声扑倒，就在这时，丹田嗖地分出一道真气，疾传到踝，锤链与脚踝间蓝光迸出，洪运昭虎口一阵酥麻，经臂肘直传到胸口，心尖儿也痛麻起来，不由得大叫一声，丢开铁链，重重坐倒在地。

原来生死关头，谷缜体内的"周流电劲"涌将出来，锤链为精铜所铸，传递电劲十分方便，洪运昭武艺不弱，但平素为酒色熏陶，内功早已荒废，怎受得如此电击，当即浑身麻痹，几乎昏死过去。

众人见了无不惊奇，谷缜却不知到底发生何事，但觉足踝上铁链松弛，当即双手撑地，便想爬起。丁淮楚长笑一声，箭步赶到，软剑如毒蛇吐信，嗤地一声，正中谷缜后背。

谷缜后心一凉，剧痛难当，不料剑方及身，一股沛然之气势如闪电，忽地流遍全身。丁淮楚本以为这一剑定能将谷缜钉死在地，哪想剑尖入体，如中岩石，剑身曲如弯弓，难以寸进。丁淮楚哎呀一声，心道："不好，这厮练了横练功夫？"

谷缜自道必死，谁知对方软剑竟然不能刺入，此时情急拼命，不及多想，反手一把抓向丁淮楚。丁淮楚剑刺不入，正自震骇，一不留神，被谷缜抓住手腕，丁淮楚方要挣扎，忽觉一股沛然真气从谷缜手心钻入体内，霎时肩臂剧痛，骨骼乱响，一霎那的工夫，半身骨骼竟然节节寸断。

原来谷缜此时"周流山劲"灌注全身，浑身有如岩石，刀枪难入，比起寻常横练功夫还要神妙。抑且这股"周流山劲"并非只能防守，发出体外，亦能分裂顽石，加于人体，则能碎断人骨，谷缜胡乱一抓，山劲从手心涌入丁淮楚体内，将他半身骨骼一起震断。

这断骨之痛超乎想象，丁淮楚嘶声惨叫，软剑撒手，身子软答答如一条死蛇，被谷缜抓在手里，恰遇连仲则一刀劈来，丁淮楚挡在谷缜身前，刀光一转，竟被拦腰截断。

血流遍地，脏腑横流，丁淮楚尚未就死，惨嚎声越发凄厉。谷缜见此惨状，也是一愣。身旁张季伦见他发呆，自觉有机可乘，挺枪而出，噗地刺中谷缜左胁。

谷缜体内山劲鼓荡，这一枪自然无法刺入。张季伦的枪法叫做"六龙回首枪"，他在这对银枪上浸淫已久，应变奇速，右枪不入，左枪抖出，直奔谷缜面门，谷缜仰首避过，左手却攥住了张季伦的右手枪。

那枪杆看来银灿灿，光闪闪，其实并非金铁，而是白蜡木杆涂了一层银漆，坚韧无比。谷缜一拧不断，体内透出一股灼热真气，银枪蓦地火光迸闪，连缨带杆燃烧起来，火随劲走，一股火线去如疾电，烧到张季伦虎口，顺手上行，张季伦半幅衣衫腾地燃烧起来。

如此咄咄怪事,张季伦生平未遇,狼狈间,左手枪不及变招,又被谷缜捉住,一股逆风顺着枪杆涌来,火被风激,炎焰更张,张季伦遍身着火,竟成一个火人,哪还顾得着使枪杀人,只是惨叫一声,撒了枪杆,满地乱滚。

刘克用本随其后,见这情形,不禁吓得呆了,忽见谷缜舞着燃烧双枪扑了过来,不知怎的勇气尽失,大叫一声,丢了双枪,转身便逃。洪运昭惨遭电击,这时刚刚缓过一口气,见势哪敢落后,手脚并用,紧随刘克用身后,他肥硕如狗熊,逃起命来,却是狡如狐,捷如兔,和刘克用一前一后,赛跑比快。

连仲则胆气稍强,但也心中惶惑,色厉内荏,瞪眼喝道:"好妖术。"边叫边将雁鳞刀舞起一团刀花,护住全身,嘴里连叫"好妖术",刀风在谷缜身前掠来掠去,却不敢当真劈出一刀。

谷缜连退强敌,体内痛苦却没减弱半分,体内真气强弱忽易,变化极快,吓走刘克用之后,谷缜再也不敢动弹,靠着一棵大树低眉垂目,凝神调理体内真气。

那挎刀胡人本来自重身份,不愿恃众围攻,始终冷眼旁观,这时忽地开口说道:"连师弟,你且退开。"

连仲则反身后跃,刀横胸前,涩声道:"裴师兄当心,这厮会妖术。"

"你懂什么。"那胡人冷冷道,"他的路数来自帝之下都,西城高手,我久欲一会,可惜总无机会,今日得见,那是很好。"当下抬起手来,慢慢握住刀把,凝注谷缜道:"在下和田裴玉关,领教足下高招。"

谷缜闻言一惊:"'百日无光'裴玉关是西域第一刀客,和姚大美人的老爹姚江寒齐名,但此人从来不履中土,今日来做什么?"

原来连仲则酷爱刀法,早年游商西域,拜在裴玉关师父门下,和他有师兄弟之谊。日前邀请裴玉关到中土游玩,恰好裴玉关久在西域,收到请柬,也动游兴,便来中土看望师弟,到了山西,听说"临江斗宝"的趣事,便来观摩,但因本身不是中土商人,不便就近观看,只在远处眺望。连仲则此次要害谷缜,怕陆渐在侧,不易对付,便邀这位师兄助拳。裴玉关听了他们的主意,心中不以为然,但他见过陆渐神通,心中佩服,颇想与之一会,便是不胜,也可增进修为,是故答应连仲则同来。他看重师门情谊,虽不助纣为虐,见众人围攻谷缜,却也不加干涉,直到一众奸商死伤逃窜,方觉古怪,只怕师弟吃亏,挺身而出。

谷缜调理真气到了紧要关头,耳中听到,嘴里却不好吐气开声,裴玉关通名之后,见谷缜垂目如故,一言不发,不知他体内天翻地覆,无暇出声,还只当他自负神通,倨傲无礼,心中微微有气,高叫道:"那么恕裴某无礼了。"

话音未落,那口狭窄长刀红光剧盛,势如匹练,向谷缜迎面泻落,声势煊赫,比起五名奸商,真有天壤之别。

谷缜如此关头遇如此高手,别说内气纷纭,就算平素安好,也挡不住如此刀法。裴玉关所以号称"百日无光",正因为其刀法煊赫凌厉,气势盛大,此番又忌惮谷缜神通奇诡,蓄势而发,故而刀锋未至,灼热刀气已然奔流而来。

决 战

谷缜欲逼真气迎敌，不料体内真气自行其事，不受掌控，反而东西流窜，令他动弹不得。谷缜空有一身真气，不能使出，比起常人尤为不如，眼见血红刀光逼近，计穷势尽，正要闭眼受死，不料刀气及体的当儿，体内纵横乱走的八道真气陡然内缩，倏忽一转，生出一股气劲，向外吐出，刹那间谷缜衣袍鼓荡，浑身一轻，足不抬，手不动，凌虚驭风，飘然后退。

这一退全由真气操纵，决非出自谷缜本意，故而举动十分突兀，裴玉关料想不到，一刀落空，但这一刀原本凌厉，谷缜避开刀锋，却避不开刀上之气。裴玉关的"炎阳刀"乃内家刀法，丈许外发刀，刀气所至，能一下破开三张羊皮，抑且刀气炎烈，能令第一张羊皮无火自燃。谷缜胸腹为刀气劈中，那股灼热劲气凶悍绝伦，破开护体山劲，直透内腑。谷缜喉头一甜，一口血涌到嘴边，就在此时，体内八劲忽地转动。要知道，天下任何内力真气，无一能够脱出"周流八劲"的樊篱，裴玉关刀上炎劲与火相通，一入谷缜体内，便被纳入周流火劲，如此火劲增强，水劲变弱，霎时间强弱互易，水火相济，谷缜体内气机又归平衡，便是胸腹肌肤，中刀之初灼痛无比，又红又肿，八劲一转，立时血色转淡，疼痛全无了。

裴玉关一刀无功，心中大凛，他不知谷缜体内变化，直觉此人委实艺高胆大，刀将及身，方才退走，但如此做派，又分明是看不起自己，想到这里，心中大怒，呔的一声，纵身赶上，又是一刀向谷缜劈落，这一刀比起前一刀尤为迅捷，谷缜飘退不及，刀锋正中肩头，那口"朝阳刀"乃是宝刀，山劲护体也难抵挡，刀切入体，尚未深入，谷缜身子忽转，肩头肌肉收缩，裴玉关手底一滑,刀锋偏转,竟从谷缜肩头滑了过去。

裴玉关不知这一下乃是"周流泽劲"的妙用,心中不胜骇异。要知道泽劲加身,滑如泥鳅活鲤,能卸各种内劲兵刃,与山劲刚柔并济,乃是天下第一等的护体神通。裴玉关却只当谷缜有意玩敌,既惊且怒,更隐隐生出几分忌惮,不敢锐意强攻,刀法内敛,攻中带守,带起如山刀影,滚滚向前。

谷缜被周流八劲所胁持,趋退进止,不由自主,忽而袖袍鼓荡,忽而头发竖起,忽而身如大鸟,纵横飞舞,又似蝴蝶翩翩,上下游弋。裴玉关刀势虽强,却每每差之毫厘,无法伤敌,炎阳刀气,尽被谷缜八劲化解,有时更有电劲传来,激得裴玉关半身酥麻,若非内功了得,几乎不能抗拒。

两人翻翻滚滚,不知不觉斗入山火之中,火焰遮天,浓烟滚滚,伸手不辨五指,谷缜身处火海,一举一动全凭真气指引,刀来即退,火来则避,旋风绕身,将火焰浓烟呼呼荡开,反向裴玉关卷去。烟火齐至,裴玉关被熏得双目流泪,睁不开眼,只凭触觉挥刀应敌,火烧衣裤,更是灼痛难忍,唯有挥刀乱舞,拼命劈开烟火。

斗到此时,谷缜略有所悟,原来周流八劲并非无知真气,而是八件活物,能够自思自想。其中道理,就好比道家常说的"元婴"。道家典籍常常提到:修道之人抽铅添汞,转阳补阴,修炼已久,能将浑身精血神气炼成"元婴",与自身精神相通,传说"元婴"练成,能够离体外出,遨游天地,这传说固然夸大,却由此可知,"元婴"并非无知之物,本身亦有神识。谷缜当时为求保命,悟出"损强补弱"的奥秘,与道家的"抽铅添汞、转阳补阴"十分相近,只不过道家真气只限阴阳二气,"周流六虚功"却有八气,但阴阳生八卦,气机不同,本源相近,均与天道吻合。谷缜调和八劲,令其上合天道,自在有灵,不知不觉,八种真气就如人体气血盈亏一般,自成循环,与道家"元婴"相差无几。

因为道家"元婴"是主人自己练成,从小而大,自然驯服。谷缜体内八劲却是先得至万归藏,再经陆渐真气滋养,并非谷缜本身真气,就好比一个收养来的野孩子,收养之初,多半野气未泯,桀骜难驯,又因为它自在有灵,不似人类那么清醒明白,行事懵懂,敌我不分,总爱与宿主为敌,虽然如此,它生存世间,却又是因为谷缜,谷缜一死,八劲立时消散,故而谷缜一旦有难,八劲为求自保,立时不再乱走,一致对外,护主御敌。

"周流六虚功"天下无敌,岂是裴玉关所能抵挡,只因为八劲所生"元婴"成胎不久,灵智未开,尚未与谷缜精神相通,不能发挥全部威力,饶是如此,八劲遇强越强,攻敌不足,自保有余,几乎立于不败之地。

谷缜隐约悟到这个道理,心知自己处境越是危险,越能激发八劲威能。于是将心一横,索性故意冲向刀光烟火,一时间风劲鼓动,火劲纵横,山泽护体,电劲游离,裴玉关身周烟更浓,火更盛,电劲时来,树根拱起。裴玉关汗透重衣,须发焦枯,加之风劲鼓火,火焰四来,眼前红光一片,全不见谷缜的影子,裴玉关一不留神,被下方树根绊住,摔了一跤,炎风炙气灼灼涌来,身子顿时燃烧起来。

谷缜此时激发八劲,渐有心得,先抓一块大石头,激起天劲,让自己挂在树梢,处高望远,下方情形一目了然,见状举起大石,对准裴玉关狠狠掷下。裴玉关忙乱中躲闪不开,后背挨了重重一击,一口鲜血涌到喉间。他心知再若恋战,性命不保,当即低头狂奔,向火海之外奔去。谷缜见状,故意将身子晃荡起来,双脚在身后树干上奋力一蹬,忽如陨石穿空,射将出去,砰地撞中一棵树木,那树早被烧得焦枯,谷缜这一撞,不但有风劲晃荡之势,更有山劲护体之威,有如一块巨石,将那树木拦腰撞断。

火树就在裴玉关身后,裴玉关觉出风声,急舞长刀,将那火树劈成两段,树冠抛在半空,复又下落,裴玉关未及,正被砸中后背,身如纸鸢,扑出两丈有余,落地时一个懒驴打滚,滚出两丈,勉强脱出火场。

连仲则远远瞧见,慌忙赶上,但见裴玉关浑身焦黑,几乎不成人形,方才站直,便吐出一大口黑血,哑声道:"快逃。"说着两眼上翻,昏死过去。

连仲则见他如此刀法,尚且落到这步田地,只吓得面如土色,扶着裴玉关疾疾如脱笼之鸟,茫茫似漏网之鱼,一阵风钻入山中林莽,再无踪迹。

谷缜钻出火海,亦觉疲乏如死,四肢百骸散架也似,身上刀枪伤口、火灼之处疼痛难忍,而且经过这一番激战,体内八劲消耗极大,变细变弱,疲不能兴,也由此不再捣乱作怪,让谷缜暂时能够行动自如。

扫视斗场,丁淮楚惨遭腰斩,早已死透,张季伦被烧了个半死,尚有神志,见谷缜钻出火海,魂飞魄散,手脚并用,想要爬走。谷缜喝道:"就这么走了吗?"张季伦吓得转过身来,哭丧着脸道:"谷爷饶命,小人鬼迷心窍,听了丁淮楚的鬼话,真是罪该万死。说来说去,都是姓丁的不好,谷爷你也知道,他一张巧嘴最能哄人,也怪小的糊涂,一念之差,竟然信了他,姓丁的……"

谷缜听得好笑,说道:"你是拿准了丁准楚死无对证,不能跟你理论么?"张季伦噎了噎,支吾道:"本来就是姓丁的……"

谷缜见他神情,心头微微一酸,寻思来的这五人,均是自己一手提拔,最为信任,不料今日来害自己的也是他们。想到这里,不胜伤感,挥手道:"罢了,你滚吧,告诉那些想杀谷某的,谷某人头在此,只管来取。"

张季伦不料竟得释放,喜出望外,连道:"不敢。"咚咚咚磕了三个响头,站起来跟跟跄跄向远处去了。

谷缜目睹张季伦背影消失,避开火势,蹒跚趟过一道溪水,来到一座小谷,谷中林秀风清,时值晚夏,风吹衰叶,飒飒飒如响天籁。一条清溪潺潺流淌,将火头隔在对岸,熊熊火光,仿佛将那溪水也烧着了,殷红如血。

谷缜久在火中,口舌干燥,俯身饱饮溪水,靠着一块山石坐下,但觉筋骨酸痛,金疮难忍,呼出的空气也是火辣辣的,仿佛在火中吸入太多炎气,将肺也烧着了,此时唯一心愿,便是一头栽倒,三天三夜也不要醒。

念头方动,体内真气蠢蠢欲动,谷缜凝神内照,周流八劲缓过气来,一反颓势,复又慢慢流动起来。谷缜心知这八道真气一旦失了控制,势必又成祸患,自己一入梦,真气失驭,立时变成要命的毒气。换作他人,困倦至此,难免听之任之,但谷缜经历九幽绝狱,越到生死关头,越显出坚毅心志,明白当下处境,将心一横:"你姥姥的臭真气,老子跟你们卯上了,不是你死,就是我亡。"抖擞精神,极力驱走困意,存意运气,损强补弱。

困意如潮,汹涌而至,身子若有千斤,沉重无比。谷缜蓦然发觉,这困意一来,竟堪比世间任何刑罚还要厉害,欲睡不能,还不如就此死了。但越是艰难,他心志越是坚韧,几度神志迷糊,又几度挣扎清醒。这一次,已不是与八劲较量,而是与自身为敌,其中的艰辛苦楚,无法以言语形容。

时光流逝,如点如滴,在谷缜感觉之中更是慢得出奇,一时半会儿,均是度日如年月。

日颓月升,斗转星移,玉兔西去,金乌跃起,一日一夜终于去尽,晨光如水,沐浴身心。这时间,谷缜脑海里电光一闪,生出一线明悟,忽觉身子发轻,俨然神魂离体,悠悠荡荡浮在半空,肉体早无知觉,此时却生奇异之感,仿佛在旭日照射下,血肉化尽,渐转透明,最后只余一团轻烟,缥缥缈缈,浑然不在人世。

"我已死了吗?"这念头刚刚生起,谷缜心底深处忽地生出一股极大喜悦,仿佛万物回春,生机跌宕,这奇妙之感并非出自谷缜本意,更不知从何而来。

喜悦之情越发强烈,如一股暖流,从心田生发,涌向全身,溶溶泄泄,重重叠叠,纵情鼓荡,从每一根汗毛里喷薄而出,浑身上下麻酥酥,酸溜溜,奇痒奇胀,蓦然间,一股真气浩如洪流,在胸臆间一转,直冲口鼻。

谷缜不由得纵声长啸,啸声如洪流浩波,冲决而上,开云霁雾,万林皆振,十里可闻,林中百鸟尽飞,山谷千兽雌服。

足足啸了大半个时辰,那股真气才算宣泄殆尽,浑身喜悦之情却不因此散去,沛沛洋洋,充盈身心。谷缜一跃而起,只觉遍体皆爽,浑身轻快,体内八劲随他一呼一吸,强弱互补,自在有灵,再也无须刻意引导,其中的变化生发,就如呼吸吐纳、血气升降一般自然。

谷缜心知周流八劲到此之时,终于降伏于己,不由得喜不自胜。他尝试逼出八劲,不料劲到四肢,即又缩回,谷缜略一思索,隐约明白:八劲虽能自洽,但要逼出伤人仍不能够,此番履险如夷,几死还生,终于消除体内祸胎,如此难关尚且难不住自己,将来周流六虚,法用万物,也是指日可待了。

一念及此,谷缜心中百感交集,不曾想这西城神通,竟被自己这东岛少主凑巧练成,天意难测,莫过于此。

感慨一阵,举目望去,溪流对岸山火已灭,丝丝余烟缭绕山谷,如烟如云,徘徊不去,俯身望去,溪水清莹若空,水底卵石五彩斑斓,清楚可见。粼粼波光映出自身容貌,披头散发,须眉焦枯,满面墨黑如炭,浑如一个乞丐,哪还有半点风神隽秀的样子。

谷缜瞧得哑然失笑,他生性好洁,就着溪水洗尽尘泥,身上的金疮火伤不知为何,短短时光,竟已愈合,仅留淡淡红痕,谷缜寻思:"地部主生,'周流土劲'有生长万物的奇功,必是土劲生发,治好伤势。"想到这里,顺手扯了一根青藤,挽起乌黑长发,略整衣衫,向着谷外走去。

行了一程,来到一座山坡,忽听有人高叫道:"谷爷。"转头望去,数十人披甲持刀,如飞赶来。谷缜识得来的都是中土豪商,为首的正是桐城赵守真,心中一凛,双手按腰,扬声道:"赵守真,你也来取我的人头吗?"

他立在山坡之上,衣不蔽体,仍有一股逼人气势。赵守真奔到坡前,闻声一愣,扑地跪倒,颤声道:"谷爷,你说什么话,你为江南百姓不顾性命,

宁可与老主人为敌，这分气量胸怀，赵某打心底里佩服，只恨武艺低微，不能相助，又岂敢动谋害谷爷的心思？"

众商人也纷纷跪倒，谷缜注视赵守真，见他说话时情动于衷，绝非虚伪，便问道："此话当真？"赵守真道："绝无二话，得知谷爷和陆爷消息，我们始终在灵翠峡等候，后来蓝远北碰到张季伦，见他受了火伤，浑身溃烂，逼问缘由，才知道他们暗害谷爷不成，反吃大亏。蓝兄回来禀报，我们立马出动，一路搜寻，天幸谷爷无恙，真叫人松一口气。"

谷缜神色稍缓，忽见三名商人手中提着人头，便问道："那是谁？"三人捧上，谷缜定睛一看，依次是张季伦、洪远昭、刘克用。赵守真恨声道："这三个贼子背信弃义，正巧被我们碰上，自然不能放过。"

谷缜心中叹息，这几人虽然叛出，他却并无杀害之意，本想将来有隙，夺其财权便罢，不想竟落得如此下场，沉默一阵，说道："谷某此次对手强劲，诸位家大业大，与我为伍，胜了还罢，倘若输了，难免家破人亡，你们就不怕吗？"众人慨然应道："不怕。"

谷缜心头一热，目光扫过众人，粗粗一数，来人不足三十，便问道："其他人呢？"赵守真黯然道："他们怕受牵连，尽都走了。"谷缜点头道："走了也好。"口中如此说，心中却是不胜感慨："戚将军说得好，以利相交，利尽则散，两百人散了大半，剩下的人慕我道义，不怕毁家灭族，情愿誓死跟随，果然兵以义动，道义为先。"

当日在东阳江谈论兵法，谷缜落了下风，嘴上不说，心里并不服气，直到今日，方才对戚继光心服口服，终此一生，再无二辞。

谷缜又问道："可有陆渐的消息么？"赵守真道："尚无消息，苏先生他们寻找去了。"谷缜寻思："陆渐落到万归藏手里，凶险莫测，只盼上天垂怜，让我兄弟终有重逢之日。"想着神色黯然，又问道："可有戚将军的消息？"

"有。"赵守真面露愁容，"戚将军攻破九江粮仓，将粮食上船，顺长江东下，但昨日午时被敌人水陆并至，截在安庆，胜负成败，尚未可知。"

谷缜微一沉吟，忽地高声叫道："人生在世，莫不一死，死则死矣，却有轻重之分。如今东南半壁哀鸿遍野，千万饥民嗷嗷待哺，解此大难，非得拼死一战。戚将军独当强寇，形势危急，我等纵为商贾，大义之前又岂能坐视。诸位同仁，可愿与我共赴此难吗？"

众商人听得这话,悲壮之气充塞胸臆,纷纷叫道:"但听谷爷支使。"

"好。"谷缜道,"咱们立马动身。"说罢大步流星,奔走在前,众商贾挺枪带刀,紧随其后。赶到灵翠峡附近,众商人所带的忠诚健仆、贴心护卫渐次加入,人数增至百人,这一行人多财善贾,手眼通天,沿途竟然忙里偷闲,做起生意,购买马匹粮草、精甲弓箭,更有人从乡团手里买来三尊铁炮,用马车托拽随军,抑且不断招纳故旧乡勇加入,赶到长江边上,人数已然增至三百。

谷缜见人马纷纭,甲胄驳杂,前呼后拥,殆不成军,心想大战起来,势必难分敌我,便命蓝远北乘快马买来数十匹白布,撕裂成条,裹头系颈,一来分别敌我,二来以示慷慨悲壮,有去无回。又将人马分为二十旗,每旗十五人,挑出有统率之能的商人二十人,一人统领一旗,十旗为一哨,由赵守真、蓝远北各领一哨,赵、蓝二人则听命谷缜。

大队人马沿江东下,次日凌晨,抵达战场,遥遥便听见炮火齐鸣,厮杀震天,火光烛天,映得千里长空紫红一片。

谷缜心头一喜:"既有喊杀,便是胜负未分。"眼看长途跋涉,众人疲惫,即命就地休整,又选机警的作为斥候,窥望敌人虚实。

不多时,斥候回来告知战况。原来对方中了谷缜声东击西之计,大半人马汇集到灵翠峡附近,九江粮仓的守卫甚是薄弱,戚继光疾如星火,赶到九江,以雷霆之势将镇守粮仓的群寇殄灭,此时谷缜所遣粮船亦到,载粮上船,顺江东下。行走不远,仇石派来的前锋陆续抵达,与义乌兵遭遇,戚继光转斗向前,所向无敌。不料匪寇越来越多,水陆并发,戚继光还未抵达安庆,仇石率领大批贼军掩至,满山遍野,不下数万,艾伊丝的魔龙号也随后赶到,西洋火炮威力惊人,一舰横江,千帆不过。

戚继光见势不对,当机立断,依山扎营,在向水一方以数千粮船结成环形水寨,架设铁炮,抵挡魔龙号,陆上则深沟高垒,与仇石相拒。鸳鸯阵犀利无比,一连两阵,杀得贼军溃不成军。仇石恼羞成怒,抓来附近百姓,炼成数百水鬼,结成水魂之阵,突入戚军。

义乌兵猝不及防,伤亡颇多,所幸平时训练严整,临危不乱,稍一退却,即又稳住阵脚。戚继光目光如炬,很快看出水魂之阵的破绽,下令十个小鸳鸯阵抱成一团,将狼筅舞得风雨不透,结成竹阵,竹阵后以百面小盾联结成墙,如此一来,水鬼发出的水箭受阻,不能射入,威力先减了一半,戚继光又派弓弩手与鸟铳阵埋伏盾后,连绵射击,射得水鬼东倒西歪,精气涣散,不能聚力射毒,这时鸳鸯阵再翻滚上前,以狼筅将水鬼一举扫灭。

仇石奇阵被破,惊怒欲狂,凭借水部神通突入戚军,连杀军士,戚继光见他骁勇难制,命王如龙率三支鸳鸯阵,结成三才之势,上前抵挡。王如龙得陆渐指点,"巨灵玄功"精进不小,此时更挟鸳鸯阵之威,狼筅舞开,水绝雾散,仇石神通在水,水雾不能连续,威力大减,斗了几次,只好悻悻后退。

仇、艾二人水陆齐施,使尽解数,戚继光料敌先机,应变无穷,以寡敌众,不落下风。大战两天两夜,戚家军水陆二寨巍然不动,四省盗贼死伤惨重,没有占到半点便宜。

谷缜得知消息,寻思:"瞧眼下情形,万归藏并未来此,若不然,以他一人智力,必能改换战局。"想到万归藏的行踪,陆渐身影也幽幽浮起,谷缜抬起头来,只见东方一点启明孤星,无声闪烁,不觉眼眶一热,忽地收拾心情,站起身来,号令人马衔枚,悄然而进,沿途虽然遇上几个盗贼守卫,均是或擒或杀,不曾走漏一个。

谷缜曾随万归藏经商,对长江沿岸了如指掌,此地亦不例外,曙色微露之时,率众登上一处高坡,乘高俯视,江水沉沉,嵌在群山峻岭之中,东流尽头现出微微红光,旭日将起,山河大地蒙上一层血色,岸边舰船吃水甚深,围成水寨,水寨下流处隐隐可见一个庞然黑影,伴随隆隆炮响,迸出千百火光,水寨中亦是火舌吞吐,炮响不绝,谷缜听出是佛朗机火炮的声音,不觉忖道:"戚兄连水师也带来了?"瞧罢形势,他心念数转,下令众人下马,折来树枝,拴在马尾之后,然后人马伏在草木之中,不许乱动。众人视死如归,盼早盼晚,只盼赶到战场,厮杀一场,死而无憾,闻令好不失望,只是军令如山,不敢违抗。

谷缜这边按兵不动,那边厮杀已到紧要关头。原来戚家军颠簸不破,仇石久战无功,与艾伊丝合计,凭借人多,使用"疲兵法",将人马分做左、中、右三营,轮流攻打,不让戚军稍有休息之机,从而士卒疲惫,自然溃败。

戚继光猜到对方计谋,无奈敌众我寡,苦战连日,已将兵力用到极致,他寻思与其坐以待毙,不如主动与之决战。待到黎明时分,趁着夜浓星稀,饱飨士卒,全军空寨而出,直冲右营,只一阵便将右营贼军击溃,兵锋陡转,再冲中营,这时仇石缓过气来,调集中、左两营人马,势成犄角,拼死抵御,"魔龙号"闻风逆流而上,炮击水寨粮船,迫使戚继光分兵镇守。

两军生死大战，险象环生，身在阵中尚且不觉，谷缜一行从高坡上俯视，无不色变心跳，呼吸艰难。

三千戚军结成一个鸳鸯巨阵，五行相生，四面拒敌，密密层层，甲仗鲜明。一色精铁铠衣，曙色中寒光迸射，浑如一体，极似一座钢铁巨碾，在贼军阵中滚来荡去，分合自如，狼筅尤为长大醒目，按陆渐所传六式横纵挑击，斗到激烈处，碧涛千叠，翠障万重，在蒙蒙曙色中起伏跌宕，蔚为壮观。

贼军衣甲驳杂，武器林林总总，人数既多，武艺也自不弱，只是部伍散乱，各自为战，一旦陷入鸳鸯阵中，往往有进无出。

忽而咚咚咚战鼓雷动，号角冲天，划破东方曙色，戚军阵后抖出一面赤红大旗，迎着江风猎猎飞扬，居中绣了一个斗大的"戚"字。戚继光立马旗下，长剑东指，旌旗东向，战鼓声越发震响，军阵随声向东，东边正是贼军最为薄弱之处，一冲之下，立时溃散。戚继光长剑南指，旌旗向前，戚军阵势回转，两支鸳鸯阵绕到南方贼军身后，与阵前戚军势成三才，前后夹击。贼军背腹受敌，呼爹叫娘，阵势大溃，竞相逃命，有的人甚至慌不择路，跳入江中，被戚军水寨一阵乱箭射死，血水咕嘟嘟涌上来，染红大片江水。

这时一声怪啸，啸声悠长，压住满场厮杀。仇石羽衣飞扬，如一道黑电从南面山坡冲下，身旁数百人目光呆滞，举止怪异，左脚先迈，右脚再拖，虽然步法古怪，却是动如飘风，迅快绝伦。

戚继光见状，左剑下垂，右手擎起一面杏黄令旗，当风展开，号角长鸣，戚军阵势变化，数百军士回身向后，二十余人抖开狼筅，结成竹阵，搅起团团旋风，呼呼向前，前方水鬼被狼筅一逼，纷纷后仰，口中水箭白亮亮向上喷吐，有如千百喷泉。

水鬼被竹阵顶得东倒西歪，戚军阵势忽开，数十刀牌手滚将出来，钢刀飘雪，贴地乱斫，水鬼腿脚尽断，纷纷跌倒，但其中了水毒，浑无痛觉，双腿虽断，兀自用手爬行，口中发出嗬嗬怪叫，刺耳惊心。

仇石发出一声怒啸，后方水鬼左右涌至，刀牌手却已滚回阵内，水鬼追敌不成，反被竹阵顶住拉扯，纷纷倒地。鸳鸯阵势如飞鸟展翅，合而再分，露出若干缝隙，铳声激啸，射出无数铅丸。水鬼中弹，醉人般摇摇晃晃，中弹创口并不流血，却是流出汨汨清水，继而皮松肉塌，委顿下去，枪弹方绝，弩箭又出，连绵不尽，将水魂之阵紧紧逼住了，令这凶残阵势难以寸进。

仇石神通惊人,方圆二十丈内,能够同时掌控两百多名水鬼,眼见前方水鬼倒地,怪啸一声,飞奔而出,身周雾气汹涌,许多正在逃命的盗贼被那毒雾一裹,顿时面容呆滞,化为水鬼。众盗贼见状魂不附体,均知变成水鬼比死还惨,立时断了逃跑的念头,纷纷转身,拼死苦战,有道是一夫拼命,万夫莫敌,一瞬工夫,竟将鸳鸯阵攻势遏住。

仇石则将身周水鬼当做一面血肉盾牌,肆意猛冲,旧鬼一死,又虏新鬼,是故两百水鬼随灭随补,始终人数不减。戚军纵然勇猛,却是血肉之躯,经历数日苦战,疲乏不堪,被水魂阵反复冲击,渐渐支撑不住,一名狼筅手出筅稍慢,前方水鬼口唇忽张,一道水箭趁虚而入,正中筅手面门,狼筅手目光忽转呆滞,狼筅横扫,将身边同袍扫翻,随即喷出一股白亮涎沫,正中一个长枪手,那人神志陡失,反手一枪,将一名锐钯手钉死在地。

带头将官深知水魂之阵的厉害,即令后撤,想要后撤一步,再结竹阵。仇石得此机会,岂会放过,驱赶水鬼,嗬嗬怪叫,如风向前,霎时冲乱戚军阵脚。水箭乱飞,白光四射,又有多名官兵化身水鬼。水魂之阵势如破竹,深深锲入戚军阵中,眼看就要将戚军拦腰截断,步兵战斗,最重阵势,阵势一破,戚军战士各自为战,既有覆亡之虞。

情势急转直下,众商人乘高望见,无不心惊,蓝远北说道:"谷爷,再不出战,可要糟糕?"谷缜按辔不动,默默摇头,数百人凝注他面庞,见他眉头微皱,薄唇紧抿,目视山下战场,神情虽然专注,却无半分焦急之色。

号角长鸣,戚继光令旗再挥,忽有三支鸳鸯阵突上,挡住"水魂之阵"的阵锋,为首一人壮硕剽悍,一根狼筅舞得有如风车,镰刀割草一般,将迎面水鬼砍到一片。

"好个王如龙!"谷缜不由脱口称赞,定眼细看,只见王如龙举手投足,沉毅刚勇,隐约已有陆渐的影子,不觉心头暗叹:"陆渐若在,岂容这姓仇的妖人猖狂?"

王如龙一轮急攻,戚军趁机稳住阵脚,再结竹阵,将数百水鬼困在其中。黑影一闪,仇石奔出,直扑王如龙,身在半空,雾气聚而复散,散而复聚,身形隐而复现,现而复隐,直如云龙变化,难以测度。

王如龙和他几次交锋,深知那云雾之中杀机百出,急将狼筅舞开,向上乱捅,仇石有如腾云驾雾一般,身在空中,盘桓不下,借着狼筅劲风,筅进则进,筅退则退,身子一似粘在筅上,抑且不住晃身,每晃一次,便进数尺,晃得数晃,离王如龙已经不过丈许。王如龙心知被他欺入丈内,狼笑太长,必然转动不灵,当下大喝一声,奋起神力,左手舞动长竹,右手接过一面盾牌。

盾牌入手,眼前白光连闪,王如龙举盾一挡,当的一声,直如金铁交鸣,继而白水如珠,满天迸散。仇石水剑无功,身形挺进数尺,身周雾气倏尔转浓,急向王如龙涌去。王如龙双手不空,正觉难当,身后两杆长枪破空刺出,仇石大袖一拂,袖底各自射出股水剑,两名枪手胸口血涌,血渍须臾便有碗口大小。

王如龙目睹同袍惨死,双眼血红,弃了狼笑,贴地向前滚出。仇石见他撒了兵器,暗暗好笑,一拂袖,便要回身追杀,不料王如龙滚到半途,忽地探手,抓住狼笑前端,奋力抢出,呼的一声,竹竿如轮,横扫数丈。

王如龙倒使狼笑,出人意表,仇石情急闪身,仍被竹竿在足踝擦了一下,疼痛难禁,若无"无相水甲"护身,势必筋骨碎裂,当即忍住痛楚,借这一擦之力,横身飘出,顺手两掌,打死两名官兵,怪叫一声,方要再下辣手。但王如龙已然掉转狼笑,奋力杀至,身后枪盾刀箭树立如林。仇石错失杀死王如龙的良机,暗叫可惜,让开一轮鸟铳,双脚在一根狼笑上轻轻一点,飘然纵起,仿佛一只黑色大鹤,掠过人群,直奔那面帅旗。

王如龙心叫不好,喝声:"让开。"挺起狼笑,分开人群,追在仇石身后,长大毛竹向天乱刺,搅得云开雾散,风如龙卷。仇石凌空闪赚,无从借力,抵不住如此狂猛招式,十丈不到,便已落地,落地时飞起一脚,踢得一持枪军士口喷鲜血,仇石夺过长枪,怪叫一声,嗖地掷向戚继光。

戚继光眼疾手快,翻身落马,霎时血光迸现,骏马惨嘶,那一枪贯穿马颈,其势不止,喀嚓一声,又将那面戚字大旗拦腰刺断。众盗贼见了又惊又喜,齐声欢呼。

戚继光翻身站起,眼见王如龙率两支鸳鸯阵又将仇石围住,水魂之阵则被戚军阵势分割开来,众水鬼东倒西歪,非死即伤,戚军之外,盗贼军却是士气大增,四面急攻,双方战阵犬牙交错,厮杀惨烈无比。

这时忽听江上呼喊大作,炮声转急,戚继光掉头望去,魔龙号在旭日中金光耀眼,已然突入本军水寨,船上百炮齐鸣,火舌乱吐,粮船纷纷中炮沉没。魔龙号旁若无物,抢桨直进,笔直向着岸边驶来。戚继光心念数转,挥起令旗,鼓号齐鸣,戚军阵势应声分散,十一人一队,以鸳鸯阵各自为战。继而戚继光长啸一声,舞起长剑,率领亲兵,突入战团,戚军将士眼看统帅上阵,一股悲壮之气充满身心,各各抖擞精神,全力应敌,将鸳鸯阵的威力发挥至极。

魔龙号横冲直撞,驶到离岸百步,艾伊丝本意借火炮威力,轰击戚军战阵,不料戚继光临机应变,散开军阵,用鸳鸯阵混战,贼军与官军错综交织,敌我难分,魔龙号在江上纵横徘徊,竟然不知从何下手。

"谷爷。"赵守真焦躁起来,"再不出战,大势去也。"谷缜摇头道:"对方的伎俩还没有完。"赵守真道:"可是……"谷缜断然截口道:"再提出战,定斩不饶。"

他忽然申明军法,众商人面面相对,山坡上一时鸦雀无声,众人纷纷望着岸边激战,心如刀割。

又过数刻,仇石飘身后却,从怀里掏出一支火箭,向天打出,一道绚丽红光划破清晓。陡然间,南边山坳簌簌有声,立起千百贼军,个个甲胄精良,齐声狂啸,冲出山坳。

原来仇石料到戚继光被疲兵之术困扰,必来决战,是以挑出数百精锐,埋伏在山坳之中,待到双方力竭,突然杀出。

若是换了别的官兵,必然惊溃,但义乌兵训练极严,戚继光兵法如山,临阵之时,回头反顾者斩,故而将士上阵,均是一往无前,存了必死之心。此时伏兵突出,毫不慌乱,转动鸳鸯阵,斯杀如故,反倒贼军乍见伏兵,狂喜之余,不免松懈,被戚军趁乱奋击,杀伤惨重,鸳鸯阵斗转之间,忽而中分两仪,左右犄之,忽而应变三才,合而围之,敌人阵脚一动,立马三才归一,并而攻之。贼军伏兵虽多,一旦入阵,也被杀得七零八落,只有抗拒之能,决无反击之力。

赵守真远远看见,惊疑道:"谷爷,你说敌方伎俩没完,难道你知道还有伏兵?"谷缜笑笑,说道:"附近山林均有鸟雀起落,唯独那座山坳上方飞鸟盘旋,并不下落,足见下方必有古怪。"赵守真道:"那么谷爷就不怕伏兵突出,官兵溃败么?"

谷缜摇头道:"若是寻常军旅,必然望风而溃,但义乌兵是我亲眼看着练成,训练有素,器械精良,戚大将军更是古今罕有的将才。如此兵将,身处绝境之中,不但不会惊溃,反而会生出哀兵之气。哀兵必胜,正是这个道理。"

赵守真听得连连点头，谷缜忽道："赵兄，我们和义乌兵比起来如何？"赵守真苦笑道："那怎么比得？我们这群乌合之众，遇上这般情形，早就土崩瓦解。"

谷缜笑道："义乌兵有如老虎，老虎受伤，凶猛倍增，咱们乌合之众，做不得老虎，却能做马蜂。"赵守真怪道："马蜂？"谷缜道："这两军相争，就如两个壮汉摔跤，各将气力用到极点，胜负将分。这时候其中一人的后背突被马蜂蛰了一下，会有什么结果？"赵守真心领神会，笑道："自然是气散力消，大败亏输了。"

谷缜注视下方战场，乌黑眉毛向上一挑，说道："时候到了，今日这一折戏就叫做：戚老虎勇斗强敌，谷马蜂巧立大功。"说罢笑吟吟站起身来，挥手道："上马，放炮。"众商人求战心切，等这一句话早已多时，当即齐声应命，纷纷上马。

这时天色方晓，夜幕才消，西天残蔼散尽，东方红光弥空，茫茫大江凝火熔金，两岸山峦浮紫撃青，江山一如图画，蒙上一层震撼人心的色彩。

土炮火绳嗤嗤，对准贼军身后，顷刻连发三炮，火光与浓烟同出，铁屑与铅丸齐飞，六名贼军当即陨命。贼军猝然遭袭，晕头转向，阵势一阵大乱，回头望去，忽见西方山坡上尘土腾起数丈，冲天蔽日，烟尘中人马影影绰绰，蹄声急如闷雷，也不知来了几千几万。

谷缜军中多是商人百姓，不精骑术，乘高冲下，若干人冲到半途，坠马翻倒。但因谷缜将树枝绑在马尾之后，搅土扬尘，虚张声势，虽然只得两百来骑，却有千军万马的气势。盗贼军忽见这等骑兵俯冲而下，魂飞魄散，心胆俱裂，戚军苦战之际，忽得援军，喜不自胜，气势越发凌厉。

谷缜一骑当先，突入阵中，他身怀周流八劲，越是危险，越能激发八劲威力，是故谷缜肆无忌惮，哪儿凶险，便往哪儿去，纵马挥刀，专向敌人密集处冲杀；周流八劲遇上这种宿主，算是倒了大霉，山、泽护体不暇，风雷水火忙于攻敌，天劲化长发为武器，土劲愈合金疮。说起来，这八道真气竟比谷缜还忙。

谷缜有恃无恐，嘴里发出怪啸，深入枪林刀丛，挥舞马刀，直如砍瓜切菜一般杀开缺口，众商人则紧随其后。盗贼军一时斗志已丧，再无抵挡之心，尽作鸟兽散去，十个中倒有六个不战而逃，被官军杀死的不过三四人而已。

谷缜冲杀正酣,气机忽动,这念头动得奇快,转眼间,迎面白光射来,谷缜躲闪不及,溅了一脸水渍。他心知中了水魂之剑,心中烦恶不堪,眨眼间,只觉一股阴寒之气透过肌肤,侵入经脉。谷缜不及转念,八劲忽地转动起来。这股阴寒毒气本是仇石自身精气,潜伏水鬼体内,变化虽然诡奇,却仍属水劲,一入谷缜体内,不过水劲变强,没有什么稀奇,周流八劲就如一尊无大不大八卦仙炉,损强补弱,略略一转,便将水毒炼化,归于八劲。

谷缜化解水毒,抬眼望去,四周水鬼汹涌而来。仇石被他冲破大军,心中恨急,召集水鬼,一心叫谷缜死得奇惨无比。谷缜身当险境,勇气不减反增,大喝一声,纵马向前,挥刀刺入一名水鬼胸口,钢刀入体,不见血流,却有汩汩清水涌出,活了也似,顺刀身涌向谷缜虎口。谷缜掌心浸湿,那股阴毒之气侵将过来,谷缜八劲再转,炼化毒气,不自觉分出一道电劲,涌出掌心,顺钢刀传到那名水鬼身上。那水鬼忽而两眼上翻,筛糠般抖了数下,仰天栽倒,寂无生息。

谷缜不及转念,其余水鬼已然涌至,道道水剑击在谷缜身上,八劲护身,谷缜固然无碍,坐下马匹却抵挡不住,悲嘶倒地。谷缜栽下马来,就地一滚,挥刀乱刺,每刺一刀,体内电劲便随之涌出,水鬼中刀,无不僵仆倒地。

仇石见谷缜不但不怕水毒,更能刺杀水鬼,心头惊骇无以复加,不由得一声怪叫,飘身赶来,抬手射出两道水剑,击中谷缜胸口,渊渊有声,不象击中人体,倒像打中岩石。仇石心头一跳:"这小子是山部高手?"眼看谷缜被水剑冲得向后跌出,当即发声长啸,纵身赶上,出爪如风,扣住谷缜咽喉。谷缜窒息,伸手去扳,当此生死关头,仇石忽觉谷缜手上一股真气涌出,所到之处,浑身痛麻,寒毛陡竖。

"周流电劲?"仇石心念一闪,手底顿时软了,谷缜缓过气来,不自觉一拳打出,拳劲拂过仇石羽氅,那鸦羽嗤地燃烧起来。原来这一拳谷缜无意中带出了周流火劲。

仇石又是一惊,急催附体之水扑灭火势,要知亘古以来,西城极少有人将八劲练成两种,但此时两人交手数招,谷缜便用了三种气劲,变化之奇,匪夷所思,其中的"周流电劲"更是水部克星,仇石越想越惊,脸上再无血色。

谷缜一招得手,胆气陡增,笑道:"妖人,再吃你爷爷一拳。"展开猫王步,绕到仇石身侧,方要出拳,仇石忽地向前纵出,急如狂风,一溜烟奔到山坳之中,黑影忽闪,隐没不见。

众水鬼全赖仇石掌控,仇石离开,立时东倒西歪,委顿而死,余下盗贼见状,更是斗志全无,抱头鼠窜,戚军将士追亡逐北,杀伤无数。经此一役,四省盗贼元气大伤,一蹶不振,直至数年之后被戚继光、俞大猷全部歼灭。

谷缜瞧见便宜,也想率部追杀立功,这时忽听有人叫道:"谷老弟。"转眼望去,戚继光手提长剑,快步赶来。谷缜只得驻足相迎,定眼打量,戚继光甲胄上血迹斑斑,双颊凹陷,两眼布满血丝,眉间透出难言疲惫。谷缜心生感慨,叹道:"戚将军,辛苦你了。"

戚继光摆摆手,问道:"二弟呢?"谷缜道:"一言难尽……"不及多说,炮声忽起,二人掉头望去,只见魔龙号驰骋江面,耀武扬威,向岸上连连发炮,打伤不少将士。

戚继光面有怒容,令在岸边架起佛朗机大炮,发炮反击,炮弹击中魔龙号舰身,当当作响,魔龙号巍然不动,炮弹却如雨点也似,纷纷坠入江中,戚继光见状,大皱眉头。

"戚兄。"谷缜忽道,"这战舰上覆盖铁甲,前后左右大炮百门,足以攻灭小国,威慑七海,只能智取,不可力敌。"

数日交战,戚继光最头痛的除了水魂之阵,便是魔龙战舰,当下问道:"谷老弟,听你的话,莫非有克制这战舰的巧计?"谷缜笑道:"算不得什么巧计,不过声东击西罢了,戚兄以大队船只佯攻,我领一乘轻舟,出奇不意冲至战舰下方,到了那时,我自有办法。"

戚继光注视他半晌,忽道:"若是炮战,我方战舰必然沉没,这笔账怎么算?"谷缜一愣,骂道:"哪有这么小气的将军,战舰沉了,我回来赔你就是。"戚继光摇头道:"你若回不来呢?"谷缜笑道:"一定回来。"戚继光正色道:"军中无戏言。"谷缜道:"要么击掌为誓。"二人伸出手来,重重互击,戚继光忽地手掌一紧,握住谷缜手掌,盯着他道:"这一去,好比百万军中取上将首级,谷老弟,你定要活着回来。"

谷缜点头道:"关云长温酒斩华雄,戚兄不妨也温两坛好酒,待我回来,大家喝个痛快。"戚继光心头一热,朗声道:"如君所愿。"二人均是豪迈男儿,不喜多说,深深对视一眼,谷缜将袖一拂,迈开大步,向着江边走去。

戚继光望他背影半晌,咬牙转身,发出号令。号炮鸣响,六艘战船从

东、西、南三方驶向魔龙号，双方横江大战，火炮轰鸣，道道火舌自炮口吐出，十分猛烈。魔龙号百门大炮分作三轮，连环轰击，威力惊人，抑且明军火炮打不穿铁甲，魔龙号却能轻易击毁明军舰身。半晌工夫，戚军三艘战船相继沉没，船上水军纷纷跳船逃生。

谷缜独乘一叶扁舟，亲掌船舵，鼓足风帆，借着硝烟掩护，穿过戚军船阵，比箭还快，直奔魔龙号而去。

轰隆一声，一艘明军战舰舰首粉碎，摇晃中，又中一炮，舰身露出一个偌大窟窿，冰冷江水汹涌而入，战船急速沉没。谷缜心惊未已，又听几声炮响，那炮弹流星也似，刮起一股灼热气流，从他头顶猛烈刮过，只听身后喀啦啦一阵响，呼叫之声震耳欲聋，谷缜无须回头，也知第六艘战船中炮沉没。

朝雾散尽，大江寥廓，一轮红日照得天地清宁，是时戚军战船尽没，谷缜一叶小舟格外惹眼，魔龙号上也发觉这条小船，集中炮火，轰击而来。此时离魔龙号还有百步，谷缜凝注炮口，耳听八方，奋力摆舵，左右躲闪，身侧炮弹纷落，水花四溅，激得小船飘来荡去，有如疾风暴雨中一点浮萍。

戚军将士均是立在岸边，注视那叶孤舟，呼吸紧张，心子乱跳。只见谷缜忽左忽右，去势却不稍止，倏忽向东转折，驶入魔龙号炮火不及的一处死角，纵舟直进。魔龙号船坚炮利，但体形庞大，远不如谷缜灵活，不待它掉转炮口，小舟势子奇快，已到魔龙号舰首下方，舰身至此，向下内收，任何炮火均不能及。谷缜取出肩上揽绳，抖得笔直，刷地缠住魔龙雕像的一只利爪，矫如猿猴，攀援而上，须臾爬到雕像下方。

戚军将士见状，一颗心总算落地，忍不住齐声欢呼，呼声未绝，魔龙号骤然向前猛冲，到了一排粮船之前，忽然摆舵，舰首魔龙雕像横将过来，扫中一排桅杆，哗啦啦之声不绝，桅杆纷纷折断。

这一下冲力绝大，谷缜才爬到魔龙翅膀下方，此时首当其冲，身边木屑裹着劲风，割肌刺骨，疼痛无比，眼看一根桅杆迎面撞来，纵有山泽二劲护体，谷缜也是站立不住，身子一晃，从魔龙上栽了下来。岸边众军见状，齐声惊呼。不料谷缜身在半空，丹田处天劲涌出，长发陡然伸直，活物一般，千丝万缕缠住魔龙利爪，将谷缜生生悬住。

"魔龙号"上众水手以为抛下谷缜，再无隐忧，掉转舰身，又向岸边驶来。谷缜却借着战舰转舵之势，长发晃荡，将身子抛将起来，此时上不着

張　丁亥年　仲秋沈阳

天,下不着地,堪称绝境,于是乎"周流风劲"自然涌出,谷缜袖袍当风,鼓荡起来,身如一面纸鸢,因着江风,飘飘然翻落在魔龙左翅上方,双脚着地,发足飞奔。

舰上众人分明看到谷缜坠江,忽然见他现身,愕然不胜,还醒之时,谷缜已跳下魔龙。众人慌忙扑上,谷缜猫王步展开,东转西奔,刀剑落空,一道烟奔到人少处,谷缜抬眼一瞧,艾伊丝正在丈许之外,面露惊容。

谷缜大喜,一躬身让过两把弯刀,似向左扑,还向右纵,陡然纵身腾空,向艾伊丝当头坐下。但这"猫王步"使到一半,谷缜忽又感觉不妥,心想这一招对付男人还好,艾伊丝纵然可恶,却是女子,若被男子骑在颈上,岂非莫大侮辱。

心念及此,急忙拧身变招,但招式用老,变换不及,谷缜半空中重心陡失,合身撞在艾伊丝后背,将她重重压在身下。

艾伊丝嘤咛一声,呼声痛楚,娇弱不胜,一旁侍奉的娟、素二女情急之下,拔出两柄细长软剑,直刺谷缜后心。

剑尖将至,谷缜陡然翻转,抓住艾伊丝挡在上方,二女大惊失色,亏得剑术了得,千钧一发收回软剑,左右分开,躬身去刺下方谷缜。谷缜却将身子缩成一团,拽住艾伊丝衣衫,将其当做挡剑牌,左来左迎,右来右迎,二女投鼠忌器,生怕伤了主人,软剑吞吞吐吐,总是不能刺下。

艾伊丝此时却觉难过极了,不但后心剑风掠来掠去,激得寒毛直耸,更与谷缜一上一下,颠来倒去,耳鬓厮磨,肌肤相揉,少年男子的浓浓气息不住涌来,令她心跳如雷,浑身发软,几乎儿便瘫在谷缜身上。

谷缜亦觉艾伊丝肌肤娇嫩,滑如凝脂,体态丰满,凹凸有致,不觉心中纳闷:"几年不见,这小丫头怎么变成大姑娘了?"想到这里,大觉不妥,扼住艾伊丝咽喉,跳将起来,娟、素二女见机,双剑齐出,刺向谷缜胁下,剑尖及身,谷缜体内"泽劲"发动,二婢手底一滑,浑不着力,软剑双双擦着谷缜肌肤掠过,嗤嗤划破衣衫,留下两道浅淡红痕。

二女大惊,方要收剑再刺,谷缜已带艾伊丝向后跳开,厉声道:"谁再上来,我便掐死她。"娟、素二女面面相对,主意全无,此时船上众人纷纷赶到,黑压压将谷缜围住,握刀挺矛,愤怒无比。

艾伊丝定了定神,按捺心跳,冷冷道:"姓谷的小狗,你要怎的?"谷缜笑道:"我要你立时投降。"艾伊丝冷笑道:"你说什么话?我若投降,还能活

吗，左右是死，先死后死全无分别，拉你垫背，倒也不错。"说到这里，扬声道："我若死了，大伙儿一起出手为我报仇，定要将这厮斩成肉酱。"

谷缜皱眉道："你若投降，我保你不死。"艾伊丝冷笑道："你骗三岁的小孩儿吗？这一仗义乌兵损失惨重，我若落到他们手里，还能活命吗？"

谷缜知她心眼多多，不肯轻易信人，想了想，说道："那么这样罢，你带船离开中土，放粮船东下，只要如此，我便放你。"

艾伊丝想了一会儿，叹道："除此之外，也没有别的法子。好，我答应你，将来师父问起来，我就说是被你武力胁迫，势不得已，让他找你晦气就是了。"

谷缜又好气又好笑，啐道："小丫头片子，半点儿也不肯吃亏。"艾伊丝道："那是当然，这会儿吃的亏，将来我一定讨还，姓谷的，你可记住了。"谷缜心道你身在我手，还有什么能为，只是笑笑，并不在意。

艾伊丝发出号令，魔龙号转过船头，穿越戚军水寨，顺江东下，戚军起初见其逼近江岸，正自装满火炮，严阵以待，忽然见它离开，无不惊疑。魔龙号虽然庞大，航速却很惊人，戚军战船尽毁，欲要追击，也不能够了。

入暮时分，魔龙号已行百里，艾伊丝说道："天也晚了，船也走远了，谷小狗，你也该放人了吧。"谷缜笑了笑，扯出腰带，将艾伊丝双手捆住，艾伊丝怒道："你做什么？"谷缜笑道："你这丫头鬼头鬼脑，翻脸比翻书还快。我如今放你，难保你不掉头袭击粮船。哈哈，说不得，鄙人屈尊陪你几日，待魔龙号出了海，再放你不迟。"艾伊丝冷哼一声。

谷缜向娟、素二女笑道："贵主人闺房何在，容鄙人参观参观。"二女无法，只得当先引路，袅袅来到一处舱房，推开舱门，幽香扑鼻，进入舱内，二女燃起香烛，只见桌椅妆台、床铺帐幕无不精美奢华，镶珠嵌玉，熠熠生辉。

谷缜啧啧有声，将几件首饰把玩一番，忽然回头笑道："素姑娘，娟姑娘，你们呆着作甚，还不出去。"素女皱眉道："我们出去了，岂不只剩你和主人了？"谷缜道："那又怎的，总比你们守在一旁，时时暗算我的好。"娟女血涌双颊，气愤道："谁暗算你啦，今天分明是你暗算主人才是，哼，我们不在，谁知你会不会对主人无礼。"

"放心放心。"谷缜笑嘻嘻地道，"我就算对小猫小狗无礼，也不会对你家主人无礼，她长得又丑，脾气又坏，天底下有男人喜欢她才怪。"

艾伊丝气得浑身发抖，眼里禁不住滚出两行泪水，颤声道："谷小狗，你，你求神拜佛，千万不要落在我手里，要不然，我，我……"谷缜俯首望着她，学着她的口气笑道："你，你要怎的？"二人脸庞接近，呼吸可闻，艾伊丝被谷缜目光注视，心头没来由一阵慌乱，冷哼一声，别过头去。谷缜笑道："这才对了，好女不吃眼前亏。"一转眼，见娟、素二女徘徊不去，便笑道："还不走？"

　　二女四目相对，神色犹豫，艾伊丝忽地冷冷道："你们去吧，料他也不敢对我怎的？"二女听命，悄然退出。谷缜注目舱门闭合，笑道："怎么只见娟、素，不见兰幽、青娥？"艾伊丝脸色微沉，眼透恼怒，噘起小嘴，一言不发。

　　谷缜笑嘻嘻瞧她半晌，忽将艾伊丝抱起，放在床上，伸手将她衣带解开，艾伊丝心跳顿剧，目前一阵晕眩，双颊滚热起来，涩声道："你，你做什么？"

　　谷缜笑而不语，将她双腿拢起，用腰带捆住，系在床栏之上，艾伊丝知觉足颈疼痛，始才会过意来，又羞又恼，狠狠一口啐在谷缜脸上。谷缜伸袖抹干，皱眉道："小丫头，再敢放肆，我打你大耳刮子。"说罢伸个懒腰，一旁躺下，艾伊丝怒道："你怎么也睡床上？"谷缜道："你要睡地上也成。"艾伊丝气急，叫道："这是我的床。"谷缜笑道："你叫它三声乖乖，瞧它答不答应。"说罢将眼一闭，作势欲睡。

　　艾伊丝气愤欲狂，大骂流氓、无赖、小狗、畜生，骂了半晌，忽听细微鼾声，定眼一看，谷缜竟已睡了过去。

鱼 水

　　谷缜经历六虚之危,又连日赶路打仗,此时早已疲惫不堪,本想小憩片刻,不料头才沾枕,便已酣然入梦。这一梦,也不知过去多久,一会儿梦到施妙妙,一会儿梦到父亲,一会儿又梦到陆渐,一会儿又梦到商清影,待得惊觉之时,张眼望去,却见艾伊丝秀目清亮,盯着自己呆呆出神。她乍见谷缜睁眼,微微吃惊,哼了一声,别过头去。谷缜见她手足绑缚如故,心中也觉诧异:"奇怪,她怎么不趁我睡熟,径自逃走?"

　　其实艾伊丝并非不想逃走,只得谷缜睡得太过轻易,不合他平时性情,艾伊丝不免疑神疑鬼,谷缜睡得越熟,她越是不敢乱动,竟然眼睁睁望着机会溜走。

　　谷缜一觉睡足,神清气爽,解开腰带,牵着艾伊丝走出船舱,到处巡视,一路上问问这个,说说那个,间或停下来与水手们拉拉家常,俨然将这战舰看成自家产业。艾伊丝冷眼旁观,恨得牙痒,众人见她一脸怒色,无不胆寒,一个个低头藏脑,不敢与谷缜搭话。

　　看罢舰船,谷缜又叫饭吃,娟、素二女端来饭菜,谷缜让艾伊丝先吃,自己再用。艾伊丝冷笑道:"谷小狗,不想你胆小如鼠,竟也怕死。"谷缜笑道:"我是胆小如鼠,你却是胆大如虎。"艾伊丝一愣,忽地转过念头,心中大恼:"气死人了,这小狗拐着弯儿骂我母老虎么?"

　　这么沿途斗气,魔龙号顺江东下,渐行渐远,是日将出海口,谷缜估算时日,料想粮船行程再慢,也已进入江南地界,艾伊丝想杀回马枪也来不及了,便笑道:"艾伊丝,这几日叨扰你了,今日我便告辞,临行奉劝你两句,中土虽好,却不是久留之地,还是早早返回西方,做你的富婆为妙。"

艾伊丝冷笑道:"我去哪儿,不要你管。这几日你害得我好,还是那句话,你求神拜佛,千万不要落到我手里。"谷缜抓起她手,瞧了又瞧,笑嘻嘻地道:"这手儿那么小,这么嫩,连鸡都抓不住,还能抓住我么?"艾伊丝被他握住了手,心头鹿撞,双颊泛红,盯着谷缜,神情十分羞忿。

谷缜命魔龙号停在江心,与艾伊丝上了一艘小船,划船上岸,始才将她放开,笑道:"到此为止,好自为之。"艾伊丝瞥着他,嘴角噙着一丝冷笑,谷缜见她神气,隐隐感觉不妥,但究竟如何,却是思索不出,当下哈哈一笑,放开艾伊丝,快步向前。

刚走百余步,忽听身后艾伊丝高叫道:"谷缜,你看这是什么?"谷缜回头一瞥,只见娟、素二女站在艾伊丝身后,艾伊丝手持一幅银色绡纱,在日头下光华煜煜,迎风招展。艾伊丝将银绡披上肩头,咯咯笑道:"谷小狗,你猜这银绡的主人是谁?"

谷缜脸色微变,看那银绡半晌,慢慢道:"你从哪儿得来的?"艾伊丝妙目流转,瞧他半晌,笑道:"听说这东西名叫软金纱,神妙得很,能收各种铁器,也不知真也不真,娟儿,你拿剑试试。"

娟女拔出软剑,凑近银绡,放开剑柄,那软剑被银绡吸住,悬在半空,微微晃动。谷缜见状再无怀疑,这幅软金纱正是施妙妙祖传至宝,施妙妙随身携带,从不离身,此时落到艾伊丝手里,施妙妙必然已遭极大变故。

心念至此,谷缜心神微乱,身子一动,便要上前。"劝你别动。"艾伊丝举起银绡,"你若上前一步,我银绡一挥,那位妙妙姑娘立马人头落地,哼,无头美人,想来别有一番风情。"

谷缜皱眉道:"艾伊丝,你我争斗与妙妙无关,你将她放了,我任你处置。"艾伊丝笑道:"你不怕我杀了你?"谷缜惨然道:"谷某认栽,要杀要剐,随你的便。"

艾伊丝俏脸发白,轻咬嘴唇,低声道:"你这样在意她,宁可为她死了?"谷缜微微苦笑,望天叹道:"我在意她又有什么用?"说罢又叹了口气,不胜落寞。

艾伊丝目光一寒,大声道:"将他给我锁起来。"魔龙号抵岸,跳下两名壮汉,手挽粗大铁链,走到谷缜面前,方要动手,谷缜忽道:"且慢,先放妙妙。"艾伊丝冷笑道:"放不放人,由得了你么?"谷缜一阵默然,忽道:"我要

见妙妙一面,她若无恙,你我再说。"

艾伊丝笑道:"无怪你们中土人常说'不见黄河不死心',你若不亲眼瞧瞧那位妙妙姑娘,想也不会甘心认输,罢了,让你瞧瞧也好,省得说我使诈骗人。"说罢将手一招,两名夷女拥着一个银衫少女出现在船舷边,那少女双手被缚,口里塞着麻核,无法出声,然而那眉、那眼、那身姿风韵,在谷缜梦里何止出现了千百次,谷缜胸中一恸,失声叫道:"妙妙!"

施妙妙目光茫然,闻言望来,双目一亮,忽地挣扎起来,却被两名夷女死死按住,谷缜忍不住踏前一步,却听艾伊丝喝道:"将人带下去。"那两名夷女应声拽着施妙妙退下。谷缜面如死灰,心中拟了百十个计策,均不管用,只觉势尽计穷,无法可施,无奈叹一口气,伸出手来,两名壮汉抖开铁链,将他手足锁住,拖到艾伊丝身前。

艾伊丝打量谷缜,微微一笑,忽地伸手,在他头发里摸索一阵,抽出一根乌金丝来,笑嘻嘻地道:"你还是爱将乌金丝藏在头发里,若是没有这个,想开铁锁,可就难了。"谷缜不由苦笑,他与艾伊丝同门学道,互知底细,一旦占据上风,便不会给对方任何可乘之机。

艾伊丝将谷缜带回舰船,来到舱中坐下,笑道:"谷小狗,故地重游,感想如何。"谷缜笑道:"果然是金窝银窝,不如你家的狗窝。"艾伊丝脸色微沉,喝道:"死到临头,还嚼舌头,来人,掌嘴五十。"

一名壮汉应了一声,抢起巴掌,便要抽打,艾伊丝忽又喝道:"慢着。"盯着谷缜瞧了一阵,见他笑吟吟的,全无惧色,也不禁有些佩服他的胆气,说道:"谷小狗,这几日你待我不坏,并未虐待,我若叫人打你,未免显得肚量不够。"

谷缜笑道:"这话中听。"艾伊丝淡淡一笑:"这样好了,咱们再赌一次?"谷缜道:"赌什么?"艾伊丝道:"规矩由我来定,暂不相告。若你胜了,我将你和妙妙姑娘一齐放了,你若败了,哼,终此一生,必须听命于我。谷缜,你敢不敢赌?"

谷缜叫道:"果然好肚量,好,我赌了。"艾伊丝冷笑一声,下令道:"待会儿带他来后厅见我。"说罢领着几名夷女,袅袅去了。

过了约莫两刻工夫,有夷女来到前舱,对一名壮汉耳语几句,众壮汉将谷缜送到后厅,后厅一如别舱,金壁辉煌,只是船舱正中设了一间大床,被褥鲜丽,如云似霞,床柱黝黑无光,却是铁铸。四名胡汉将谷缜抬上大床,四肢锁在四根铁柱上。谷缜怪道:"这是作甚?赌睡觉么?"

众胡汉默不作声,低头退出舱外,这时忽听细碎脚步声,艾伊丝引着娟、素二女飘然而至,三人秀发如云,散披肩上,身披柔纱,香肌微露,肤色皓白娇嫩,牛奶也似,玲珑体态时隐还现,撩人已极。

娟女托着一张羊脂玉盘,盘上盛着羊角玉杯,素女拉上窗纱,舱室微暗,那只羊角玉杯却是明亮起来,透出莹莹碧光。

玉杯送到谷缜面前,杯中酒液如血,散发醉人芬芳。谷缜笑道:"葡萄美酒夜光杯,欲饮琵琶马上催,醉卧沙场君莫笑,古今征战几人回。好酒,好杯,艾伊丝,你要和我赌喝酒吗?哈哈,那你可是自讨苦吃。"

艾伊丝温婉一笑:"谷爷千杯不醉,我哪敢捋你的虎须。"谷缜见她一改常态,意态温柔,言辞婉约,这模样竟是生平未见,不觉好生纳闷:"这小丫头平日凶霸霸的,竟也有如此风情?"想到这里,不禁笑道:"艾伊丝,你怎么时候老虎变成猫了,少来,爷爷不吃这套。"

艾伊丝笑道:"你不吃这套,那么吃不吃酒?"谷缜道:"酒是圣人粮食,一定要吃。"艾伊丝捧起玉杯,笑道:"那么你吃完这杯葡萄酒,咱们再谈赌约。"

谷缜心知这酒中必有古怪,可事到如今,也没别的法子,只得笑笑,接杯饮尽。艾伊丝笑道:"你喝得这么爽快,就不害怕?"谷缜笑道:"怕什么?难道里面有穿肠的毒药。"艾伊丝与娟、素二女对视一眼,忽地咯咯娇笑:"这里面啊,没有穿肠的毒药,却有销魂的春药。"

这句话有如平地惊雷,震得谷缜目定口呆,蓦然间,他只觉小腹腾起一团火,身子忽地热了起来。

"这滋味如何呢?"艾伊丝吃吃笑道,"这春药名叫'爱神之泪',霸道极了,若无女子宣泄,比死还难受呢。"说到这里,俯下蛾首,挺翘鼻尖与谷缜高高鼻梁上下相对,双方鼻息相通,心跳可闻,谷缜身子越发炽热,更有一股奇痒从骨子里涌将出来,流遍全身,叫人几欲发狂。

耳边艾伊丝的声音飘忽迷离,有如春日梦呓:"你不是只喜欢妙妙姑娘,不将天下美人放在眼里吗?那好啊,今日的赌约便是:以三个时辰为限,你若能抵挡'爱神之泪',不行苟且之事,那么我便饶你二人,若不然,从今往后,你,就是我的……"说话间,纤纤玉指拂过谷缜胸腹肌肤,如弹琴瑟,轻抹暗挑。谷缜欲火更甚,似要烧破血肉,滚将出来,嗓子也烧着了,干痒难耐,身子已然生出极大变化。

谷缜惊怒交进,忍不住大吼一声,狠狠抬头,向艾伊丝撞去,艾伊丝闪身避开,吃吃笑道:"谷缜,你别逞强,这药一头马也吃不消呢,看到床边的玉环么,撑不住时,只需一拉,便可脱离苦海,荣登极乐,阅尽人间春色,成为最得意的男人。"

谷缜怒道:"你,你滚开。"艾伊丝笑道:"这会儿你恨我,待会儿想我也来不及呢。"说罢咯咯大笑,领着绢、素二女,飘然去了,谷缜望着三人窈窕背影,忽地恨意全无,绮念丛生,心中淫念此起彼伏。谷缜难过已极,忍不住纵声长叫,叫声入耳,竟是"妙妙"二字。

谷缜闻声,心头一清,努力收敛绮念,凝神与那欲火相抗,哪知药性太烈,不片刻淫心又炽,转眼望去,床边一枚羊脂玉环伸手可及,环上系一根金线,远远连着一只银铃。谷缜只需拽下玉环,银铃激响,艾伊丝立时便能听到。

这等诱惑,世间任何男人也难抗拒,何况谷缜欲火焚身,神智迷乱,不知不觉手已把住玉环。

玉环入手,滑腻冰凉,一丝凉气淡淡如缕,透入掌心,谷缜神志忽地清醒,一件往事涌上心头,那是一年冬至,天寒水冷,草木萧条,自己与施妙妙赏玩海景。碧海如锦,纹鱼龙于云中,绣红日于浪口,苍穹如镜,映孤鸿于天外,渺万物于一粟。

走在海天之间,一对男女,更是渺小。

施妙妙受过一场风寒,久病初愈,披一件白貂大氅,戴一顶银狐皮帽,脸色苍白透明,通身银雕玉塑,只有眉眼乌黑发亮,脉脉有神。

谷缜握住她的手,记忆中,那是第一次,大约因为冬季,也许是在病后,女孩儿的手竟也冰冰凉凉的,柔软滑腻,谷缜当时还嘲笑说,就像一条蛇,施妙妙伸手打他,他便改口说,像一条白蛇,修炼成了精,专门来勾引我。施妙妙啐了一口,说,你以为很了不起么?谁勾引你啦?谷缜便笑,那么我勾引你好了,将来法海和尚来收妖,也让他收我,压在宝塔下面,好让你为我哭鼻子。

施妙妙的眼睛忽就红了,压着你也活该,最好压在十八层地狱里,再也翻不了身。谷缜说,十八层太深,打个折,九层好了。施妙妙说,难怪你一身铜臭气,这件事也是讨价还价的?罢了,看在你陪我散步的分上,就九

层,一层不许赖了。谷缜大笑,手却握得更紧了。

海涛阵阵,鸥鸟飞鸣,初冬的寒风吹得岸边的衰草瑟瑟轻响,女孩儿的身子也在发抖,小手仍然冰凉,谷缜却感觉得到,她的心是滚热的。

银白色的倩影在谷缜的心中徘徊,如顽石清泉,又如灌顶醍醐,冰凉纯净,浇灭欲火,又如茫茫欲海中的一块浮板,只有抱着它,才不至于沉溺海中。

谷缜竭力回想与施妙妙在一起的日日夜夜,一点一滴。他从前以为爱和欲是不分开的,直到这时,才知道竟是完全不同,欲是身子的渴求,爱却是心灵至深处最纯粹的感觉,前者是浓腻的糟粕,后者则是糟粕去尽、刚刚温好的美酒,滚烫、香醇,适合在荒凉的冬日入口。

情欲阵阵涌来,如浪如潮,拍打身心,谷缜的肌肤变得通红,有如婴儿,身上的汗水有如泉涌,数层被褥都濡湿了,在他身下陷落成一个人形凹坑。他的眼神忽而迷离,如夜里的寒烟,忽而又如朝阳一般清醒,身子挣扎扭曲,把握玉环的手却慢慢松开了。

他已近乎虚脱,一生之中,竟然从未感到如此倦过,别说扯动玉环,动一下指头也不能够,唯独体内的热血雄劲,汹涌如故,仿佛最烈的酒在燃烧,不但要将他烧着,更似要将四周的一切化为灰烬。

忽然间,他脑子一迷,心子猛跳几下,然后就昏过去了。

昏沉中,银白色的身影若隐若现,倩影的四周,有五颜六色的光流游走飞舞,溶溶泄泄,交织如一,活泼泼的,如抽芽的树,初绽的花,未露头的旭日,刚生产的婴儿,这种感觉奇妙极了。

那些光流每转一次,体内的炽热便消减一分,并带有一丝解脱的快意,慢慢的,心中热火退尽,慢慢冷了下来,恬淡,平静,止如深潭,波澜不兴。

这时间,他忽然听到悦耳的银铃声。

谷缜猝然而惊,从昏迷中清醒。入眼的一只晶莹无瑕的小手,握着那枚玉环,手与环俨然熔而为一,分不清哪是环,哪是手。

谷缜的身子软绵绵的,神志却慢慢清楚起来,抬眼望去,便看到那只手的主人,艾伊丝的神情很奇怪,正笑着,却笑得很苦。

谷缜不觉松了一口气,扯动银铃的不是自己。

艾伊丝盯着他的脸,许久不曾说话,眉宇间笼罩着一种悲凉。

两人无声对视，艾伊丝眼里透出几分不甘，咬了咬牙，忽地问道："我想知道，你怎么抗拒'爱神之泪'的？好几次，你都挨不住了……为何，为何偏偏忍下来？"谷缜笑了笑："你永远不会明白的，爱是付出，你却只想占有，占有容易，爱一个人却很难。真的爱上了，这世上的任何险难都不算什么，何况区区春药？"

艾伊丝道："这么说，你能够挨过来，全因为心里有她？"谷缜道："不错，我愿意为她做任何事，却不会为你动一根指头。"

艾伊丝面有怒容，这怒色一闪即没，目光又被无奈充满，她沉默半晌，轻轻拍了拍手，娟、素二女走到正对床边一口檀木衣柜前，拉开柜门，柜中竟有一个女子，银衫素颜，檀口被布条死死封住，双眼泪光流转，清丽的脸庞上满是湿痕。

"妙妙。"谷缜大吃一惊，定睛细看，那柜门上竟有两个小孔，从柜中看来，床上一切尽收眼底。谷缜只觉寒毛竖起，心里大骂艾伊丝恶毒，料想方才意志稍弱，把持不住，扯动银铃，后面的事当真不堪设想，他越想越觉后怕，浑身发冷，冷汗长流。

"谷缜，你赢了。"艾伊丝忽地叹了口气，眉间流露落寞之色，将手一拍，进来两个壮汉，将谷缜从床栏上解下，重新锁好。谷缜怒道："艾伊丝，你又要赖账？"

艾伊丝默不作声，飘然向舱外走去。谷缜和施妙妙均被架着，紧随其后。

舰船早已出了海口，四周碧波无垠，烟波微茫。艾伊丝莲步款款，走到魔龙号舰首，迎着海风，金灿灿的长发飞扬不定，在日光中闪闪发亮。

此时谁也猜不透她的心思，谷缜也不例外，不觉心中焦躁，却又不敢乱动，目光一转，施妙妙也正将目光投来，虽不能言，悲喜之情已洋溢在眉梢眼上。

二人四目相对，一言未发，却似交谈了千言万语，相隔数丈，两颗心却如紧紧贴在一起。谷缜心里欢喜极了。整个人几乎都要爆炸开来。

海天交际处，落日渐沉，云霞紫红金黄，瑰丽绝伦。

艾伊丝忽地轻轻叹了口气，喃喃道："小船备好了么？"一名壮汉躬身应道："备好了。"

艾伊丝转过头来，看看谷缜，又盯了施妙妙一阵，说道："我说话算数，谷缜你能过爱神之泪这关,我便放你。但这放人的法子也有多种,你我是敌非友,放你不能太过容易,省得将来师父知道,责罚于我。"

说罢走到船舷,指着巨舰旁一艘救生小艇道:"船上有两天的饮食,这两日中你二人是死是活,全看上天的意思。"当下作个手势,便有奴婢用绳索将谷、施二人缒下甲板,放到小船之上,然后割断维系小船与巨舰的缆绳,碧水荡漾,小船飘远,艾伊丝目视二人,露出一丝苦笑,忽地幽幽说道:"后会有期。"声音小得出奇,除了她几乎无人听到。

魔龙巨舰百桨齐发,破开海面,向着远方驶去。谷缜四肢被铁链锁住,却不妨碍动弹,挣扎片刻,挪到施妙妙身前,解开她双手束缚,施妙妙一得自由,便扯下塞口的布条,叫道:"谷缜……"才叫一声,又落下泪来。

谷缜笑道:"傻鱼儿,哭什么?咱们劫后重逢,理应高兴才是。"施妙妙听了,悲意稍去,又笑起来:"是呀,该高兴才对的。"说了这句,盯着谷缜看了一会儿,忽又双手捂脸,低低抽泣。

谷缜不觉有些心慌,忙道:"傻鱼儿,怎么又哭啦?是不是,是不是在番婆子哪里受了什么委屈。"

施妙妙攒袖抹泪,微微摇头:"她就是绑着我,并未下什么毒手,我,我只是没脸见你,我好恨自己,恨不得死了才好。"

谷缜苦笑道:"傻鱼儿,你若死了,我还能活么?"施妙妙呆了呆,忽地热泪盈眶,伸手抱住谷缜,呜咽道:"谷缜,你,你现在越对我好,我心里越不好受,我冤枉你,打你,骂你,还要,还要杀你……我怎么那样糊涂,谁都能不信你,我怎么也不信你呢?你坐了那么久的牢,吃了那么多苦,好容易逃出来,想要洗雪冤屈,那时候真是困难极了,我不但不帮你,还处处与你斗气作对,我怎么就那样傻,恨不得死了。"

谷缜默默听着,待她哭得差不多了,才笑道:"你若不傻,怎么叫傻鱼儿?你若不是这样傻,我又怎么会这样喜欢你?"

施妙妙见他嘻笑神气,心里微微动气,嘟起嘴道:"谷缜,你打我骂我都好,干么取笑我?"谷缜笑了笑,说道:"妙妙,我说的都是真话。那时候我一丁点儿证据都没有,怎么说都是个十足的坏人,你心里明明爱我怜我,却不肯包庇我,说起来,你心里的苦楚并不比我少。若不是这样,又怎么显得出我的傻鱼儿正直无私呢?何况你不是心里有我,也不会那么生气,天底下的女孩儿谁不想自己的心上人清白正直?谁又想心上人是大坏蛋呢？"

施妙妙怔怔望着他，虽不说话，眼泪却止不住地滑落双颊，好半晌，低头轻哼一声，说道："谁是我心上人啦？"谷缜接口笑道："我知道，他姓谷名缜，大号笑儿。"施妙妙脸一红，啐道："绰号厚脸皮，别号坏东西。"谷缜嘻嘻直笑，靠着施妙妙，想要与她亲近，却被推开。施妙妙望着落日下暗红色的浪花，怔怔出神，良久叹道："谷缜，你越对我好，我心里越难过，我，我这一辈子都欠你的。"

谷缜笑道："好啊，那就用一辈子来还。"施妙妙一愣，望了谷缜一眼，见他脸上神气，忽然明白过来，双颊羞红，啐道："你胡说什么？哪有，哪有你这么蛮横的债主。"谷缜笑道："我是生意人，欠债还钱，天经地义，好了，容本债主先收几分利息。"说罢伸长了嘴，出其不意在施妙妙雪白粉嫩的脸上啄了一下，还想再啄，施妙妙慌乱中伸手猛推，谷缜手足被缚，几乎掉进水里，所幸施妙妙半途还醒，将他拉回，红着脸道："哼，你再乱来，我，我就不客气了。"

谷缜甚是悻悻，哼了一声。施妙妙看他神态，想到他为自己受的苦楚，心生不忍，岔开话题道："你啊，真是猴子变的，就是捆了手脚，还要爬上爬下的。"说罢便去拧谷缜手脚铁锁，拧了片刻，无力停下，发愁道："我被人封住内力，怎么办好呢。"

谷缜奇道："谁封住你内力？"施妙妙呆了呆，眼里流露恐惧神气，说道："说来话长，还是解开铁锁再说。"谷缜道："可惜我的乌金丝被那婆娘收去了。"目光一转，落在施妙妙头顶银簪上，笑道："妙妙，你将簪子借我一用。"施妙妙拔下簪子，谷缜接过，握在掌心，运劲一搓，那簪子立时变细，谷缜握住两头左右一扯，那银簪更变细长。

施妙妙瞧得惊异，不知谷缜何时练成这般内力，只见他将银簪拉成细丝一般，反手插入锁孔，拨弄数下，铁锁顿脱，谷缜双手得势，又将双脚镣铐打开，笑道："这些破铜烂铁，也想困住爷爷，那番婆子未免小瞧人了。"

施妙妙欢喜不胜，嘴上却道："你又得意什么？胜而不骄，才算君子。"谷缜笑道："君子二字跟我不沾边，我是色鬼才对。"说着便来拥抱，施妙妙闪身躲开，说道："你若是色鬼，方才那么好的机会，怎么凭空错过了？"

谷缜笑道："是啊,机会很好,我也后悔来着。"施妙妙心中涌起一阵酸气,冷哼道:"后悔了么,那大船还没走远,你赶上去还来得及。"谷缜笑嘻嘻将她揽入怀里,抚着她的秀发,轻轻叹了口气,说道:"妙妙,你还不懂我的心么?在我心里,谁也无法代替你的。"

施妙妙心儿也颤起来,身子阵阵发抖,只觉谷缜的怀抱温柔极了,将自己每一分肌肤,每一根毛发都悄然覆盖,直要整个人儿都融化。得郎如此,夫复何求,她忽地闭上眼睛,泪珠不绝如缕,沾湿衣裳。

海浪起伏,小舟飘摇,落日余烬熄灭,东方升起半轮明月,茫茫大海银流荡漾,舟与人也被涂了一层清寒的银光,衣如雪,眉如霜,肌肤晶莹,闪闪发亮,四下里静谧极了,间或传来隐隐的涛声,或是海中鱼儿破水,刺刺作响,一下下敲打在心间,那感觉美妙极了。

舟上二人心神俱醉,只觉此生已足,就此死了,也无遗憾。

过了良久,施妙妙才从这奇境中慢慢苏醒,举目望去,谷缜正盯着她,眼里也带着笑。施妙妙不觉双颊发烫,直起身来,痴痴望着远处明月,说道:"谷缜,你知道么?赢爷爷去世了。"

"赢万城?"谷缜微微蹙眉,"他怎么死的?"

施妙妙轻轻叹了口气:"我离开天柱山后,心里愧疚极了,漫无目的,四处游荡一些日子。那一日,来到南京城郊,忽听爆炸之声,我听出是火部的火器,只怕是西城与东岛交手,便赶上去,却见宁不空正带着一伙人,和那位姚晴姚姑娘交战,姚姑娘势单力薄,眼看不支,我见他们欺负女流不说,更是以多取胜,一时不忿,便上前相助,将姚姑娘救了出来……"

谷缜道:"原来姚晴说得不错,她当真见过你。"施妙妙道:"是啊,我和她逃过火部、泽部的追杀,她大约是感激我,便说你不但活着,还在南京附近,还劝我去找你,说你嘴巴虽然讨厌,但心里,心里却是有我的……"谷缜不觉莞尔:"这个姚大美人,算是说了一句人话。"

施妙妙瞪他一眼,说道:"你才不说人话,姚姑娘可是顶好的人,你干么又诽谤人家?"谷缜一愣,哈哈笑道:"是,是,她是好人,我是恶人,后来怎样,你干么不来找我?"

施妙妙脸一红,低声道:"我知道你就在附近,躲还来不及,怎么敢找你呢?于是急忙忙远离南京,又怕被你知道踪迹,故而昼伏夜出,专拣偏僻处行走。"谷缜苦笑道:"你心可真狠,你一走了之,可知我多么挂念你?"施妙妙低头不语,两行清泪从下颌滴下,哒哒滴在船舷上。

谷缜忙道:"妙妙,过去的事我再不提了,只要你再不离开我就好。"施妙妙抬起头,瞪着他,一双大眼睛又黑又亮,透着几分气恼,心里话冲口而出:"谁离开你了,以后,就算你赶我,我也不走。"

谷缜听了这话,喜不自胜,紧紧搂住施妙妙,呵呵直笑。施妙妙话出了口,方才惊觉,羞不可抑,将头缩在谷缜怀里,怎么也抬不起来。谷缜问道:"那么后来呢?"施妙妙道:"后来有一天,我忽然遇到了赢爷爷,他愁眉苦脸的,跟我说岛王去世了……"说到这里,她身子颤了颤,握住谷缜的手,说道,"这,这是真的么?"

谷缜叹了口气,黯然点头,将谷神通去世的经过说了一遍,施妙妙默默听着,眼泪决堤也似流下来,待到谷缜说完,已是号啕大哭,连声道:"怎么办,岛王死了,东岛怎么办……"谷缜按捺悲痛,任她哭了一阵,抚着她肩,安慰道:"路到桥头自然直,你先别哭,一定还有法子。"

施妙妙抬起头,见谷缜目光炯炯,眉宇间露出坚毅之色,顿时心弦颤动,陡然升起几分希望,可一想到谷神通对自己的种种关爱教诲,又是悲从中来,泣不成声。谷缜一面宽慰,心中却是暗叹:"妙妙名为五尊,骨子里却是一个女孩儿,唉,这东岛存亡的重担,对她而言,到底太沉了些。"他心中既爱且怜,凝视着怀中女子梨花带雨的面庞,一股热血直冲胸臆,"也好,一切的重担,都由我来承受好了。"

于是又问道:"妙妙,说了半天,赢爷爷究竟怎么死的?"施妙妙这才抹了泪,说道:"我听说岛王的噩耗,自然一万个不信,赢爷爷也没亲眼看过岛王的遗体,只是听了传闻。于是我们合计,岛王神通盖世,谁能杀得了他,但这谣言乱人心神,不能不查个水落石出,于是便回南京详细打听。走到半路,赢爷爷忽然说等一等,他要先会一个人。我心里奇怪,心想会什么人,竟比岛王的生死还重要?但赢爷爷这么说,我也不好扰他的兴头,只得跟他来到一个酒楼前,赢爷爷望着楼上,冷笑着说:'小兔崽子,瞧你今天怎么逃,怎么赖?'我听他言语奇怪,就问道:'赢爷爷,谁是小兔崽子,又赖什么?'赢爷爷脸色一变,支吾说:'这是爷爷的私事,跟你没关系,待会儿你看到什么都不要问,连话也不许说。'我听了越发奇怪,但也不好拂他意思,便跟他上了楼,这时就看到靠窗边的桌旁坐着那位陆公子……"

谷缜听说陆渐无碍,心头一热,笑道:"妙妙,他是我同母异父的大哥,你以后也要叫大哥才是。"施妙妙甚是吃惊，谷缜便将来龙去脉说了，施妙妙听得胸怀跌宕，叹息久之，方才续道："就看那位陆，陆大哥神色愁苦，无精打采，还有一个青衣人背着身子，与他对坐。这时忽就听赢爷爷哈哈一笑，说道：'小子，这次看你往哪里跑。'陆大哥一听脸色大变，盯着我们眼珠乱转，看那神情，仿佛示意我们走开。赢爷爷却是连声冷笑，说道：'姓陆的小子，你装什么样子，想赖账是不是？这里可是白纸黑字写着呢。'说完从袖子里取出一张叠好的字条，展开了，向陆大哥晃来晃去，说道：'看到了么？你可是签字画押了的。人在江湖上闯荡，离不开一个信字，我为谷小子洗脱冤屈，你就该把指环给我。你不要推脱没有，我都听说过了，你在淮扬用那指环赈济灾民。既然灾民都赈济得，你不妨再赈济赈济你爷爷我。'

谷缜听得微微冷笑，心道："真是人为财死，鸟为食亡。"

却听施妙妙续道："我见赢爷爷样子很凶，心想陆大哥是好人，武功又高我们许多，这么对他，很不妥当，方要劝劝赢爷爷，忽见陆大哥眼珠转了几下，大叫一声：'别过来，快走。'赢爷爷听了，发怒道：'小子，你真要耍赖？快把指环给我，若不然，我赢万城便向四下宣扬：金刚传人，言而无信，那时候，瞧你七代金刚传人的脸往哪里搁。'不料赢爷爷越是凶狠，陆大哥越是焦急，叫道：'再不走，就来不及了。'赢爷爷和我见他这副模样，也都惊疑不定，赢爷爷说：'小子，你撞邪了还是喝醉了？这样子做给谁看……'话没说完，忽就听那青衣人哈哈大笑，慢慢站起，转过身来，赢爷爷见他模样，先是一愣，继而面无血色，倒退两步，说道：'活见鬼，活见鬼……'青衣人笑着说：'活着怎么能见鬼？赢兄真想见鬼，我送你一程如何？'"

谷缜不觉叹了一口气，施妙妙见他神色，不由问道："谷缜，你知道那青衣人是谁？"谷缜道："我知道，万归藏罢。"施妙妙黯然道："是啊，可惜我年纪小，不认得他，若不然，就算拼了一死，我也要拦着他，助赢爷爷逃走的。"

谷缜道："你先别自责，万归藏最恨'龟镜'高手，赢万城遇上了他，那是万万活不成的。只是他平素狡猾如鼠，听到风声，跑得飞快，厉害如万归藏，也未必捉得住他，此番财迷心窍，自己送上门去，万归藏怕也想不到呢。"

施妙妙叹道："赢爷爷一定也懂这个道理，所以万归藏还没说完，他转头就逃，可已来不及了，万归藏一挥手，赢爷爷身在半空，七窍之中忽就射出几股血箭,身子一滞,从楼上重重跌到街心,翻滚几下,就不动了,我赶下楼一看,赢爷爷身上的骨头都断了,人也只剩一口气,眼望着我,想说什么,却没说出来,吐了大一口血,就闭了眼睛……"

说到这里,她眼圈儿泛红,泫然欲泣,谷缜也是心中酸楚难忍,赢万城虽然爱财如命,人格卑鄙,却终究是看着二人长大的前辈,听到他的死讯,叫人不能无动于衷。

施妙妙吞声饮泣,半晌才道:"我心里正是惊怒悲痛,忽听身后有人笑着说:'看样子你是千鳞传人了?'回头一看,万归藏站在身后,笑吟吟看着我。我站起身来,攥住银鲤,向他掷去,不想他将袍子下摆一抖,袍子飘起,满天银鳞尽都不见,纷纷落到他衣摆上,他笑了笑,再一抖,鳞片叮叮当当落了一地,别人看来,他不过掸了一下衣衫,就破了我的千鳞。我从没见过这等神通,心里一时慌乱极了,忽见那人将手抬了起来,一股大力从四面八方涌来,山岳也似,将我层层包裹,我胸口一热,血涌上来,这时又有一股大力从身后涌至,将我身周怪力冲开,我回头一看,正是陆大哥,他将我拉到身后,说道:'万归藏,你是当世高手,怎么和一个女孩儿为难。要打架,我奉陪就是。'万归藏笑道:'我说了饶你三次,如今还有一次机会,小子,我说话算数,你可要想好。'

"陆大哥沉默一阵,说道:'这样罢,我不和你打,既然你饶我三次,最后一次,我送给这位姑娘。'万归藏盯了他一会儿,笑道:'她是你心上人?'陆大哥说:'不是,在江西我已错了一次,不能错第二次。'说到这里,他望着我,神色十分沉痛,忽地闭上双眼,眼角亮闪闪的,露出泪光。"

谷缜听到这里,寻思:"陆渐一定当我死了。"

施妙妙道:"万归藏笑着说:'我知道了,她一定就是谷缜口中那个叫施妙妙的小妞儿了。也罢。这赠命的法子却也新奇,我言而有信,饶她这次。'说着一晃身,不知怎的,就到了我身边,在我身上点了一下,我就感觉一股冷气顺手指透入身体,立时没了气力,篮子丢在地上,银鲤也散落一地。只听陆大哥怒道:'你不杀她,怎的还要动手?'万归藏说:'她是东岛中人,死罪可免,活罪难饶,我不杀她,也不能让她逍遥离开。'陆大哥又气又急,顿时和他动起手来。"

说到这里,施妙妙打了一个寒噤,眼里露出恐惧神色:"我以前一直以为武功不坏,但和他们一比,真是连蚂蚁也不如,陆大哥和万归藏从镇里打到镇外，将一大片山崖都打塌了。陆大哥的武功很高，万归藏却更厉害，他右手抓着我，只用左手和陆大哥交锋，陆大哥却尽处下风，一点儿法子都没有，斗了百余招，还是被打倒了。"

谷缜叹道："妙妙你不知道，他一只手对付陆渐，比两只手还要厉害。"

施妙妙怪道："为什么？"谷缜道："他将你抓在手里，陆渐怕伤着你，不敢全力出手，必定缩手缩脚。高手相争，重在气势，金刚一脉的武功尤其如此。陆渐心有忌惮，气势输了大半，怎么能不输。"

施妙妙怔了一会儿，不忿道："万归藏是威名赫赫的绝代高手，怎的用这种下作法子对付一个后辈。"

谷缜道："万归藏凡事但求实效，绝不多费力气，能用一分力气做好的事，绝不用两分力气，能用一只手打败对手，决不用两只手。"

施妙妙面露愁容，默默望着海中星月，海浪起伏，星光微弱，在波浪间闪烁不定。仿佛随时都会熄灭，施妙妙心有所感，怔怔流下泪来。谷缜知她忧心东岛命运，叹一口气，问道："后来陆渐怎么样了？"施妙妙揩去泪水，说道："想必万归藏手下留情，陆大哥虽被打倒，却没什么大碍。万归藏说道：你舍命救友，叫人佩服，万某破例再饶你一次。这是第四次，也是最后一次，之后你我两清。说罢抓着我转身便走，走了一程，忽又回头望去，只见陆大哥又追上来。万归藏笑着说：'你这孩子，精进得很快，我这禁制手法竟然封不住你了。'陆大哥铁青着脸，一言不发，也不稍离片刻，我们走路，他也走路，我们坐下，他也坐下。"

谷缜叹道："大哥是不放心你，总想伺机救你出来。"

施妙妙默默点头，说道："只恨万归藏本领太大，大哥总是打不过他。"谷缜微微一笑："现在打不过，将来却未必。那么后来如何？"

施妙妙说道："这样走了半日，这日正在歇息，忽然来了一个蒙面女子，骑着马，看到万归藏，下马便拜，说道：'我奉主人之命来见老主人。'万归藏问：'有什么消息？'那女子说：'主人让我前来禀告，她和仇先生率领数万人马，在安庆附近堵住粮船，义乌兵被团团围困，指日可破，还请老主人放心。'万归藏笑道：'凤凰儿果然本事大长，不令老夫失望。'陆大哥听了这话，脸色大变，站起身来。万归藏说道：'你要上哪儿去。'陆大哥也不说话，向前飞奔。万归藏便将我交给那个女子，说道：'这是谷缜的相好施姑娘，你先将她带回魔龙舰，好好看待，告诉艾伊丝，我办完一点儿事情，随后便来。'说罢大笑一声,纵上前去,一掌拍向陆大哥,陆大哥只得回身抵挡,两人拳脚往来,又斗成一团。我却被那蒙面女子带着离开,送到那艘大船上,至于后来如何,我也不知了。"

谷缜心知万归藏困住陆渐,是要让他无法援救戚继光,这一战陆渐委实凶多吉少,但推算时日,直到仇石兵败,艾伊丝被胁,万归藏也始终未曾现身,难不成他没能制住陆渐,反被陆渐拖住了手脚,不能抽身前来。

想到这里,谷缜心中忧喜交集,忧的是陆渐难敌万归藏的神通,喜的是陆渐若能拖住万归藏,武功必然又有精进。他心神不定,思索良久,不觉长长叹了口气。

谷缜一颦一笑,施妙妙尽都看在眼里,见他叹气,问道:"你叹气什么?"谷缜道:"艾伊丝捉到你,没有虐待你吗?"施妙妙摇头道:"她对我还好,只是瞧我的眼神十分奇怪。"说到这里,白了谷缜一眼,嘟嘴道:"还不都是你的风流债。"

谷缜叫起撞天屈来:"天大冤枉,我和她是死对头,仇恨还来不及,哪有什么风流不风流的。"施妙妙噘嘴道:"你当她是死对头,人家未必这样想。要不然这次也不会放你。"谷缜道:"她纵然放了我,之前那番折磨却是新奇古怪,叫人发指。"

施妙妙盯着谷缜看了一会儿,叹道:"我也是女人,明白女人的心思。她那么对你,不过是想让我厌弃你,让你屈服她。可她纵然聪明厉害,却有些小瞧人,那种情形下,无论你做了什么,我都不会怪你的。"

谷缜心头一热,注视施妙妙的双眸,柔情蜜意涌上心田,伸手掠起她额前秀发,喃喃道:"妙妙……"施妙妙与他四目相对,身心俱暖,二人身在难中,却觉比以前什么时候都要幸福。

长夜渐逝,小舟无桨无舵,在茫茫大海上随波逐流,不知驶向何方。谷缜趁间查看施妙妙经脉,只觉她的五脏经脉均被外来异气抑止,异气按照性质,亦分五种。

沉思半晌,谷缜猜不透万归藏用了什么法子,便传了施妙妙口诀,依照逼出六虚毒的法子逼了一回, 却也无功。谷缜心道:"如非陆渐那等本事,寻常高手也不配老头子下六虚毒。我能中此毒,真是幸甚。"想着微微苦笑,施妙妙并不知谷缜新得神通,本就不奢望他能破解万归藏的禁制,何况与谷缜重归于好,是她梦寐求之的喜事,既有檀郎在侧,有没有内功,全都不在她的心上了。

到了黎明时分，海风渐起，浪涛转急，小船起伏，大有倾覆之危。谷缜忧心忡忡，寻思："这么下去，真不知死在哪里？"起身站立，眺望远方，天高海阔，却看不到一线陆地。谷缜不觉坐下来，蹙额沉思。

施妙妙与谷缜相识以来，多见他吊儿郎当，极少见他沉思默想，此时见他专注神情，只觉分外可爱。她父亲施浩然为人端方正派，本是东岛君子，施妙妙自幼濡染乃父之风，从没想到自己竟会钟情于谷缜这个浪子，事已至此，固然无可奈何，心底里却隐隐盼望谷缜皈依正道，偶尔见他一本正经，便觉欢喜不已。

谷缜想了一会儿，忽地笑道："妙妙，我要下水尝试一件事情，待会儿无论发生什么事情，你都不要惊慌。"施妙妙莫测高深，只得点头。

谷缜脱了外衣，将脱下的铁链一端扣住船舷，一端系在腰间，长吸一口气，跳入海中，许久也无动静。施妙妙虽知他水性精熟，但计算时辰，已有三炷香工夫，不由得惊慌起来，扯动铁链，大声叫道："谷缜，谷缜？"

不一时，忽见海面上出现一个小小旋涡，起初细小如蜂窝，慢慢的似有什物在水下搅动，那旋涡越来越大，渐渐大如簸箕，施妙妙透过旋涡向下看去，赫然看到谷缜的面孔。

施妙妙大吃一惊，惊呼后缩，忽听哗啦一声，谷缜破水而出，攀着铁链跳上船板。他有心顽闹，脚下故意用劲，施妙妙内力未复，站立不稳，顿时撞入怀里，谷缜就势抱住，哈哈大笑。施妙妙嘴里连骂坏东西，心里却惊喜不已，又怕小舟晃荡，紧紧抱住谷缜腰身，只觉以往有功夫时固然好，但事事皆能自理，却没有了全心依赖情郎的乐趣，是以内心深处，竟隐隐盼着武功永远不要恢复，永远让谷缜呵护疼爱才好。

这念头让施妙妙又羞又喜，面如火烧，忽听谷缜笑道："妙妙，你猜我学会了什么？"施妙妙哼了一声，说道："谁知道你弄什么鬼名堂，要吓死人么？"谷缜道："我学会了驭水法，从今往后，这船儿要去哪里就去哪里，咱们不必渴死饿死了。"

施妙妙听得莫名其妙，谷缜见她迷惑，便详细解释。原来谷缜知道周流八劲必要宿主身有性命之危，才会激发，但往日出生入死，性命悬于毫发，八劲纵然发出，也不及揣摩其如何发出。此时身处困境，谷缜苦思之下，想到一个法子，危险既小，又能激发八劲。

張祿丁亥年墨于沈阳

他跳入海水,屏住呼吸,施展"天子望气术"的内视功夫,观察八劲变化。过不多时,体内气机耗尽,海水汹涌灌入口鼻,这滋味可说痛苦已极,但谷缜早有谋划,强忍窒息之苦,谨守心神,专注气机变化。果不其然,就在他气机将绝,神志行将溃散的当儿,周流八劲生出微妙变化,水劲涌出,与海水融合,竟将海水搅动,从下而上,由小而大,搅出一个直通海面的旋涡,露出谷缜口鼻。

因为谷缜此番留心,水劲变化被他洞悉,待到破水而出,已大致明白驾驭水劲的法门,亦是他口中的"驭水法"。

施妙妙听说他学会"周流六虚功",惊得目定口呆,但瞧谷缜神情,又不似说谎,心中一时将信将疑,沉默半晌,才问道:"谷缜,我们如今向哪儿去?"

谷缜掐指一算,说道:"九月九日快要到了,论道灭神之日,就是我东岛生死存亡之时。既然如此,须得早做防备,我们还是回东岛罢。"

这话也正合施妙妙的心意,欣然答应。谷缜运转八劲,将水劲逼出足底,试与海水融合,催动小舟向前,不料驾驭水劲想来容易,运用起来却全不是那么一回事,水劲要么时有时无,要么欲吐还缩,谷缜忙了半日,那船兀自原地打转,难以前进。

谷缜已在心上人面前夸下海口,此刻无功,面子上颇有些过意不去,但欲速则不达,越是着急,越是不能凑工,只急得大汗淋漓,面红耳赤。

施妙妙见他焦急神情,既觉可怜,又觉好笑,心想:"这个坏东西,若不是哄我开心,就是犯了糊涂,周流六虚功又是何等的神通,岂是随随便便就能练成的。唉,也难怪了,如今万归藏出世,岛王又去了,东岛灭亡在即,他心里一着急,便犯傻了。"一念及此,想到谷神通和赢万城,心中一酸,眼泪又落下来。

落泪半晌,见谷缜兀自皱眉运功,便拭去眼泪,说道:"别忙啦,先吃一点儿东西。"当下取出艾伊丝所留食物,食物丰盛美味,还有两壶葡萄酒,施妙妙心想:"那夷女却是谷缜的知己,这些佳肴美酒,都是他顶喜欢的。"想着心里微酸,但瞧谷缜背影,又觉不胜欣慰。

谷缜闻如未闻,始终皱眉苦思,施妙妙久唤不应,便起身将他拉着坐在身边,亲手喂他吃喝。

酒肉入口,谷缜却如嚼蜡,吃了两口,忽道:"妙妙,我再去水里一趟。"

说罢跳入海中,沉浸良久,海面又出现那一眼旋涡,时东时西,飘忽来去,施妙妙暗暗称奇,料想自己内功虽在,却也没有这等辟开海水的奇能,谷缜有这分本事,也算不错,只可惜强敌当前,这本领用来游泳还成,破敌却是无用。

这时谷缜又跳上船,低头沉吟。施妙妙见他浑身湿漉漉的,嘴里念念有词,隐约听来竟是古文,仔细凝听,却是"变动不居,周流六虚,上下无常,刚柔相易"。

东岛承天机宫遗教,先天易数是东岛弟子的入门课程,施浩然本人即是易学大家,施妙妙十岁时便能背诵《周易》,谷缜念的这十六个字,正是《周易》系辞中的句子,施妙妙心觉奇怪,问道:"谷缜,你念易经做什么?"

谷缜唔了一声,并不回答,只是一会儿托腮默想,一会儿又将头浸入水里,一会儿两肘撑地,一会儿又抱着双膝。施妙妙见状,想起他少年时遇到极大疑难时也是如此,不料这么多年过去,这习惯竟不曾变过。

霎时间,施妙妙心中涌起温暖之意,不知不觉露出一丝微笑,默默坐在一旁,看他胡闹。过了一会儿,忽听空中传来鸟鸣声,抬头望去,一只海鸟在头顶翩然飞舞,施妙妙久在海岛,听到叫声,心知这鸟儿必是饿了,暗生怜意,将船上食物托在手心,发出咕咕之声。

海鸟听到召唤,敛翅落下,喙爪嫩红,歇在施妙妙雪白手心,啄食一空,然后再展翅膀,高高飞去。施妙妙望着空中鸟影,笑骂道:"没良心的小东西,吃饱了,就不理人啦?"

话刚落地,忽听谷缜叫道:"你说什么?"施妙妙吓了一跳,转头望去,只见谷缜瞪圆双眼,盯着自己,神色十分激动,不由嗔怪道:"你叫什么?吓死人了。"谷缜扑上来,扣住她双肩,急道:"妙妙,你方才说什么?"施妙妙白他一眼,道:"说什么?说你大呼小叫,吓死人了。"谷缜摇头道:"不是这句,是前面一句。"

施妙妙一愣,说道:"我骂那鸟儿没良心,吃饱了就不理人,自个儿飞了。"谷缜拍手笑道:"就是这句,就是这句。"施妙妙怪道:"谷缜,你说话怎么奇奇怪怪的,叫人听不明白。"

谷缜笑道:"你不明白,我却明白。养气便如养鹰,饱则飏去,饥则为用。"

施妙妙仍觉不解，心想世上任何养气功夫，都没有这等说法。不由问道："养气与养鹰有什么干系？"谷缜道："养别的气与养鹰无关，养这周流八劲，却是大大有关。"

原来周流八劲若要不出岔子，便须损强补弱，可一旦强弱势均，八劲混沌自足，也就不假外求，就好比养鹰养犬，一旦饱足，便不会为人所用，听人使唤，唯独半饥不饱之时，最能受人支使，捕捉鸟雀。

周流八劲与世间任何内功不同，自成一体，自在有灵，一旦自给自足，如非性命交关，绝不再受宿主驱使，若要驾驭八劲，只可在八劲尚未均衡混沌之时。只是如此一来，八劲强弱不均，又势必乱走全身，走火入魔。

谷缜明白此理，默运真气，发现要想驾驭八劲，除非是损强补弱将完未完之时，早一分，八劲强弱不均，容易走火入魔，晚一分，八劲初于均衡，再也不听使唤。故而这均与不均之间，时光至为短暂，几如电光石火，不容把握。

因此缘故，每使一次周流六虚功，修练者均有极大风险，有如豪赌，不止要心细如发，机警神速，能够把握那一瞬之机，发出适当劲力；又要胆大如斗，看破生死，每次出手，均将生死置之度外。若不然伤敌不成，反会伤身，面对强敌之时，无异于将自身性命交到对方手上。

这道理可谓想着容易，做来极难。谷缜心中不胜感慨。忽然明白了梁思禽为何不肯将这神功传于后世，只因这门神功委实不是常人能够修炼的武功，不但要有过人的智力，还要有过人的见识，更需心志过人，勘破生死。谷缜能将这门武功练到如此地步，固然有几分机缘，归根结底，还是因为天资过人，颖悟非凡。若是换了陆渐，即便明白修炼的法门，也很难参透其中的易数变化，把握那一瞬之机，更缺少机警神速以及商场中锤炼而出的孤注一掷之勇气。

感慨半晌，谷缜默运神通，将八劲引到"将满未满，常若不足"的境地，水劲源源涌出，与海水相融，初时尚显生涩，渐渐明了水性，以气驭水，引水驭舟，那小船摇晃数下，便即缓缓向前行去。

施妙妙瞧得不胜惊奇，待谷缜休息之时，详细询问。谷缜说了修炼经过，施妙妙听得发呆，半晌叹道："你这练功的法子真是奇怪极了，思禽先生也没料到吧。"谷缜道："他或许想不到我会用经商的法子练成神通。"施妙妙道："那么思禽先生当年又是用什么法子呢？"谷缜想了想，说道："或许是治国之道，又或许是西昆仑的数术。这世间的道理到了顶尖儿上，本就无甚分别。"施妙妙心中赞同，默默点头。

谷缜运转神通，渐渐精熟，但他内劲较弱，不能持久，船行数里，便觉疲惫。相比之下，竟不如抢桨划船方便。谷缜大为泄气，才知周流六虚功也如其他武功一般，也有高低之分，并非取之不尽，用之不竭。

歇息之时，谷缜又探究施妙妙所中禁制。自从悟出周流八劲的用法，谷缜对这八种真气的特性了解更深，此时但觉施妙妙肝经中的异气与周流天劲相似；肺经中的异气与火劲相似，肾经中的异气像土劲；心经中的异气像水劲；脾经中的异气则如电劲。

谷缜沉吟半晌，忽而笑道："原来如此。"施妙妙见他神色，不觉心喜，问道："你想到了什么？"谷缜笑道："妙妙，还记得咱们小时候跟你爹爹学过的五脏象五行吗？"

"怎么不记得？"施妙妙说道，"这是世上内功的根基呢。所谓五脏象五行，肝木，肺金、肾水、心火、脾土。"

谷缜道："那么八卦象五行呢？"施妙妙不知他为何如此发问，皱了皱眉，说道："天、泽属金，地、山属土，雷、风属木，至于水、火二卦，与水火二行天然契合。"

谷缜点头道："如今你体内有五道异气，分别是周流八劲中的天、火、土、水、电，依照五行生克，金克木，火克金，土克水，水克火，木克土，这五种真气分别克制你的肝、肺、肾、心、脾五脏。你五脏被克，精气受阻，自然用不得内功了。"

施妙妙脸色微变："这法子可真毒。"谷缜道："当年有位'毒罗刹'前辈，配制过一种名叫'五行散'的毒药，号称天下第一奇毒，道理与你体内的禁制差不多，也是用反五行克制正五行。

施妙妙听得发愁，叹道："这么说，我今后再也用不得千鳞了？"她一身武功练成不易，一想到就此失去，忽地有些心酸，眉眼慢慢红了。谷缜笑笑，将她抱入怀里，抚着那如水青丝，叹道："傻鱼儿，难过什么？知道了这禁制的道理，还没有克制的法子么？"

施妙妙转忧为喜，抬头问道："你有办法了是不是？"谷缜在她额上亲了一口，笑道："万归藏用反五行克制正五行，那么反过来，我就用正五行克制他的反五行，别忘了，他有周流八劲，我也有周流八劲。"

施妙妙喜极,忍不住举起粉拳,捶打谷缜肩头。谷缜叫道:"妙妙,你打我作甚?"施妙妙道:"谁叫你乱亲人家。"谷缜道:"你是我媳妇儿,我不亲你,谁敢亲你?"施妙妙又好气又好笑,伸出粉拳,又狠狠打他几拳,谷缜趁势握住她手,笑嘻嘻的道:"我才不想让你回复武功呢,就这么打人,一点儿也不痛。"

施妙妙白他一眼,笑道:"才晓得啊?不趁如今多打几下,将来,将来可就打不成啦。"谷缜怪道:"你去了禁制,武功只会更高,怎么会打不成?"施妙妙俏脸微红,低头不语,谷缜笑道:"我知道啦,你怕武功回复之后出手太重,打痛了我?"施妙妙慢慢抬起头来,热泪盈眶,说道:"谷缜,我以前冤枉你,打骂你。从今以后,我再也不打你了。"

谷缜哈哈大笑,施妙妙气道:"你笑什么?我句句是真,可以对天发誓的。"谷缜叹道:"傻鱼儿,你若真不打我,我可皮痒了。但要轻轻的打,莫打痛了。"施妙妙失笑道:"你这个厚脸皮呀,唉,真打痛了你,我可舍不得。"这话脱口而出,方觉有些示弱,大发娇嗔,捶打谷缜胸口不迭。

又说笑几句,谷缜才将施妙妙放开,两人相对而坐,四掌紧合,谷缜以火劲克制万归藏的天劲,以水劲克制火劲,以电劲克制土劲,以土劲克制水劲,以天劲克制电劲。施妙妙只觉体内忽暖忽凉,忽沉忽麻,一忽儿工夫,经脉中滞涩尽去,真气竟又流转自如了。

施妙妙回复神通,已是欢喜,又见谷缜如此本事,更是喜上添喜,满脸是笑,谷缜见她欢喜,亦觉不胜喜乐。二人亲昵谈笑,真不知光阴之逝,如此行了两日一夜,水粮告罄,这一日正捕海鱼为食,忽见海天交际处驶来一艘帆船,帆白如雪,绣着一只金色鼍龙。

两人认得是东岛标记,无不惊喜。谷缜运转水劲,催船上前,半晌两船靠近。施妙妙眼利,认出船上之人,喜道:"谷缜,是飞燕岛的杨岛主。"

飞燕岛是东岛三十六离岛之一,谷神通一代,眼看本岛弟子凋零,势力衰微,为壮声威,陆续收服东海三十六岛数千岛众,这些岛众大多是渔民海盗和大陆避难海外的武林人物,人员既多且杂,入则为民,出则为兵,平日受东岛庇护,打鱼经商,东岛有事,则为之尽力。

飞燕岛主杨夜本是崆峒弟子,轻功高明,一手银燕子母梭神鬼莫测,但因得罪仇家,逃来海上,为谷神通所收容。他远远看见二人,便令催船靠拢,放下绳梯。

谷、施二人登船，杨夜迎上，讶然道："施尊主，你怎么在这妙羞于说明缘由，便道："妙妙为奸人所陷，流落海上，承蒙搭尽。"

　　杨夜不便多问，目光一转，落到谷缜身上，透出疑惑神色。谷缜笑道："杨燕子，不认得我了？"他入狱三年，外貌有所变化，杨夜闻言，方才认出，脸色陡然一变，厉声道："是你？"倒退两步，银燕子母梭到了指间，寒光刺目。

　　施妙妙看出不妙，横身挡在谷缜身前，说道："杨岛主，你做甚么？"杨夜怒道："施尊主，杨某一向敬重于你，你为何与这禽兽同流合污？"

王座

　　"禽兽？"施妙妙流露迷惑之色。杨夜愤然道："这小贼奸妹弑母，勾结倭寇，近来变本加厉，竟然勾结西城，害死亲生父亲。可怜谷岛王一生侠义神武，竟死在亲生儿子手里。"说到这里，不由得热泪盈眶，浑身战抖，船上其他弟子也各持兵器，涌上前来，将二人团团围住，听得这话，无不流露悲愤之色。

　　施妙妙不料杨夜口中禽兽说的竟是谷缜，还给他添了许多莫须有的罪名，心中又气又急，方要发作，忽觉谷缜在自己后腰上捅了一下，笑道："杨燕子，这些话你都是听谁说的？"

　　杨夜道："这是狄尊主亲口告诉我的，还会有假？"谷缜点头道："这样么？足下有所不知，我是施尊主的囚犯，施尊主亲手将我捉住，送回东岛处分。敢问杨岛主，这算不算同流合污？"

　　杨夜一愣，瞪着两人将信将疑。施妙妙心里着急，欲要辩白，不料谷缜又捅腰肢，施妙妙大为不解，回头望去，却见他神情淡淡的，微微摇头。施妙妙只得将到口的话按捺下去，心里却是纳闷极了。

　　杨夜惊疑半晌，慢慢放下银梭，问道："施尊主，此话当真。"施妙妙冷冷道："你还不信？"杨夜苦笑道："岂敢不信？但为何不将他捆绑起来，这么并肩站着，叫人误会。"施妙妙未答，谷缜冷笑道："我这点猫狗把式，连蚂蚁都打不死，还用得着捆绑吗？"

　　杨夜也久闻谷缜功夫不济，当下释然道："施尊主，我即安排饮食，还请尊主入内歇息，至于这禽兽么，先关入船底水牢，让他吃些苦头。"

施妙妙忙道："不用,我还有话问他。"杨夜正色道："这厮诡计多端,施尊主当心不要上了他的当。"施妙妙摇头道："我自有分寸。"

二人进入舱内,不多时船上弟子送来酒菜。杨夜大马金刀坐在一旁,睁大两眼,气乎乎瞪着谷缜。谷缜却如未见,酒来便喝,肉来便吃,抑且吃相跋扈,让杨夜以下瞧在眼里,均是大为不忿。

施妙妙心神不宁,无心饮食,问道,"杨岛主,你这是往灵鳌岛去?"

"不错。"杨夜道,"施尊主难道不是回岛参会?"

施妙妙一愣,问道:"参什么会?"杨夜盯着她,奇道:"九月九日,论道灭神。如今岛王身故,情势危急,叶尊主、狄尊主、明尊主发出号令,命三十六离岛在灵鳌岛聚会,商议抵御西城的法子。"

施妙妙沉吟道:"原来如此。我这几日被对头困住,未能收到讯息。"

杨夜狠狠瞪着谷缜,忍不住喝道:"施尊主,你与这禽兽同桌吃饭,不嫌有辱身份吗?"

施妙妙摇头道:"我私下有几句话问他,杨岛主,你可否回避则个。"杨夜一愣,露出不忿之色,又瞪谷缜一眼,拂袖出门去了。

施妙妙四顾无人,起身将舱门掩好,回头一看,谷缜仍在大吃大喝,还招手笑道:"妙妙,这道红烧狮子头味道不坏,快来尝尝。"施妙妙哭笑不得,喝道:"吃,就知道吃。人家往你身上泼脏水,你倒好,不但不否认,还来个大包大揽,你说,你究竟安的什么心。"谷缜竖起食指,嘘道:"施大小姐,小声一些。"施妙妙嘟起嘴,恨恨坐下。

谷缜吃饱喝足,抹嘴笑道:"这世上要打倒一个坏人,最妙不过揭发他的罪行,打倒一个好人,最妙不过编造他的罪行。如今看来,我洗脱冤屈的事,东岛中人大多不知,狄龙王却来个先下手为强,给我大大抹黑。当我是禽兽猪狗的绝不止杨夜一个,这时我若不认罪,大家十九不信,还当我是强词夺理,这么一来,必要动手呢。"

施妙妙怒道:"我不怕,大不了跟他们拼个死活。"谷缜摇头道:"那是意气用事,我此来东岛,并非为我一己之私,而是为了千百东岛弟子。东岛同门相残,岂是我的本意?"说着笑容忽敛,叹一口气,起身踱到窗前,望着荡荡远空,悠悠碧海,久久也不言语。

施妙妙盯着谷缜瘦削挺拔的背影,不觉痴了,她忽然发觉,这许多年来,自己竟不曾真正明白过这个男子。虽然自从情窦初开,便已深深喜爱

上他,爱他的俊朗潇洒,风流多情,爱他的心细如发,无微不至,可纵然爱慕,却无多少敬意,几曾怨他言笑轻薄,桀骜不驯,直到此时此刻她才明白,在那张不羁笑脸之后,竟有一颗如此伟岸超卓的心灵。

施妙妙百感交集,既喜且愧,更有说不出的感动,忽地悄然上前,伸臂搂住谷缜的腰身,默默流下泪来。

谷缜回过身来,将她脸上泪痕吻干,柔声道:"妙妙,怎么这些天突然变了性儿,母老虎变成羊羔儿了。"施妙妙听得这话,越发想哭,呜咽道:"你才是老虎,公老虎,臭老虎。"谷缜笑道:"好呀,我这个臭臭的公老虎配你这个爱哭的母老虎,岂不是天造地设么?"

施妙妙啐道:"你才是老虎,你才爱哭。"谷缜笑了笑,说道:"妙妙,目下情势多变,不是撒娇的时候。我可是你的囚犯,哪有捕快在囚犯怀里撒娇的道理。"施妙妙噘嘴道:"我才不做捕快。"谷缜笑道:"好,好,你做囚犯,我做捕快,你若被我捉住,可要关一辈子哩。"施妙妙心道:"这样才好呢。"嘴里却不说出,恋恋放开谷缜,倚桌托腮,闷闷不乐。

风劲船快,不久离灵鳌岛已是不远,杨夜推门而入,见施妙妙无恙,松一口气,再看谷缜,却又怒目相向,对施妙妙施礼道:"施尊主,本岛在望,为与这禽兽撇清干系,愚下以为,理应将他困绑示众。"

施妙妙心中大恼,怒气直透眉梢,谷缜向她使个眼色,令其不可发作,同时笑道:"要绑便绑,我无异议。"

杨夜见他落到这步田地,仍是谈笑从容,比起施妙妙还要大方十倍,不由心中纳闷:"无怪有人说奸恶之徒必有过人之处,此人坏事做尽,却毫无惭愧之色,脸皮之厚,真是天下少有。"想到这里,更觉鄙夷,怒哼一声,叫道:"取绳索来。"

两名弟子手持绳索,应声入舱,那绳索用精钢缆绳缠绕生牛皮做成,粗大坚韧,将谷缜双手反剪,五花大绑。施妙妙在一旁瞧得心如刀割,几次欲要说话,均被谷缜眼色止住。

捆绑已毕,杨夜大声道:"好,待会儿上岸,你二人将他押在前面。"施妙妙再也忍耐不住,高声道:"不用了,此人由我押送。"杨夜笑道:"何烦尊主,弟子们服其劳,那是应该的。"施妙妙冷冷道:"他们押送他,怕还不配!"

杨夜一呆,继而一拍脑袋,笑道:"不错,由尊主亲自押送,方能显出此人罪大恶极。"施妙妙不料他如此领悟,哭笑不得,又不好当面驳斥,心中气闷可想而知。

这时将要靠岸,杨夜出舱指挥众弟子收帆抛锚,施妙妙趁间问道:"谷缜,你干么让他们捆你?他们冤枉你还不够么?"谷缜笑道:"这在兵法上叫做示敌以弱,能而示之不能。"

施妙妙神色疑惑,说道:"这与兵法有什么干系。"谷缜笑道:"你不知道,我越示弱,那些想害我的人,就越会露出破绽。"施妙妙低头想了一会儿,想不明白,只得咬咬嘴唇,说道:"你呀,总是一脑袋稀奇古怪的念头,难怪姚姑娘说你是一只,一只……"

谷缜笑道:"一只狐狸?"施妙妙双颊染红,白他一眼。

船身靠岸。杨夜为表功劳,先已派了小船通报,东岛弟子听说谷缜被施妙妙所擒,又惊又喜,纷纷拥到岸边观看。

谷缜与施妙妙并肩而行,弃舟登岸,谷缜虽被绑缚,却毫无气馁之象,步履豪迈,顾盼自雄,见到熟人,还扬声招呼。众人见了,大为气愤,被他招呼之人更觉老羞成怒,"猪狗畜生"一阵大骂。

谷缜听了,一笑置之,施妙妙心中却是很不好受,目蕴怒火,向那谩骂之人一一扫去,默记在心,以便将来教训。这时忽听有人唤道:"小姐,小姐。"施妙妙转眼一瞧,从人群中奔出两个丫鬟,年方及笄,姿容秀美,一着绯红,一着碧绿,奔到身前,又哭又笑。施妙妙心绪极差,不耐烦道:"桃红,萼绿,你们不在家坐着,来这里凑什么热闹?"

二女愣了愣,大感委屈,着红裳的桃红嘟嘴道:"我们听说小姐回来,高兴都来不及,还有心在家里坐着吗?"她一边说话,一边偷看谷缜,神情既似兴奋,又觉害怕,悄声道:"小姐,你真是了得,竟然抓住这个恶人。"

施妙妙怒无处发,喝道:"谁是恶人?"二女被她一喝,不由怔忡。施妙妙却冷静下来,心道:"不知者不罪,我对小丫头撒什么气?"当下说道:"好了,家里还有几副千鳞?"

萼绿道:"算上老爷的遗物,还有三副。"施妙妙道:"你和桃红一道,去将三副千鳞全都拿来。"萼绿怪道:"要这么多作甚?"施妙妙瞪她一眼,喝道:"叫你去便去,哪儿来这许多废话?"

她平时待两名丫鬟和蔼亲密,今日忽然怒气相向,变了一个人也似。那二人好不委屈,纷纷嘟起小嘴,悻悻回家去了。

　　谷缜却明白施妙妙的心思,知道她取来三副千鳞,是想紧要关头大干一场,回头望去,只见施妙妙眉梢眼角透出一股凌厉煞气,不觉心头打了个突:"这施大小姐真是得罪不起,以后我得千万小心。"想着又觉好笑,嗤地笑出声来。

　　旁观众人看到,更觉恼怒,纷纷叫道:"这畜生还敢笑,打死他,打死他。"说着竞相去拣石头,施妙妙又气又急,叫道:"谁敢动手?"众人闻言,方才作罢,不少人嘴里兀自骂骂咧咧。

　　此时一名弟子远远奔来,说道:"施尊主,叶、明二位尊主请你押人犯去八卦坪相会。"

　　谷缜道:"怎么?狄龙王不在?"那弟子瞪他一眼,啐道:"还嫌死得不够快么?"谷缜不觉微微皱眉,寻思:"角儿不齐,不好唱戏呢。"

　　八卦坪本名龟背坪,灵鳌岛形如灵龟,头尾稍矮,中段奇峰突起,高出海面甚多,天生一片十里方圆的石坪,遍地青石,光洁溜溜,恰如乌龟背壳。前代岛王因此地形,按先天八卦,围绕石坪建起八道长廊,长廊时断时续,断续处以假山池沼点缀,平素可供游玩,重要时节则聚众商议。一说到在八卦坪聚会,必有大事发生。

　　谷缜行走一程,远远便能看见八卦坪正中心那座太极宝塔,塔分黑白二色,共九层,高十丈,传言是仿照当年天机宫"天元阁"所建,气势高峻,天高气清之时,数十里之外也能瞧见,既是宝塔,也是灯塔,入夜时底层火光经宝镜反复折射,层层通明,上烛长天,沉沉夜幕之下,璀璨不可方物。

　　这太极塔是谷缜从小玩耍之地,此刻忽然看到,不知怎的,心头一恸,闪过父亲的影子,曾记得幼年时,母亲尚在,那时的父亲笑起来格外爽朗,常抱自己登上塔顶,与母亲并肩眺望碧海深处那一轮落日。那时的海是墨绿色的,如同色泽最深的翡翠,浪花打在礁石上,雪白飞扬,犹如翡翠边缘镶着一串白亮的珍珠,落日边的大海却是金灿灿的,就像父亲的笑脸一样。

　　谷缜看着看着,眼眶微微有些潮润,忽听施妙妙低声道:"谷缜,别怕,今日无论死活,我都和你在一起的。"谷缜转眼望去,施妙妙秀眼中似有一道清泉流转,光亮动人,仿佛在说:"无论怎的,我都相信你,无论何时,我都陪着你。"

　　谷缜心中感动,微微一笑,忖道:"妙妙固是好心,却也小看我谷缜了。

这区区数百人,也能让我害怕落泪么?"想到这里,豪气顿生,长笑一声,唱起曲子来:

"大江东去浪千叠,引着这数十人,驾着这小舟一叶。又不比九重龙凤阙,可正是千丈龙虎穴。大丈夫心别,我觑这单刀会似赛村社……"抑扬铿锵,高遏行云。

这时忽听八卦坪处有人冷冷道:"大言不惭,你这模样儿也配与关云长相提并论?"谷缜哈哈大笑,朗声:"关云长胆气虽佳,却刚愎自用,大意失荆州,看似勇武,实则愚蠢。我与他自不能相提并论,你叶老梵却与他好有一比。"

叶梵哼了一声,道:"你这张破嘴,也不知什么时候才肯服软。"

谷缜笑道:"常言道:'吃人的嘴软',哪天你请我喝喝酒,吃吃肉,我这嘴可不就软了么?"说笑工夫,登上八卦坪,坪上人已不少,八道长廊内外,熙熙攘攘,既有东岛本岛弟子,也有三十六离岛的岛众,二者间唯有衣饰略不相同,所有弟子衣襟下均有一只金线绣成的鼍龙标记,但离岛弟子除了鼍龙标记,尚有本岛的标记,譬如飞燕岛是一只燕子,苍龙岛是一条飞龙,芍药岛是一朵红芍,三十六岛即有三十六种标记,以便甄别。叶梵、明夷则大刺刺坐在太极塔下,目光炯炯,逼视过来。

这时桃红萼绿拿来三只鹿皮囊,施妙妙接过,挂在腰间。叶梵道:"妙妙,你坐到塔下来。"施妙妙冷冷道:"不用,我就与他一起,哪儿也不去。"叶梵皱眉道:"你是东岛五尊,不可意气用事。"施妙妙大声道:"东岛五尊有什么了不起?谷缜是岛王嫡亲儿子,东岛少主。难道说,他少主的身份还不如东岛五尊?"

叶梵浓眉一挑,冷笑道:"谁认他是少主?"

"我认。"施妙妙扬声道,"在我心中,他过去是,如今是,将来也是。"杨夜在后面听到,吃惊道:"施尊主,你,你……"施妙妙瞧他一眼,道:"我船上说的话,都是骗人的。谷缜清清白白,绝不是什么禽兽,以后谁敢骂他,先问问我的千鳞。"

坪上众人无不惊怒,嗡嗡嗡议论一片。

明夷怒哼一声,冷冷道:"施尊主,你这是为情所困,鬼迷心窍。"施妙妙盯着二人,说道:"明尊主,叶尊主,你二人怎地仇视谷缜,到底为何缘故。天柱山上,岛王早已说明,谷缜本是无辜,都是白湘瑶设计陷害,难道

说,岛王的话你们也不信?"

明夷道:"岛王说了这话,却没说明白湘瑶如何陷害。谷缜奸妹弑母,却是证据确凿。"

施妙妙心中愠怒:"明尊主这死脑筋真是气人。"当即说道:"岛王所以不肯挑明,只因这其中牵涉几位至亲,家丑不便外扬。我亲口问过赢爷爷,白湘瑶死前他也在场,白湘瑶亲口承认勾结倭寇,陷害谷缜,萍儿,萍儿其实也未失贞。"

此言一出,众皆哗然。叶梵和明夷对视一眼,说道:"施尊主,你这么说,可有凭证?"施妙妙道:"岛王、赢爷爷都是人证,这还不够?"明夷冷笑一声,说道:"那么就请这二位作证如何?"施妙妙一愣,寻思:"糟糕,岛王、赢爷爷都已身故,怎么作证?"想到这里,不禁语塞。

叶梵微微冷笑,说道:"据我所知,岛王和赢尊主都已去世了,死无对证,施尊主你随便怎么说都行。"

施妙妙见他二人如此强词夺理,只气得眼里泪花乱滚,涩声道:"你们,你们不讲道理。"

叶、明二人尚未答话,忽听有人朗笑道:"施尊主,不是我们不讲道理,而是你的道理讲不通。"施妙妙转眼望去,只见狄希领着一大群人,笑吟吟登上石坪。

施妙妙秀目睁圆,说道:"狄尊主,你说,我的道理怎么讲不通?"

狄希走到太极塔下,挺身立定,扫视众人道:"难得大家今日到齐,我便将这事的来龙去脉说个明白。施尊主对谷缜余情未断,庇护于他,故而偏听偏信,为奸人所蒙蔽,但念在施尊主年少无知,大家莫要怪她。"

施妙妙只觉一股无名火直冲头顶,将手伸入鹿皮袋中,叶梵冷冷道:"施尊主,我奉劝你少安毋躁。试想一想,就算你千鳞出神入化,又胜得过三尊联手么?"施妙妙俏脸发白,身子微颤,双眼盯着塔前三人,神情分外倔强,剑拔弩张之时,忽听谷缜笑道:"妙妙,你先别急,听他怎么说。"

狄希微微一哂,朗声道:"据我所知,岛王对这孽子情深意重,为了保他性命,令其假死,以免他被捉回东岛,承受修罗天刑。谷缜,我这话说得是么?"

谷缜点头道:"不错,只因家父早就知道我是冤枉的。"人群里响起一阵嘘声,人人露出不信之色。

狄希叹道："岛王已然故去,他对东岛有中兴之功,他老人家的行事,我们做后辈的不便评述。更何况,'不死谷神'到底是人而不是神,既然是人,就不免为人情所困,爱妻惜子,屈理枉法。他在天柱山放你一马,虽说情有可原,但也不合东岛岛规。"

他言语淡淡,却有意无意直指谷神通。施妙妙怒道："狄希,你这话究竟什么意思?"

狄希道："狄某的意思十分明白,岛王所以不肯杀死谷缜这孽子,全是因为受了此人的迷惑,故而一时糊涂,饶他性命。不料这人狼子野心,狡猾绝伦,看出岛王心慈手软,故而设下奸计。大家知道,嬴尊主虽然对我岛忠心耿耿,却有个喜爱金银珠宝的癖好,这孽子利用嬴尊主的癖好,布下奸谋,利诱嬴尊主,让他出面陷害夫人、小姐,在岛王面前败坏她们的清誉,夫人不敌这孽子的奸谋,羞愤自杀。大伙儿试想一想,湘瑶夫人平日何等温婉可亲、待人和气,怎么会是陷害继子的凶手呢?萍儿小姐天真无邪,娇俏喜人,又怎么会是诬陷兄长的荡妇呢?"

白湘瑶心计极深,颇会装模作样,收买人心,在场不少人都受过她的恩惠,闻言纷纷流露赞同之色,叫道："夫人一定无辜……小姐怎么会害兄长,兄长害她还差不多……"

叫声此起彼伏,施妙妙又气又急,却又不知如何应对。狄希笑而不语,待得众人怒火稍息,才续道："常言道:'聪明一世,糊涂一时。'岛王一生英武,虽然困于父子之情,被这孽子迷惑,但以岛王的聪明智慧,只会被他迷惑一时,时间一久,自然生出怀疑。而这孽子害死继母,逼疯妹子,勾结倭寇,可说是罪大恶极,死一百次也嫌少,眼看岛王起了疑心,心中十分忐忑。大家都知道,这孽子一贯奸诈狠毒,六亲不认,此时为求自保,便想出了一个再毒不过的毒计,那就是勾结西城,暗算岛王。"

谷缜微微冷笑,道："狄龙王,你编故事的本领实在了得,怎么不去北京城说书?"

狄希盯着他,笑道："我便知道你会矢口否认,天幸我有证人。"将手一拍,自人群中走出一个年轻男子,亦是东岛弟子装束,个子瘦小,脸色略显苍白,目光闪烁不定,似乎有些紧张。

狄希笑道："邢宗,你别怕,将你那日所见所闻好好告诉大家。"

"是。"邢宗瞥了谷缜一眼,露出怨毒之色,缓缓说道;"那日属下在南

京郊外办事,想去柏林精舍落脚,不料还没走近,便看到岛王与这孽子从精舍中走出来,两人一前一后,上了一座小山。属下一时好奇,便跟了上去,只见他二人似乎在山顶争吵什么,岛王颇为生气,这孽子却脸色阴沉,半晌也不说出一句。"

叶梵道:"你听到二人争吵什么?"

邢宗摇头道:"属下一贯将岛王视为神明,只敢远远观望,岂能上前偷听,正想离开。忽见西城天部的沈瘸子带着一群西城高手从远处行来,向岛王出声挑战。"

狄希道:"他们向岛王挑战,活太长了么?"

"是啊。"邢宗道,"属下也这么想呢,沈瘸子路都不能走,竟敢向岛王挑战,岂不是活腻了。岛王听到之后,便与这孽子下了山来。不料那些西城高手十分卑鄙,突然拿出许多弓弩,向岛王射出毒箭。但岛王何等人物,自不将这些毒箭放在眼里,不但不躲,反而赶上,一挥手便打倒数人。可岛王厉害,这孽子的武功却十分不济,被毒箭吓得东躲西藏,大呼小叫。岛王无法,只好回身挡在他身前,为他抵挡毒箭,就在这时,就在这时……这孽子突然抽出一把匕首,刺入岛王后心,岛王他,他一心抵挡身前的毒箭,万料不到亲生儿子竟会暗算自己,中匕之后,向前跌出两步,回头盯着那孽子,神色十分伤心,那孽子爬起想跑,但岛王一伸手便将他按住,这孽子吓得魂不附体,一动也不敢动,岛王举起手,看了他一会儿,忽又叹了口气,将手收回,向天大喝一声,摇摇晃晃奔入西城高手阵中,一掌将沈瘸子打死,这时岛王又身中数箭,几般伤势一起发作,终于不治身亡……"

他说唱俱佳,说到后来,泣不成声,号啕痛哭。谷神通在东岛颇有遗爱,众人听他死得如此悲惨壮烈,无不凄然神伤,又想到大敌当前,栋梁断折,更觉悲愤交加,不少人失声痛哭,直将谷缜恨之入骨,大骂不已。

施妙妙忍不住喝道:"邢宗,你胡编乱造。"邢宗将泪一抹,愤声道:"施尊主不要出口伤人,我向东岛列代祖师发誓,以上所言都是我亲眼所见,绝无虚假。"施妙妙冷笑道:"那么你既然看见岛王遇难,为何不挺身而出?不说你所言真假,就凭这点,也不配做东岛的弟子。"

邢宗露出懊悔神色,说道:"我本来也想挺身而出,但当时西城高手人数尚多,我若上前,必然没命,我死了事小,但我死了,又有谁来揭露这孽子勾结仇敌、弑杀生父的罪行呢?于是我忍死待机,眼瞧着那孽子与西城恶徒一起离开,才敢潜出。施尊主说得是,邢某当真该死,如今这孽子罪行揭发,也就是邢某的死期……"说罢翻手亮出一把匕首,便向胸口刺去,尚未刺到,狄希忽地挥袖,将那匕首打落,叹道:"邢宗,此事你做得不错,若非如此,我们哪能知道岛王去世的真相,你功大于过,就不要自责了……"

邢宗兀自哭哭啼啼,涕泪交流,众人见状,更信了几分。施妙妙急怒攻心,偏又想不出什么法子推翻这些谎话,想这邢宗职位卑微,只是一个寻常弟子,但此时一口咬定谷缜弑杀生父,竟叫人难以摆脱。施妙妙秀目圆睁,胸口急剧起伏,真恨不得一把千鳞出去,将这邢宗射成一张筛子。但这么一来,又不免落个杀人灭口的罪名,罪上加罪,更难洗脱。

正自气恼,忽听谷缜道:"邢师弟,你说得有模有样,却有两件事说得不对。"邢宗一愣,道:"什么事?"谷缜笑了笑,说道:"第一件事,就是家父根本没死。"此言一出,众人皆惊。

邢宗心头突的一跳,盯着谷缜,见他似笑非笑,从容自若,全不似在说假话。邢宗本就是信口胡诌,并未亲眼看到谷神通死时的样子,不觉愣了一愣,说道:"你胡说,我亲眼看到的,还会有假。"

谷缜淡淡一笑:"师弟若不是眼睛花了,就是做了白日梦。家父日下好端端呆在南京城里,你却咒他老人家死了,到了九月九日,看你如何跟他交代。"

邢宗脸色发白,额上汗水涔涔而下,其他岛众却是转怒为喜,其实,当此西城压境、东岛危急的关头,除了狄希一群,谁也不愿看到谷神通殒命,况且谷神通中兴东岛,被东岛数千弟子视如神明,爱之敬之,为此缘故,得知谷神通死讯,众人先是不信,继而悲愤莫名,以狄希的算计,就是要趁此良机挑拨众人,置谷缜为死地。

"谷神不死"本是东岛弟子心目中的神话,狄希一伙虽然信誓旦旦,传播死讯,大部分弟子心中仍是隐隐不信,此时忽然听说谷神通尚在人间,惊喜之余,更印证了自己心底的念头,不由纷纷忖道:"是啊,岛王怎么会死?我真糊涂了。"

狄希眼看众人神情,深知人情有变,目光一转,疾声道:"谷缜,你说岛王没死,有何凭证?"谷缜道:"要何凭证?只因万归藏出世,家父与之遭遇……"说到这里,故意一顿,众人闻言震惊之余,无不好奇,纷纷张大耳朵,两眼盯着谷缜转也不转。

谷缜目光扫过众人，朗声道："……双方交手，旗鼓相当，各自受了些许微伤。目下家父尚在南京养伤，九月九日，必然赶回，大家只管放心。"

此言一出，东岛众人激动无比，一阵欢呼平地而起，有如狂风激雷，响彻海上。狄希不由变了脸色，他有确切消息，知道谷神通必死无疑，谷缜所说的都是谎言，无奈这世上之人都爱听喜讯，厌恶噩耗，此时群情激动，自己再若坚持谷神通已死，必为众人所不容。

沉吟间，忽听叶梵大声道："谷缜，岛王当真还活着？九月九日他回不来怎么办？"狄希听得这话，心中叫苦，暗骂叶梵糊涂。谷缜却是笑笑，说道："怎么？叶兄很想家父早些过世？"

叶梵一愣，勃然大怒，正想反驳，不料众弟子纷纷鼓噪起来："叶尊主，你什么意思，谷神不死，天底下谁能害死岛王？""岛王神功，天下无敌。""叶梵，你是不是想岛王死了，你好当岛王？我呸，你也不拿镜子照照，你是什么东西？""是啊，姓叶的，你也配做岛王，你给岛王提夜壶还差不多。""叶梵，你敢咒岛王死，我操你十八代祖宗。"

叶梵性情狷介，自以为是，更兼掌管狱岛，心狠手辣，故而五尊之中，唯他人缘最差，对头最多，况且在场大半弟子都无什么主张，均随大流，看见有人开骂，也都随之叫骂，心想即便叶梵记恨，大伙儿一起叫骂，他事后也必然不知道应该找谁算账，既然如此，过过嘴瘾也好。故而越骂越凶，较之方才谩骂谷缜还要恶毒几分。

叶梵脸上阵红阵白，双拳紧握，偏又众怒难犯，不便发作。施妙妙见他方才耀武扬威，这会儿如此狼狈，不由得暗暗好笑，寻思："谷缜这一计虽然下作了些，却是以毒攻毒，用的恰到好处。"当下袖手站在谷缜身边，微笑不语。

谷缜盯着叶梵，笑道："叶老梵，家父在天柱山说的话，你听到了吗？"叶梵正在生气，闻言怒道："什么话？"谷缜道："叶老梵你记性忒差，家父对你说我本系冤枉，是不是。"叶梵哼了一声，扬声道："不是说了么，此事还待商榷。"谷缜道："这么说，家父的话你也是听到了的？"叶梵随口道："那又如何？"狄希见他三言两语便落入谷缜的圈套，心中大急，但谷缜一占上风，着着进逼，不予人还手余地，故而明知他的主意，却偏偏无法设计对抗。狄希自负聪明，此时处处被动，面上虽然不动声色，心中却是恼火已极。

谷缜听了叶梵的话,脸色一沉,冷笑道:"叶老梵,这么说起来,家父说的话你也不信了?也难怪,你叶老梵本领大,连家父你也不放在眼里。"叶梵一愣,还未驳斥,四周岛众又被激怒,大骂起来,叶梵又气又急,腾地站起,厉声道:"谷缜,你,你这叫胁持众议。"

"言重了。"谷缜笑道,"这算不得众议,只是家父的主意。敢问叶老梵,家父的话你都不信,你想信谁的?信这个邢宗,敢情东岛之王在叶老梵你的眼里竟不如一个东岛弟子?"

他句句夹枪带棒,更有四周岛众随之起哄,闹得叶梵有如过街老鼠,人人喊打。叶梵一时间气愣当地,瞪着谷缜,不知说什么才好。

谷缜目光一转,又盯着明夷笑道:"明尊主,家父的话你也听到了吧?"明夷有叶梵前车之鉴,不敢多说,只是阴沉着脸,瓮声瓮气道:"不错。"谷缜笑道:"那你信不信。"明夷被他双目盯着,嘴里发苦,目光扫去,众弟子都虎视眈眈盯着自己,不由得咽了一口唾沫,缓缓道:"岛王的话我自然相信。"

谷缜目光再转,施妙妙不待他询问,笑道:"我既听到,也相信。"

谷缜笑道:"如此说来,我就是无辜的了。"对面三尊无不脸色铁青,谷缜不待他们答话,转眼盯视邢宗,见他脸色苍白,浑身发抖,不觉笑道:"邢师弟,你知道第二件事说错了什么吗?"

邢宗涩声道:"我,我不知道。"较之方才,气势已弱了大半。众人见状,越发觉得此人信口雌黄,纷纷目透厉芒,死死盯在他脸上。谷缜笑了笑,说道:"这第二件错的事么,便是说我武功不济。"话音方落,他身形一晃,忽就如流水一般,从那绳索中解脱出来。

这一招泽劲变化,让众人无不诧异,就当这时,谷缜身如一羽鸿毛,被狂风鼓动,霎时掠过数丈之遥,到了邢宗之前。

狄希就在左近,见谷缜来势如此飘忽,甚是惊诧,长袖如刀,扫向谷缜,不料谷缜略一低头,脚下泥土忽陷,身子随之一矮,狄希始料不及,一袖落空,不由双目圆睁,厉声喝道:"地部妖法?"喝声未毕,谷缜缩身窜出,一把抓向邢宗面门,邢宗伸手一拦,不料一股怪力扑来,循着小臂经脉渗入奇经,邢宗身子一软,浑身真气再也提不起来。

狄希又惊又怒,左袖疾如尖枪,破空刺出,将至谷缜后心,谷缜左手突然反抓,拿向长袖。狄希袖劲灌注,长袖利如刀剑,寻常高手决不敢轻撄其

锋，眼见谷缜来抓，心中冷笑，存心断他一手。谁知长袖扫中谷缜手掌，笃的一声，如中金石。

狄希吃了一惊，变刺为缠，不料谷缜掌上山劲变为火劲，循那长袖直冲而上，狄希只觉灼气逼人，不由仰首后掠数尺，望着谷缜，目定口呆。

谷缜这一轮变化，奇诡万方，处处出人意表。脱绳，纵身，避袖，擒人，乃至于挥掌反击，真如电光石火，瞧得众人喘不过气来。这其中既有谷缜驾驭八劲，也有八劲自生自起，八劲本身变化较之谷缜驾驭更为神速，若不然，以狄希出袖之快，谷缜空有一身神通，也不及抵挡了。

众人尚未还过神来，谷缜已扣住邢宗，笑道："邢师弟，你瞧我这武功如何？"邢宗面无人色，颤声道："你，你要杀人灭口？"

谷缜笑笑，将他放开道："我杀你做甚？"邢宗一得自由，急退两步，忽地双脚一软，几乎坐倒，急提真气，不料五脏隐痛，丹田空空，半点内力也提不起来，不由失声叫道："你，你废了我的武功？"

原来谷缜与他交手之际，发出五道真气，以万归藏的反五行之法制住了邢宗五脏，见他惊恐神气，微微一笑，说道："你听说过三百年前毒罗刹的'五行散'么？"

邢宗自然听说过这天下第一奇毒的大名，顿时脸色惨变："你对我用毒。"谷缜笑道："我也是为你好？"邢宗嘶声叫道："这也是为我好？"谷缜道："是啊，你诅咒家父身故，又诬陷本人弑父，罪过极大，来日家父回来，还不定你的重罪？与其受那天刑地刑，还不如死了的好。"邢宗悲愤道："你，你这是杀人灭口。"

谷缜笑道："杀人不错，灭口却不然，此时离毒性发作还早，你想说什么，只管说就是，我决不拦你。只是听说五行散毒发之时，惨不可言，我得到这毒药之后，还不曾见过呢。"

邢宗面如死灰，双手发抖，蓦地转身，向狄希跪道："狄尊主，救，救我。"狄希脸色微变，目透杀机。邢宗看得分明，不自禁倒退两步，退到谷缜身边，凄声道："狄尊主，不是你让我诬陷少主的么？"

此言出口，众人无不骇异，狄希浓眉一挑，目涌怒色，双袖无风而动，施妙妙冷笑道："狄尊主，你若要杀人灭口，先问我的千鳞答应不答应。"狄希瞥她一眼，冷冷道："这姓邢的是条见人就咬的疯狗，如此反复无常，他的话也能相信？"

邢宗有施妙妙撑腰,胆气陡增,闻言将心一横,咬牙道:"狄尊主,我好端端的,都是你让我诬陷少主弑杀岛王,说是只要我出头诬陷,将来你做了岛王,五尊之位算我一个。这话前两天才说过,狄尊主,你就忘了么?"

这话说完,四周一静,数千双眼睛,尽都凝注在狄希身上。

狄希脸上仍是淡淡的,看不出喜怒,冷冷说道:"这些荒唐言语,大家也相信?"邢宗急道:"我的话一字不虚,我对天发誓,若有半点虚假,叫我粉身碎骨。"

狄希脸上蓦地腾起一股青气,忽地举起左袖,扫向谷缜,谷缜闪身避过,不料狄希右袖陡出,啪的一声击中邢宗面门,邢宗立时血肉模糊,五官皆无,倒在地上,顷刻断气。

施妙妙见狄希出手,抓起银鲤,方要射出,忽地身侧锐气如山,汹涌压来。施妙妙专注狄希身上,猝不及防,一根白刺已到咽喉,这时间,忽听扑的一声闷响,夹杂骨骼碎断之声,那白刺在她喉前半寸处骤然停下,明夷两眼大睁,口角涌血,缓缓软倒在地。

施妙妙惊魂未定,转眼望去,但见明夷身后,叶梵袖手而立,盯着明夷,神色十分茫然。原来他见明夷向施妙妙突然施袭,招式狠辣,分明要取施妙妙性命,叶梵不及多想,奋力一掌打在明夷背上,这一掌会聚他平生内力,登将明夷脊骨打折,心肺尽碎,躺在地上,口中鲜血有如泉涌。

谷缜望着明夷,摇头叹道:"白湘瑶说东岛内奸不止一人,唉,原来不止一人,也不止两人,竟然是三人。狄希野心勃勃,还说得过去,明叔叔,你一生正直,为何也要与白湘瑶为伍?"

明夷凄然一笑,咽下一口浓血,慢慢道:"你,尝过情人被杀的滋味么?"

谷缜摇了摇头。明夷道:"我尝过,心,心也像碎了,本来,我,我也想让你尝尝,只可惜……"他盯着施妙妙,眼里腾起一股冷焰,施妙妙不寒而栗,倒退半步。

谷缜叹了口气,苦笑道:"原来白湘瑶也与你有情?"明夷眼睑扑闪一下,瞳子深处的火焰忽地熄灭,头一歪,死了。

叶梵看看明夷,又看看双手,浑身发抖,如处梦魇。谷缜转过身来,注视狄希:"狄龙王,你还有什么话说。"

狄希涩然一笑:"谷缜,这回我输了,但不是输给你。"

谷缜道:"你当然不是输给我,你是输给我爹,谷神不死,在东岛弟子心中,无论何时,他都活着。"

狄希冷笑一声:"除去家世,你还有什么比我强?"

谷缜摇了摇头:"不但家世,我什么都比你强,就是拔一根汗毛,也比你强得多。"

一股浓浓血色涌上狄希脸颊,眼睑连瞬,细微寒光若隐若现。可这狠厉之色来去极快,忽又见他呼出一口长气,回复冷静,负袖当风,笑吟吟与谷缜对视,意态潇洒,飘逸出尘,比起谷缜,丝毫不落下风。

施妙妙见状,心中没的生出一丝遗憾:"九变龙王也是人杰,为何偏偏不顾大局,定要陷害谷缜呢?"想到这儿,怔怔望着那两个正在对峙的男子,心中真是迷惑极了。

谷缜却不理会狄希,目光忽又一转,注视叶梵,仿佛漫不经意,淡然道:"叶老梵,你武功虽高,智谋却低,用心不坏,但老做错事。你一向以振兴东岛为己任,自以为除了家父,只有你配做这个岛王。这唯一的障碍么?自然就是区区。你心中既有成见,但凡污蔑我的话到你耳里都变成好话,狄龙王和明夷略加挑拨,你就改弦更张,违背家父之令,不但不拿狄希,反而与我为敌。却不料在狄龙王眼里,你不过是一只捕蝉的螳螂,我一朝完蛋,下一个就轮到你了。试想一想,要做东岛之王,一则需要千百弟子支持,可你叶老梵飞扬跋扈,人缘太差。二是五尊支持,你害了我,妙妙不会帮你,那么你只有一人,狄龙王、明夷则是两人。弟子选举,你必败无疑,论武夺帅,你鲸息再强,又抵得住二尊联么?"

叶梵目视脚下,面如死灰,过了一阵,方才抬起头来,涩声道:"此事算我错了,但岛王当真还活着么?"

"不。"谷缜摇了摇头,眼里透出深深痛意,"早在一月之前,他便已仙逝了。"

话音方落,四周蓦地声音全无,八卦坪仿佛成了空地,千百弟子众人目定口呆,状如泥偶,叶梵亦是瞪大双眼,盯着谷缜,心里一时半会儿,转不过念头。

谷缜双目潮润起来,徐徐道:"家父不是死与围攻,也不是死于匕首,而是死于天部奇毒。"只听嗡的一声,四下里骂声如潮,哄然响起。"你胡说……""你说岛王还活着的……""你不是骗人么……"许多弟子叫骂之际,纷纷失声

痛哭。

狄希嘴角掠过一丝阴笑，心道此刻无声胜有声，不说一字，便能叫谷缜失去所有弟子的信任，这数千弟子发起难来，足将谷缜撕成碎片。

这道理连施妙妙也明白，一时心急如焚，不知谷缜为何不等到狄希伏法，再吐真言，此时群情激愤，真不知这些弟子做出什么事来，想着额上沁出一片冷汗，紧紧攥住手心银鲤。

蓦然间，谷缜双手叉腰，发出一声长啸，雄浑悠长，直如千军万马奔腾于沧海之上，将满场叫声、骂声一并压住。

这啸声发自叶梵之口，尚不令人吃惊。从谷缜口中发出，岛上众人无不呆住，坪上骂声越来越稀，待到一声啸罢，已是鸦雀无声，唯有海风呜呜作响，海鸟掠过晴空，发出凄厉哀鸣。

狄希暗暗吃惊，盯着谷缜，目不转睛，微笑道："谷缜，你要以威压人么？狄某人可是头一个不服。"谷缜也笑了笑，说道："你心里必然想，我大好形势，为何说出家父的死讯，自乱阵脚？"狄希被他道出心曲，嘿了一声，冷冷道："你向来谎话连篇，如今不过良心发觉，说了一句真话罢了。"

谷缜道："你错了。我方才说过，我什么都比你强，这说谎的本事，自也比你强得多。如今明夷死了，邢宗又反咬一口，可见你连谎话都不会说，对付你这种蠢材，我再说谎话，岂不是浪费口舌？所以干脆不说了，大伙儿再比别的。"

众弟子听得这话，哭笑不得，施妙妙亦是暗恼："这坏东西，什么时候了，还有心情插科打诨？"狄希脸色红了又白，心中暗怒："这厮欺人太甚。"略一默然，蓦地扬声道："无论如何，你谎话连篇，即便做了岛王，又怎么叫东岛弟子信服？"

谷缜笑道："你又错了，我从没想让他们信服，只想让他们舒服。"狄希一愣："什么舒服？"谷缜道："敢问活着舒服，还是死了舒服？"狄希道："那还用说？当然是活着舒服？"谷缜道："万归藏一来，大伙儿命都保不住，还谈什么信服，还是保住小命，比较舒服。"

狄希哈哈大笑，笑声中不无嘲讽之意，忽地冷冷道："这么说，你有抵挡万归藏的法子了？"谷缜笑道："我有。"

"大言不惭。"狄希面色一沉，厉声道，"你有什么能耐抵挡万归藏？"谷缜笑道："这么说，狄兄有能耐了？"狄希一愣，竟不知如何回答，饶是他奸诈十倍,这抵挡万归藏的海口也不敢乱夸。沉吟之际,谷缜笑道:"我明白了,原来狄龙王的能耐只有一样,那就是编造下三流的谎话诬陷他人,除此之外,一点儿用处都没有。"此话出口,众弟子均想起狄希的罪过,纷纷望着他,流露疑惑神情。

这时忽听一个女子高声叫道:"谷缜,就算狄尊主诬陷了你,也不过是想做岛王,难道说想做岛王也有错?"

这话突如其来,甚是蛮横,谷缜目光一转,但见人群中走出一个美貌妇人,紫衫白裙,举手投足颇为妖冶。谷缜认得来人是苍龙岛主牟玄的妻子桑月娇,出身本岛,与狄希同为龙遁一流,当即笑道:"桑姊姊,你这话问得好,想做岛王确是没错,但诬陷他人,却有点儿不对了!"

桑月娇冷哼一声,说道:"他诬陷你两句,好比大风吹过,可曾让你少一根寒毛?"谷缜道:"那是他没得逞,倘若得逞,我这颗脑袋掉了事小,到了下面,也要背一身臭名哩。"桑月娇道:"凡事只问结局,不问起因,你既然无恙,狄尊主便情有可原。再说了,你做人吊儿郎当,自身不正,才会给人可乘之机,倘若你为人正派,谁能害你。你说当初是湘瑶夫人害你入狱,也是一面之辞,湘瑶夫人已然去世,不能和你争辩,但以你往日放荡不拘,三年前那些可恶事未必做不出来。"

说到这里,不少弟子嘴上不说,心里却暗暗赞同。施妙妙气急,大声道:"桑月娇,你这叫强词夺理。"桑月娇冷笑道:"有人连父亲的生死都可以胡说,我这算什么强词夺理了?"

施妙妙俏脸生寒,扬声道:"桑月娇,倘若你处在谷缜的境地,又有什么法子?"桑月娇冷笑道:"我桑月娇为人清白,又岂会落到他的地步?"施妙妙咬了咬牙,正想措辞反驳,忽听一个洪劲的嗓子道:"月娇说得在理,施尊主,我敬你是五尊之一,但做事却要讲道理,看样子你是不是仗着千鳞厉害,要向月娇动武?我苍龙岛人虽不多,却也不甘受人欺负。"

发话正是苍龙岛主牟玄,形容瘦削挺拔,一手太乙拳剑颇为不弱,但为人险躁刻薄,与狄希交情颇深。施妙妙本无动武之心,经他如此一说,竟似说理不胜,就要以武压人,施妙妙又气又急,说道:"我,我哪有动武了?"

牟玄淡然道:"施尊主若无此心,那是最好不过了。大家说道理便说道理,动起武来,岂不伤了和气?大伙儿说是不是?"众弟子纷纷道:"是,

是啊。"

争辩说理，并非施妙妙所长，一时急得面红耳赤，浑身发抖，然而越是如此，众人越当她是理亏。施妙妙正气得难受，忽听谷缜笑道："桑姊姊，你脚下的鞋子是在京城'天衣坊'定制的么？"

桑月娇不料他这时问起这个，微微一怔，冷冷道："是又如何？"

谷缜笑道："你的耳坠是武昌'得意楼'的吧？"桑月娇心中讶异，点了点头。谷缜笑了笑："你这条裙子是苏绸，南京'小碧庄'的名匠林小碧亲手所制？"

桑月娇越听越惊，皱眉盯着谷缜，作声不得，牟玄却起疑惑，扬声道："你说得不错，这绸子我是亲手扯来请林裁缝做的，但你又怎么知道的？"谷缜笑道："我不但知道裙子的出处，还知道衣裳的出处，牟岛主你要不要听？"牟玄诧道："你说。"谷缜道："这衣服是湖绸，杭州'水袖斋'的手笔。"

牟玄讶道："咦，你怎么知道的？"谷缜笑道："自然是听人说的？"牟玄惊疑未定，桑月娇已脸色铁青，喝道："玄哥，不要听他胡说八道。"牟玄一愣，只听狄希也道："牟兄，此人精于识辨，善识天下货物，你万不可上了他的当。"

牟玄看看桑月娇，又看看狄希，正在将信将疑，忽听谷缜笑道："这么说，那晚的事我便不提了。"牟玄心头一震，脱口道："那晚怎么了？"谷缜漫不经心道："没什么，那晚我凑巧经过苍龙岛，听到一番对话，甚是有趣。"牟玄急道："什么对话？"谷缜笑道："牟岛主当真要听。"牟玄道："要听要听。"谷缜道："不要后悔。"牟玄道："决不后悔。"

谷缜笑道："我来灵鳌岛时，经过苍龙岛，顺道在岛上小溪取些淡水。"牟玄干笑道："既然到了敝岛，怎的不知会在下一声。"谷缜笑道："有人说我是杀父凶手，我哪儿敢停留呢？"牟玄脸一热，干笑道："后来呢？"

谷缜道："那会儿是什么时候我也不知，只看天上星星还多得很，我刚到溪边，就听到溪口旁的礁石后面有人说话？一个男子笑嘻嘻的，说道：'你这鞋子做得好，是哪儿做的？'一个女子也笑道：'是京城天衣坊做的……"桑月娇气急败坏，厉声道："姓谷的，你，你血口喷人？"谷缜道："哎呀，我又没说这女子是谁？又怎么血口喷人了？"桑月娇脸色煞白，喝道："你，你……"牟玄阴沉着脸道："少主，你接着说。"

"好，好。"谷缜说道，"只听过了一会儿，那男子又问：'这裙子也妙，哪儿做的？'那女子说：'是苏州的缎子，那冤家请南京小碧庄林小碧亲手做的'，这么又过片刻，男子又问：'这衣裳呢？'女子说：'这是湖绸，杭州水袖斋里做的。'随后那男子又问女子耳上的坠子，那女子说是得意楼的，问手上的玉镯子，女子说是苏州刘玉匠碾的……"

他话里虽不挑明，在场众人却都听得明白，这一段对答哪儿是问衣饰出处，分明是一对男女暗夜偷情，男子为女子宽衣解带时的无耻言语，先脱绣鞋，次及罗裙，再解衣裳，乃至于耳上、腕上诸般首饰，一举一动，都在问答中历历分明。

桑月娇听得破口大骂，眼泪也快急下来，牟玄却脸色铁青，一言不发，他原本刻薄多疑，又宠爱妻子，桑月娇身上的行头大半是他亲自买来，此时听谷缜说得如此精准，心中疑惑已极，转眼瞪着桑月娇，涩声道："我平素待你不薄，你怎能做出如此淫荡之事，那，那奸夫是谁？"

桑月娇怒道："哪有什么奸夫？"牟玄怒哼一声，心念一转，忽地瞪着狄希，眼里怒火迸出，忽地反手给了桑月娇一个嘴巴，厉声道："无怪你要帮这姓狄的，敢情是这个缘故？"

桑月娇被打得蒙了，傻了一会儿，蓦地还醒过来，她出身本岛，从来自认为高过丈夫一头，哪儿受得了如此委屈，顿时扑将上去，又哭又骂，拳打脚踢，众目睽睽之下，牟玄也不便使出武功，唯有左右格挡。

众人见二人堂堂高手，闹将起来，却如市井夫妻一般，真是将苍龙岛的面子都丢尽了。这时间，忽听谷缜笑道："桑姊姊、牟岛主请罢手，方才的话，都是小弟杜撰，二位何苦为此伤了和气？"

二人闻声，均是住手，呆呆瞪着谷缜，桑月娇鬓乱钗横，满脸鼻涕眼泪，牟玄头巾歪戴，左颊已被抓破，鲜血长流，加之呆怔模样，瞧来十分滑稽。

"桑姊姊。"谷缜笑道，"这被人诬陷的滋味可好受么？"桑月娇这才还过神来，指着谷缜怒道："你，你……"谷缜笑道："姊姊不是说了么？你为人清白，岂会被人诬陷？再说了，就算小弟诬陷你两句，也不过是大风吹过，没让你少一根汗毛，情有可原，姊姊也不会责怪我的。"

桑月娇羞怒交集，偏又无话反驳，气得一跺脚，飞也似转身去了。牟玄仍是怔忡："可，可你怎么知道她的衣裙首饰从哪来的……"谷缜笑道："正如狄龙王所说，这世间许多绸缎宝货，经我两眼一瞧，便知出处。可惜

狄龙王假话说得太多，这回说真话竟也没人信了。"

牟玄脸上红一阵白一阵，蓦地转身叫道："月娇，月娇……"向桑月娇去处飞也似赶去。苍龙岛是三十六离岛之首，势力颇大，二人这么一去，有如折了狄希一条手臂。

狄希心中暗恼，眼珠一转，忽地扬声笑道："谷缜，闲话少说。你适才夸下海口，说能抵挡万归藏，想必有惊人神通，狄某不才，想要讨教。"谷缜微微一笑："你向我挑战？"狄希道："你不敢？"话音未落，两人四目相对，竟如雷电交击。

施妙妙深知谷缜性情，见他目光越来越亮，心头一跳，忙道："慢着……"话未说完，谷缜已向她一挥手，将后面的话都挡了回去，口中道："狄龙王，你若败了呢？"

"任你处置。"狄希道，"我若胜了呢？"谷缜笑笑，一字字道："谁若胜了，谁就是东岛之王。"

人群鸦雀无声，人人望着二人，均露古怪神气。施妙妙急道："谷缜，你疯了么？"

谷缜不答，一抹新月似的笑意浮上嘴角，浩浩海风中，衣袂飘飘，恍然若飞。

狄希盯着谷缜那张笑脸，心底里升起一股无可名状的憎恶。十多年了，这张脸还是笑得那样讨厌，仿佛洞悉一切，嘲弄一切，仿佛看穿了他内心深处最肮脏的隐私。

还记得那一天，正当盛夏，他潜入了岛王的内室，摇篮就在床边，商清影不在，丫鬟趴在一边打盹。

篮中的婴儿却没有睡，双眼像刚刚采得的水晶，清亮见底，见了生人，咧了嘴只是笑，粉嘟嘟的拳头向上挥舞，小脚亦奋力地蹬着，仿佛有使不完的气力。

望着婴儿小嘴里粉嫩的舌头，狄希有一种莫名的冲动，想要掐住那嫩白的脖子，拔出他的舌头。两天前他就这么干过，死的是一只兔子，拔了舌头的兔子死得很慢，留下一丈多长的血迹，他默默看着，心中十分快意。

他恨这个婴儿，恨他的笑脸，恨他的一切。不错，他的命是谷神通救的。那时他父母双亡，仇人将他拴在一匹马的后面，拖了三里远，遍体鳞伤，他没有叫，连眼泪也没流下一滴。

他的仇人是谷神通杀的，他的伤也是谷神通治的，因为这个男人，他的武功一日千里，许多人都说，他将会成为东岛的五尊。这是很高的赞语，他却十分不屑。谷神通是他的恩人，也是他的偶像，更是唯一可以倾吐心事的人，他是如此仰慕他，所以日夜苦练，梦想有朝一日继承这个男子，继承他的武功，光大他的精神。

可一切都变了，谷神通有了儿子，疏远了他，即便谷神通对他关爱如故，但在他心里，这种爱也已经变了味，不再令人愉快，反而叫人痛苦，他要的是全部，而不是与人分享。这个婴儿很爱笑，谷神通也爱逗他发笑，咯咯咯的声音像一把把锥子，刺扎他的心。

他决意杀死这个婴儿，他的手一度伸到了婴儿的小脖子上，但室外却响起了脚步声。狄希吓得从内室逃出来，落地时，他见到了谷神通，谷神通一言不发，只是深深看了他一眼，那眼神十分奇怪，狄希至今记得。十多年后，每在睡梦中重见，他总会大叫惊醒，冷汗淋漓。

因为那一眼，他将杀机隐藏了十五年，对谷神通的爱也变成了恨。他曾以为，这种恨无人知晓，却没有瞒过白湘瑶那只狐狸的眼睛，那个盛夏的傍晚，在她身上，他变成了一个男人。可他不喜欢她，也不喜欢任何人，他只觉这是一种报复，报复谷神通的无情。可他很快明白，谷神通并不在乎，而他也只是白湘瑶的面首之一。狄希怅然若失，从那之后，他虽然伤天害理，却又从来不留痕迹，这世上再也没有什么能激怒他，无论何时何地，面对何人，九变龙王，都能清高自许。

然而此时此地，谷缜的笑容却让他心神不定，许多东岛弟子生平第一次看到狄希俊脸扭曲，凤眼里透出骇人杀机。

施妙妙心跳加剧，忍不住踏上一步，叶梵却伸手拦住，摇头道："你不能去？"施妙妙怒道："为什么？"叶梵淡然道："谷缜说得对，我不是做岛王的料子。那么他呢？若是连狄希都胜不了，又怎么能够抵挡西城？"

施妙妙怔了怔，定眼望去，日光耀眼，给谷缜俊朗飞扬的脸庞勾勒出绚丽的金边。不知怎的，她的心儿忽就一颤，分明发觉，眼前的这个男子已经长大，再也不是海滩边陪伴自己的那个轻狂少年。刹那间，施妙妙的心里有些空荡荡的，谷缜离自己明明很近，却又感觉是那么的远，既觉不胜欣慰，又有一丝心酸，她忽然明白，谷缜属于自己，却又不只属于自己，他本就不是树梢头报喜的喜鹊，而是长空里展翅的雄鹰，就连她也不知道，

他终将飞得多高,又飞向哪里?

施妙妙双眼潮湿起来,仿佛染了一层薄薄的雾气,不知不觉,手中的银鲤跌落地上,鳞片碎散,发出叮叮叮的响声。

狄希雪白的额头上却已渗出细密汗珠,心中异感越发浓烈,只觉谷缜明明望着自己,目光却似穿透自身,投向云天大海。

"莫非他竟已不将我放在眼里?"这念头让狄希心神陡震,忽地想起十年前的那个仲夏。浓荫如盖,白气如缕,一炉红火煎着一壶好茶,谷神通就在对面,面孔在蒸气中时隐时现,浑不似身处尘世。

"阿希,勤奋虽好,但有些事,仅凭勤奋却还不够。"

"请岛王明示。"

"大高手的气度多是天生,不可模仿,不可追及。你很用功,却少了那分气度,可成一流高手,却不能出类拔萃。"

"……那什么是大高手的气度?"

"眼空无物,所向无敌,不以己悲,不以物喜。"

"后面两句易解,前两句希儿不太明白。"

"这种高手,面对你的时候,在他眼里,你什么都不是,只是空无虚幻,不生不死。说得俗些,就是他根本不将你放在眼里。"

"……那么,我为什么不能……"

"你有太多不愿舍弃的东西。"

"岛王有么?"

"……我也有,可我敢于舍弃。你呢?你总是牢牢攥在手心,至死不渝。阿希,你记得,遇上那样的人,躲开一些,若不然,你必败无疑……"

一席话如电光火影,一闪而过,字字有如惊雷,狄希凝立如故,却已汗如雨落。

忽听谷缜笑道:"狄龙王,人能驾驭真气么?"如此生死关头,他突然问出这么一句不相干的话,众人无不诧异,狄希长吸一口气,冷冷道:"废话,修炼内功之人,谁不能驾驭真气?"谷缜道:"说得好,那么真气能驾驭人么?"狄希不觉一愣:"说什么胡话?人是活的,故能驾驭真气,真气是死的,怎么能驾驭活人呢?"谷缜微微皱眉,问道:"倘若真气是活的呢?"狄希又是一愣,蓦地两眼瞪圆,锐声道:"谷缜,你有本事就放马过来,说这些废话羞辱人么?"

谷缜哈哈大笑，狄希猛然悟及，自己不知不觉又被对手愚弄，懊恼之余，心里腾起浓浓怨毒。"什么眼空无物，所向无敌，我偏偏不信。"念头闪过，狄希发出一声清啸，奔腾而出。龙遁身法，既快且幻，"太白剑袖"云缠雾绕，十丈之内，金光弥漫。

施妙妙一颗心提到嗓子眼上。这时忽见谷缜身子一躬，足不抬，手不动，竟从一片金光中遁了出去，施妙妙"哎呀"一声，心底狂喜。狄希却是大吃一惊，浑不知对手如何遁出自己袖底。他绝想不到，谷缜方才的问话，包含了武学中一个极大的奥秘，更想不到，谷缜竟会在决斗之前，与自己探讨这个奥秘，而自己无意中的一句话，竟点破了谷缜思索许久的绝大难题。

"周流六虚功"中，气是活的，人也是活的，活气驾驭活人，活人亦驾驭活气，人气相驭，生生不息。

三百年前，"西昆仑"梁萧在天机三轮上悟通"人剑相驭"之法，事后但觉剑为有形之物，再是锋利，也少了一分灵动之气，多年后，他流亡海上，镇日长闲，创出"周流八劲"，自成一体，自在有灵，如此以气为"剑"，胜过有形之剑甚多，尽得"人剑相驭"的法意，只不过如此一来，再不能叫做"人剑相驭"，而当叫做"人气相驭"了。

而所谓"六虚"，指得的是上下四维虚空万物，既包括一切身外之物，也包括自身肉体。只有悟到这一层，谷缜的"周流六虚功"才算小成。

纵是小成，天下间也已少有敌手，狄希看似对敌谷缜一人，其实对敌一人一气。谷缜心驭气，气驭人，周流八劲如身外化身，牵之引之，推之送之，人气互驭，劲上加劲，谷缜一成的身法，经此变化，催至十成，一分的气力，经此变化，催至十分。

双袖所至，铺天盖地，狄希一心求胜，身法越变越快，人影相叠，化作一道金虹，天上地下掠来掠去，长发飞扬，飘逸若神，一举一动，无不优美潇洒，赏心悦目。谷缜却不然，忽快忽慢，快时趋止如电，足与狄希一较长短，慢时却是原地打圈，如风来草偃，随狄希攻势，忽而歪倒，忽而直立，忽而似卧非立，举止古怪滑稽，却总能在毫厘之间，避开长袖圈击。

场上不乏武学上的大行家，见此情形，均觉不可思议。这些人多数不是本岛弟子，便是本岛弟子，也晚生多年，无缘亲眼目睹"周流六虚功"的威力，更别说知道"人气相驭"的奥秘。

要知世间武功,一掌拍出,一脚踢出,往往出尽力气,以求敌手无力抵挡,无从躲避。也因此缘故,出招时用的气力往往太过,一分的气力就能破敌,却用了两分,有如杀鸡用了牛刀,力气不免空费。"人气相驭"则不然,纵使谷缜用力过度,多余的真气也会反驭自身,倘若一分气力办到的事,谷缜用了两分气力,这两分气力中一分伤敌,另一分则会反转回来,加诸谷缜之身,助他消势攻敌,如此反复再三,不会浪费丝毫气力。这其中的道理,颇类武学常说的"借力打力",但"借力打力"是借他人之力,"人气相驭"却不但借他人之力,亦借自身之力,相比之下,高明许多。

谷缜的内功比起狄希浅薄许多,比快比强,必输无疑,但狄希一意击败谷缜,将真气催发至极,这其中不免浪费,谷缜人气互驭,用力至省,有时为形势所迫,不免与之争强竞快,多数时候却能以弱制强、以慢打快,落到众人眼里,则显得忽快忽慢、悠然自若了。

叶梵看到这里,暗暗点头,心想自己若与狄希争胜,也不敢与其比快斗幻,以静制动、以慢打快才是制胜之道,但自己身负"鲸息功",方能快慢由心,攻守自如,谷缜却又凭的什么?叶梵注视良久,始终难得其妙,回想数月之前,此人尚且武功平平,如今忽有如此成就,难道世间神通真有速成之法。

疑惑间,狄希忽地飘然后退,冷冷道:"谷缜,你我今日争的是什么?"谷缜笑道:"方才说了,争的是东岛之王!"狄希道:"既是东岛之王,就当以东岛神通一决胜负?你这身法可是东岛的神通?狄某眼拙,不曾见得。"

谷缜笑笑:"若要东岛神通,还不容易?"左脚独立,右掌翻出,轻飘飘一掌推向狄希。东岛弟子无不流露讶色,纷纷叫道:"伏龙掌法?"

"伏龙掌法"是东岛弟子入门时必学的基本功夫,岛上三岁小孩也会几招,谷缜幼年时也被谷神通强逼学过,因是童子功,许多武功大多忘了,唯独这套掌法尚还记得,狄希一说,便随手使了出来。

"伏龙掌法"本是舒展筋骨、强健体魄的良方,说到攻守破敌,机警神速,比起"龙遁"奇功,相差万里。众弟子见状,无不替谷缜捏了一把汗,狄希却是大为恼恨:"这小子愈懒至极。我道号'九变龙王',他却使这'伏龙掌法',岂不是存心羞辱我么?"方要反击,忽觉谷缜来掌有异,心头一动,身后如有绳索牵扯,向后飞退。

众弟子大为惊疑,叶梵却看出厉害,心中大为震骇。原来这"伏龙掌法"本身平淡无奇,但不知为何,到了谷缜手里,忽然生出许多妙用,欲吐还缩,欲拒还迎,似慢而快,微妙精奇,竟变成极高深的武学。

霎时谷缜连拍数掌,狄希有如洪水在前,避之不迭,绕着谷缜旋风也似飞奔,寻其破绽。不料谷缜亦随之转身,按照先后次序,将"伏龙掌法"一招招打将出来,招式潇洒自如,飘逸出群,一举一动,均让众弟子看得心里舒服,自觉这路拳法招式虽同,自己使来,绝无这么和谐自然。殊不知这路拳法到了谷缜手里,形虽似,神已非,掌法是"伏龙掌法",心法却是"人气相驭",无意间得了"谐之道"的神髓,天下任何武功到他手里,无不化腐朽为神奇。

狄希连兜了十多个圈子,只觉谷缜一举手,一抬脚,神完气足,由内而外瞧不出一丝破绽,以至于长袖在手,竟不知如何发出。他一生遇敌无算,这等奇怪感觉从未有过,奇怪之余,大感屈辱,蓦地将心一横,不管不顾,长袖击出。谷缜却不变招,挥掌迎出,不知怎的,狄希后招虽多,却绕不开这平平无奇的一掌,直直撞上谷缜的掌力,二劲相交,狄希袖劲忽被截断,一股怪力自谷缜掌心直冲上来。

狄希吃了一惊,匆忙收袖,谷缜一招占得先机,更不留情,随长袖回卷闪赚向前,仍使"伏龙掌法",左掌在后,右掌推出,狄希举袖欲拦,不料谷缜掌势倏尔转快,后发先至,呼地拍到胸前。狄希见识虽广,竟不知这一掌如何击到,匆忙间袖里夹掌,横在胸前,笃的一声,二人对了一掌,狄希稍占上风,谷缜向后飞掠,狄希却觉数道怪劲透掌而出,酸痛涩麻不一而足,狄希经脉五脏,隐隐滞涩。

狄希真力虽强,但亦脱不出"周流八劲"的樊篱,按其特性,近似风劲,谷缜运转八劲,损强补弱,顷刻化解,复又上前,呼呼两掌,击向狄希。他反守为攻,狄希稍一抵挡,"伏龙掌法"立时生出许多变化,掌上劲力更是莫可测度,旁人不觉,狄希却是如鱼饮水,冷暖自知,谷缜一套掌法打完,隐隐已占上风。

狄希惊怒交迸,发一声长啸,袖招忽变,曲折无方,使出一路剑招,迥异先前所使剑法,袖锋掠过谷缜头顶,嗤的一声,带起数茎黑发。叶梵不觉咦了一声,神色震惊。

施妙妙心子怦怦乱跳,问道:"叶尊主,怎么了?"叶梵神色严峻,摇头不语。施妙妙不便多问,眼看两道剑袖曲折纵横,已将谷缜圈在其中,几乎不见人影,施妙妙大为心急,紧握拳头,手心里满是汗水。

"太乙分光剑!"叶梵忽地喝道,"不错,就是太乙分光剑。"施妙妙骇然道:"你说什么?"叶梵脸色发白,涩声道:"我只当镜圆祖师仙逝之后,这路剑法已然失传,不料竟然还在人间?狄希以双袖代双剑,使的正是这路剑法。"施妙妙听得这话,顿时如坠冰窟,浑身僵冷。

叶梵又看数招,忽地吐一口气,摇头道:"看这情形,狄希这剑法也没练全,要么便是用法不对。"施妙妙松一口气,问道:"叶尊主是怎么看出来的?"叶梵冷哼一声:"太乙分光剑是天下武功之樊笼,若是练成,怎么会困不住谷缜?"

施妙妙闻声,定眼望去,剑袖金光,汪洋一片,而金光之中,谷缜一角白衣若隐若现,分外醒目。施妙妙不由松一口气,心儿却仍是悬着。

叶梵注视二人,目光闪烁不定,面色愈发凝重,心道狄希这路剑法虽没有登峰造极,但若自己身当其锋,必然败多胜少,以往自己妄自尊大,以为五尊之中老子第一,万不料狄希城府如此之深,竟然偷偷藏了如此厉害的绝技,说不定就是为了将来对付自己。这也罢了,更叫人吃惊的是,谷缜武功一至于斯,无论狄希如何变化,始终不落下风。想到这里,叶梵爽然若失,望着场上两人生死相搏,忽然间竟然没了再看下去的兴致,抬眼望着天空,定定出神。

叶梵所料不错,数年前狄希偶尔得到一本"太乙分光剑"的残谱,暗中修炼,人前从不显露,本想待到谷神通身故,来日争夺岛王之时对付其余四尊,此时使出,着实被迫无奈。但他所得剑谱本就不全,加之太乙分光剑若非二人同使,极难显露威力,狄希生平只信自己,不信外人,不愿与人分享秘籍,这么一来,二人合练已不可能,唯有一人独使,威力无形减少许多。

"周流六虚功"本自"谐之道",当前梁萧恃之大战"太乙分光剑",三百年后,两大绝学再度相逢,已然物是人非,不复当年风光。

叶梵怔忡半晌,忽听人群里发出一阵惊呼,骤然还过神来,凝目望去,只见场上二人忽地由合而分,绕场飞奔起来,一会儿像是狄希追逐谷缜,一会儿又似谷缜追赶狄希,奔到快时,身影重叠,以叶梵的眼力,竟看不出到底谁追赶谁。就在这时,两人中忽地腾起一股黑烟,越来越浓,黑烟之中,陡然迸出一道火光,只听狄希大叫一声,满场金光忽敛,狄希摇摇晃晃奔出数步,闭着双目,神色痛苦,头发上火光腾腾,但不知为何,狄希双手下垂,竟不举手扑灭。

谷缜立在一丈之外,脸色煞白,喘息不已。

狄希头上火借风势,越燃越大,烧着头皮,滋滋作响,但他始终闭眼皱眉,双手颤抖,一动也不动。众人方觉奇怪,谷缜却已缓过气来,笑道:"取一碗水来。"说完即有好事弟子端来一碗凉水,谷缜接过,走到狄希身前,狄希仍是不动,谷缜举碗,泼向狄希头顶,嗤的一声,水到火灭,焦灼之气弥漫开来。

狄希打个激灵,双腿一软,扑通跪倒在地,两眼盯着谷缜,既似怨毒,又似愤怒,更有几分难以置信。

众人见此情形,均是莫名其妙,忽听狄希吐一口气,缓缓道:"姓谷的,你用的……绝不是东岛神通。"谷缜哦了一声,道:"那是什么神通?"狄希欲言又止,忽地低头叹一口气,颓然道:"罢了,无论什么神通,狄某都已输了。"

二人对答奇怪,除了施妙妙略知谷缜根底,其他人均是不解其意,就是叶梵,也感觉谷缜胜得蹊跷无比,狄希却败得古怪至极。

狄希忽地叹道:"谷缜,你何不一掌杀了我?"谷缜笑了笑,转身道:"叶老梵,九幽绝狱的窟窿补好了么?"叶梵想到被他逃脱之事,颇为羞愧,苦笑道:"补好了,这回用生铁浇铸,比以前还要牢固。难道说岛王要判这人九幽地刑?"施妙妙听他改口称呼谷缜岛王,微微一愣,望着谷缜,心生异感。

谷缜笑道:"叶老梵,那么狄龙王就交给你了,这次可不要再让犯人逃了。"叶梵面皮一热,拱手道:"遵命。"狄希听得两眼喷火,咬牙一笑,森然道:"谷缜,你今日不杀我,将来可不要后悔。"

谷缜微微一笑,俯下身子,凑近他耳边说道,"狄龙王千万保重,有朝一日你从九幽绝狱里出来,大可再来找我,斗力也好,斗智也罢,阳谋也好,阴谋也罢,谷某全都乐意奉陪。"

狄希面肌抽搐几下,蓦地发出一阵狂笑,叶梵箭步抢上,他心狠手辣,更何况与狄希争强斗胜,多有积怨,此时乐得趁机报复,当即左右开弓,两记耳光打得狄希牙落血流,然后将他提起重重一摔,厉声喝道:"拖下去。"早有狱岛弟子赶上,将狄希捆绑起来,拖了下去,狄希口角鲜血长流,一路

狂笑,笑声越去越远,终被一阵海风袅袅吹散,再也不闻。

谷缜目送狄希消失,忽道:"叶尊主,败的倘若是我,你会如何?"叶梵淡然道:"属下对待手中囚犯一视同仁,岛王又何必多此一问?"

"好个一视同仁。"谷缜哈哈大笑,目光一转,扫过人群,目光所至,众弟子纷纷跪倒,山呼道:"恭喜岛王,贺喜岛王。"谷缜脸上笑意忽敛,叹一口气,挥手道:"起来吧。"再不多言,转身走下石坪。

走了十多步,忽觉身侧气息香暖,转眼望去,施妙妙秀目盈盈,盯着自己打量,谷缜笑道:"妙妙,你来啦?"施妙妙道:"大伙儿还等你说话,你怎么拔腿就走啦?"谷缜道:"成王败寇,有什么好说的。"说着漫步穿过曲廊回阁,来到向日居所,推门而入,淡淡书香扑面而来,举目望去,架上书籍,桌上文具无不叠放整齐,床头流苏低垂,纱帐如烟,笼着锦绣被褥。

一别三年,房中一切,竟似从未变过。

施妙妙猜到谷缜的心思,叹道:"是萍儿,她每天都来打扫,常常呆坐房里,几个时辰也不出来?"谷缜苦笑道:"这个痴丫头,想着便叫人心疼。"说罢盯着施妙妙俏脸,笑道:"你是不是也常来瞧,要不然,怎么知道萍儿天天都来,又怎么知道她在房里呆坐。"

施妙妙双颊染红,垂头低声道:"听,听人说的呗……"偷偷抬眼,见谷缜眼里的笑像要溢出来,心知自己一切心事都瞒不住他,顿时又羞又气,捶他两拳,轻声骂道:"就你聪明,什么都晓得。"谷缜挽着施妙妙,并肩坐在床沿,轻轻揉弄佳人玉手,微笑不语。施妙妙见他嘴角带笑,眉间却似有愁意,忍不住问道:"你做了岛王,怎么一点儿也不高兴。"谷缜反问道:"做个岛王,有什么好高兴的?"施妙妙不解他话中之意,嘟起小嘴,没好气道:"你连做岛王也不高兴,还有什么事让你高兴?"

"怎么没有。"谷缜盯着她笑道:"最让我高兴的,就是寻一个清清静静的地方,和你生一窝儿子。"施妙妙芳心一乱,狠狠瞪他一眼:"什么一窝儿子,我又不是母猪?"谷缜笑道:"那你肯不肯给我生儿子?"

施妙妙答也不是,不答也不是,羞急不胜,啐道:"谁生儿子,我喜欢丫头?"谷缜摇头道:"丫头不好,丫头是赔钱货,嫁一个陪嫁一次,到头来富了女婿,穷死丈人,这种赔本生意,我可不作。"施妙妙心里微微有气,冷笑道:"你这么个大富翁,大财主,陪嫁都赔不起,还不如穷死算了。"谷缜哈哈大笑。

施妙妙定了定神，问道："谷缜，我始终奇怪，你到底怎么打败狄希的？"

谷缜道："狄龙王内功强我十倍，身法强我十倍，气息悠长，剑袖招式也越变越奇，好几回我都要输了，只是运气不错，方能支撑下去……"施妙妙白他一眼，道："怎么又谦逊起来啦？先前那不可一世的样子去哪儿了？"谷缜道："我不是虚张声势么？气势都输了，那也不用打了，直接跪地求饶。"施妙妙笑道："说得在理。但你处处不如人家，怎么又胜了？"

谷缜道："这不怪我，都怪他自己不好。"施妙妙越发奇怪，妙目睁圆，说道："这话才怪了，难道是狄希自己打败了自己？"

"那也差不多。"谷缜笑道，"狄龙王有一头好头发，不盘不束，一旦使出龙遁身法，长发飘飘，十分好看。可是有位朋友说得好，美观则不实用，实用则不美观，就算泼皮打架，头发太长，被人揪住了也不好办。斗到紧要关头，狄龙王身形一转，长发飘忽而来，正好落到我眼前，我这一瞧，乐不可支，急忙发出一道火劲，悄悄给他点着了。狄龙王一心卖弄身法，显示潇洒，浑不知着了我的道儿，他跑得越快，身周罡风越强，火借风势，越烧越旺，狄龙王只觉后脑勺热烘烘的，烧得头皮灼痛，但又不知发生了什么事，于是伸手去摸后脑勺儿，这一下还不露出破绽么？我趁虚而入，将'反五行禁制'打入他体内，制住他的五脏精气，就此胜了。"

施妙妙听得发呆，好半晌才问道："这么容易？"谷缜将一缕乌黑光亮的秀发把在手里玩弄，笑嘻嘻地道："是啊，以此为鉴，你和人打架，千万要盘起头发，若不然，被人揪住小辫子，可就糟了。"

"你才糟呢。"施妙妙夺回长发，气道，"人家好心问你，你却半真半假，不尽不实。本来胜了是好事，经你这张嘴一说，倒像是阴谋诡计似的。"谷缜笑道："本来就是阴谋诡计，堂堂正正我怎么打得过人家。打架不是我的专长，生儿子的本事还差不多。"施妙妙又羞又气，啐道："谁跟你生儿子？"起身要走，却被谷缜笑嘻嘻按住双膝，站不起来。

双膝入手，浑圆光滑，骨肉匀停，增一分则太丰，减一分则太瘦，纵是隔着裙子，亦是柔腻如玉，让谷缜一时不忍移开，施妙妙双颊绯红，贝齿轻咬下唇，眸子起了蒙蒙一层水雾，忽地低声道："你，你这人，越来越坏了，还不将手拿开？"

谷缜拿开了手，却一头倒来，枕在双膝之上，两条长腿挂在床栏之外，

晃晃悠悠。施妙妙只觉一股热流从双腿涌起,直透双颊,身子不觉僵了,正想呵斥,忽听谷缜笑嘻嘻地道:"妙妙,我有一个故事,你要不要听。"施妙妙道:"你将头挪开再说。"

谷缜却不理会,笑道:"唐朝时有个妙人,叫做李泌,他白衣入相,帮助皇帝平息安史之乱,功劳很大。皇帝问他,想要什么赏赐?他说:'我这人是学道的,无欲无求,没有别的请求,但求将来收服长安之后,枕着天子的膝盖睡一觉。'皇帝听了大笑,后来啊,有一次李泌劳累极了,正打瞌睡,皇帝来看他,见他睡得正熟,不忍唤醒,便将他的头放在自己的膝盖上,让他枕着天子膝盖睡了一觉……"

施妙妙听得入神,说道:"这人却也有趣……"话未说完,忽听谷缜喃喃道,"妙妙,我今日的功劳大不大啊……"施妙妙不觉莞尔,伸出小指头,说道:"就这么大呢。"却听谷缜道:"……我也没别的请求,但求枕着你的膝盖睡一觉……"说着说着,声音越来越轻,越来越细。施妙妙垂目望去,谷缜两眼微合,竟已睡了过去。施妙妙心中忽而释然:"我真傻,他又不是铁打的,这一阵斗下来,一定疲倦极了,我却缠着他问这问那的,真是傻透了,难怪他总叫我傻鱼儿呢。"细看谷缜,睫毛长密浓黑,嘴角一丝笑意纯真无邪,宛如婴儿。

"不想他睡得这么好看。"施妙妙瞧得痴了,这时间,忽见谷缜睫毛轻轻一颤,眉头耸起,施妙妙一呆,忽听谷缜喃喃叫了声:"爹爹……"一点泪珠顺着眼角流了下来,施妙妙呆呆望着谷缜面庞,只觉心也碎了,过了一会儿,忽又听他梦呓道:"……妙妙,再别离开我啦……"

施妙妙心尖儿猛地一颤,霎时间再也忍耐不住,眼里泪如走珠,无声落下。

情义

树木倒横，断草纷飞，二劲相交，拳风倏尔崩散，陆渐耸身后退，眼前人影忽地一闪，万归藏如鬼如魅，猝然逼近，陆渐运肘横击，却被万归藏一掌挑中肘尖，陆渐浑身陡振，五脏如焚，护体真气几欲溃散，遂借他一挑之力，翻身后掠，拔足飞奔。

"又逃么？"万归藏笑声清扬，如在耳畔，"打不过就逃，也是鱼和尚教的？"话语声中，风声逼近，陆渐如芒在背，足下却不敢稍停。

这么打打走走，二人纠缠了已有大半月长短，陆渐屡战屡败，但也学得乖了，决不死缠蛮打，稍落下风，即刻逃命，任凭万归藏如何挖苦挑衅，总不与之一决生死。金刚六相纵然不敌"周流六虚功"，只逃不打，却也大有余地。陆渐明白，万归藏视自己为心腹大患，一日杀不了自己，一日不会抽身离开，只消将他缠住，戚继光便有取胜机会。

万归藏本意擒住陆渐，打断他的手脚，捏断他的经脉，叫他无处可去，自生自灭。谁知陆渐豁然开窍，不计胜败荣辱，不再硬挡硬打，一沾即走，专拣险峰绝壑躲藏，他有大金刚神力和劫力防身，攀山若飞，入水像鱼，穿岩洞石，无所不至。万归藏几度将他逼入险境，陆渐却总能绝处逢生，自金刚六相中生出种种变化，脱身逃命。

陆渐精进之快，万归藏亦觉吃惊，心想同为逃命，这少年的机变比起当年的谷神通颇有不如，但武功之强已然胜之，此人不除，来日必成大患。想到这里，不辞劳苦，尾随穷追。

一追一逃，两人路上交手不下百回，甚至一日十余战，陆渐纵然不敌，却总能死中求活,逃出生天。两人自从江西南下,绕经梅岭,由粤北进入闽中,在武夷山中游斗两日,又经闽中北上,进入浙江境内。

大半月中,陆渐食不果腹,睡不安寝,无论如何躲藏,一个时辰之内,万归藏必然赶至,有时饿了,便采些黄精松子、山菌野果,边走边吃;渴了,便掬两口凉水;困了,也不敢倒下睡觉,只靠着大树巨石,站着打盹。有时万归藏逼得太紧,数日不饮不食、不眠不休也是常事。

虽说艰难已极,但陆渐平生历经苦难,这逃亡之苦,也未必及得上黑天劫的苦楚,有时候困极累极,饿极渴极,便以"惟我独尊之相"强自振奋精神,以"极乐童子之相"激发体内生机,以"明月清风之相"舒缓惊惧,以"九渊九审之相"窥敌踪迹,以"万法空寂之相"隐蔽生机,万不得已,则以"大愚大拙之相"奋起反击。

大半月下来,陆渐衣衫褴褛,几不蔽体,人亦消瘦多多,然而脂肉减少,筋骨却日益精坚,精神不但未曾衰减,反而益发健旺,因为身处至险至危,面对的又是绝世强敌,气质也生出了极大变化,村气消磨殆尽,神气日益内敛,目光有如虎豹鹰隼,动如风,静如山,骎骎然已有高手风范。

进入浙江境内,是日陆渐遁入一座渔村,隐匿不见。万归藏明知他必在左近,但"万法空寂之相"委实神妙,以万归藏之能,也往往无法感知。他久寻不得,焦躁起来,眼瞧海边有一个孩童拾拣贝壳,当即上前,捉将起来,举过头顶,厉声道:"陆小子,给我滚出来,若不然,叫这小娃儿粉身碎骨。"

那孩童吓得哇哇大哭,万归藏冷哼一声,做势要掷,忽见陆渐从一块礁石后转了出来,扬声道:"万归藏,你一代宗师,也好意思欺负小孩儿么?"

这一计万归藏原本早已想到,知道一旦用出,以陆渐的性子必会现身,但他自顾身份,若以此法逼出陆渐,一来显不出自身高明,二来传将出去,有辱身份。但这般追逐旷日持久,实在不是长久之计,事到如今,必要作个了断。

他性子果决,只要用出这一计,荣辱之事便不放在心上,闻言微微一笑,点了孩童穴道,抛在一边,笑道:"小子,这次不分胜负,可不许走了。要不然,这小娃娃可是没命。"

陆渐心知万归藏心狠手辣,难免不会说到做到,见那小孩神色惊恐,啼哭不已,只得打消逃走念头,纵身上前,两人便在海边交起手来。

半月来,陆渐神通精进,几至于神融气合,无所不至,但唯独抵挡不住万归藏的真气,二人真气一交,"大金刚神力"立时土崩瓦解,无法凝聚,更别说变化伤敌了。陆渐对此冥思苦想,始终不得其要,唯一能做的便是灌注精神,避实击虚,竭力避开万归藏的真气,但二人均是一代高手,生死相搏之时想要全然避开对方真气,真如白日做梦一般,此次也不例外,陆渐穷极所能,支撑了二十余招,终被万归藏摧破神通,一掌击在后心要害。

这一掌虽不致死,亦让陆渐委顿扑地,口吐鲜血,方要挣起,万归藏手起掌落,二掌又至,陆渐只觉来势如山,心知难免,索性一动不动,任他拍下。不料掌到头顶,忽然停住,万归藏笑道:"小子,这回服气了么?"陆渐道:"你要杀便杀,叫我服气,却是做梦。"

万归藏起初确有将陆渐立毙掌下的意思,行将得手,却又生出犹豫。他苦练武功,但求无敌于天下,二十年前终于得偿心愿,从此稳持武林牛耳。然而年岁一久,他对这天下无敌的日子又渐渐生出几分厌倦,仿佛身怀屠龙之术,无龙可屠,也很寂寞痛苦。谷神通当年所以能三次逃离他的毒手,一来谷神通确有过人之处,二来万归藏见他潜力卓绝,来日必成劲敌,不忍将他一次杀死。就好比下棋,棋逢对手,不免想要多下几盘,万归藏的心思也是如此,故而出手之时,有意无意留了余地。

此次复出,得知鱼和尚、谷神通先后弃世,万归藏心中越发寂寞,未能与"天子望气术"一较高下,更是他生平遗憾,这时候陆渐横空出世,自谷神通之后,第一个让他大费周折,只因年岁尚浅,未能悟通某些道理,若是被他悟通,必是难得劲敌。故而事到临头,万归藏竟有几分不舍起来。

万归藏心中矛盾,默然一阵,笑道:"小子,你若向我低头认输,我便再饶你一回如何?"陆渐哼了一声,昂首不答。万归藏笑道:"你神通不弱,骨气也颇雄壮。只是神通也好,骨气也罢,用的都不是地方,为了几个饥民,值得你陪上自己的性命么?"

陆渐道:"你自以为了不起,却甚么也不懂。你知道饿肚子的滋味吗?又典卖过自己的儿女吗?见过婴儿饥饿,在母亲怀里哇哇大哭吗?"

万归藏冷笑道:"饿肚子也好,卖儿女也罢,都怪他们自己没本事。中土别的不多,就是人多,死几个也没什么了不起的。成大事者不惜小民,自古改朝换代,哪一次不死几个人,若不死人,哪能让大明人心涣散,天下大乱。天下不乱，又怎么改朝换代，若不改朝换代，又怎能实行我思禽祖师'抑儒术，限皇权'的大道？"

陆渐冷笑一声，大声道："既然都是死人，干么要老百姓死，你自己干么不去死呢？"

万归藏目涌怒色，一皱眉，冷笑道："小娃儿，这话我许你说一次，下不为例。哼，那些百姓哪能与老夫相比？"忽地放开陆渐，后退两步，拾起一枚石子，嗖的一声，那石子为内劲所激，飞起十丈来高，方才落下。

"瞧见了么？"万归藏说道，"这天下的百姓不过是地上的泥巴石头，飞得再高，也比不得天高，终归是要落下来的。这个天就是我万归藏，不明白这个道理，你一辈子也休想胜我。"

陆渐沉默一阵，忽地抓起一把泥土，远远丢入海里，波涛一卷，泥土顷刻无痕，陆渐扬声道："你瞧见了么？这大海深广无比，什么泥巴石头都容纳。这个海就是我陆渐，你今天不杀我，总有一天，我会用海之道打败你的天之道。"

万归藏瞳孔骤然收缩，目光如针，刺向陆渐，陆渐直面相迎，双目一瞬不瞬。

对视良久，万归藏忽地哈哈大笑，将袖一拂，朗声道："好小子，志气可嘉，冲你这一句话，我今日就不杀你，也好看看，什么叫做海之道？"沉吟时许，忽地抬手，扣住陆渐肩膀，陆渐内伤未愈，无力抵挡，唯有任他抓着，发足飞奔，陆渐忍不住叫道："那小孩儿……"

万归藏冷笑道："你放心，老夫何等人物，还不至于和这小娃儿为难，再过片刻，穴道自解。"陆渐舒一口气，道："你要带我上哪儿去？"万归藏笑而不语。

奔走半日，径入杭州城中，二人来到西湖边上，万归藏登上一座酒楼，飘然坐下。店伙计快步迎上，笑道："客官用什么？"万归藏不答，从竹筒中抓起一把筷子，随手一挥，那竹筷嗖嗖嗖没入对面雪白粉壁，仅余寸许，九根筷子齐整整摆出三个三角形，大小无二，边角一同，三者相互嵌合，形状匀称古怪。

那伙计脸色大变，向万归藏深深一躬，疾步下楼，片刻只听噔噔噔脚步声响，一个掌柜上来，磕头便拜，大声道："老主人驾到，有失远迎，该死该死。还请稍移玉趾，随小的入内商议。"

万归藏也不瞧他一眼，淡淡地道："哪来这么多臭规矩？我只问你，艾伊丝有消息吗？"掌柜道："有的，这里人多……"万归藏移目望去，见众酒客纷纷张大双目，瞪视这边，当下笑笑，抓起两根筷子，一挥手，筷子疾去如电，没入一名酒客双眼，那人凄声惨叫，倒在地上，痛得死去活来。

陆渐虽知道万归藏的手段，见此辣手，也觉吃惊，只听万归藏笑道："要命的都滚吧。"众酒客魂不附体，一哄而下，酒楼上冷冷清清，只剩那伤者哀嚎不已，即有伙计上前，将其也抬下楼去。

掌柜面无人色，咽口唾沫道："艾伊丝传讯说，仇石被戚继光和谷缜联手击败，她被谷缜胁迫，不能阻拦粮船东下，罪当万死，只等老主人责罚。"

陆渐闻讯狂喜，他只当谷缜必死，不料竟还活着。万归藏将眉一皱，忽而舒展开来，莞尔道："有意思，谷小子果然还活着，嘿嘿，这事情越发有趣了。"说着瞥了陆渐一眼，见他面色不变，双眼却是闪闪发亮，喜悦之气遮掩不住，当下微微一笑，说道："掌柜的，好酒好菜，只管上来。"

他行凶之后，大刺刺还要喝酒吃饭，陆渐甚觉讶异。那掌柜却不敢怠慢，命伙计奉上酒菜。陆渐这十多日天天吃的是野果野菜，嘴里早已淡出鸟来，当下也不客气，大快朵颐。万归藏多年来吞津服气，对人间烟火之食兴致无多，菜品虽繁，每品只尝一箸，杯中之酒，亦只小酌一口，即便放下。

这时忽听楼下喧哗，噔噔噔上来几名捕快，为首捕头喝道："凶手是谁。"随行两名证人纷纷指定万归藏，说道："就是他。"捕头脸一沉，厉声道："锁起来。"一名捕快哗啦啦抖开铁锁，向万归藏颈项套来，陆渐心叫糟糕。果然，也不见万归藏有何动作，那铁锁如怪蟒摆尾，呼地转回，将那持锁捕快打得脑浆迸出，铁链脱手而出，如风疾转，那捕头首当其冲，被打得面目全非，倒地气绝，铁链去势仍急，直奔剩余人等，那一干人面如土色，欲要躲闪，却已不及。

咻的一声，陆渐忽地伸出筷子，拈中铁锁中段，那铁链有如活物般扭曲数下，即被拈去，轻轻搁在桌上。

万归藏冷笑一声，陆渐却若无其事，转过筷子，夹起一块醋溜排骨，放入口中，咀嚼有声，眼见那些捕快证人呆若木鸡，便徐徐道："站着作甚，还不走么？"一众人如梦方醒，争先恐后奔下楼去。

"小子。"万归藏淡淡地道，"这多么年，你是第一个阻我杀人的。胆子不小。"

陆渐淡然道:"吃饭时杀人,败人胃口。吃完了再杀不迟。"万归藏道:"人走光了,还杀什么?"陆渐道:"谁说人走光了?不是还有我吗?等我吃饱了,你杀我就是。"万归藏笑道:"何必等到吃饱?"陆渐道:"做饱死鬼比较痛快。"

万归藏哈哈大笑,点头道:"民不畏死,奈何以死惧之?小子,你就没有害怕的东西么?"陆渐道:"纵然有,你也不知。"

万归藏笑笑,起身道:"走吧。"陆渐怪道:"去哪儿?"万归藏笑道:"南京得一山庄,我要拜祭一位朋友。"话音未落,陆渐手中竹筷啪嗒一声跌在桌上。万归藏笑道:"堂堂金刚传人,怎么筷子也拿不稳?"陆渐略定心神,起身道:"饭吃完了,还要筷子做什么?"

万归藏笑道:"很好,吃完了饭,就随我来。"迈开步子,走在前面,陆渐无法,硬着头皮尾随其后。

出了杭州,两人一路北行,一有闲暇,陆渐闭目存神,运功疗伤,万归藏也不理他,时常抱膝长啸,吟赏风月,倘若不知他的底细,必然将他当做一介名士,绝料不到此公曾经杀人如麻,满手血腥。

劲力奇妙,与大金刚神力互为功用,未到南京,陆渐内伤大半痊愈,心中打定主意,万归藏若对母亲不利,必要和他拼命。

这日抵达得一山庄,万归藏站在庄外,望着那副对联,品鉴时许,摇头道:"沈舟虚眼里的天地忒小,无怪不能成就大功。"陆渐道:"你眼里的天地有多大?"万归藏笑笑,说道:"天地可大可小,常人看到的不过是头顶一方,脚下一块,沈舟虚眼里的天地大一些,但也不过是大明的天地,西起昆仑,东至东海,南至琼崖,北至长城。至于万某眼里,从来没有什么天地。"

陆渐怔忡道:"那是什么?"万归藏道:"万某眼里,天不能覆,地不能盖,不生不灭,可有可无。"陆渐听得眉皱,大觉思索不透。

这时门前庄丁看到二人,疾疾入内禀报,须臾间,五大劫奴纷纷赶出,瞧见陆渐,又惊又喜,看到万归藏,却是不胜惊骇,再见二人谈论自若,更觉不可思议,全都远远立在门首,不敢上前。直到二人走近,才敢上前和陆渐相见,劫后重逢,自有一番感慨。陆渐问道:"你们怎么回庄来了?"

莫乙道:"我们找不到部主,只好回庄等死,天幸部主安好,看来老天爷还不想收我们几个呢……"喜极欲笑,可瞧万归藏脸色,却又笑不出来,哭丧着脸,眼里尽是惶恐。

陆渐略略颔首,向五人各发一道真气,五人本以为此番无幸,不料死里逃生,均有不胜之喜。忽见万归藏直入灵堂,陆渐一皱眉,快步赶上。

沈舟虚遗体已然下葬,堂上仅有牌位供奉,商清影闻讯赶出,看到陆渐,不胜惊喜,欲要上前,忽见陆渐连连摆手,商清影心中奇怪,问道:"渐儿,你怎么啦?"陆渐不觉苦笑。

万归藏却是闻如未闻,拈起一缕线香,看了一会儿牌位,忽地笑道:"沈老弟,万某人这三十年来不曾向人折腰,今日为你,破例一回。"说罢举香过顶,深深一躬,插香入炉。

商清影瞧得奇怪,欠身施礼:"足下是外子的朋友么?"万归藏笑道:"朋友算不上,他活着时应当叫我一声城主,不才姓万,名归藏,夫人想必也有耳闻。"商清影霎时面无血色,倒退两步,口唇哆嗦,却说不出话来。

忽听一个粗哑的嗓子高叫道:"渐儿,渐儿。"陆大海从后堂奔出,一把搂住陆渐,老泪纵横,口中道,"你这臭小子,差点儿急死爷爷了。"

陆渐见他形容憔悴,叹一口气,说道:"爷爷,我没事。"话音方落,忽听万归藏道:"祭奠完了,陆渐,我先走一步,九月九日,灵鳌岛上再会,到时候不要让我失望。"说罢看看商清影,又瞧瞧陆大海,长笑一声,大步出庄去了。

陆渐呆了一阵,将母亲、祖父扶至后堂,又将这些日子里的遭遇说了一遍,二老各各叹息,陆大海说道:"莫乙他们一回来,就一起大哭,说你多半遭了不幸。我一心急,顿时病倒,还是你娘支撑得住,自己明明也很难过,还要服侍我这个老东西,又说你福大命大,保定无事。我还只当她有意劝慰,如今看来,终归是亲娘儿俩,哪怕相距千里,悲喜祸福都有感应的。"

陆渐闻言苦笑:"都是孩儿不孝,连累爷爷挂念。"陆大海皱眉道:"臭小子哪来这么多礼数,文绉绉的,叫人讨厌。"陆渐笑而不语,商清影见他数月不见,浑如脱胎换骨,山凝渊沉,心中大感惊喜,抚着他肩,含笑道:"人都说万城主无情,但他不曾杀你,又来祭奠你爹,也不枉舟虚跟随他一场。"

陆渐摇头道:"妈,您不晓得,他是跟我示威呢?"商清影奇道:"示威什么?"陆渐道:"他恨我不肯向他屈服,明说是来祭奠,其实是要显得他知道我的根底,将来再和他作对,他便要对您和爷爷不利。"

商清影与陆大海对视一眼,微微皱眉,陆大海沉吟道:"这么说,咱们不去惹他就是了,抬手不打笑脸人,他还能拿我们怎样?"

"不惹也不成的。"陆渐叹道,"九月九日,就是东岛西城论道灭神之期,我是天部之主,不能不去,谷缜却是东岛之人,也要前往东岛。万归藏让我到时候不要让他失望,意思明白得很,就是要我不要忘记身份,攻打东岛,与谷缜为敌。"

商清影失声道:"那怎么成?"陆渐苦笑道:"我若不照办,您老二位势必要受牵连。万归藏这一招好不恶毒,叫我进退两难。"

堂上静寂时许,商清影蓦地抬起头来,大声道:"渐儿,你和谷缜绝不可兄弟相残!"陆渐黯然道:"那是一定,可是……"商清影接口道:"我和陆伯,你不要担心,明日我就安排陆伯去乡下躲避。至于我,本是罪孽深重,早就该死,只为你和缜儿,方才含辱苟活。你两人若有长短,我活在世上,又有什么乐趣?"

陆渐心神大震,急道:"妈,决然不可……"商清影摆手道:"我心意已定,你不要多说,陆伯……"陆大海笑道:"沈夫人,你这主意有些不对。"商清影讶道:"如何不妥?"

陆大海道:"我陆大海从来贪生怕死,要是早三四十年,不消夫人说,遇上这等事,我拔腿就跑,头也不回。如今我七十多了,人活七十古来稀,再活几年,也没多少兴味,还不如死得豪杰一些,将来到了阴曹地府,也能跟阎王老儿吹嘘吹嘘:我陆大海是没什么用,却有一个英雄了得、义气深重的乖孙子。说不定阎王老儿听了一高兴,将我遣送到那好人家,下辈子还能当富翁,考状元呢。"

堂上本来愁云惨雾,经陆大海一说,竟然开朗许多,陆渐哭也不是,笑也不是,叹道:"爷爷,我……"陆大海在他肩上一拍,正色道:"你什么?你从来都是我的乖孙子,爷爷没教你什么好的,却教了你一样,那就是人生在世,不能不讲义气。既然姓万的神通广大,躲也无用,也好,我就等他来杀,放心,爷爷我皮糙肉硬的,他这一刀砍下来,嘿嘿,怕是脖子没断,刀却咯嘣一声,断成两截。"。

陆渐微微苦笑,心道:"万归藏杀人,何须用刀。"但见二老主意已定,多说无益,只好默然,商清影见他衣衫褴褛,处处见肉,知他这些日子必然吃尽苦头,既已问明情由,便催他入内沐浴更衣。

陆渐应了,转入后院,在廊间迎面遇上五大劫奴,当下问道:"有事么？"莫乙笑道："我没事，鹰勾鼻子和猪耳朵有事。"

薛耳忽地涨红了脸，鼓起两腮，粗声粗气地道："我有什么事，我的事就是大伙儿的事，你们，你们不能不管。"秦知味道："我，我们怎么管？人家认定了你和鹰勾鼻子，我，我们，哈哈，想管也管不了？"说罢咧嘴大笑。薛耳怒道："你，你分明是幸灾乐祸。"一边说，一边泪花直转，俨然受了莫大委屈，莫乙、秦知味均笑，燕未归斗笠乱颤，似乎也在发笑，只有苏闻香搓着双手，连连跌脚，说道："唉，你们，唉，讲不讲义气？"

陆渐莫名其妙，问道："究竟发生何事？"他这么一问，莫、秦、燕三人笑得更欢，薛耳与苏闻香却涨红了脸，头也抬不起来。

忽听一个娇柔的声音道："还是我来说吧。"随这声音，月门内转出两个绝色夷女，陆渐认出是兰幽与青娥，吃了一惊，问道："二位如何在此？"

二女走到近前，婷婷拜倒，陆渐大惊，慌忙闪开，锐声道："二位姑娘，为何行此大礼？"兰幽道："还请陆大侠为我姊妹二人做主。"陆渐皱眉道："莫非我这几位朋友冒犯了二位？"

兰幽摇头道："不是，小女子是想陆大侠答应两桩婚事。"

"婚事？"陆渐更奇，"谁的婚事？"兰幽脸一红，和青娥对视一眼，幽幽道："一桩是我与闻香，一桩是青娥与薛先生。"

陆渐闻言，又惊又喜，更觉难以置信，沉吟片刻，目视薛耳、苏闻香笑道："此话当真？"苏闻香头垂到胸口，一脸无可奈何，薛耳面皮涨紫，几乎渗出血来，结结巴巴道："小奴，小奴也不知道怎么回事，她们突然找来，说要成亲，无论我们怎么说，她们都是不听。"

这等美人逼婚之事，陆渐闻所未闻，顿时哑然失笑，想了一会儿，问道："你二人为何定要嫁给薛、苏二君？"兰幽道："小女和青娥自幼情意最笃，小女醉心香道，青娥痴迷音乐，各自都有心得。当年我二人自视甚高，曾经对月发誓，将来所嫁男子，必要在香道与音乐上胜我二人，然而放眼世间，始终没有找到足以匹配的男子，原本已经绝望，不料天可怜见，此来中土，竟然遇上闻香和薛先生。我对闻香固然一见倾心，青娥对薛先生也倾慕不已，是以不惜背叛主人，寻来此处。但不知为何，料是二位先生嫌我们貌丑微贱，始终不肯收纳，后来又说，不得陆大侠准允，决不成婚。"

陆渐沉吟道："如此说来，此事确然有些难处，苏、薛二友与我干系颇为特殊，不知二位知道'黑天劫'么？"兰幽未答，青娥忽道："此事我们已然尽知,陆大侠是劫主,薛先生、苏先生是劫奴,无主无奴,劫奴生死系于劫主。"陆渐奇道:"二位既然知道,仍是愿意下嫁么?"二女齐声道:"愿意。"

陆渐大为感动,扶起二女,转向苏、薛二人:"你们说了,不得我准允,决不成婚,那么我若答应,你们就肯成婚吗?"苏、薛二人目定口呆,薛耳苦着脸道:"部主有令,薛某断无不从,只是,只是……"陆渐打断他道:"二位姑娘情深意重,冒险前来,算是瞧得起你们。既然你们断无不从,那么就由我做主,选择吉日成婚。"

兰幽、青娥大喜,面露笑意,苏闻香、薛耳闻言,心中百味杂陈,忽地齐齐拜倒,苏闻香叹道:"部主,这事还是不妥。"陆渐道:"怎么不妥。"苏闻香道:"部主都未婚配,我们做属下的哪能婚配。"薛耳道:"就是啊。"

陆渐怒道:"这是什么歪理。若我一生不娶,你们也做一辈子光棍?"

"对。"二人齐声道,"部主不娶,我们也不娶。"兰幽、青娥听得焦急,与薛、苏二人并肩跪下,泪如滚珠,滑落双颊,颤声道:"还请陆大侠成全。"

陆渐怔了半晌,摇头苦笑,说道:"婚嫁之事,岂是急得来的,你们不要为难我啦。"扶起四人,再不多说,默默回房去了。

沐浴完毕,已是晚上,陆渐返回内室,见商清影坐在桌边,书案上热腾腾盛满饭菜。陆渐心中一暖,叫了声"妈"。商清影含笑起身,见他头发尚湿,便取干爽棉布给他拭干。陆渐自幼流落,乍然受到母亲关爱,颇有一些不惯,涨红了脸,低头奋脑,一言不发。

擦干头发,商清影唤他用饭,陆渐吃了两口,连道好吃,又问明是商清影亲手所做,更添食欲,风卷残云,一扫而光,抬头时,见商清影微笑注视,不禁苦笑道:"我吃相难看。"商清影一边收拾碗筷,一边笑道:"哪里话,在我眼里,这样子才最真最好,难道说,装模作样才好看么?"陆渐挠头直笑。

母子二人难分难舍,秉烛闲聊,陆渐说起苏、薛二人的婚事,叹道:"妈,这两个人岂非故意气我。成婚就成婚,干么将我拉扯进来?"商清影含笑听完,说道:"你们谈话,我都听见了,苏、薛二君说的是,你也该为自己想想了。"陆渐一怔,转过目光,注视那一点如豆烛光,流露黯然之色。

商清影叹道:"渐儿,只怪妈与你相认太晚,若不然,我定要教你书画诗文,琴棋经传,便没有王孙公子的风调,也不失为书香弟子。倘若这样,那姚小姐也不会瞧不起你。"

陆渐心头一痛,强笑道:"妈,你要教我本事,现在也不晚,你现在教,我马上学。"商清影笑道:"那好,你先写几个字给我瞧瞧。"

陆渐汗颜道:"我的字可不能瞧,你别笑我。"当下写了名字,确是形如涂鸦,叫人几乎不能辨认。商清影一时莞尔,接过笔,亦写下"陆渐"二字,骨秀肉匀,神采飘逸。陆渐笑道:"还是妈写得好看。你教我好么?"

商清影笑道:"怎么不好?"起身走到陆渐身后,把住他手,说道:"练字先要明白如何运笔,卫夫人在《笔阵图》里说道:'横'如千里之阵云、'点'似高山之坠石、'撇'如陆断犀象之角、'竖'如万岁枯藤、'捺'如崩浪奔雷、'努'如百钧弩发、'钩'如劲弩筋节。"说罢逐句解释,陆渐忽地问道:"这卫夫人是女子么?"商清影道:"她不但是女子,还是'书圣'王羲之的老师。"

陆渐油然而生敬意,心想:"谁说女子不如男儿,不止这卫夫人,娘亲、阿晴、宁姑娘、地母娘娘、仙碧姊姊,都很了不起的。"

思忖间,忽觉商清影素手颤抖,无法停止,母子连心,陆渐猜到母亲心思,胸中剧痛,强笑道:"妈,你怎么了,还不教我写字么?"商清影涩声道:"好,好,我教你,我教你……"口中如此说,手仍是颤抖不已,怎也无法落笔,清泪点点,滴在宣纸上,洇染出大团墨迹。

陆渐搁下狼毫,握住商清影的手,将她搂入怀里,商清影再也忍耐不住,攥住陆渐衣衫,失声痛哭。陆渐眼中泪光点点,说道:"妈,你放心,无论如何,我都会将谷缜带来,和他一起侍奉你。"

商清影靠在陆渐胸前,听得这话,忽觉两月不见,这儿子越发成熟刚毅,站在面前,就如一座大山,能够遮挡任何风雨,心里一时安稳了些,忖道:"那个姚姑娘真是有眼不识真金,缜儿呢,虽然很好,可那孩子也如我一般,福命太薄,可怜极了。"此时此刻想到儿子终身大事,真是别有一番滋味。于是抹泪坐回原处,叹道:"渐儿,缜儿和你不同,从小时起,他就不爱定性,厌烦教条,喜欢新奇,就如一阵清风,锁不死,拦不住,真要他陪着我这老太婆,还不将他活活闷杀?"

陆渐笑道:"你若是老太婆,天底下的女人也没几个好活了,不信的,你去街上走一遭,满街的男人都要回头看呢。"

商清影瞪他一眼,半嗔道:"你这孩子,近墨者黑,也学你弟弟油嘴滑舌的啦。"陆渐道:"这可不是油嘴滑舌,是我的心里话。"商清影哑然失笑,她一向不大在意自身容貌,平生为人夸赞无算,都不曾在她心上,唯独此时儿子的赞美让她心甜如蜜,伸手抚着陆渐鬓发,久久凝注,说不出一句话来。

光阴苦短,次日午后,陆渐、商清影、陆大海、谷萍儿在后院聚坐,陆渐端茶侍水,陆大海胡吹海侃,商清影明知此老大吹牛皮,也不说破,搂着谷萍儿,微笑倾听。

忽然燕未归进来,禀道:"部主,仙碧小姐求见。"陆渐心头一喜,问道:"就她一个?"燕未归道:"雷帝子也来了。"

陆渐大喜迎出,仙碧、虞照正在前厅等候,三人久别重逢,喜不自胜,虞照眼利,一见陆渐,便瞧出异样,点头笑道:"好家伙,该怎么说来着,士别三日,当刮目相看。来来来,废话少说,咱们找一个地方,先较量一下酒量。"

仙碧瞪他一眼,说道:"你想是认错人了,这话当和姓谷的小子说去,我这次来,可有正事。"虞照被她训斥,老大没趣,摸摸鼻子,长叹了一口气道:"喝酒也是正事啊。"

仙碧不理他,说道:"渐弟弟,九月九日之会,你要去么?"陆渐道:"自然要去。"仙碧没答,虞照已拍手道:"当去,当去。但有一句话先问明白,你这回去,帮的是谁?"陆渐一怔。虞照道:"别人如何虞某不管,我这回去,却是给谷老弟助拳的。"

陆渐心中感动,仙碧却道:"虞照,你是雷部之主,谷缜却是东岛之王。情势未明之前,不要感情用事。"虞照哼了一声,道:"娘儿们就是废话太多,老子看人,顺眼就成,管他东岛还是西城。"

仙碧正色道:"雷部死在东岛手下的不知凡几,就算你肯帮谷缜,雷部弟子也未必答应。"虞照一时默然,浓眉耸起,露出苦恼之色。

陆渐道:"姊姊,谷缜何时成了东岛之王?"仙碧道:"我也是方才听说,传言他平定东岛内乱,狄希被囚,明夷伏诛,灵鳌岛和三十六离岛弟子,均已奉他为王。"

陆渐听得神思联翩,想象谷缜风采,感慨道:"谷缜真了不起。"虞照笑道:"那么你也要帮他了。"陆渐点头,虞照大喜,握住他手,睨着仙碧道:"看看,天部之主也说了,如今西城八部,四分之一都是帮谷缜的。"

仙碧没好气道:"不要胡闹。渐弟弟,你若要去,不妨与我们同船前往,家母让我前来,就为此事。"陆渐道:"那好,容我拜别家母。"于是转至后堂，诉说缘由，商清影心中苦涩，拉着他手，吩咐几句，又同至前厅和仙碧相见，仙、虞二人久闻其名，俱是恭谨作礼，仙碧打量商清影笑道："久闻商阿姨是难得一见的大美人儿，今日一见，果然不虚。"

商清影叹道："仙碧姑娘取笑了，你叫我阿姨，辈分可是不妥。"仙碧笑道："西城辈分，各部不一，思禽祖师遗命，同部师徒依照辈分，不同两部弟子相见，一律以平辈相称。遇上沈舟虚师兄，我叫师兄，遇上陆渐弟弟，我叫师弟，但您不是西城之人，家母与你姊妹相称，我遇到你，只好叫你一声阿姨了。"

商清影叹道："既如此，清影愧领了。渐儿往日多承关照，此去大海微茫，凶险莫测，他向来粗心大意，还请仙碧小姐多多提醒。"仙碧笑道："哪里话，渐弟神通绝顶，西城命运前途，都要着落在他的身上呢。"商清影一惊，仙碧怕她担心，不愿说透，当下匆匆告辞。

陆渐由此动身，除了若干天部弟子、五大劫奴，兰幽、青娥也执意相随。陆渐与母亲、祖父挥泪而别。虞照从旁看着，大皱眉头，待到走远，说道："陆师弟，不是为兄说你，好男儿志在四方，要是离家一次落泪一次，家门前的眼泪还不流成河了？"

陆渐甚是羞赧，仙碧却啐道："这是什么话，你当人人都像你，从石头缝里蹦出来的。"虞照道："是啊，你们都有妈，我是个无爹无妈的，没有爹妈管教，就是痛快。"

原来虞照师父修炼电劲，不能生育，虞照是他拣来的孤儿，仙碧话一出口，立时后悔，默然半晌，偷眼瞧去，见虞照神色自若，才知他并不放在心上。

时已秋凉，天气高肃，远近丘山半染黄绿，甚有几分萧索，道边长草瘦劲，在微风中抖擞精神，几朵红白野菊将开未放，淡淡芳气随风飘散，阡陌处处皆有余香。俄而长风转暖，迎面拂来，陆渐一抬头，忽见远岸长沙，碧水渺茫，几张白帆冻僵了也似，贴在碧海青天之上。

海岸边男女不少，可陆渐眼里，却只容得下一人了。

姚晴抱膝坐在一块黑黝黝的礁石上，白衣如云，满头青丝也用白网巾包着，面对天长海阔，越发挺秀婀娜，素淡有神。

各部见天部到来，纷纷指点议论，姚晴却侧身独坐，一动不动，陆渐心中不胜黯然："她还在恨我么？竟连看我一眼也不肯？"想着怅然若失，竟不觉温黛夫妇已到近前,温黛见他神色,循他目光看来,不由叹了口气,说道:"小陆师弟。"连叫两声,陆渐才还醒过来,涨红了脸,施礼道:"地母娘娘好。"

温黛道:"沈师弟临殁之前,可曾留有航海船只?"陆渐道:"他去得仓卒,不曾说过船只的事。"温黛道:"那么你率天部弟子与我同船。"陆渐谢过,问道:"地母娘娘此去东岛,有何打算?"温黛叹道:"能有什么打算?走一步瞧一步了。小陆师弟呢?"陆渐默然不答,温黛瞧他半晌,苦笑道:"此行真是难为你了,只愿到时候能想到两全其美的法子。"

陆渐道:"我笨得很,想不出什么两全其美的法子,还请地母娘娘指点。"温黛笑笑,回望丈夫。仙太奴捋须道:"小陆师弟,若没有两全其美的法子,那就用心去看,用心去听,这世上的事,善恶好坏,都在胸口方寸之间。别人说的都不算,自己的良心才最要紧。"说着并起二指,点着心口,双目一瞬不瞬注视陆渐。

陆渐沉吟片刻,拱手道:"承蒙前辈指点,陆渐明白了。"

温黛深深看他一眼,说道:"西城八部,天部居首,你的一举一动,大家可都瞧在眼里。"陆渐道:"晚辈智力有限,无端当此大任,心里真是惶恐。"

仙太奴笑道:"大勇若怯,大智若愚,小陆兄弟太过谦了。"说罢负袖身后,凝视海天交界之处,幽幽道:"上穷碧落下黄泉,天地相隔虽远,一甲子也能交泰一回,这三百年的恩怨,难道就没有一个了结么?"

陆渐心头一动,低声道:"仙前辈,西城主和的人多么?"仙太奴看他一眼,微微笑道:"不是让你用心去看,用心去听么?"陆渐一怔,默默点头。

这时左飞卿走上前来,说道:"西风起了,利于东渡,天部既然已到,还请早些登舟。"温黛闻言,转身召集地部弟子,陆渐转眼望去,忽见礁石上空空如也,不知何时,姚晴已然去了。

陆渐不胜怅惘,默然率部登船,地部海船形制十分奇特,通体青碧,造船木材均为极粗大的原木,并未刨制不说,许多原木上枝桠犹绿,与其说是船板,不如说是大树。树木间也没用铁钉榫头联结,而以青灰藤蔓缠绕攀附,登上甲板,直似身入丛林,枝柯横斜,灌木丛生,绿树丛中还有若干小花,星星点缀。

陆渐惊讶不已,问莫乙道:"这也是船么?海浪一打,还不都散架了?"莫乙笑道:"部主多心了,这艘'千春长绿'模样奇怪,其实坚固得很。"

"千春长绿？"陆渐不解。莫乙道："就是这艘海船的名字，如今是秋天，要是春天才好看呢，满船树藤开花，姹紫嫣红，就如一座开满鲜花的小岛，在三春朝阳之下，美不可言。"陆渐想象那般情形，亦自神往。

温黛见兰幽、青娥均是夷女，心中好奇，将二女叫到舱中询问，得知情由，与仙太奴啧啧称奇，仙太奴说道："因香结缘，因音乐而生爱恋，这两段姻缘若能成就，岂非我西城佳话？"温黛笑着点头。

兰幽机灵，见温黛和蔼可亲，容易说话，心念一转，深深拜倒。温黛讶道："你拜我作甚？"急忙伸手将她扶起，兰幽笑道："这两段姻缘能否成就，还需地母娘娘相助。"温黛大奇，详细询问，兰幽便将苏、薛二人的志愿说了。

温黛夫妇不由面面相对，温黛道："老身又能做什么？"兰幽笑道："我见地部中美人如云，敢请娘娘为我家部主物色一位才貌双全的姐妹，部主既得佳偶，我二人亦能得偿心愿，岂不是一举三得的美事么？"

温黛不觉苦笑，说道："孩子，小陆师弟心里原本有人的，只是……"欲言又止，终究默然。兰幽不便多问，却由此留了心。

西风微送，浪涛低吟，三艘海船联帆而进，身后落日浑然西坠，余晖如火，烧得紫霞烂漫，前方一轮明月跃出海底，玲珑皎洁，清辉飘飘洒落，千里海波霜凝雪铸，化为银色世界。

陆渐心事重重，无法入眠，出舱登上甲板，眺望大海，心中矛盾难解，既盼早早赶到谷缜身边，与他并肩御敌，又隐隐盼这三艘海船永远也不能抵达灵鳌岛。

站立良久，晚风吹来，凉意漫生，忽听有人脆声道："不好好睡觉，来这里做什么？"陆渐身子一震，回头望去，只见姚晴坐在船边，手持一根树枝，轻轻敲打船舷，目似秋水，凝注远方，海中银光随波泛起，涟涟浮动，投在在姚晴身上，忽而湛蓝，忽而银白，变幻不定，有如一片光幕，将二人远远隔开。

陆渐如在梦境，望着姚晴呆呆出神。

"又傻了？"姚晴噘嘴轻哼一声，"还是那个傻样子。"陆渐道："我，我……"姚晴道："话也不会说了？结结巴巴的。"陆渐吸一口气，说道："阿晴，我没想你会来。"姚晴冷哼道："是呀，你就想一辈子不瞧见我？很好，我现今就走，免得惹你讨厌。"当真站起，转身便走，陆渐心急，一个箭步抢上去，抓住姚晴皓腕。

姚晴一挣未能挣开，怒道："陆大侠，你本领大了，就敢欺负女孩子吗？"陆渐闻言，手掌如被火灼，电也似缩回，苦笑道："阿晴，你明明知道，今生今世，我都不会讨厌你。只要你不厌我恨我，我就心满意足了。"

姚晴默默听着，眼里泛起一丝不易觉察的笑意，半晌说道："我来问你，这次论道灭神，你有什么打算？"陆渐道："我这次来，一为帮助谷缜，二是消解东岛西城多年的恩怨。"

姚晴慢不经意地道："那你怕不怕死？"陆渐道："这话怎讲？"姚晴道："万归藏一定会来，你要帮谷缜，就须和他为敌。一旦打起来，你有几分胜算？"

陆渐沉默时许，摇头道："一分也没有。"

"那就是了。"姚晴道，"你这次去灵鳌岛，岂不是白白送命？"

陆渐道："若为谷缜送命，我不后悔。"姚晴娇躯一颤，转过身来，眼里隐隐透出怒火："你为了他，连命也不要？"陆渐点了点头，说道："阿晴，若是为你送命，我也不后悔的。"姚晴咬着嘴唇，发了一会儿呆，忽地幽幽道："你这个傻子，懒得理你了。"转过身子，远远去了。

陆渐望着她背影消失，在寒风中站立许久，方才返回舱中，方要上床，忽觉有异，弹身跳开，喝道："是谁？"良久无人答应，燃起蜡烛，烛光所至，照出一张秀美无俦的脸庞，双目紧闭，已然昏迷。

"阿晴？"陆渐大惊失色，伸手欲抱，忽地发觉衾被之下，姚晴一丝不挂，细瓷样的肌肤触手可及。陆渐心子突突乱跳，四处寻找衣衫，却是一件也无，无奈之下，只得用衾被将她裹起，催动内力，透入姚晴体内。

真气数转，姚晴轻哼一声，口鼻间呼出一丝甜香。香气入鼻，陆渐头脑微眩，急运神通，才将眩晕之感驱走。又听嘤的一声，姚晴秀眼慢慢张开，看到陆渐，微微一惊，继而发觉自身窘状，又气又急，伸出手来，狠狠打在陆渐脸上，喝道："你作甚么？"挥手之际，衾被滑落，陆渐急忙闭眼转身，涩声道："我也不知，入房之后，就见你在这儿了。"

姚晴气头一过，冷静下来，沉吟道："我进船舱时，嗅到一股淡淡的香气，当时不觉，还只当是妆台上的香脂，不料才躺床上，便无知觉了。陆渐，你老实说，是不是你让鬼鼻合了迷香暗算我？"

陆渐急道："决然不是，我能对天发誓。"姚晴气道："那还有谁的迷香

能迷昏我的？"陆渐心中灵光一闪，皱眉道："莫非是她？"姚晴道："谁？"陆渐便将兰幽青娥与苏、薛二奴的事说了，姚晴道："我和那夷女无怨无仇，她为何算计我？哼，难保你不是主谋。"

陆渐无奈，只得将苏闻香的志愿说出，又道："方才在甲板上我便觉附近有人，如今看来，必是兰幽。她心急嫁给苏闻香，便想我早日成婚，不料竟出如此下策，真是可恶极了，我这便找她算账去……"

话音方落，忽听门外有人走路说话，听声音竟是苏闻香、莫乙和兰幽，三人立在舱外，低声说笑，似乎在讲什么故事。陆渐怒道："来得正好。"方要推门出去，忽被姚晴拽住，嗔道："傻子，你疯了么？你这么一闹，岂不闹得人尽皆知？你不要脸，我还要呢。"

陆渐发愁道："那怎么办？要不然，我先将他们打倒，再送你回去，或者将你全身裹住，他们问起，我就说是一床被褥……"说罢身后静寂半晌，忽有一个温软身子贴在背上，姚晴的声音细不可闻："傻子，你这么厌恶我，总想赶我走么？"

陆渐脑子里嗡的一声，无端大了数倍，结结巴巴道："阿晴，我，我……"忽听姚晴嗤的一声轻笑，骂道："你什么你，你就是一个浑头浑脑的傻小子，好啦，不逗你玩儿了，快送本姑娘回去，若不然，哼，我把你的狗耳朵也拧下来。"

陆渐松一口气，心底里又有些惆怅："敢情她是逗我玩儿的。"当下用衾被裹好姚晴，将她抱起，听得门外安静下来，心中暗喜，推门而出，在舱道中奔走数步，忽地前方人影一闪，拦住去路，只听兰幽吃吃笑道："陆大侠，你上哪儿去？"

陆渐又惊又怒，情急间不及多说，长吸一口气，从口中急吐而出，虽是一小团空气，以大金刚神力喷出，数步之内，不啻于铁弹石丸，正中兰幽膻中穴，兰幽闷哼一声，软软倒地，陆渐从她身上一掠而过，耳听姚晴急道："蠢材，我的脚。"陆渐低头望去，敢情方才忙乱之际，竟然露出一段小腿，光洁如玉，在黑暗之中微微发亮。陆渐只得低头拉扯衾被，盖住那截小腿，手指所及，碰触肌肤，陆渐面热心跳，姚晴亦觉酥麻难禁，发出细微呻吟。

奔走时许，来到姚晴舱内，衣衫果然都在床上，陆渐转身要去解开兰幽穴道，却被姚晴拉住，恨声道："别管那鬼丫头，让她在舱道里吹一晚穿堂风才好。"

陆渐道："她是化外夷女，不懂我中土礼数，你不要和她计较。"姚晴叹道："你这人，总是想着别人，什么时候才能想想自己呢？是啊，你不成婚，那鬼丫头也没戏，你那么可怜她，不妨早些成亲，让她得偿所愿，岂不更好。"

陆渐道："我跟谁、谁成亲？"姚晴冷冷道："你妈不是认识许多南京城的名门闺秀么，三媒六证，半月就成。再不然，以你陆大侠的名声，多少名门大派的女侠翘首盼望呢，随手拎一个，也不是什么难事。"

陆渐沉默半晌，忽地跨出舱外，砰的一声，将舱门重重合上，姚晴望着舱门出了一会儿神，躺下来，将脸藏入被中，呼一口气在身上，热乎乎、麻酥酥的，嘴里轻轻骂了一声："不开窍的傻小子。"

解开兰幽穴道，陆渐正想如何训斥，不料兰幽劈头便道："陆大侠，你是不是男人？要是男人，怎么到嘴的羊肉也不吃？"陆渐一怔，没好气道："我没说你，你倒说来我了？再这么胡来，休怪我不客气。"兰幽噘嘴道："我妈从小就跟我说，男人都是狼，见不得光溜溜的女人，我瞧你不是狼，倒是只羊乖乖，索性咩咩咩叫两声，吃草去算了。"一甩头，愤然去了，丢下陆渐气愣当地，忖道："明明是她不对，怎么反训起我了？"

回到舱中，陆渐反侧难眠，过了一阵，忽听门外喧哗，陆渐只恐有敌来犯，披衣出门，一个地部弟子和他遇上，说道："陆师兄，船上捉了奸细，正在议事舱审问呢。"

陆渐寻思大海茫茫，何来奸细，想着来到议事舱外，穿过人群，便见温黛拧住一个女子，那女子披头散发，竭力挣扎，俄尔长发移开，陆渐借着火光看到她脸，顿时大吃一惊，失声叫道："萍儿。"

那女子正是谷萍儿，听见叫唤，抬头一看，哭叫起来："叔叔，叔叔。"陆渐赶上前去，温黛见二人相识，将手放开。谷萍儿如见亲人，扑入陆渐怀里，嘤嘤啜泣，甚是委屈。陆渐惊奇不已，问道："萍儿，你怎么在这儿？"

谷萍儿呜咽道："我要回家，要回家……"陆渐听得鼻酸，忖道："是呀，东岛终是她的家。"却听温黛道："我夜里查房，瞧她躲在储藏舱里，这孩子到底是谁？"陆渐道："她是谷缜的妹子。"

众弟子一片哗然，陆渐见势，扬声道："她是谷缜的妹子，也是我的妹子。"众人望着他，神色古怪。温黛道："她既是东岛中人，潜入我地部海船，与入侵何异？"陆渐道："她心志受损，言行举止，还不如六岁的孩子，哪儿会有什么危害？想必是听我说到要去东岛，思念家乡，懵懂跟来。还请地母娘娘饶恕则个。"

温黛想了想，说道："那么这女孩子就交给你，若有闪失，我唯你是问。"陆渐道："娘娘放心。"

待到人群散去，陆渐询问谷萍儿何以至此，谷萍儿哭着道："我想家，想爸爸妈妈，还想哥哥。叔叔，你带我回家好么？"陆渐听得几乎流下泪来，说道："好，好，我带你回家就是。"同情之心一起，只顾安慰，竟未细想谷萍儿何以能够来到这里。

忽听冷哼一声，陆渐一转眼，看到姚晴，心头不由一跳。姚晴盯着谷萍儿上下打量，谷萍儿似乎畏惧她的目光，止了哭，躲在陆渐身后，陆渐道："阿晴，你别吓唬她。"姚晴慢不经意道："陆渐，这丫头真的疯了？"陆渐正色道："此事岂会有假。"姚晴冷笑一声，深深看他一眼，淡然道："适才温香软玉的滋味想必不坏吧。"

陆渐一怔，姚晴已冷冷转身去了，陆渐琢磨她的话语，似乎大有妒意，不由忖道："萍儿和六岁的孩子差不多，她又何必多心。"叹一口气，回头将谷萍儿托付给兰幽、青娥照拂，寻思："萍儿私逃出来，岂不急坏了我妈，稍稍安定下来，就须遣人回庄禀报。"

正自琢磨，远处忽地传来一声怪响，有如千百号角一起吹响，声势浩大无比，谷萍儿听到，跳起叫道："龙叫了，龙叫了。"

陆渐吃了一惊，心道："这世上真的有龙？"疾步登上甲板，举目望去，天色方晓，四面大海在曙色中静荡荡的，并无异物显露，陆渐大觉迷惑，谷萍儿却指着东方，叫道："龙，龙……"陆渐怪道："萍儿，哪儿有龙……"话音方落，怪声又起，洪亮悠长，绝非人世间任何生物所能发出。三艘海船上的西城弟子均已惊醒，船上烛火星星点点，渐次亮起，许多弟子涌到船头，向发声处翘首观望。

"是风穴里的风声吧？"仙太奴走到陆渐身边，"久闻灵鳌岛上有一眼神奇风穴，终年穴中罡风不断，化水成冰，每日早晨卯时，风势加剧，穴中便会发出怪声，震响百里。有人说是穴中龙吟，其实不过是狂风荡穴，天籁生发罢了。据说东岛弟子每日早起，都以此为号呢。"

"真有龙的。"谷萍儿瞪圆双目，眸子亮晶晶的，"老爷爷，风穴里真有龙的。"仙太奴瞧她一眼，笑了笑，并不反驳，谷萍儿眼里闪过一丝亮光，慢慢垂下眼皮。

陆渐道:"仙前辈,既能听见风穴龙吟,离灵鳌岛也不远了吧。"仙太奴道:"不到两个时辰。"自与万归藏纠缠半月,陆渐六识越发敏锐,听力尤甚,听了一会儿,忽觉风穴龙吟中隐隐夹杂炮声,陆渐一惊,叫来薛耳,说道:"你仔细听听,前面是否有炮声。"

薛耳凝神听去,说道:"不错,有船在海上炮战。"仙太奴闻言,下令海船向发炮处进发,不过十里,便瞧远处七艘大船追逐两艘小艇,陆渐瞧那大船狭长如梭,立时浓眉陡挑,厉声道:"是倭寇的战舰。"

"不对。"仙太奴摇头道,"你看船上旗帜。"陆渐定睛望去,大船上旗帜白缎为底,绣了一团烈火,方觉奇怪,忽听虞照的声音从邻船远远传至:"宁不空这狗东西,竟带倭寇对付东岛。"声如炸雷,似在耳畔。

陆渐闻言,恍然明白,那七艘倭船均属火部,两艘小艇则归东岛。霎时间,一股怒意直冲陆渐头顶,转身道:"地母,宁不空勾结倭寇,害我华人,咱们岂能坐视。"

温黛摇头道:"火部火器犀利,不可小视。"陆渐未及答话,那两艘小艇均被击沉,东岛弟子跳入水中,欲要潜水逃命,这时忽见远处驶来一艘快船,白帆乘风,来势极快,船上人影一闪,一名黑衣人捷如飞鹤,踏浪而来。仙太奴眼利,锐声叫道:"大伙儿当心,水部仇老鬼到了。"众人闻言,无不凛然。

仇石踏波飞逝,赶到东岛弟子落海处,双手抓出,海水立时翻滚起来,东岛幸存弟子有如煮熟了饺子,接二连三冒出水面,仇石一抓一个,掷向小船。

一声长笑,宁不空的声音远远传来:"仇师兄,久别重逢,你就来拣小弟的便宜么?"仇石脚踩着一块船板,在波浪间起伏不定,声音阴恻恻,寒冰也似:"宁师弟,火部重振旗鼓,风光无限,仇某小小占点儿便宜,料也无妨。"

宁不空哈哈大笑:"风、雷、地三部齐至,仇师兄有何打算?"仇石冷冷道:"仇某与他们不是一路。"宁不空笑道:"妙极,我与他们也不是一路,有道是水火相济,咱们大可作个朋友。"

仇石冷冷道:"宁师弟先别高兴,我和你也不是一路。"宁不空道:"那么仇师弟是自成一路了?"仇石冷哼一声,傲然道:"我此来是奉万城主之令,告知诸位,此次须得彻底消灭东岛余孽,观望拖延者,城主一到,定斩

不饶。"宁不空略一沉默，呵呵笑道："原来仇师弟是万城主的信使，城主英明，宁某敢不奉命？"仇石徐徐道："这么说，你我便可算做一路了。"

他二人有意显露神通，遥遥做答于海上，音声不散，穿越狂风涛声，送至众人耳中，这时忽听虞照高声叫道："仇老鬼，宁瞎子，万归藏是你们祖宗么？他叫你们吃狗屎，你们吃不吃？"

仇石冷冷道："雷疯子，你想死就死，莫要拿雷部弟子的性命儿戏。"虞照笑道："雷部弟子的性命就是我虞某人的性命，自然不能儿戏，至于你这条小命，老子倒有兴趣儿戏一番，就怕你仇老鬼小气不给。"

仇石怒哼一声，宁不空咯咯直笑，说道："仇师弟，看来雷帝子是不赞同万城主了，至于风君侯，不消说，杀父之仇，不共戴天，早晚要受城主清算，至于地部嘛，温黛师姐，你有什么打算。"

温黛淡然道："照儿、飞卿都是我养大的，他们如何，我也如何。"陆渐听了，浑身一热，扬声道："我天部也是一样。"

宁不空冷笑一声，说道："狗奴才，你也赶来送死吗？这次我一定成全你。"陆渐道："好得很，宁不空，你我旧账也该算算。"

"你这蠢货也配与老夫算账？"宁不空咭咭尖笑，"仇师兄，看来天、地、风、雷都是不怕死的好汉？了不得，了不得。"

仙太奴听到这里，皱眉道："宁不空这厮一味挑拨离间，是想借万归藏之手灭我六部，以报火部覆灭之仇。"陆渐攥紧拳头，恨声道："这个奸险小人，单凭勾结倭寇，就不容他活命。"

忽听一声轻哼，姚晴的声音清脆悦耳："你杀了他，就不怕那位宁姑娘难过？"陆渐一愣，大声道："大义当前，岂顾私谊？"姚晴冷笑道："好呀，待会儿我真要擦亮眼睛，看看你的大义了。"

说话间，炮声大作，火部战船势成半圆，兜截上来，忽听传来呼啦啦狂风鼓帆之声，风部座船上升起无数纸蝶，云笼雾罩般涌向火部战船。

百名风部弟子一起施展"风蝶之术"，难得一见，煞是壮观，天、地、雷三部弟子见状，纷纷喝起彩来。火部战船上，众倭人又何尝见过如此神奇景象，惊诧之际，纸蝶割破颈项，血如泉涌，惨叫之声此起彼伏。

图书在版编目（CIP）数据

沧海．Ⅴ／凤歌著．－重庆：重庆出版社，2007.11
ISBN 978-7-5366-8540-6

Ⅰ．沧… Ⅱ．凤… Ⅲ．长篇小说－中国－当代
Ⅳ．I247．5

中国版本图书馆CIP数据核字（2007）第167371号

沧海 Ⅴ
CANGHAI Ⅴ
凤　歌　著

出 版 人：罗小卫
策　　划：于 桐
责任编辑：饶 亚 罗 乐
责任校对：李小君
装帧设计：弘文馆 · 闫薇薇

重庆出版集团
重庆出版社　出版

重庆长江二路205号　邮政编码：400016　http://www.cqph.com

北京温林源印刷有限公司
重庆出版集团图书发行有限公司发行
E-MAIL：fxchu@cqph.com　邮购电话：023-68809452

全国新华书店经销

开本：670mm ×970mm　1/16　印张：16.5 字数：230千字
2007年11月第一版　2007年11月第一次印刷
印数：1-20 000
定价：20.00元

如有印装质量问题，请向本集团图书发行有限公司调换：023-68809955转8005